Die Töchter Egalias

Ein Roman über den
Kampf der Geschlechter

von Gerd Brantenberg

Aus dem Norwegischen von Elke Radicke
unter Mitarbeit von Wilfried Sczepan

1. Auflage April 1980
12. Auflage August 1984

Für Sehbehinderte oder Leute, die ihr Augenlicht gänzlich verloren haben, ist das Buch auch in Braille-Schrift über die Deutsche Blindenstudienanstalt erhältlich.

CIP-Kurztitelaufnahme der Deutschen Bibliothek

Brantenberg, Gerd
Die Töchter Egalias: Roman / Gerd Brantenberg.
(Aus dem Norwegischen von Elke Radicke). – Berlin:
Olle und Wolter, 1979.
Einheitssacht.: Egalias døtre (dt.)

ISBN 3 88395 404 7

Verlag Olle & Wolter, Postfach 43 10,
1000 Berlin 30
Umschlaggestaltung: silber, Berlin
Druck und Bindung:
Ebner Ulm
Printed in Germany.

ISBN 3 88395 404 7

INHALT

TEIL I

Direktorin Bram und ihre Familie: Kristoffer, Petronius und Ba

„Schließlich sind es noch immer die Männer, die die Kinder bekommen", sagte Direktorin Bram und blickte über den Rand der Egalsunder Zeitung zurechtweisend auf ihren Sohn. Es war ihr anzusehen, daß sie gleich die Befrauschung verlor. „Außerdem lese ich Zeitung." Verärgert setzte sie ihre Lektüre fort, bei der sie unterbrochen worden war.
„Aber ich will Seefrau werden! Ich nehme die Kinder einfach mit", sagte Petronius erfinderisch.
„Und was glaubst du wohl, wird die Mutter des Kindes dazu sagen? Nein, mein Lieber. Es gibt gewisse Dinge im Leben, mit denen du dich abfinden mußt. Du wirst allmählich lernen, auch das zu mögen, womit du dich abfinden mußt. Selbst in einer egalitären Gesellschaft wie der unseren können es nicht alle Wibschen gleichhaben. Es wäre zudem tödlich langweilig. Grau und trist."
„Es ist viel grauer und trister, nicht werden zu dürfen, was dam will."
„Wer hat denn gesagt, daß du nicht werden darfst, was du willst? Ich sage nur, du sollst realistischer sein. Keine kann das Ei essen und zugleich das Küken haben wollen. Bekommst du Kinder, so bekommst du Kinder. Hör mal zu, Petronius. In meiner Jungmädchenzeit hatte ich auch eine Menge hochfliegender Träume von dem, was ich werden wollte. Seefrauenromantik. Daran leidest du. Du solltest aufhören, all die abenteuerlichen Erzählungen über die Taten von Frauen zu lesen, und

dich lieber in Jünglingsromane vertiefen. Dabei bekommst du viel realistischere Vorstellungen. Außerdem ist das kein richtiger Mann, der zur See fahren will."
„Aber die meisten Seefrauen, die ich kenne, haben doch auch Kinder!"
„Das ist doch etwas ganz anderes! Eine Mutter, Petronius, kann nie Vaterstelle bei einem Kind vertreten."
Seine Schwester lachte gemein. Sie war anderthalb Jahre jünger als er und ärgerte ihn immer. „Haha! Ein Mann soll Seefrau werden? Denkste!" Neunmalklug fügte sie noch hinzu, daß der Widersinn doch schon in den Wörtern liege. „Eine männliche Seefrau! Der blödeste Ausdruck seit Wibschengedenken. Ho, ho! Vielleicht solltest du Schiffs*junge* werden? Oder Zimmer*mann*? Oder Steuer*mann*?! Ich lach' mich tot. Alle Männer, die zur See gehen, sind entweder Prostis oder Fallüster."
„Fallüster?"
„Fallüster, ja! Sicher! Und in jedem Hafen stehen die Prostis in Reih mit Glied, um die Seefrauen zu empfangen!" Sie zog ihn an den Haaren.
„Papa, Ba ziept mich!"
„Meine Göttin noch mal! Gibt es denn nie Frieden hier?" Der Gatte der Direktorin Bram kam aus dem Badezimmer gestürzt, den Bart auf Lockenwickler gerollt. „Befrauscht euch endlich, Kinder! Ba, merk dir, Petronius ist haarempfindlich."
„Empfindlich an den Haaren und empfindlich überall. Merk dir, Petronius gehört dem empfindsamen Geschlecht an!" Das klang wie ein Refrain. Kess fuhr Ba fort: „Papa, muß Petronius nicht bald einen PH tragen?" Petronius wurde puterrot.
„Ruhe! Ich lese!" brummte die Direktorin.
„Noch etwas Kaffee, Rut?" fragte der Direktorinnengatte ablenkend und freundlich.
„Hmmmmmm", kam es geistesabwesend, „heilige Luzia! Nun fordern die jüngeren Jahrgänge schon wieder höhere Gehälter. Vielleicht sollte ich mich aber dennoch befruchten lassen, Kristoffer. Der war übrigens viel zu stark."
„Wir haben doch schon zwei."
„Der Kaffee war zu stark, sage ich."
„Soll ich neuen machen?"
„Dafür ist es viel zu spät! Ich habe nicht die Zeit zu warten, bis du dich bequemst, neuen zu machen", sagte sie beleidigt und schluckte den Rest mit verzogenem Gesicht herunter.
„Ich will Taucher werden!"
„Hohoho! Taucher! Es gibt ja gar keine Taucheranzüge für Männer!

Eine männliche Froschfrau!" Ba schlug sich auf die Schenkel, zeigte auf den Bruder und amüsierte sich drohnenmütterlich.
„Gibt es denn schon Taucheranzüge für Männer, Mama?"
Die Direktorin antwortete nicht.
„Vielleicht könnte Papa einen machen", sagte Petronius.
„Machen? Was könnte ich machen? Mehr Kinder?"
„Nee, einen Taucheranzug für Männer."
„Toller Einfall! Hier, meine Herren und Damen, zum ersten Mal: ein Taucheranzug für Männer! Absolut reißfeste Isolierung! Was für eine Sensation! Daß ich darauf nicht eher gekommen bin!" Die Direktorin jubelte. „Ich bin die erste Frau, die mit Klischeevorstellungen und landläufigen Konventionen bricht. Jawohl, denn eigentlich, eigentlich steht dem doch überhaupt nichts im Wege, daß ein Mann Taucher werden kann."
Kristoffer und Petronius fingen an, den Frühstückstisch abzuräumen. Sie gingen in die Küche. Dort war es viel angenehmer. Petronius machte die Tür zu, so brauchten sie wenigstens nicht zuzuhören, wenn Mama oder Ba etwas sagte.
„Ich begreife nicht, daß du dir bei Mama unbedingt das Vaterschaftspatronat verschaffen wolltest. Du kannst dich noch so anstrengen, und doch erntest du in 62 % aller Fälle nur Tadel. Das habe ich in den letzten drei Monaten gezählt."
„Was hast du gesagt?"
„Ja, 62 %! Das habe ich ausgerechnet. Ich führe nämlich Protokoll darüber, wie oft sie dich zurechtweist."
„Was ist denn das für ein Einfall?!"
„Mama sagt doch, dam müßte ihre Behauptungen immer beweisen können. Darüber habe ich nachgedacht. Das bedeutet, daß dam alles aufschreibt, und sonst noch alles mögliche. Ich habe nun damit angefangen, alles aufzuschreiben, was hier im Hause vor sich geht."
„Und was willst du damit machen?"
„Machen? Das weiß ich nicht."
„Aber ich verstehe nicht, warum du mit ihr zusammen sein willst."
„Aber ich liebe sie doch!"
Petronius dachte nach. Auf eine Art war das ja verständlich. Mama war eine stattliche Frau. Sie hatte einen feinen, markanten Kopf, der sich unter den kurzgeschnittenen, immer hochstehenden schwarzen Haaren wölbte. Gerade Nase, ernster Gesichtsausdruck, kleine, stechende, helle blaue Augen, entschlossener Mund, gerade Schultern, kräftige Bewegungen. Wenn Mama sich bewegte, war es stets angemessen und effektiv.

Die Stimme, hart und durchdringend, ließ immer auf eine sichere Kenntnis dessen schließen, wovon sie sprach, selbst wenn sie nichts davon verstand. So sollte eine Frau sein. Außerdem war sie stets elegant gekleidet: ein schicker brauner Kittel über locker sitzenden weiten Hosen und dicksohlige braune Gesundheitsschuhe. Gewöhnlich trug sie um den Hals ein weißes Seidentuch. Sie war stets adrett. So wie Männer es sich erträumten. Eine sehr elegante Frau war sie. Das wußte Petronius.
Darüber hinaus hatte sie eine Spitzenstellung in der staatlichen Direktorinnen-Kooperative und damit auch ein Spitzengehalt und eine Traumwohnung mit Dachterrasse auf der Insel Luksus, die einen weiten Blick über Egalsund im Osten und über das Meer im Süden und Westen bot. Petronius wußte, daß er sich glücklich schätzen konnte, wenn er im Leben so begünstigt sein würde wie sein Vater und es ihm gelänge, sich ein solches Vaterschaftspatronat zu verschaffen. Aber das würde er wohl nie erreichen.
„Petronius?"
Er zuckte zusammen. Am Tonfall erkannte er, daß er kaum Lust verspürte, über das zu reden, worüber der Vater jetzt mit ihm reden wollte.
„Ich habe schon längere Zeit darüber nachgedacht. Es ist richtig, was Ba gesagt hat. Ist es nicht an der Zeit, daß du mit einem PH anfängst?"
Petronius spürte, daß ihm warm wurde. Er antwortete nicht. „Ich habe festgestellt, daß du dich in letzter Zeit kräftig entwickelt hast."
„Ja, danke." Das hatte auch Petronius mit immer größerem Schamgefühl bemerkt. Es war entsetzlich. Seine Stimme konnte sich ebenfalls nicht entscheiden, ob sie in die Höhe oder in die Tiefe wollte. Warum konnte er nur nicht für immer Kind bleiben.
„Der Kaufmann, Herr Monatochter, hat sich in der letzten Woche nach deinem PH erkundigt. Die Leute erwarten es einfach."
„Sollen sie es doch erwarten. Vielleicht glauben die sogar, ich hätte überhaupt keinen Pimmel."
„Petronius! Kannst du nicht aufhören, solche Ausdrücke zu benutzen?"
„In der Klasse gibt es viele, die noch keinen PH tragen." Das war eine glatte Lüge. In Wirklichkeit war es nur Syprian, und der war viel kleiner als er. Aber er hatte keine Lust darauf. Die Jungen erzählten sich, daß er kratze und immer im Wege sei. Sie haben gesagt, es sei unangenehm und unpraktisch, den Pimmel immer in so einen blöden Halter mit Stäbchen zu stecken. Und es sei so unpraktisch beim Pinkeln. Denn sie mußten zuerst den Bauchgürtel, der den PH hielt, losbinden, und der war unter dem Hemd festgemacht, so daß sie oft lange fummeln mußten, besonders zu Anfang. Der Bauchgürtel war meist zu eng und hinter-

ließ auf der Haut Abdrücke. Außerdem mußten sie in ihre Hemden Schlitze machen, damit der PH locker und frei hängen konnte. Einige behaupteten, ein PH kratze immer. Andere meinten, es komme darauf an, welchen Stoff dam aussuche. Es gab richtig weiche Stoffe, die nicht so reizten. Aber solche PHs waren teuer. Petronius traute sich nicht, seinen Vater um einen solchen zu bitten.
Einige waren auch stolz darauf, einen PH zu tragen. Baldrian sah richtig nett damit aus. Petronius seufzte. Wenn ich doch bloß ein Mädchen wäre, dachte er zum x-ten Male. Dann hätte er so eine kesse Klappe in der Hose oder im Overall haben können, die er eins, zwei, drei aufknöpfen konnte, wenn er aufs Klo mußte. „Ich werde doch dabeisein“, sagte der Papa tröstend. Noch schlimmer. Das wollte Petronius am liebsten allein durchstehen. Wie sollte er es nur fertigbringen, in ein Geschäft für Herrentrikotagen zu gehen, den Verkäufer anzustarren und sein Anliegen vorzubringen! Für ihn gab es nichts Schlimmeres. Und nun wollte auch Papa dabeisein! Er und der Verkäufer würden ausführlich über Länge, Farbe und Stärke diskutieren. Muß er Größe 5 mit B-Röhre oder Größe 6 mit A-Röhre haben, würden sie überlegen und ihn vom Scheitel bis zur Sohle taxieren und so tun, als sei es das Natürlichste auf der Welt, daß dam einen Penis hat. Petronius kannte das, denn er war dabeigewesen, als Papa sich einen PH kaufte (den er immer erst nach endlosen Diskussionen mit Mama über den Stand der Haushaltskasse bewilligt bekam). Papa und der Verkäufer konnten sich stundenlang darüber auslassen, welches Modell Papa am besten stand. Der Verkäufer flitzte rein in die Garderobe, raus aus der Garderobe und befühlte Papas Penis, um zu prüfen, ob der PH zu stramm oder zu locker saß.
„Da gibt es noch etwas, worüber wir reden müssen, bevor du zum Einführungsball gehst. Merk dir, du sollst ein begehrenswerter junger Mann sein. Da gibt es etwas, worauf du achten mußt, wenn du dich wäschst. Du mußt die Vorhaut des Penis gut zurückschieben, so daß dort nichts Schmieriges mehr zurückbleibt. Verstehst du? Das ist wichtig. Wasch dich unten gründlich. Du kannst ruhig einen Tropfen aus meiner Rosenölflasche um den Pimmel und den Schambeutel verreiben, damit es nicht riecht. Du mußt wissen, keine Frau mag mit einem Mann schlafen, der nicht frisch gewaschen, adrett und wohlduftend ist. Männer müssen sich nun einmal oft waschen, sie riechen sonst so stark.“
Petronius überkam die Angst. Er malte sich aus, welches Unheil ihn hier in dieser Welt ereilen würde, wenn er nicht darauf achtete, einen sauberen Pimmel zu haben.

„Ich habe ferner bemerkt, daß dir auf der Brust Haare sprießen ...“ Wieder errötete Petronius. Mit Grauen hatte auch er das kürzlich festgestellt. Er hatte gehofft, Papa werde es nicht sehen. Er selber hatte es nicht wahrhaben wollen. Je mehr er aber hinstarrte, desto deutlicher war es. Unübersehbar und unwiderruflich kräuselten sich Haare auf seiner Brust. Sie waren einfach da und gingen nicht mehr weg, sosehr er sich auch das Gegenteil erhoffte. Nicht genug damit, daß sie nicht mehr weggingen, es wurden sogar immer mehr. „Nicht alle haben das Pech, daß ihnen da Haare wachsen“, sagte der Papa. „Doch einigen Männern sprießen eben Haare auf der Brust, und die müssen weg. Ich weiß gar nicht, woher du das hast. Ich hatte nie Haare auf der Brust und mein Vater auch nicht. Ich glaube aber, er erzählte einmal, daß sein Bruder große Probleme damit hatte. Vielleicht ist das der Grund. Nur heute ist das ja nicht so schlimm wie damals. Du brauchst dir ja nur ein Enthaarungsmittel zu kaufen. Das wird das beste sein. Es brennt zwar ein bißchen, und dam kriegt davon wunde und empfindliche Haut. Das ist aber trotzdem besser, als so herumzulaufen. Dam muß eben für die Schönheit leiden. Mama sagt immer, Männer hätten deshalb Haare auf der Brust, weil sie so primitiv sind und eher Tieren ähneln. Es sei eine Art Pelz, sagt sie ...“
„Das finde ich aber gar nicht lustig ...“
„Petronius, ich erinnere mich noch gut an die Zeit, als ich in deinem Alter war. Es war gar nicht so leicht. Doch dam kommt da durch.“
„Für dich war es wohl nicht so schlimm, oder?“ sagte Petronius.
„Wie meinst du denn das?“
„Ich meine – ich meine, du brauchtest doch keine Angst zu haben. Du warst ja klein und mollig, hattest kurze Beine und schmale Schultern, helle Locken und ein hübsches Gesicht ...“
Petronius warf das Handtuch hin, stürmte in sein Zimmer und schloß die Tür ab. Er schämte sich. Er schämte sich dieses Gesprächs. Er schämte sich dessen, was er gesagt hatte. Er schämte sich, überhaupt eingestanden zu haben, daß dies ein Problem war. Es war ja nicht Papas Schuld. Petronius hatte alle möglichen Fettkuren ausprobiert. Er konnte noch soviel essen und nahm trotzdem nicht zu. Und dann die Mädchen! Die stellten sich vor dem Schultor auf und riefen ihm im Sprechchor nach: „Bohnenstange! Bohnenstange!“ Auch wenn er sie überhaupt nicht kannte und noch nie mit ihnen geredet hatte. Öfters hatte er Umwege gemacht, um den Mädchenbanden nicht zu begegnen. Die konnten sich schlimme Sachen für einen ausdenken. Und nur zu gern suchten sie sich nicht ganz so wohlgeratene Jungen als Opfer aus. Zum Beispiel so einen wie ihn. Den dickeren Jungen brachten sie mehr Respekt entgegen. In

die verliebten sie sich. Petronius dachte an Baldrian. Ja, in solche verliebte dam sich. Und außerdem wuchs er immer weiter. Er war erst fünfzehn, und es bestand die Gefahr, noch weiter zu wachsen. Wenn es in diesem Tempo weiterging – und vor allem in die Höhe statt in die Breite –, war bald alle Hoffnung auf ein Vaterschaftspatronat dahin. Und er würde so einer wie Herrlein Uglemose werden, den alle zum Narren hielten und zwar nicht nur hinter seinem Rücken.

Papa stand da, dick, rund und schön, und sprach vom PH, vom Einführungsball und vom Spray für den Schambeutel. So als gebe es nichts Schöneres auf der Welt, als sich endlich zurechtmachen zu dürfen. Kunststück, zu glänzen, wenn dam so glänzend aussah wie Papa oder Baldrian!

Begriff Papa denn wirklich nicht, daß Petronius' Chancen gleich Null waren – auch wenn er sich für den Einführungsball noch so ausstaffierte, mit türkisfarbenem PH und Tüll? Glaubte er denn wirklich, daß es da auch nur eine gab, die Lust hatte, ihn auf ein Einführungszimmer einzuladen? Am ersten Einführungsball nicht auf ein Einführungszimmer mitgenommen zu werden, war für einen Jüngling die größte Schmach.

Er schaute sich im Spiegel an. Kämmte ein bißchen seine Haare. Lächelte. Versuchte verschiedene Möglichkeiten. Sah ernst aus. Drehte sich um und bemühte sich zu beurteilen, wie er im Profil aussah. Eigentlich war er ja gar nicht so unansehnlich. An seinem Gesicht gab es nichts auszusetzen. Es war schmal mit ebenmäßigen Zügen. Allerdings eine langweilige Haarfarbe. Doch hatte er gehört, es sehe hübsch aus, wenn sie geflochten seien. Papas Mund hatte er geerbt, einen runden, weichen, etwas nach oben geschwungenen Mund. Die Augen waren zu klein. Das wußte er. Aber sie hatten genau die richtige tiefblaue Farbe. Das hatte Baldrian gesagt. Der hatte so große blaue Gucklöcher. Die Augenbrauen waren jedenfalls schmal, ziemlich schmal und gleichmäßig geschwungen. Wenigstens waren es nicht solche zerzausten Büschel, mit denen Männer vereinzelt geplagt waren. Er lächelte sich noch einmal an. Weiß blitzten seine Zähne. Na ja. Vielleicht hatte er doch eine Chance, trotz allem auf ein Einführungszimmer mitgenommen zu werden.

Der Gedanke an die Frau, die ihn auf das Einführungszimmer mitnehmen würde, gab ihm neuen Mut. Sie war keine der Frauen, denen er bislang begegnet war. Keine aus der Schule. Keine von der Straße. Keine von irgendwoher. Am besten nicht einmal aus Egalsund, sondern von weit her. Sie glich keiner, die er früher gesehen hatte. Sie war einfach wunderschön und stark und nahm ihn in das Einführungszimmer mit. Hinein in das Geheimnisvolle, fort vom Alltag mit seinen Sorgen und

seiner Schmach wegen körperlicher Gebrechen. Sie zog ihn in höhere Gefilde, in geistige Gefilde, wo er keinen Penis hatte, keine Haare auf der Brust oder sonst irgend etwas, was anstößig war. Nur sie und er und eine Welt, die sich in Liebe ergoß und verströmte.
Petronius stand auf und sah aus dem Fenster. Über dem Egalsunder Schärengarten ging gerade die Sonne unter. Die Farben kämpften gegen die Dunkelheit, wurden stärker. Gleich über den roten Streifen war der Himmel leuchtend grün. Dort würden sie sein. Sie und er. Mitten im Sonnenuntergang und hinunterschauen, dem Horizont zuwinken, in einem Bett aus roten Matratzen mit einem Schleier aus leuchtendgrünem Himmel darüber. Er richtete seinen Blick auf den Fjord und dachte an das weite Meer, das hineinströmte, die ganze Zeit über hineinströmte und nie aufhörte, hineinzuströmen. So würde es mit der Frau und ihm sein. Es würde nie aufhören. Eine geheimnisvolle Verwandlung würde sich in ihm vollziehen. Sie würde ihn verwandeln. Sein Körper würde verwandelt werden, sein Inneres. Eine tiefe, durchdringende Verwandlung, nach der sich jeder Junge sehnte und die nur eine Frau in ihm vollbringen konnte; jene Verwandlung, die es ermöglichte, daß er sich vollständig hingeben und die Wahrheit und Erfüllung der Worte ‚ich bin ein Mann' fühlen konnte.
Plötzlich empfand Petronius heftige Sehnsucht nach einer Frau im Zimmer. Er sehnte sich nach der, die ihn zum Manne machen konnte. Und in seinem Innersten wußte er, es gab tatsächlich etwas, auf das er stolz sein konnte; etwas, was ihm klarmachte, daß seine Chancen gar nicht so schlecht standen, wenn es soweit war: Er hatte einen ungewöhnlich kleinen Penis.

Herrlein Uglemose bringt den Kindern etwas über das Unrecht der Natur bei

„Die Aufgabe einer jeden Zivilisation besteht darin, das Unrecht der Natur auszugleichen", sagte Herrlein Uglemose und sah über seine Brille hinweg auf die Schüler, um zu prüfen, ob das Eindruck auf sie gemacht hatte. Einige stierten zurück. Andere glotzten auf die Schultische. Ba malte irgend etwas auf einem Stück Papier. „Ba!" rief das Herrlein. „Was machst du denn da?" Sie fuhr zusammen und legte automatisch die Hände über das Blatt. „Nichts", log sie. Aber sie war gerade dabeigewesen, vom Herrlein eine Karikatur anzufertigen: kleine, knubbelige

Nase; toupiertes rötliches Haar mit Haube und Band drauf – das trugen sie bestimmt in der Jugendzeit des Herrleins – , gekräuselter Bart; großgeblümter Bolero mit geblümtem PH, zueinander passend; selbstgestricktes, enganliegendes Hemd und Hausschuhe mit blauen Troddeln. Wie einer nur so unmodern sein konnte!
Für Ba verkörperte Herrlein Uglemose alle Einfältigkeiten dieser Welt. Altmodisch, jungherrlich, steif und theatralisch. Er war der Sohn der verstorbenen Rektorin Uglemose. Und das war der einzige Grund, warum er da oben stand und auf dem Katheder herumschwänzelte. Hatte es da nicht ein Verhältnis zwischen ihm und der nachfolgenden Rektorin gegeben, der Rektorin Barmerud? Das hatte Ba jedenfalls gehört. Viele behaupteten, Syprian Barmerud aus Petronius' Klasse sei dem Herrlein wie aus dem Gesicht geschnitten. Haha! Er hatte also seine Rektorin nicht abgekriegt. Sicher hatte er schon davon geträumt, Rektorinnengatte zu werden. Syprian, das Wiesel. Der war bestimmt sein Sohn.
„Hast du nicht gehört, was ich gesagt habe, Ba?" erklang die Stimme vom Katheder.
„Doch", antwortete Ba.
„Was habe ich denn gesagt?"
Unsicher starrte Ba zurück. Ein Kichern brach zugunsten des Herrleins aus. Ann Plattenberg flüsterte hinter Bas Rücken etwas von Zivil und Natur.
„Na, Ba?"
„Die Aufgabe einer jeden Zivilisation besteht darin, auf die Torheit der Natur zu hören", sagte Ba. Die Klasse grölte. Die Schülerinnen nutzten die Gelegenheit, sich in den Bänken zu flegeln, lächelten und winkten sich zu und reichten untereinander längst geschriebene Zettel weiter, bis ein energisches Händeklatschen zu hören war. Das Herrlein brauchte ein paar Minuten, bis die Ruhe einigermaßen hergestellt war. Freilich noch länger dauerte es, bis er sich selber wieder beruhigt hatte. Immer regte er sich auf, wenn er sie auszanken mußte.
„Nun, was habe ich gesagt?" wiederholte er. Der kleine mollige Fandango meldete sich. Typischer Streber. „Die Aufgabe einer jeden Zivilisation besteht darin, das Unrecht der Natur auszugleichen", antwortete Klein-Fandango. „Das ist richtig", sagte das Herrlein, schrieb den Satz an die Tafel und fuhr fort: „Diesen Satz nennen wir eine Grundthese. Eine Grundthese ist ein Lehrsatz, auf dem sich alles Weitere aufbaut. Diese Grundthese war es, die unsere Mütter im Jahre 213 nach Donna Klara auf dem Demokraberg vereinte. Dank diesen Wibschen können

wir heute ..."
Hier blieb Herrlein Uglemose stecken. So gut er konnte, hatte er sich auf diese Zivilisationskundestunde vorbereitet. Zivilisationskunde war nicht sein stärkstes Fach. Eigentlich gab es kaum noch ein Fach, in dem er sich sicher fühlte. Die Welt hatte sich sehr verändert, seit er gelernt hatte, was dam lernen mußte, als er damals studierte. Und die Erinnerung war mit den Jahren verblaßt. Aber er wußte, daß dieser Stoff mit zum Wichtigsten gehörte, was er den Jugendlichen beibringen mußte. Verzweifelt versuchte er, sich zu erinnern, was er vorbereitet hatte.
„... dank diesen Wibschen, diesen Gründermüttern", sagte er, um Zeit zu gewinnen, „können wir heute ..."
„... danken!" ergänzte Ba vergnügt und erhielt sofort von allen Seiten Applaus, den sie mit übertriebenem Nicken, Lächeln und Winken entgegennahm. „Raus!" schrie Herrlein Uglemose, und augenblicklich, wie auf Befehl, stand Ba auf und ging hinaus – über den großen Onkel. Das Herrlein ging nämlich über den großen Onkel. Sein Gesicht lief dunkelrot an, er sagte aber nichts mehr. Es war still in der Klasse, als Ba draußen war.
„Herrlein?" Wieder war es der kleine, mollige Fandango. „Was heißt ‚Unrecht der Natur', Herrlein?"
Das war genau die Frage, die dem Herrlein aus der Patsche half. Er faßte Mut und erweibte sich. „Das Unrecht der Natur besteht darin, daß die Starken die Schwachen unterdrücken. In der Natur frauscht, wie wir es nennen, das Gesetz des Dschungels. Das ist Krieg aller gegen alle, wobei die Stärkere immer gewinnt und die Schwächere immer hungert oder stirbt. Nun weißt du ja, Fandango – und ihr anderen ja wohl auch – , daß es bei uns nicht so ist. Wenn dies bei uns nicht so ist, so liegt es daran, daß wir so etwas wie eine Zivilisation haben. Seit dem Jahre 213 n.Kl. haben die Wissenschaftlerinnen alle Aspekte des Unrechts der Natur untersucht. Es handelt sich um ein sehr kompliziertes Fachgebiet, das tiefe Einsichten in das Wesen der Unterdrückung verlangt."
Das war ein bekanntes und beliebtes Thema. Das hatte das Herrlein als Kind gelernt. Er redete sich warm. Die meisten Schüler waren mittlerweile in einen leichten Schlummer gefallen, als sich leise die Tür öffnete und Ba unversehens die Nase hereinsteckte: „Nun bin ich wieder artig, Herrlein. Darf ich wieder hereinkommen?"
Alle wußten, dies war eine unerhörte Frechheit. Hinaus auf den Flur bedeutete hinaus auf den Flur. Und wenn dam sich dem nicht fügte, ging es schnurstracks zur Rektorin. Der bloße Gedanke, sich vor ihrem Schreibtisch rechtfertigen zu müssen, erfüllte alle Schüler mit Schrecken.

Herrlein Uglemose dachte jedoch an etwas anderes. Er dachte daran, daß Ba die Tochter von Direktorin Bram war. Auch dachte er daran, daß ihm die Rektorin peinliche Fragen nach seinen Fähigkeiten als Lehrer stellen würde, wenn er sich in diesem Semester erlaubte, mehrere kleine Mädchen wegen Aufsässigkeit zu ihr zu schicken. Er wußte, daß schon einige ernst zu nehmende Mütter bei der Rektorin angerufen und sich erkundigt hatten, ob Herrlein Uglemose ihren Töchtern einen zeitgemäßen Unterricht erteile.

„Ja, bitte", sagte das Herrlein zu Ba, „wenn du dich jetzt ordentlich benehmen kannst."

„Vielen Dank, das ist sehr freundlich", sagte Ba. Gespreizt spazierte sie zu ihrer Bank. Die Klasse kicherte, das Herrlein tat so, als habe er nichts gesehen. Er wollte fortfahren, wo er stehengeblieben war, hatte aber den Faden verloren. Ba malte an ihrer Karikatur weiter. Er tat so, als sehe er auch das nicht. Klein-Fandango meldete sich.

„Ja?"

„Wer sind die Schwachen in unserer Gesellschaft?"

„Wie?"

„Sie haben gesagt, daß die Starken die Schwachen beschützen sollten. Wer sind die Schwachen?"

„Das sind die Frauen", antwortete das Herrlein.

Zum ersten Mal blickten ihn alle Schüler an. Auch Ba hörte mitten bei einem Kräuselstrich seines Bartes auf.

„Das ist doch Unsinn", sagte Ann. Sie war so etwas wie die Anführerin der Klasse. Sie war die erste, die ihre Menstruation bekommen hatte, und fühlte sich deshalb immer zu allgemeinen Äußerungen berufen, ohne zu fragen, was die anderen meinten. Ihre Mutter saß in der Volksburg. Ann sollte Agrarexpertin werden.

„Ich verstehe sehr gut, daß du dies so siehst, Ann", antwortete das Herrlein. „Aber wenn wir einmal darüber nachdenken, so ist die Frau die Schwächere, auch dann, wenn sie als das unempfindsame Geschlecht bezeichnet wird. Die Zivilisation hat die Frauen zum unempfindsamen und die Männer zum empfindsamen Geschlecht gemacht. Das ist das Geniale an unserer Zivilisation." Er hielt kurz inne. Ja, sie hörten zu. Sie hörten wirklich zu. Das Herrlein schöpfte Mut. „Von Natur aus – rein biologisch gesehen nämlich – ist die Frau schwächer als der Mann." Das Herrlein fand sich kühn. Doch gleichzeitig hatte er das vage Gefühl, daß dieses Thema in ein anderes Fach gehörte. Es war schwer, an den eigentlichen Kern der Sache heranzukommen. Hatte er sich vergaloppiert? Sollte dam darüber nicht lieber im Sexualkundeunterricht reden?

Es war, als würden diese für das Wibschenleben so wichtigen Dinge in überhaupt kein Fach fallen. Sie waren kaum faßbar, so daß sie von einem Fachgebiet zum nächsten geschoben werden konnten, ohne je in eines integriert zu werden.
„Was bedeutet biologisch?“
„Biologisch, das ist das Leben, wie Göttin es zu ihrer Zeit erschuf: Frau und Mann im Naturzustand. Und alle Tiere. Zuerst erschuf Sie die ganze Welt, und ganz zum Schluß erst erschuf Sie die Wibsche. Eigentlich sollte dies die Krönung Ihres Werkes sein, und Sie wollte nichts mehr erschaffen. Sie hatte aber nicht damit gerechnet, daß sich die von Ihr erschaffene Wibsche einsam fühlte. Sie hatte sicherlich auch nicht richtig darüber nachgedacht, wie die Wibsche sich vermehren sollte, wenn es nur ein Exemplar von ihr gab. Die Wibsche klagte der Göttin ihre Not, und Göttin nahm ein Glied von der Wibsche und machte daraus den Mann. Das ist die Erklärung dafür, daß es der Frau erspart blieb, das empfindsamste und verletzbarste Glied aller Glieder zu tragen. Das ist ihre Stärke geworden. Und weil ihre Entwicklung fortgeschritten ist, hat sie verstanden, sich das zunutze zu machen.“
„Ich begreife das nicht richtig ...“, sagte Ann. Die ganze Klasse spürte ebenfalls sofort, daß niemand das richtig verstanden hatte. Denn wenn der Mann physisch stärker war als die Frau, warum übernahm er dann nicht die Macht?
„Typisch Mann! Er ist einfach zu dumm!“ rief Ba.
„Nein, genau hier tritt Göttins großartige und gerechte Schöpfungsordnung ins Bild. Nachdem der Mann erschaffen worden war, erkannte er sofort, daß er der Frau angehörte. Er sah ein, wenn sie es wünschte, wäre er genötigt ...“
Es klingelte. Ein Glück, dachte das Herrlein, denn er war nun überzeugt, daß er sich weit über den Rahmen des Faches Zivilisationskunde hinausgewagt hatte. Er griff nach seinem lachsroten Koffer, in dem er immer seine Schulbücher trug. Plötzlich bemerkte er, daß nicht ein einziger Schüler aufgestanden war. Das erste Mal in seinem zwanzigjährigen Herrlein-Dasein waren die Schüler beim Klingeln nicht mitten im Satz aus der Klasse gestürmt.
„Wozu wäre er genötigt gewesen?“ fragte Ba. Das Herrlein hatte am Hals rote Flecke bekommen.

Der Frühlingsball

Das große 25 Frau starke Orchester spielte auf. Der Frühjahrseinführungsball hatte begonnen. Petronius stand etwas eingeklemmt in einer Ecke des Ballsaales dicht neben seinem Klassenfreund Wolfram Saxe. Er hatte rote Wangen und schwitzte. Dann besah er sich kurz die Achselhöhlen, ob möglicherweise etwas zu sehen war, und erschrak. Die türkisfarbene Bluse hatte unverkennbar eine dunklere Farbe angenommen. Bei diesem Anblick schwitzte er noch mehr. Sie saß einfach zu eng. Er konnte den Stoff auf den Rippen fühlen, die sich wohl auch etwas abzeichneten. Trotz allem, er sah gar nicht so übel aus. Und nun sollte der Tanz beginnen. „Wolfram", flüsterte er, „ich geh' nur mal für einen Augenblick runter." Wolfram griff nach dem Goldband, das Petronius um die Taille trug. „Hat sich dein PH gelockert?" „Nein, ich will nur ..." „Dann beeil dich", unterbrach ihn Wolfram, „alle gucken schon zu uns hin. Du darfst den Gesamteindruck jetzt nicht verderben. Ich jedenfalls will die Sache heute abend hinter mich bringen."

Petronius rannte in den Waschraum und suchte in seinem Handköfferchen nach Watte. Er stürzte in eine Toilette, denn er wollte unter keinen Umständen gesehen werden, und trocknete sich die Achselhöhlen. Papa hatte gesagt, daß das Deodorant völlig sicher sei. Doch Nervosität konnte es wohl nicht bannen.

Mit Grausen hatte Petronius monatelang auf den Einführungsball gewartet. Über nichts anderes hatten die Jungen mehr gesprochen. Die meisten hatten bereits auf die eine oder andere ein Auge geworfen. Lillerio Monatochter, der Nachbarssohn, war hinter einer mit Pferdeschwanz her, sie hieß Liv Kraft und war die Beste im Stabhochsprung. Baldrian Ödeschär war verrückt nach Eva Barmerud, der Tochter der Rektorin, und Wolfram war unsterblich in Ann Plattenberg verliebt. Es war eine ganze Clique. Sie beteten ihre Heldinnen an und schrieben ihnen Liebesbriefe, die sie jedoch trotz ihrer großen Liebe und trotz ihres Herzeleids nicht abzuschicken wagten. Petronius wußte eigentlich nicht genau, in wen er verliebt war.

Er schob zwei Wattebäusche in jeden Ärmel und rannte wieder nach oben. Es war nicht leicht, in den engen Schuhen zu laufen. Außerdem scheuerten sie auch noch. Er merkte, daß er das kleine Ballköfferchen vergessen hatte, das dam an den Gürtel schnallte, und mußte noch einmal zurück. Das Orchester war gerade beim Schluß der Kantate angelangt.

Wolfram hielt schon nach ihm Ausschau. Als er wieder hoch kam, hakte

er sich sofort bei ihm ein, und so marschierten sie mit den anderen Jungen aufs Parkett.
„Wo ist Baldrian? Wollte er nicht in unserem Trio tanzen?" Petronius spürte eine Hand unter dem Arm. „Hier!" Baldrian strahlte ihn an und sah einfach blendend aus. Er war so kühn und hatte einen tiefblauen Anzug mit breitem Goldgürtel angezogen, der auf seinem rundlichen Körper knackig und wie angegossen saß. Er konnte sich stets solche Raffinessen leisten. Petronius starrte ihn fasziniert an. Seinetwegen würde dam sich nach dem Trio reißen.
Die Zeremonienmeisterin ging auf das Podium, nickte und fuchtelte mit der Hand. „Willkommen, meine Herren und Damen! Wieder einmal kann die Egalsunder Jugend den Frühjahrs-Einführungsball erleben. Alle Jahre wieder gibt es wohl nichts, was wir so herbeisehnen wie dieses Ereignis. Der Frühling ist eben jene leuchtende und unbeschwerte Zeit, da der Wind zärtlich verspielt die Blusen und Hemden unserer Knaben streift und wir neuen Mut schöpfen. Die Bäume schlagen aus und alles wird grün. Und wer von uns möchte sich da nicht dem Ungestüm der Lebenslust hingeben und einen Knaben in den Arm nehmen! Können wir uns einen lieblicheren Anblick vorstellen als so viele reizende junge Herren auf einmal?"
Die Jungen sahen sich beschämt an oder blickten verlegen zu Boden. „Unser Festarrangement wird wie alle Jahre zuvor verlaufen. Zuerst tanzen die süßen jungen Herren Trio für uns. Währenddessen kann dam an der Bar Getränke und Knabberzeug kaufen. Danach folgen wie immer Rundgang und Kuschelpause, das heißt, wir fordern die Damen auf zu zirkulieren. Das Orchester spielt einschmeichelnde Musik, es ist die Zeit für diejenigen, die Lust auf nähere Bekanntschaft mit den Herren verspüren. Zudem sind verschiedene Spieltische aufgestellt, oder dam kann sich in den diversen Salons entspannen."
Zurufe und Gelächter von den Barhockern. Irgendwer rief pfui.
„Ha, ha, ha", ließ sich die Zeremonienmeisterin mit galantem Lächeln vernehmen. „Ja, und jene Damen, die sich noch nicht orientiert haben, möchte ich darauf hinweisen, daß die verschiedenen Einführungszimmer in der zweiten Etage des Galerieflügels liegen. Und so wird der Ball mit Tanz und Unterhaltung bis halb zwei weitergehen." Die Zeremonienmeisterin klatschte in die Hände und holte flott mit dem einen Arm aus. „Und nun, meine Herren! Nur zu! Nehmen Sie Ihre Nebenfrau und fangen Sie an!"
Trommelwirbel und Fanfarenstöße. Die Leute klatschten. Der Triotanz begann. Die Jungen, die immer zu dritt tanzten, hatten sich eingehakt.

Es war ein Tanz mit leichten, graziösen Hüpfern auf den Zehenspitzen und mit seitlichen Verbeugungen; monatelang hatten sie die in der Schule während der Gymnastikstunde eingeübt. Es war ein langsamer Boogie-Woogie. Unter dem Kronleuchter rauschte und wogte es von farbenprächtigem Chiffon, von Seide und Tüll. Von oben hätte sich Petronius und den anderen ein ganz entzückender Anblick geboten. Doch das einzige, was er im Gedränge des Ballsaales erlebte, war ein schwitzendes, brodelndes Chaos, in dem alles darauf ankam, nicht das rechte Bein zu setzen, wenn die anderen das linke nahmen. Er wiederholte für sich die Mahnung aus der Gymnastikstunde: „Merk dir, links immer zuerst. Links immer zuerst!"
Petronius hob das rechte Bein und kollidierte mit Wolfram, der wiederum Syprian anstieß. Dieser falsche Schritt übertrug sich auf mehrere andere Trios. Petronius warf einen verzweifelten Blick nach oben. Hatten die auf der Galerie etwas bemerkt? Aber dort war alles verschwommen, außerdem war er gerade bei einer Seitenverbeugung, so daß er den ganzen Ballsaal um einen Winkel von neunzig Grad verdreht sah. Baldrian drückte seinen Oberarm. Das gab ihm ein sicheres und gutes Gefühl. Baldrian sorgte dafür, daß das Trio wieder in den richtigen Rhythmus kam.
An den Wänden des Ballsaals, an den zur Bar führenden Türen und an das Geländer der Galerie gelehnt standen Frauen in ihren dunklen Kitteln und Hosen und weißen Seidentüchern. Sie tranken einander zu und starrten gebannt auf die Tanzenden. Bisweilen zeigten sie auf den einen oder anderen und sagten irgend etwas zur Nebenfrau.
Petronius bemerkte eine große dunkelhaarige Frau gleich neben der Eingangstür. Sie sah ihn unverwandt an. Reglos, die Hände in die Hüften gestemmt, stand sie mit gekreuzten Beinen da und blickte mit ernster, gleichbleibender Miene in seine Richtung. Sie war allein. Er schaute weg. Die Beine gingen nun im Takt, ganz automatisch. Baldrians Wärme an seiner Seite gab ihm ein Gefühl der Geborgenheit. Er warf noch einmal einen flüchtigen Blick zur Eingangstür. Als er die Augen der Dunkelhaarigen abermals auf sich ruhen sah, verspürte er einen Stich.
Die Musik hörte auf. Die Jungen verbeugten sich. Die Leute klatschten. In den mächtigen Kronleuchtern wurde das Licht etwas gedämpfter. Für einen Augenblick entstand um Petronius herum ein völliges Durcheinander. Wolfram und auch Baldrian waren verschwunden. Er wußte nicht, wohin er sich wenden sollte. Und obendrein sollte er auch noch eine strahlende Miene aufsetzen. Noch immer fühlte er den Blick der Unbekannten. Wollte ihn loswerden. Er mußte fort. Er wollte ihn abschütteln. Er drehte sich rasch um und sah zur Tür, um den Blick der

Frau zu verscheuchen. Sie war verschwunden.
„Hallo, Petronius! Wollen wir uns setzen?“ Das war Syprian, der Sohn der Rektorin Barmerud, ein kleiner, magerer Bursche. Genau das hatte er befürchtet. „Ja“, sagte er und schämte sich bis unter die Haarwurzeln.
Plötzlich faßte eine Hand hart von hinten um seine Taille. Sein Rücken stieß an etwas Weiches. Ihm wurde warm. Er drehte sich um. Sie war etwa einen halben Kopf größer als er und blickte mit einem kleinen ironischen Lächeln in den Mundwinkeln auf ihn herab. Sie hatte blaue Augen. Aber schon war sie wieder verschwunden. Es überraschte ihn, daß sie blaue Augen hatte. Aus der Ferne haben sie braun ausgesehen, dachte er. Er wußte nicht, warum. Ihre Augen hätten braun sein sollen.
Petronius und Syprian gingen zu einer Nische. Er wußte, das war das Dümmste, was sie tun konnten, denn hier riskierten sie, den ganzen Abend hängenzubleiben. Sie setzten sich und starrten gedankenverloren auf all die festlich gekleideten Wibschen, die überall herumschwirrten. Die Frauen waren eifrig dabei, den Jungen etwas zu trinken zu holen. Einige standen jedoch nur da und redeten miteinander in Gruppen oder zu zweit und taten so, als hätten sie überhaupt kein Interesse an den Individuen des anderen Geschlechts. Petronius dachte bei sich, wenn ich eine Frau wäre, würde ich ganz emsig sein und den Dünnsten, den Häßlichsten und den Langweiligsten der hier Anwesenden auffordern und mit ihnen tanzen und reden.
„Wo sind denn Wolfram und Baldrian geblieben?“ frage Syprian, als hätte er das nicht ganz genau gewußt.
„Was?“
„Wo Wolfram und Baldrian geblieben sind, habe ich gefragt“, sagte Syprian.
„Tja, wenn ich das wüßte“, antwortete Petronius, als hätte nicht auch er das ganz genau gewußt. Wolfram und Baldrian waren natürlich sofort weggeschnappt worden. Bestimmt waren beide schon in ihrem Einführungszimmer. Und Petronius und Syprian saßen da und versuchten, sich das vorzustellen.
„Die sind aber schnell verschwunden, was?“
„Ja, das kann dam wohl sagen.“
Sie schämten sich dieses Gesprächs. Sie schämten sich, daß sie dort zusammen saßen. Sie bemühten sich krampfhaft, so zu tun, als säßen sie nicht dort, als wären sie überhaupt nicht auf den Einführungsball gekommen, um eine Frau abzukriegen. Sie wußten aber nicht richtig, wie dam aussah, wenn dam so auszusehen versuchte. Petronius und

Syprian schämten sich.
Dann stand sie plötzlich da, drei Meter von der Nische entfernt. Jetzt nur noch mit der einen Hand in der Hüfte und einem Zigarillo im Mundwinkel. Sie streckte die Hände nach ihm aus. Petronius war völlig verwirrt. Er drehte sich halb zur Seite, um zu sehen, ob sie die Hand nicht nach einem anderen ausstreckte. Doch hinter ihm gab es nur noch die Wand. Er schaute sie wieder verlegen an. Sie nickte. Ihm schien es, als spüre er ein winziges Lächeln. Er erhob sich und ging auf sie zu. Sie schob ihn zwischen all den Wibschen hindurch zur Theke und bestellte zwei Drinks, reichte ihm einen und nickte ihm zu. Sie tranken.
In der Bar war es eng. So wurden sie ganz wie von selbst näher aneinander gedrängt. Er konnte ihren Geruch spüren. Er streifte unmerklich ihr Bein. Sie machte keine Anstalten, ein Stück zu rutschen. Im Gegenteil. Bemerkte er nicht, wie sie das Gedränge vielmehr ausnutzte, um näher an ihn heranzukommen? Er warf ihr einen kurzen Blick zu und versuchte ein schüchternes Lächeln. Er erinnerte sich plötzlich daran, was Mama einmal gesagt hatte, warum sie auf Papa geflogen war. Dieses schüchterne, einnehmende Lächeln auf dem ersten Einführungsball sei es gewesen. Petronius war sich aber nicht sicher, wie dam einnehmend lächelte. Er wagte nicht, sie anzusehen. Unversehens legte sich eine Hand auf ihre Schulter, und Petronius wurde ein Stück zur Seite geschoben. „Heee, Gro!" grölte so eine rauschrote Scharteke, merklich betrunken. „Eujoijoi, du hast dir also schon ein Mannsbild an Land gezogen?!"
Petronius fühlte Stolz in sich, gleichzeitig aber auch Unbehagen. Es hörte sich schon ganz schön an, eine hatte ihn an Land gezogen. Er war sozusagen im Hafen. Er saß nicht mehr in der Nische. Doch gleichzeitig kam es ihm so vor, daß er an dem Gespräch mit Gros Kameradin nicht richtig teilhaben konnte. Er war gewissermaßen nur anwesend. Er lächelte sie an. Sie lächelte nicht zurück, beugte sich zu Gro und flüsterte ihr etwas ins Ohr. Gro nickte. „Warte! Ich komme gleich zurück", sagte sie. Dann bahnte sie sich mit ihrer Kameradin einen Weg durch die Bar.
Warte. Ich komme gleich zurück. Warte. Zurück. Ich komme. Warte. Die Worte schwirrten ihm durch den Kopf. Das war das einzige, was sie zu ihm gesagt hatte. Er sollte warten. Sie wollte kommen. Zu ihm. Zu ihm! Petronius rührte sich nicht von der Stelle. So als würde sie ihr Versprechen nicht einlösen, wenn er auch nur eine Winzigkeit wegrückte. Er nahm einen Schluck und fühlte Wärme in sich aufsteigen. In der Bar waren fast nur Frauen. Hier und da stand ein Paar, doch sonst gab es

nur Frauen. Einige starrten ihn an, wandten sich ab und starrten ihn wieder an. Sie bufften sich in die Seite und erzählten sich offenbar lustige Sachen. Petronius blickte an sich herunter, konnte aber nichts Lustiges entdecken. Sicher war es etwas anderes. Er trank den Rest aus. Warte. Ich komme ...
Lachend erschien Baldrian mit einer ganzen Clique in der Bar und hängte sich bei Eva Barmerud ein. Sie war eine große, flotte Type. Er zwinkerte Petronius zu. Petronius erschrak. Baldrian war so lieblich anzusehen. Die Clique strömte auf ihn zu, an allen Bargästen vorbei. Eva Barmerud war schon ganz schön beschwipst, als sie sich zu Petronius wandte und das Glas erhob: „Und nun singen wir unser Lied noch einmal vor, los, kommt!“ „Jaaa!“ rief Wolfram Saxe und bahnte sich einen Weg in die Bar mit einer Frau, die scharf auf ihn war. „Ich will dabeisein. Der ist stark.“ Alle Frauen und Wolfram heulten in verschiedenen Tonarten los.

Das Schönste sind immer die Kna-ha-haben
beim Tanz, wenn der Pe-Ha ganz erha-ha-haben
und du dich in Freude kannst la-ha-haben.
Freude und Glück!
Freude und Glück,
wenn deine Faust dies zierliche Stück
ganz fest und begehrlich drückt.

Der höchste Ton des Liedes lag auf ‚Glück‘, und die drei letzten Zeilen wurden noch einmal mit lautem Gebrüll heruntergeleiert. Dann schrien sie vor Lachen und zogen ab. Baldrian warf Petronius einen kurzen Blick zu, verdrehte die Augen und ging mit den anderen mit. Wolfram blieb stehen, musterte ihn. Da spürte er ihren Händedruck. Sie drückte ihn!! Er sandte Wolfram ein triumphierendes Lächeln zu und zog mit Gro los. „Sie, ich meine meine Kameradin da, hat überhaupt kein Feeling“, erklärte Gro. „O nein“, sagte Petronius und verzog den Mund zu einem Lächeln, als habe er etwas ungeheuer Lustiges gesagt. Eigentlich hatte er aber gar nicht verstanden, was sie damit hatte ausdrücken wollen. Sie zog ihn mit sich durch den Ballsaal. Ihm fiel auf, daß die Nische, in der er und Syprian gesessen hatten, nun leer war.
„Mich wundert, wo Syprian steckt.“
„Ist er dein Freund? Ich habe ihn mit Britt zusammengebracht.“ Sie gingen die Treppe hoch und die Galerie entlang. Gro holte einen Schlüssel aus der Tasche, schloß Zimmer Nr. 7 auf und schob ihn vor sich hinein.
Es war ein schönes Zimmer. Schwere, dunkelrote Vorhänge, zwei Sessel

mit einem Tisch dazwischen und einem Barschränkchen mit eingebautem Plattenspieler. Und mitten im Zimmer ein großes, grünbezogenes Bett. An der Wand hing ein riesiges Gemälde mit einem nackten jungen Mann auf einem Sofa, vor dem eine Fruchtschale auf einem Tisch stand. Das Zimmer wurde durch eine Stehlampe schwach beleuchtet, die eine nackte Männerskulptur mit einer rotgoldenen Birne als Kopf darstellte. Dieses Modell war in jüngster Zeit in Mode gekommen, denn in Egalia gab es bereits seit einigen Jahren eine freiere Sexualmoral. Das Zimmer war so eingerichtet, wie Zimmer eben eingerichtet sind, die stimulierend wirken sollen.
Gro breitete die Arme aus und lächelte ihn schief an. Sie drückte auf einen Knopf, und die Pop-Gruppe May, Lis und Beth ertönte aus dem Lautsprecher im Barschränkchen. Sie war die zur Zeit beliebteste Gruppe. Wo immer sie auftrat, mußte sie sich ihren Weg durch stöhnende und verzückt schmachtende Jünglingsmassen bahnen. Jetzt sangen sie „Ruthello", den Hit der letzten drei Wochen. „Der ist toll", sagte Gro. Sie machte ein paar Tanzschritte vor Petronius und sang mit: „Ruthello du bist mein Traum, Traum, Traum ..." Bei jedem „Traum" sang das Trio dreistimmig. Lächelnd holte sie eine Flasche und Gläser aus dem Barfach. „„... so zart wie die Triebe vom Baum, Baum, Baum. Schenkst du mir deine Gunst, o Ruthello, spiel' ich voller Inbrunst die ganze Nacht für dich Cello." „Klasse, dieser Text, da ist was dran". meinte sie, „ – oder willst du Brause haben?" Petronius schüttelte den Kopf, sie goß ein. Eigentlich hätte er lieber Brause gehabt. „Wollen wir den nehmen?" Petronius nickte. Sie stießen an und leerten die Gläser. Gro goß nach. Petronius verspürte einen leichten Schwindel; ihm war etwas komisch zumute. Er war es nicht gewohnt zu trinken.
„Wie heißt du?"
„Petronius Bram."
„Muttergöttin! Bist du der Sohn der Rektorin Bram?" Petronius nickte. Gro reichte ihm die Hand mit gespielter Ergebenheit.
„Angenehm. Gro Maitochter." Petronius nahm ihre Hand. Sie ließ sich in den Sessel fallen und zog ihn mit sich. Sie schaffte es, daß ihre Münder fast zusammenstießen. Petronius biß sich auf die Zunge, es tat weh. Er spürte ihre Hände auf seinem Körper, überall gleichzeitig. Sie war warm und atmete schwer. Sie begann, seine Bluse aufzuknöpfen, Bänder und Schleifen zu lösen, alles in rasender Eile. Ihre Hände stemmten sich gegen seine entblößte Brust. Sie biß ihn in den Bauch. Er wimmerte leicht. Sie blickte flüchtig auf.
„Hat's weh getan?" Er schüttelte den Kopf. „Du hast doch keine Angst,

oder?" Wieder schüttelte er den Kopf, kriegte aber ganz plötzlich doch ein bißchen Angst. Sie war ganz rot im Gesicht, richtete sich auf und wälzte sich über auf das Bett. Er hatte die Arme angelegt und ließ alles mit sich geschehen. Atemlos fingerte sie an seinem PH herum. Küßte ihn zwischendurch auf den Bauch und schnappte nach seinen Brustwarzen. Es war schön, tat aber doch auch weh. Die ganze Zeit fummelte sie an dem PH, konnte ihn aber nicht aufkriegen. Er half mit, tat aber so, als helfe er nicht. Sie schob seine Hand weg. Endlich schaffte sie es. Er lag nackt da und konnte seine Rippen sehen; sie standen heraus. Er schämte sich, nahm ihren Kopf und wollte ihn zu sich herunterziehen, damit sie es nicht sehen konnte. Gro richtete sich auf und betrachtete ihn. Sie zündete sich ein Zigarillo an und musterte ihn noch immer. Dann nahm sie beide Gläser und reichte ihm eines. Er trank und schaute sie an. Sie fing an, sich auszuziehen. „Ich halt' es nicht länger aus, dich anzusehen, wirklich nicht."
Noch lange danach dachte er an diese Worte. Sie legte sich nackt auf ihn. Er strich ihr über das Haar und streichelte ihren Rücken. Spielerisch ließ sie ihre Brüste gegen sein Gesicht klatschen, nahm dann die eine und stopfte die Brustwarze in seinen Mund. Das kam völlig unerwartet. Die Brustwarze verursachte in seinem Mund ein sonderbares Gefühl. Mechanisch begann er, an ihr zu saugen. Sie stieß quietschende Laute des Wohlbehagens aus und führte seine Hand zur anderen Brust. So lagen sie ein Weilchen. Petronius fühlte sich glücklich. Er merkte, daß es ihr gefiel, dann rutschte sie auf seinen Schenkel. Er spürte etwas Feuchtes.
„Bist du Jungherr?" flüsterte sie.
„Ja", flüsterte er zurück.
Die Gruppe May, Lis und Beth ging zu sanfteren Tönen über. Jetzt sangen sie einen Evergreen „Sei mir treu", in Moll und mit vielen berauschenden Septimen. Petronius fühlte, wie ihre Hand seinen Pimmel umschloß. Sie hielt ihn fest, während sie sich an seinem Schenkel rieb. Immer schneller. Sie nahm seine Hand und führte sie zu sich hin. Es war feucht und merkwürdig. Er wußte nicht, was er mit seinen Fingern da machen sollte.
„Nein, nicht da. Hier", sagte sie und schob seine Hand ein Stück weiter. Er fühlte einen Knubbel. „Ja, hier", sagte sie, „ja, ja ...".
Sie bewegte sich noch schneller, und der Griff um den Penis wurde noch härter. Es tat weh. Er hatte Lust zu schreien, konnte es aber nicht, denn sie wirkte in ihrer Ekstase ganz unerreichbar. Sie wirbelte auf und nieder. Er verlor einige Male den Kontakt mit dem Knubbel, erwischte

ihn aber immer wieder. Plötzlich packte sie doppelt so fest zu. Er heulte auf, und sie sank über ihm zusammen. „O war das schön", sagte sie. „Du bist köstlich, mein kleiner Petronius, geradezu phantastisch." Sie schleckte ihm über die Brust. „Es ist doch angenehm, daß du dünn bist", fuhr sie fort, „das macht überhaupt nichts, und außerdem hast du wirklich einen feinen, wohlgeformten Kleinen."
Petronius lag auf dem Rücken und strich ihr übers Haar. Er wollte so gern ... Oh, er wußte genau, was er wollte. Nun würde sie gleich damit beginnen. Sie würde sich auf den Bauch legen, damit sein Schwanz in sie gleiten konnte. Bei diesem Gedanken spürte Petronius, wie sein Pimmel ein bißchen steif wurde. Er war nach Gros heftigem Zugriff ganz schlapp geworden. Petronius lag da und wartete. Er fühlte sich glücklich, daß er sie hatte zufriedenstellen können. Er spürte ihre Schwere und wußte, daß es so richtig war. Ihre Wärme. Ihren Atem. Ihren Atem an seinem Ohr. Gleichmäßig. Sie war wunderbar. Er fühlte sich ausgezeichnet. Sie hatte ihn haben wollen. Sie hatte ihn genommen, ihn gewollt, ihn begehrt, ihn eingeweiht. Es war doch gar nicht schlimm, daß er dünn war. Sie hatte ihn haben wollen und ihn bekommen. Ihr Atem war warm. Er fühlte sich geborgen. Ihre Brust bewegte sich gleichmäßig. Nehmen wird sie ihn, jetzt gleich ...
Er schaute ihr ins Gesicht. Es traf ihn wie ein Blitz aus heiterem Himmel. Sie war eingeschlafen.

Egalsund – die Perle in der Meeresbucht

Egalsund war eine der schönsten Städte Egalias, wie sie dort inmitten der Meeresbucht lag und gleichsam nach dem Horizont Ausschau hielt. Im Norden erhob sich steil und majestätisch der mächtige Plattenberg. Zum Wasser hin war die Stadt in prächtigen Terrassen angelegt. Und sie hatte drei riesige Parkanlagen. Alle waren sich darin einig, daß der Milationspark der schönste war. Ein Park, der mehr als irgendein anderer für die Kohlenstoffassimilation sorgte und deshalb das Gleichgewicht im natürlichen Kreislauf bewahrte. „Eine Stadt soll der Natur entwachsen", sagten die Egalitaner immer. In diesem Milationspark fanden auch jeden Herbst – im dreizehnten Monat des Jahres – die Großen Menstruationsspiele zu Ehren der Jahresernte und des Einsatzes der Wibschen statt. Sogar die zwei großen Abfallverwertungsanlagen – eine im Norden, die andere im Süden – waren die kostspieligsten und modernsten in ganz

Egalia. Aber wie die Abgeordneten auf dem Plattenberg immer sagten: „Erde, Luft und Wasser sind unsere Elemente – und unsere Wohnstätten. Ohne sie könnte Egalia nicht existieren.“ Die Egalitaner nickten immer, wenn sie diese klugen Worte hörten, und atmeten weiter.
Die Stadt war von großen Frischluftgebieten, Sportpalästen, landwirtschaftlichen Nutzungsflächen und Baumschulen umgeben. Im Landesinneren lagen die Wirtschaftsflächen und noch weiter drinnen im Land, in Egalias Grenzgebieten, die merkwürdigen Fallüstrischen Hochgebirge. In früheren Zeiten hatte Egalia um den Besitzanspruch auf das erzreiche Hochgebirge in ständigem Krieg mit dem Nachbarland Pax gelegen. Heute haben sie es längst schwesterlich zwischen sich aufgeteilt, und jedes Land hat in gleichem Maße Nutzen daraus gezogen.
Im Laufe einiger Jahrhunderte hatte sich Egalsund nicht nur zur schönsten, sondern auch zur reichsten Stadt in Egalia entwickelt. Die Handelsgesellschaften der Stadt hatten sich das Umsatzmonopol für die meisten Waren im Lande gesichert. Aber es gab einen Wirtschaftszweig, über den die Handelsgesellschaften lange Zeit nicht verfügen konnten: den reichen Fischfang der Insel Luksus. Sie war der Stadt wie eine Perle in der Meeresbucht vorgelagert.
Zwei große, weiße Hängebrücken verbanden die Stadt mit der Insel Luksus. Sie war durch ihre drei großen Kullersteinstrände bekannt, ihren dichten Laubwald und durch ihre zwei mächtigen natürlichen Häfen auf der Ostseite. In früherer Zeit war die Insel fast ausschließlich von Fischerinnen bewohnt gewesen, die ihre Produkte in den Orten längs der Küste verkauften. Bald wurde Egalsund der Knotenpunkt dieses Handels, und die Fischerinnen gerieten in den eisernen Griff der Handelsgesellschaften.
Die Insel Luksus hatte keinen großen Anteil an der Entwicklung, die Egalsund so schön und reich gemacht hatte. Hier ging das Fischerinnenleben weiter wie eh und je: wechselhaft, mit großen Erfolgen und bitteren Rückschägen. Auf dem äußersten Geröllstein im Süden stand das Denkmal eines Fischerinnenmannes aus Stein. Das Denkmal war weit und breit bekannt und wurde jedes Jahr von vielen Touristinnen besucht. Der Mann der Fischerin starrt zum Horizont und wartet vergeblich auf die Draußengebliebene. Sein suchendes Steingesicht drückt die Beständigkeit seiner Hoffnung und seines Wartens aus. Es ergreift alle, die es sehen.
Einige behaupteten, die Künstlerin sei durch die Geschichte vom gemütskranken Fischermann Baraldus Myr inspiriert worden, der zu den Leuten von der Maibucht gehörte – zum Fischerinnengeschlecht der

Maibucht auf der Westseite der Insel Luksus. Baraldus Myrs Frau, Maria Maibucht Süd, kehrte von einer Fahrt nicht mehr zurück. Und jeden Tag, solange er lebte, war Baraldus zum Kullersteinstrand im Süden gelaufen und hatte nach Maria Ausschau gehalten. Seit ihrem Verschwinden war er nicht mehr zurechnungsfähig.
Nein, es wäre äußerst ungerecht, wollte dam behaupten, Egalsund habe die harten Leiden und den mutigen Einsatz der Fischerinnen vergessen. Im Gegenteil, die Stadt wußte, daß auf dieser Grundlage der Fortschritt der modernen Zeit beruhte. „Was wären wir wohl ohne die prächtigen Seefrauen, die vor uns da waren?" lautete ein allgemeiner Ausspruch, der stets Beifall erntete und bei den Leuten ein starkes Heimatgefühl weckte. Wenn die Leute daran dachten, wie arm diese Fischerinnen gewesen waren, bekam ihre Stadt in Gedanken eine wehmütige Schönheit.
Der Kleine Speerbeißer hatte den Anfang des Untergangs für die Fischerinnen bedeutet. Ursprünglich hatten sie alle Arten Fische gefangen – nach traditionellen Fangmethoden, die über Generationen hin von der Mutter auf die Tochter vererbt worden waren. Aber nach und nach entwickelte sich bei der Festlandsbevölkerung – und speziell bei der wachsenden Stadtbevölkerung – ein besonderer Geschmack. Der Haifisch wurde immer beliebter. Bei den Fischerinnen war der Hai seit Menschengedenken bekannt und gefürchtet. Er konnte nur unter besonders günstigen Verhältnissen gefangen werden. Der Hai hatte nämlich die Fähigkeit entwickelt, die Tricks der Wibschen zu durchschauen, was von anderen Fischen nicht bekannt war. So entfernte er beispielsweise geschickt den Köder vom Haken. Wurde er mit der Schnur gefangen, zerschnitt er diese mit Hilfe der innersten Zahnreihe. Im Sommer jedoch gingen kühne Taucherinnen auf die Jagd und töteten ihn mit dem Speer. Das erforderte grenzenlose Ausdauer und viel List, denn der Hai mußte aus dem Hinterhalt angegriffen werden. Öfters passierte es, daß er mit einem einzigen Zuschnappen den Speer der Taucherinnen durchbiß, obgleich der Fisch ziemlich klein war. Doch war der Rachen unverhältnismäßig groß. Dies war der Grund, warum er der Kleine Speerbeißer genannt wurde.
Das Interesse an den Speerbeißern und vor allem an deren Leber war indessen nicht zu bremsen. Es entwickelte sich eine regelrechte Speerbeißermanie bei den Egalsunder Hausmännern. Sie kreierten die raffiniertesten Rezepte, wie Speerbeißerragout und Speerbeißerfrikassee. Die Hausfreundblätter druckten farbenprächtige Bildgeschichten über Speerbeißer als Erfrischungsimbiß, Speerbeißersuppe und Speerbeißercocktail. Ja, eine Zeitlang konnten sich Männer kein Gericht mehr vor-

stellen, ohne daß wenigstens eine Prise von dem wohlschmeckenden Speerbeißerfleisch als Zutat verwendet wurde.
„Pikanter Geschmack“, meinten die Egalitaner zufrieden und kauften weiter. Und da an den Speerbeißer natürlich schwer ranzukommen war und er dementsprechend teuer wurde, war er bald eine Prestigeangelegenheit für die besseren Haushalte der Stadt. Die Fischerinnen auf Luksus taten ihr möglichstes, um den Haifisch zu beschaffen. Wie so oft in der Geschichte mußten die Frauen dafür kämpfen, die launenhaften Begierden der Männer zu befriedigen.
Der unvergleichliche Geschmack des Speerbeißers war inzwischen nicht der einzige Grund, warum dieser Fisch im Bewußtsein der Egalitaner zu einem so hochbewerteten Geschöpf geworden war. Die Meeresforscherinnen wußten nämlich zu erzählen, daß seine Intelligenz sich nicht nur in der außerordentlichen Fähigkeit zeigte, die Fangmethoden der Fischerinnen zu durchschauen. Die Intelligenz kam auch in seinen höchst fortgeschrittenen, ja zivilisierten Fortpflanzungsmethoden zum Ausdruck. Wie bei anderen Fischen auch, wurde die Speerbeißernachkommenschaft gezeugt, wenn Rogen und Milch frei im Wasser umherschwammen und sich miteinander verbanden. Das Besondere dabei war jedoch, daß der männliche Fisch über die Brut wachte und dafür sorgte, daß die kleinen Fische heranwuchsen. Er baute ihnen Schlupfwinkel und umsorgte sie mit unablässiger Wachsamkeit. Jedesmal, wenn sich etwas näherte, entblößte er seine drei furchterregenden Zahnreihen, während das Speerbeißerweibchen aus dem trauten Winkel des Heims verschwand, um nach neuen Abenteuern zu suchen. Daraus folgte, daß der Speerbeißer auf einer sehr hohen Entwicklungsstufe stand, weshalb ihn die Wibschen zum intelligentesten Tier der Meeresfauna erhoben und ihn in das Egalsunder Stadtwappen aufgenommen hatten.
Auf die Dauer war es den Fischerinnen unmöglich, die Nachfrage nach diesem speziellen Leckerbissen zu decken. Es war einfach zu zeitraubend und ging auf Kosten der allgemeinen Fischerei. Kleine, auf den Haifang spezialisierte Taucherinnentrupps ließen sich auf der Insel nieder. Sie wurden von einer der städtischen Handelsgesellschaften finanziert und waren mit sehr kostspieligen Geräten ausgestattet. Die ortsansässige Bevölkerung wurde zur Seite gedrängt. Sie konnte mit den hochspezialisierten Fischerinnentrupps nicht konkurrieren, die auch bald andere Fischarten zu fangen begannen. Die Fischerinnen setzten ihren traditionellen Fang fort und kamen noch einige Jahre damit zurecht. Aber als die Fangergebnisse zwei Jahre hintereinander schlecht ausfielen, mußten viele die Boote an die Handelsgesellschaften verkaufen und die Insel

verlassen.
Die Gesellschaften übernahmen nach und nach den gesamten Fischfang auf Luksus. Das geschah allmählich, fast unmerklich wie eine Art Naturgesetz. Im Laufe von fünfzig Jahren hatten die meisten Fischerinnen die Insel verlassen. Ihre malerisch gelegenen Hütten und ihr Land wurden vom Staat oder den Handelsgesellschaften aufgekauft. Der Staat zog große Wohnkomplexe hoch mit Wohnungen zu abenteuerlichen Mieten, restaurierte in einigen Fällen die alten idyllischen Fischerhütten und vermietete sie zu noch horrenderen Preisen. Die Handelsgesellschaften teilten parzellierte Grundstücke an ihre leitenden Tauchexpertinnen auf. Die bauten schöne einstöckige Villen darauf und bezogen sie mit ihren Familien. Von hier aus organisierten sie ihre großangelegten Speerbeißerzüge, und viele abenteuerlustige Frauen aus der Stadt ließen sich dazu anwerben. Wenige Jahre später wurde die Insel Luksus durch eine Volksabstimmung der Egalsunder Stadtverwaltung angegliedert.

Direktorin Bram und Gatte bei Kabale und Liebe

Rut Bram saß auf der Terrasse und blickte auf den Kullersteinstrand im Süden. Sie hatte einige große Platten mit delikat angerichtetem Kleinem Speerbeißer vor sich liegen. Ihr Mann hatte ihr auch noch den kleinen Arbeitstisch hinausgestellt. Sie dachte nach.
Es war der Tag nach dem großen Einführungsball. Petronius war weggegangen, ohne zu sagen, wohin. Aber sicher war er zur Maibucht auf der Westseite gegangen. Das hatte er sich so angewöhnt. Bram war besorgt. Petronius zeigte ein so merkwürdiges Verhalten, ging meist allein und war so verschlossen. Sie hatte ihren Mann gebeten, nachzufragen, ob es deswegen war, weil dam ihn nicht auf ein Einführungszimmer mitgenommen hatte. Petronius war ja auch nicht gerade eine Offenbarung an männlichem Liebreiz.
Es hatte sich aber herausgestellt, daß er doch auf einem Einführungszimmer gewesen war. Als sie das hörte, spürte sie vor Eifersucht einen kleinen Stich. Bis dahin hatte sie sich bei dem Gedanken, daß er vermutlich nicht auf einem Einführungszimmer gewesen war, grün und blau geärgert. Jetzt aber wurde sie sauer. Wer war diese Idiotin, die ihrem Sohn die Knabenschaft genommen hatte? Sicher so eine unbrauchbare, taube Nuß von Frau. Oder eine wahre Bestie, die ihn nur als Matratze benutzt

hatte. Das hieß aber in keiner Weise, daß er sich ein Vaterschaftspatronat gesichert hatte.
Bram hatte ihn gewarnt, ihm gesagt, er dürfe sich draußen nicht soviel herumtreiben, und ihn beschworen, mehr zu essen. Aber da kam sofort Kristoffer mit seiner schützenden Hand. „Wenn aber der Junge nun nicht mehr essen kann ...“, sagte er abwehrend. Bedauerlicherweise redete er Petronius auch noch ein, er sehe wie ein kleiner Sonnenstern aus. „Liebste, laß doch den Jungen in Ruhe ...“ Ja, ja, und jetzt meinte Kristoffer plötzlich, sie behandle die Kinder ungleich. „Ba ist eigentlich ziemlich stark, sogar ziemlich fett. Warum bestehst du nie darauf, daß sie abnehmen soll?“ hatte er gefragt. Da hatte sie es für nötig gehalten, ihren Mann zurechtzuweisen. „Das Aussehen einer Frau spielt doch keine Rolle“, hatte sie ihm erklärt, „wir sagen nie, sie ist hübsch oder häßlich, wir beurteilen eine Frau nicht nach ihrer Figur, reden nie darüber, ob sie zu dick oder zu dünn ist. Das ist eine natürliche Folge davon, daß Frauen schwanger werden und sich ihr Aussehen verändert. Es wäre absurd, Idealmaße für Frauen zu haben.“ Rut beendete die Diskussion mit der Bemerkung, daß Kristoffer, was seinen Sohn betreffe, an einer Art Beschützermanie leide, das sei sein Fehler, sie aber müsse der Realität ins Auge blicken. Und die Realität sei nun einmal, daß dem Aussehen von Frauen eine untergeordnete Bedeutung zukomme.
Eines stand jedoch für Direktorin Bram unweigerlich fest: Wenn Petronius kein Vaterschaftspatronat bekam, mußte er eine Arbeit haben. Dies zwang sie in neue Gedankenbahnen. Was für Chancen hatte eigentlich ein alleinstehender Mann? Die Gefahr, in einem Etablissement zu landen, war bei Petronius allerdings nicht sonderlich groß. Er würde nicht kräftig genug sein. Doch für die Reinigungstrupps würde er sich ausgezeichnet eignen, falls er einfach weiterwuchs.
Rut Bram schlug auf den Arbeitstisch, daß die Platten mit den Haifischen hochsprangen und ihre Zähne in der Nachmittagssonne blitzten. Das durfte nicht passieren. Sie würde, wenn es sein mußte, dafür sorgen, daß Petronius eine anständige Ausbildung erhielt. Eigentlich war Rut Bram eine Frau mit ausgesprochenem Familiensinn. Das hatte sie an diesem Nachmittag an den Schreibtisch getrieben, obwohl sie stapelweise Papier, Anträge und neue Verordnungen für die nächsten Tage hätte durcharbeiten müssen. Es war diese Idee, die sie gehabt hatte, zunächst mehr als Scherz, doch dann als Produkt ihrer schöpferischen Phantasie und jetzt bereits als eine todernste Sache: ein Taucheranzug für Männer. Wenn es schon so verrückt läuft, dachte sie, soll Petronius auch seinen Willen bekommen. Er sollte in die Tiefen des Taucherfachs

vorstoßen dürfen! Bis in alle Lagen – dabei ließ sie ein wieherndes Grunzen hören – , um schließlich in die Führungsschicht aufzusteigen. Außerdem wäre das eine Sensation. Würde der Taucheranzug ein Erfolg, könnte sie an dem Patent eine Menge verdienen.
Mit großem Eifer beugte sie sich über ihre Aufzeichnungen. Dam müßte die Kieferstärke und die Schärfe der Zähne des Speerbeißers genauer vermessen. Das war aber noch nie gemacht worden. Dam hatte es nie geschafft, einen absolut beißfesten Speer zu konstruieren, wie sollte dam es dann schaffen ...? Diese Aufgabe würde sie lösen. Eine ihrer besten Freundinnen war Truppführerin der sechsten Taucherinnenabteilung. Sie würde wahrscheinlich morgen mit ihren Frauen hinausfahren.
„Kristoffer!" brüllte sie.
„Was ist, meine Liebe? Ich habe den Bart voll Shampoo."
„Das Telephon! Kannst du mir vielleicht das Telephon bringen?"
„Ich kann jetzt nicht. Ich würde in der ganzen Wohnung Schaum verkleckern."
„So beeil dich, in Göttins Namen!" Eine kleine Pause entstand. Bram sah ungeduldig zur Terrassentür.
„Rut?"
„Ja."
„Auf der Gebrauchsanweisung steht, daß dann die ganze Prozedur umsonst sein würde. Wenn ich jetzt spüle, wird der Bart schön kraus, und ich will doch morgen zum Herrenkränzchen." Bram schüttelte den Kopf. Frau Göttin, daß so etwas so wichtig sein konnte! Männern fiel immer soviel Sonderbares ein. Obwohl sie zugeben mußte, daß er mit dem schönfrisierten Bart vorteilhaft aussah – weich und stets wohlriechend.
„Schon gut", rief sie, „ich hole mir das Telephon selbst." Sie war natürlich keine unvernünftige Frau. Sie wählte EG 5 und hatte den Herrn von der Vermittlung an der Strippe.
„Ich möchte Lis Ödeschär sprechen, habe aber leider ihre Nummer vertan."
„Augenblick."
Bram wartete ungeduldig. Die Herren von der Vermittlung hatten ja auch nicht gerade das Schießpulver erfunden. Der diensttuende Herr hatte trotzdem die Nummer gefunden und die Verbindung hergestellt.
„Herr Cheftaucherin Ödeschär. Ja, bitte?"
„Hallo. Hier ist Rut Bram. Ist deine Frau zu sprechen?"
„Ja natürlich, sie sitzt hier und sieht sich die Volksburgdebatte im Fernsehen an, völlig langweilige Sache, mir jedenfalls ist das zuviel, aber sie ist nicht wegzukriegen, in den letzten zwei Stunden hat sie nicht ein

einziges Mal mit mir geredet, jedesmal, wenn ich was sage, bekomme ich nur zu hören, ich soll den Mund halten, weil ich eine Abgeordnete unterbreche und sie nicht verstehen kann, was die sagen. Na ja, aber ich finde, sie kann gar nicht behaupten, daß ich sie unterbreche, die reden ja doch die ganze Zeit weiter und können mich ja überhaupt nicht hören und außerdem reden die ja doch alle immer dasselbe, ich kann gar nicht begreifen, daß es so wichtig sein soll, ihnen zuzuhören. Es ist aber wirklich lieb von dir, daß du angerufen hast. Kann ich irgend etwas für dich tun?"
Während des ganzen Redeschwalls hatte Rut Bram den Hörer etwa zehn Zentimeter vom Ohr entfernt gehalten und die Augen verdreht. Als sie plötzlich merkte, daß es still geworden war, drückte sie den Hörer wieder ans Ohr. „Hallo? Bist du es, Lis?"
„Ich wußte doch, daß du mit Lis reden wolltest. Weißt du, ich hab' nämlich keine, mit der ich reden kann, und das ist ganz schön schlimm. Wie geht's denn deinem Mann? Wir haben uns schon lange nicht ..."
„Ach, danke, gut. Könnte ich jetzt ..."
„Schön zu hören, wirklich schön. Findest du nicht, daß wir uns mal treffen sollten? Ich meine, wir alle vier? Dann könnte ich ein richtiges Festessen machen."
„Kristoffer geht morgen zum Kaffeeklatsch. Vielleicht trefft ihr euch da."
„Nein, nein. Ich muß ja zu Hause bleiben. Es ist aber wirklich nett, daß du nachfragst, aber, wie gesagt, ich muß zu Hause sein, denn Lis muß auf See, und es ist nicht sicher, wann sie zurückkommt, und ich gehe nicht gern aus dem Haus, wenn sie weg ist. Es ist schrecklich zu wissen, daß da draußen was passieren kann, das ist schon eine gefährliche Sache, und oft habe ich Angst, wenn es stürmt, so richtig stürmt und ein Unwetter heraufzieht."
Rut Bram war außer sich vor Zorn. Sie wollte gerade so richtig loslegen, als sie im Hintergrund eine gereizte Frauenstimme hörte. „Worüber kann dam nur so lange reden? Kannst du mit deinem Gespräch nicht bald aufhören?"
„Aber das ist doch für dich", sagte Herr Ödeschär zu seiner Frau, sprach dabei aber ins Telephon, legte den Hörer aus der Hand und sagte zu Rut Bram, wobei er diesmal aber ins Zimmer sprach: „Jetzt kommt sie!"
Er hatte bei seiner Frau Mißfallen erregt und war nun total verwirrt. Lis Ödeschär nahm den Hörer. „Sie diskutieren in der Volksburg noch immer die Arbeitsmarktsituation. Ich habe leider keine Zeit ..."
„Lis? Hier ist Rut."
„Ja, hallo, du olles Säugetier. Du mußt schon entschuldigen. Wie geht's?"

„Prima, prima. Aber ich habe ein Problem, das ich mit dir besprechen wollte."
„Schieß los! Britobert, stell doch mal den Fernseher ab! Ich kann gar nicht hören, was Rut sagt." Britobert stellte den Fernseher ab, während er etwas vor sich hin brabbelte. Lis setzte sich bequem in den Telephonsessel. „Britobert! Wo sind die Zigarillos? Ich habe dir doch gesagt, daß auf dem Telephontischchen immer welche liegen sollen." Herr Ödeschär holte das Päckchen, das Lis auf dem Sessel am Fernseher liegengelassen hatte.
„Entschuldige bitte die Unterbrechung. Womit kann ich dir dienen, meine Liebe?"
„Habt ihr eigentlich genaue Messungen der Kieferstärke des Speerbeißers durchgeführt?"
„Wir haben es versucht. Aber das ist ein ganz besonders schwieriges Problem. Wir haben mit denen im Aquarium Experimente durchgeführt. Du kennst ja den Bestand, den wir im Institut haben."
Das war Rut Bram ganz neu. „Ja, eben", sagte sie trotzdem.
„Das Problem ist nur, die sind gezähmt. Und so lebensgefährlich der Fisch im Freien sein kann, so sanft und freundlich kann er sein, wenn er gezähmt ist. Er ist ein ungewöhnlich intelligentes Tier. Geradezu unwahrscheinlich intelligent! Deshalb wissen wir nicht genau, ob er bei unseren Experimenten richtig zubeißt. Es sieht manchmal so aus, als wüßten sie, daß wir experimentieren, und sie nicht mitarbeiten wollen. Das Problem stellt eine echte Herausforderung dar, wirklich. Wir arbeiten daran."
„Weißt du", sagte Rut Bram und räusperte sich, „mein Problem liegt ein bißchen anders. Ich bin nicht so sehr an der Konstruktion eines Speers interessiert, sondern an einer Röhre."
„Was um alles in der Welt willst du denn damit?"
„Das ist vorläufig noch ein Geheimnis, doch bei Gelegenheit will ich es dir verraten. Du weißt ja, wie die Herren von der Vermittlung sind."
„Du schlaue Füchsin! Ich werde sehen, was sich machen läßt."
„Ich zähl' auf dich."
„Sehen wir uns bald?"
„Keine schlechte Idee. Ist ja auch schon lange her."
„Wie wäre es im Klub?"
„O.K.!"
Kameradschaftlich lächelten sie sich durchs Telephon an.
„Tschüs, bis dann, du Stachelschwein."
„Tschüs, bis dann."

Rut schlug sich auf die Schenkel und freute sich. Lis hatte sie immer Stachelschwein genannt, weil ihre Haare so abstanden. Sie strich sich durchs Haar. Dann ging sie ins Bad zu ihrem Mann, umfaßte ihn und fühlte ein plötzliches Bedürfnis nach Zärtlichkeit. Sie ließ die Hände über seinen Bauch gleiten und schaute auf den hübschen neuen PH. Sie hatten lange über den Kauf diskutiert, jetzt aber war Rut mit dem Ergebnis doch sehr zufrieden. Kristoffer fönte gerade seinen Bart. „Hübsch wird der", sagte Rut. Beide blickten zufällig in den Spiegel. Ihnen schien es, daß sie darin wie ein reizendes Paar aussahen.
Kristoffer hatte sich gerade gründlich betrachtet und eine Gesichtsmaske aufgelegt. Er hatte dabei mit Entsetzen festgestellt, daß ihm an Schläfen und Stirn die Haare ausgingen. Er war verzweifelt. Mußte er schon jetzt eine Perücke haben? Er war doch erst achtunddreißig! Mit Grauen dachte er an den Großhändler Herrn Monatochter, der im letzten Jahr eine Perücke haben mußte. Er hatte inständig gehofft, er könnte seine Haare noch einige Jahre erhalten. Perücken sahen nie ganz echt aus, wieviel dam auch für sie ausgab. Die Älteren sagten, es sei so ein beschämendes Gefühl, wenn die Frauen sie mitten im Liebesakt loszerrten. Denn einerseits verlangten ja die meisten Frauen, daß Männer auch beim Lieben eine Perücke trugen, damit sie nicht ganz ihre Lust verloren, aber in der Erregung vergaßen sie oft alle Vorsicht.
Rut faßte ihn plötzlich um die Schultern.
„Rut?"
„Kristoffer!"
Seine Hände strichen sanft über den Kopf.
„Bist du mein ein und alles auf dieser Welt?" fragte sie. Er nickte. Sie zwickte ihn am Bart. Er lächelte. Er hatte so schöne Zähne. Die Eckzähne strahlten immer so, wenn er lächelte. Sie streichelte seinen Rücken, griff ihm an seinen Schambeutel und drückte ihn ein bißchen.
„Ich habe übrigens gestern eine Einladung für uns angenommen. Vom Klub. Für den jährlichen Flatterball." Sie zog ein Kuvert heraus, entnahm ihm die Karte und las: „Direktorin Bram und Gatte werden hiermit zum Klub-Flatter eingeladen. Die Stunde ist gekommen, da wir die Herren mitnehmen dürfen. Die Frühlingsgefühle sind im Aufbruch! Kleidung: Cocktail-Kittel und schwarz, Herzlichst der Vorstand."
„O Rut – ich komme so selten raus. Was soll ich bloß anziehen?"
„Tja, was sollst du bloß anziehen? Was sollst du nur anziehen? Das ist ja wohl dein Problem."
„Ja schon, aber ich möchte gern etwas tragen, was dir auch gefällt."
„Wie wäre es mit dem dunkelroten Hemd? Das paßt ausgezeichnet zu

den dunkelroten Bartrosetten. Die stehen dir am besten."
„Aber dunkelrote Bartbänder sind ganz unmodern. In diesem Jahr sollen es helle Farben sein. Du bist nie auf dem laufenden, meine Liebe."
„Wenn das eben eine versteckte Bitte sein sollte, dir neue Bartrosetten zu kaufen, so antworte ich mit einem glatten ‚Nein'. Die sind entsetzlich teuer. Ich begreife einfach nicht, warum sich Mannsbilder immer mit so schrecklich teuren Sachen schmücken müssen. Außerdem muß ich Steuern nachzahlen und ..."
„Alle anderen tragen helle Farben, wenn ..."
„Ist nicht drin, sag' ich. Außerdem siehst du sowieso immer so mollig und hübsch aus, egal, was du anhast. Und übrigens weiß ich noch nicht einmal, ob ich überhaupt Lust habe, in diesem Jahr zum Flatterball zu gehen. Die enden immer mit diesem einfältigen Partnertauschspiel. Letztes Jahr ist Ödeschärs Mann mit der Plattenberg verschwunden und ..."
„Dann vergiß es. Weißt du was ? Wir setzen uns jetzt auf die Terrasse, dann schieben wir deine ganze widerliche Arbeit weg, und ich mixe uns einen kleinen. Es ist draußen gerade so richtig schön, und die Sonne geht über den Schären unter." Er legte seine Stirn an ihre Brust. „Es gibt kaum etwas Schöneres, als an so einem lauen Sonnabend draußen zu sitzen und das Brausen des ..."
„Kristoffer, mein ein und alles! Du bist doch ein romantisches Gemüt!"
„Du nicht auch? Ich weiß doch, du bist doch eins. Komm!" Er griff nach ihrer Hand und wollte sie mit sich ziehen. Er spürte, daß sie zögerte.
„Kristoffer, ich ..."
„Sag nur nicht, daß du nicht willst!"
„Kristoffer, ich habe eine Verabredung." Sie wußte, daß die Stimmung durch ihre Worte sofort verdorben sein würde. Deshalb blieb sie hart und unnahbar. Sie ließ ihn los. Er sagte nichts. Sie war etwas verärgert. „Du weißt sehr wohl, daß ich es mir nicht leisten kann, einen ganzen Abend freizunehmen." Das klang so vernünftig. Jetzt bekam sie den richtigen Märtyrerzug. Sie mußte immer arbeiten, damit es ihnen allen gutging. Nie frei. Nie richtig frei. Das konnte sie sich nicht erlauben. Das mußte er doch verstehen. Er sagte noch immer nichts.
„Diese Idee, ich muß sie erst zu Ende bringen. Es ist für Petronius, weißt du." Er drehte sich um und sah ihr direkt ins Gesicht.
„Handelt es sich um den Taucheranzug?"
„Ja." Sie schöpfte Hoffnung. Nun verstand er vielleicht, wie wichtig es war.

„Hat deine Verabredung etwas damit zu tun?“
„Ja, genau“, antwortete sie froh und stolz.
„Wird dir Lis dabei helfen?“
„Ja, ich werde sie im Klub treffen.“
Kristoffer ging quer durchs Zimmer, zündete sich eine Zigarette an und setzte sich aufs Sofa. „Ich habe lange darüber nachgedacht“, sagte er. „Seitdem wir mit Ba und Petronius darüber gesprochen haben. Der PH ist das Problem, nicht wahr?“
„Klar. Das ist eine echte Herausforderung, wirklich.“ Sie wiederholte Lis' Worte, ohne jedoch sich dessen bewußt zu sein. Sie bewunderte Lis mehr als irgendeine andere. Was sie sagte, war immer goldrichtig.
„Ja”, sagte Kristoffer, „eine Herausforderung.“
„Ein wirklich reißfestes Material zu finden, da liegt das Problem“, meinte Rut aufgeräumt, als könne sie ihren Mann auch wirklich dazu bringen, über das Problem nachzudenken.
„Eine Herausforderung in der Tat“, wiederholte Kristoffer, blies trotzig den Rauch aus und warf den Kopf in den Nacken. „Hast du nie daran gedacht, daß sich das ganze Problem von selber lösen würde, wenn dam einen Taucheranzug ohne PH konstruiert?“
Rut Bram erschrak. Es kribbelte in ihrem Kopf. Sie spürte, wie sich ihr die Kehle zuschnürte. Hastig zündete sie sich ein Zigarillo an und lief hin und her. Sie ging auf die Terrasse und blickte auf den Strand hinunter. Die Sonne versprengte ihre Farben am Horizont, und der Himmel war hellblau im Halbdunkel.
„Nein“, rief sie, „nein, daran habe ich nicht gedacht. Und es gibt auch einen Grund dafür, daß ich nicht daran gedacht habe. Einen einzigen Grund, mein kleiner Kristoffer. Ganz einfach, das ist unvorstellbar!“ Sie hatte die ganze Zeit über ziemlich laut gesprochen, doch ihre letzten Worte klangen wie eine Explosion. „Ein Männeranzug wird immer mit PH konstruiert. So ist es immer gewesen und so wird es immer bleiben. Das einzige, was verändert werden kann, ist die Schritthöhe, und das ist eine Modefrage, die von den Modeschöpferinnen in Pax entschieden wird. Das Ding abzuschaffen – und das weißt du genausogut wie ich – kommt niemals in Frage. Egal, ob sich Männer über oder unter Wasser, in der Luft oder unter der Erde befinden. Außerdem wäre es unanständig, Kristoffer. Und das ist schlimmer. Ich möchte meinen Sohn nicht mit diesem Ding da lose zwischen den Beinen baumelnd herumlaufen sehen. Nur über meine Leiche!“

Der Frauenklub „Freiheit“

Der Frauenklub „Freiheit“ lag auf halber Höhe des Plattenbergs, der sich steil aus dem Wasser der Egalsbucht erhob. So hatten die Mitglieder des Klubs eine prächtige Aussicht über den Hafen, die Stadt und die Insel. Im Prinzip konnte jede Mitglied werden. Praktisch jedoch waren die Mitglieder vor allem die Direktorinnen und Unterdirektorinnen der staatlichen Kooperative, Cheftaucherinnen, Taucherinnen, Rektorinnen, Volksvertreterinnen, Forscherinnen, Künstlerinnen und die Leiterinnen der Handelsorganisationen.

Als Rut Bram auf dem Wege dorthin über die Nordbrücke fuhr, hatte sie schlechte Laune. Sie mochte diese Auseinandersetzungen nicht. Kristoffer war ein guter Ehemann. Das wußte sie. Sie wußte, er liebte sie. Und er zeigte ihr, daß er sie liebte. Er interessierte sich für ihre Arbeit, inspirierte sie. Bisweilen arbeitete er sich in das ein, womit sie sich beschäftigte, las Referate, kommentierte Beschlüsse, fragte, was diese oder jene Anmerkungen zu bedeuten hätten und was sie in konkreten Fällen zu unternehmen gedenke. Außerdem sah er gut aus. Sie war nicht die einzige, die ihm das Vaterschaftspatronat angeboten hatte. Und wenn sie mit ihm ausging, stand er bei gesellschaftlichen Anlässen oft im Mittelpunkt des Interesses. Trotzdem hielt er ihr die Treue. Jedenfalls soweit sie wußte. Ja, er war ihr treu. Etwas anderes konnte sie sich nicht vorstellen.

An diesem Abend wimmelte es im Klub von Frauen. Sonntags frauschte immer ein großes Gedränge, denn nach einem mit der Familie verbrachten Wochenende hatten viele das Bedürfnis, ein wenig unter ihresgleichen zu sein. An diesem Abend aber war es geradezu beängstigend voll. Der Grund: die große Volksburgdebatte.

Die Arbeitsmarktlage war prekär. Die Bevölkerungsziffer sank ständig. Das bedeutete einen ständigen Mangel an Arbeitskräften. Außerdem hatten die jüngeren Jahrgänge höhere Anfangsgehälter gefordert, höhere Ausbildungsbeihilfen und die Herabsetzung der Altersrenten, was sie auch ungeniert verlangen konnten, denn es bestand ja Arbeitskräftemangel. Aber damit nicht genug, die junge Generation forderte zudem eine Erhöhung des Schwangerschaftsausgleichs.

Die Volksburg stand unter dem Druck, diese Fragen unverzüglich zu behandeln. Es war eine lange Grundsatzdebatte, in deren Verlauf die Probleme in kurz- und langfristige Ziele aufgeteilt wurden. Für Berufsanfänger hatte dam eine kleine Gehaltsaufbesserung durchgesetzt, doch war dam sich darin einig, daß diese die Situation prinzipiell nicht ändern würde. In der Sitzung wurden Maßnahmen erörtert, die auf längere Sicht den steten Geburtenrückgang eindämmen sollten. Das System der progressiven Prämiierung von Geburten funktionierte nicht zufriedenstellend. Einige Rednerinnen, die eine höhere Bezahlung für Schwangere befürworteten, ergriffen das Wort. Bisher habe dam nur bezahlten Urlaub bekommen, wenn dam schwanger war, dazu eine Schwangerschaftszulage von zehn Prozent und Kindergeld, dessen Höhe von der Zahl der Kinder abhing. Außerdem bekomme dam Diätzulage während der Stillzeit. Die Stillzeit dauere immer fünf Monate. Das schlimmste aber sei, daß während der Schwangerschaft die Gehaltssteigerung so gering ausfalle. Sie sei geradezu lächerlich niedrig. Einige machten geltend, die Volksburg müsse endlich einsehen, daß die Leute keine Lust hätten, neun Monate schwanger zu sein, wenn dies nicht höher eingeschätzt werde. Das sei vor allem für die Arbeiterklasse ein Problem. Eine Schwangerschaft sei nun einmal eine starke Beanspruchung des Wibschenkörpers. Und wenn man sich vorstelle, daß dieser Körper nach einer Schwangerschaft harte Arbeit leisten solle, so sei es nicht erstaunlich, daß viele aus den unteren Schichten sich weigerten, Kinder zu kriegen.

Insbesondere der Egalitäre Flügel hatte auf dieses Problem der niederen Schichten hingewiesen und einen Vorschlag unterbreitet, der eine 25prozentige Lohnsteigerung in der Schwangerschaftsperiode, eine Verlängerung des Urlaubs um drei Wochen, eine Erhöhung des Kindergeldes beim ersten Kind sowie eine zehnprozentige Steigerung des Diätgeldes während der Stillzeit vorsah.

Mehrere glänzende Rednerinnen unterstützten dies, wobei sie hervorhoben, daß das erste Kind gleichsam der springende Punkt sei. Die Statistiken würden nämlich beweisen, daß es schwieriger sei, die Leute zum ersten Kind zu bewegen als zum zweiten. Deshalb sei es ein großer Fehler der Volksburg gewesen, daß dam den Betrag für das erste Kind so niedrig angesetzt habe. Das sei ganz einfach ein schlechter Gedanke gewesen, meinten die Radikalen.

Die Begeisterung über diesen Vorschlag schlug während der Debatte hohe Wellen. Tatsächlich handelte es sich um eine der allgemeinwibschlichen Fragen, über die die Parteien längst Einigkeit erzielt hatten, lange bevor die hitzige Debatte entbrannt war.

Das meiste Aufsehen erregte ein männlicher Vertreter, als er ans Podium trat und vorschlug, dam solle eine staatlich gelenkte Abtreibung einführen. Er war relativ neu in der Burg und in der Politik als Kunst des Möglichen nicht sonderlich bewandert. Sichtlich nervös war er zur letzten Umfrage gekommen, ein kleiner, molliger, hübscher Kerl mit Spitzbart. Doch hatte er nicht vielleicht einen zu großen Penis? Die Volksvertreterinnen konnten es sich nicht verkneifen, auf die bewußte Stelle hinzustarren, als er da oben stand und seinen Vorschlag unterbreitete.

„Ich finde es ganz einfach lächerlich, daß die ehrbaren Volksfrauen gewillt sind, für eine Erhöhung der Kinderprämien und der Schwangerschaftsgehälter Millionen von Matraken auszugeben, wenn die ganze Misere dadurch gelöst werden kann, daß der Staat durch seinen Gesundheitsdienst entscheidet, wann eine Wibsche eine Abteibung bekommt und wann nicht. Solange sie es selbst entscheidet, ergibt sich naturgemäß daraus, daß keine unerwünschten Kinder zur Welt kommen. Doch die Kinder, die vielleicht ihren Vätern und Müttern nicht erwünscht sind, sind vielleicht der Gesellschaft erwünscht. Und sollten wir nicht die Interessen der Gesellschaft wahren? Führen wir staatlich kontrollierten Abort ein, kostet es den Staat nicht eine einzige Matrake. Ja, wir könnten vielleicht sogar die momentan geltenden Sätze reduzieren, wenn die Frauen einsehen würden, daß die Geburt eines Kindes eine gesellschaftliche Pflicht darstellt und daß die Freude am Kind ausreichende Belohnung ist."

Ja. Was immer dam auch von diesem Vorschlag hielt – er war mit viel Charme vorgetragen worden. Außerdem war er praktisch undurchführbar. Alle Mädchen lernten bereits in der Grundschule den Abtreibungseingriff. Wie gedachte der männliche Vertreter dieses Problem wohl zu lösen? Darüber hinaus wußten die meisten, daß es nicht an den Frauen lag. Die Zahl der Abtreibungen war nicht beunruhigend hoch. Die Schuld lag eher bei vielen Männern. Alle dachten an den häufigen mangelnden Samenerguß, der in den letzten Jahren verstärkt aufgetreten war, scheuten sich aber, ihn zu erwähnen.

Schließlich ging eine ziemlich junge und vorurteilslose Volksfrau nach vorn und nannte das peinliche Faktum beim Namen. „Wie stellt sich die Volksburg das eigentlich vor? Kann sich die Bevölkerung vermehren, wenn wir nicht genügend natürlichen Zufluß von Samen haben?" fragte sie und faßte die Anwesenden scharf ins Auge. Es wurde ein Ausschuß von fünf Frauen gebildet, der sich damit beschäftigen sollte. Er sollte sich mit den Fachfrauen des entsprechenden Spezialgebietes in Verbindung setzen.

Die Vorschläge für eine Gehaltssteigerung, erhöhtes Kindergeld sowie eine zehnprozentige Heraufsetzung des Schwangerschaftsgehaltes wurden danach mit großem Beifall angenommen.

Im Klub hielten sich mehrere Volksfrauen auf, als Rut Bram an diesem Abend eintraf und sich zu Lis Ödeschär durchschlängelte, die gerade mit einer Volksfrau heftig diskutierte. Bram, die die Debatte im Fernsehen nicht mit verfolgt hatte, wußte nicht genau, worum es ging, hörte aber mit steigendem Interesse zu. Lis Ödeschär knuffte sie in die Seite.
„Na, wie ist es, willst du dich nicht schwängern lassen?“
„Ja, wie wäre es mit noch einer Tochter, Bram?“ hakte die Volksfrau Plattenberg nach. Ihrer Großmutter hatte früher der ganze Plattenberg gehört.
„Gar keine schlechte Idee“, lachte Bram und zögerte.
„Aber vielleicht wäre der Direktorinnengatte nicht so begeistert, oder?“
Bram spielte mit dem Glas, das Ödeschär ihr hingeschoben hatte.
„Daran hatte ich eigentlich nicht gedacht.“
„Woran denn?“ Bram warf der Volksfrau Plattenberg einen flüchtigen Blick zu. Die nickte nur und prostete ihr zu. Bram sah ihre Freundin Lis aufmerksam an.
„Es könnte ja auch ein Junge werden.“
Ödeschär pflichtete ihr bei. Sie wußte, daß Petronius das Sorgenkind seiner Mutter war. Sie konnte sich jedoch glücklich schätzen, daß ihre beiden Söhne, Baldrian und der kleine mollige Fandango, gut geraten waren, ihr Ehre machten und sich überall großer Beliebtheit erfreuten. Baldrian war so hübsch und lieblich anzusehen, daß die Mädchen auf der Straße sich nach ihm umdrehten. Ödeschär nickte verständnisvoll.
„Ich muß schon sagen, mir kommt das ein bißchen altmodisch vor, daß wir absolut Mädchen kriegen wollen“, sagte Plattenberg, die dem radikalen Flügel der Volksburg angehörte. Sie sah sich hastig um und beugte sich vertraulich zu ihnen hin. „Das war übrigens ein kleines Schauspiel, was wir da heute gemacht haben“, sagte sie leise. „Wir haben das mit den Arbeitern groß herausgebracht, daß die es nicht wagen, Kinder zu kriegen, und die Prämie deshalb höher sein müßte. Und auf dieser Grundlage haben wir eine Gehaltserhöhung durchgesetzt, die allen zehn Prozent mehr Lohn garantiert. Prost! Das ist für uns ein lohnendes Geschäft, Bram. Sie nickte wie zur Bestätigung, erhob ihr Glas und verschwand in den Billardsalon. Ödeschär fand anerkennende Worte für Plattenberg.
„Sie hatte heute ihren ersten Menstruationstag und war während der Debatte glänzend in Form“, sagte sie.
Sie setzten sich an die Bar und bestellten noch zwei Drinks.
Ödeschär faßte Bram um die Schulter. Sie waren alte Klassenkameradinnen.

„Was ist mit der Röhre?"
„Ja, das ist etwas problematisch. Die muß fest wie ein Schraubstock sitzen."
„Wovon redest du eigentlich?"
Bram blickte sie fest an. „Von einem PH für einen Taucheranzug für Männer", gab sie zur Antwort.
Ödeschär war verblüfft und nahm einen Schluck. Fassungslos starrte sie ihre Freundin an, legte das Kinn in die Hand und dachte nach. Sie nahm noch einen Schluck. Es wäre ohnehin sinnlos, ihr das ausreden zu wollen. Dafür kannte sie Bram zu gut. Sie wußte auch, daß es um Petronius ging, dem sie damit eine Freude machen wollte ...
„Ich glaube ..., ich glaube, das ist ganz unmöglich."
Rut Bram schlug mit der geballten Faust auf die Theke, daß einige Gläser überschwappten. Der Barmann kam sofort, wischte alles weg, lächelte Bram freundlich an, die wütend zurückstarrte, und entfernte sich. „Das darf doch nicht wahr sein! Willst du mir nun helfen oder nicht?"
„Aber Rut. Auch wenn es ginge, findest du wirklich, daß sich so etwas schickt?"
„Schicken hin, schicken her. Männergerede. Anständige Frauen wie du und ich kümmert es wenig, was sich schickt oder nicht schickt. Wir machen es einfach. Wenn der Junge nun mal auf Tauchfahrten dabeisein will, warum, verdammt noch mal, soll er das denn nicht können?"
Das hörte sich so, wie es gesagt wurde, ganz vernünftig an. Doch gleichzeitig wußte Lis Ödeschär, daß Bram sich vor zwanzig Jahren bei dieser Vorstellung totgelacht hätte. Doch Leute ändern sich eben, wenn sie Familie haben und für diese sorgen müssen.
„Ich habe gesagt, wir werden sehen, was ich machen kann. Und das tue ich auch. Ich kann dir zwar nichts versprechen, werde aber alles versuchen. Petronius kann ja auf alle Fälle einmal mit rausfahren und sich ansehen, wie es ist. Es ist hart." Ödeschär zuckte die Schultern. Für sie war der Taucherinnenberuf ein Geschäft. Sie hatte darin nie etwas besonders Abenteuerliches oder Faszinierendes gesehen. Sie war Taucherin geworden, weil ihre Mutter Taucherin gewesen war und dam sie schon von klein an mit auf Tauchfahrten geschleppt hatte. Und als sie alt genug war und die Zeit kam, einen Hausstand zu gründen, waren Britobert und zwei andere irrsinnig in sie verliebte Männer bereit, das Kind, das sie trug, anzunehmen. Sie hatte sich für Britobert entschieden – der Vater des Kindes war ein hoffnungsloser Fall – und ihm das Vaterschaftspatronat vorgeschlagen. Nachdem er ja gesagt hatte, stell-

te sie fest, daß das einzige, was sie wirklich konnte, das Tauchen war. Sie hatte ihn gewarnt. Für den Mann einer Taucherin sei es ein hartes und oft einsames Leben. Doch Britobert stand nur da, mit glühenden Wangen, unendlich glücklich, und streichelte ihren dicken Leib, so als würde dessen Inhalt schon in seinen Armen liegen. Und sie hatte rausfahren müssen, um ihm und dem Kind ein ordentliches Leben bieten zu können. Dank ihrer Mutter wurde sie schnell Schiffsführerin auf dem größten Segelschiff der sechsten Abteilung.
„Bist du sicher, daß dam dem Jungen diese Flausen nicht mehr austreiben kann? Es gibt doch soviel anderes, was ein junger Mann heutzutage machen kann. Vielleicht Friseur? Es ist heute doch so modern, sich den Bart ondulieren zu lassen."
„Sicher, klar. Glaubst du nicht, daß ich alles versucht habe? Aber ... er ist nicht ganz ... normal." Bram bemerkte, daß Ödeschär etwas zusammenzuckte.
„Baldrian hat erzählt, daß sie auf dem Einführungsball viel Spaß hatten."
„Ja, wirklich?"
„Ja. Und daß Petronius mit einer gut aussehenden Frau, der alle Jungen noch lange nachsahen, ziemlich schnell verschwunden ist. Ich glaube, es muß die junge Maitochter gewesen sein. Ich kannte ihre Großmutter. Eine äußerst interessante Wibsche. Hartnäckig und widerspenstig. Und unwahrscheinlich tüchtig. Die junge Maitochter kommt ganz nach ihr. Ein bißchen aufbrausend und heftig bisweilen, aber sicher und zuverlässig bei der Arbeit. Sie arbeitet in meiner Abteilung."
„Petronius erwähnte so etwas", murmelte Bram. Das war ihr aber völlig unbekannt gewesen.
„Wie wäre es mit einer Partie Bridge?" fragte Ödeschär aufmunternd.
„Ich glaube nicht, daß ich mich konzentrieren kann."
„Es wäre auch schade, wenn du dich blamiertest, wo du doch sonst so gut spielst. Ich werde nie das Spiel vergessen, wo du mit dem As die Pik-Königin gestochen hast und Pik-Bube übrigblieb. Elegant, Bram, elegant! Ich glaube, ich gehe mal rein und sehe, ob ich eine Mitspielerin finde. Das Geld juckt mir in den Fingern. So geht's uns alten Spielschwestern eben. Wir sehen uns später!"
Als Lis Ödeschär gegangen war, bestellte Rut Bram sich noch einen Drink. Sie dachte an Kristoffer und den Sonnenuntergang. Jetzt saß er vielleicht allein dort auf der Terrasse. Sie dachte an seinen großen, runden Bauch und spürte, wie sie zwischen den Schenkeln feucht wurde. Eine Hand legte sich auf ihre Schulter. Müde drehte sie sich um.
„Na, läßt du dich wieder vollaufen, du alter Suffkopp?"

Bram starrte geradewegs in das runde, strahlende Gesicht der Rektorin Barmerud. Rut mochte Rektorin Barmerud nicht. Sie war ihr zu positiv. Ihr Patentrezept für alle Weltprobleme lautete, daß dam alles nur von der Sonnenseite zu betrachten brauche. Das erfüllte Bram mit Ekel und Widerwillen. „Guten Tag, Barmerud", grüßte sie kurz angebunden und drehte sich wieder der Theke zu.

„Bestellst du mir auch einen?" fragte die Barmerud, als seien sie die dicksten Freundinnen. Bram spürte den Arm von Barmerud dicht an ihrem und die Wärme ihres Körpers. Immer mußte die einem so auf die Pelle rücken. Als ob es nicht schon warm genug war. Eigentlich hegte Bram den Verdacht, daß die so eine ... na ja, daß sie eben nicht ganz normal war.

„Was willst du haben?" fragte sie übelgelaunt.

„Einen Whisky. Pur!"

„Einen Whisky pur!" rief Bram. Plötzlich sah sie ein Streichholz vor ihrer Nase aufflammen. Sie hatte ihr Zigarillo aus dem Aschenbecher genommen, und Rektorin Barmerud gab ihr dienstbeflissen Feuer. Rut nickte anerkennend, hatte aber keine Lust, sich mit ihr zu unterhalten. Diese lesbische Luzia!

„War das nicht eine tolle Debatte heute nachmittag?" versuchte es die Barmerud.

„Ich habe sie nicht gesehen."

„Du bist wohl ziemlich beschäftigt", sagte die Barmerud entgegenkommend.

Rut Bram antwortete nicht und nahm aus ihrem Glas einen langen Schluck; je mehr sie trank, desto saurer wurde sie. Erst Petronius, dann Kristoffer mit seinem Sonnenuntergang, dann Lis Ödeschär, die ihre Ideen mißbilligte, und jetzt auch noch die redselige, optimistisch gestimmte Rektorin Bermerud. Sie fühlte, wie ihre Hände feucht wurden, und wandte sich ihr zu.

„Was lernen eigentlich die Kinder in deiner Schule?" fragte sie unvermittelt.

Barmerud biß sofort an. „Ler ... lernen?" sagte sie verstört, als sei es etwas ganz Neues, daß dam in einer Schule etwas lernt.

„Ja, ler-nen, ja!" wiederholte Bram giftig. „Meine Ba, meine Tochter Ba kam neulich nach Hause und berichtete mir die merkwürdigsten Dinge."

„Unser Unterricht steht immer in Übereinstimmung mit den Richtlinien, die wir von der Direktorinnen-Kooperative erhalten, Direktorin Bram", sagte sie scharf.

„Das hast du bestimmt schon fünfhundertmal heruntergeleiert."
„Liebe Bram, was in aller Welt ..."
‚Liebe Bram', wiederholte Bram gehässig im Geiste. Da haben wir es. Dieser schmierige, einschmeichelnde Ton. Den werden wir ihr noch austreiben. „Warum in aller Welt traust du dich nicht zu sagen ‚du verdammtes Stück', wenn du es doch so meinst?"
„Ich weiß gar nicht, worauf du hinauswillst."
Bram gab sich einen Rück. Jetzt war sie richtig in Fahrt. „Das wirst du noch erfahren. Meine Tochter hat doch bei einem gewissen Herrlein Uglemose Zivilisationskunde ..."
„Ja. Herrlein Lisello Uglemose. Ja, und?"
„Er hat ihren Kopf mit komischen Dingen vollgestopft. Er hat ihnen beigebracht, daß die Männer eigentlich stärker seien als die Frauen und das ganze Elend davon abhänge, daß die Männer das nicht einsehen, denn sonst könnten sie schon morgen die Macht an sich reißen. Was ist das für ein Schnickschnack, Rektorin Barmerud!"
„O meine Göttin, hat er das wirklich gesagt?" Die Rektorin begriff jetzt, daß die Direktorin zu Recht erzürnt war.
„Ja. Er ist ausgegangen von der Maxime unserer Gründermütter, daß die Starken die Schwachen beschützen sollen und es die Aufgabe einer jeden Zivilisation sei, das Unrecht der Natur auszugleichen. So weit, so gut. Aber davon ausgehend dann Agitation für die Sache der Männer zu betreiben und zu behaupten, daß die Männer eigentlich stärker seien als die Frauen: Da ist für mich das Maß voll, Rektorin Barmerud. Das ist ja gerade die große Leistung unserer Zivilisation, daß nicht die physische Stärke das Geschlecht bestimmt. Gerade das hat sie doch verwirklicht, indem sie dem männlichen Geschlecht im Leben den ihm gebührenden Platz zuwies. Wird den Kindern in der Schule jetzt etwas anderes beigebracht? Hat dam denn vergessen, daß die Schule hundertprozentig objektiv sein soll?" Rektorin Barmerud nickte unentwegt. „Bedeutet das, Rektorin Barmerud, daß wir Ihre Schule stärker im Auge behalten müssen?"
„Überhaupt nicht, Direktorin Bram, keineswegs. Das heißt, selbstverständlich könnt ihr das gern tun, sooft ihr Lust dazu habt. Ich will ja nicht behaupten, daß meine Schule mustergültig ist, aber ich will auch nicht das Gegenteil behaupten. Auf der anderen Seite gibt es natürlich gewisse Elemente ... auch im Kollegium. Und hier mußt du berücksichtigen, Herrlein Uglemose war das einzige Kind unserer letzten Rektorin. Und da konnte ich ihn doch nicht an die frische Luft setzen, als ich nach ihrem Tod die Schule übernahm. Oder meinst du vielleicht, ich

hätte ..."
Rut machte eine besänftigende Handbewegung. „Nein, das meine ich nicht. Dam sollte nie zu hart sein. Dam sollte besonders mit diesen frustrierten Mannsbildern mittleren Alters nicht zu hart umgehen. Die haben es sicher nicht so leicht. Seien Sie milde, Barmerud, dazu rate ich Ihnen vor allem."
Rektorin Barmerud erhob ihr Glas zu einem vorsichtigen Prost. Bram erwiderte die Geste, und sie stießen an. Dann sprang Bram vom Barhokker und wischte sich die Asche von ihrem schwarzen Kittel. „Ich muß nach Hause, bevor der Alte ganz einschläft", sagte sie und deutete zum ersten Mal ein Lächeln an. Rektorin Barmerud würdigte dies Einlenken durch ein strahlendes Gesicht und leerte ihr Glas auf einen Zug.
Als Rut sich in ihren kleinen, gelben Elektro-Sportwagen setzte, merkte sie, wie feucht und geil sie war. Sie trat das Gaspedal durch und raste die Kurven des Plattenbergs hinunter. Die schärfsten nahm sie fast auf zwei Rädern. Als junges Mädchen hatte sie viel Motorsport getrieben und die Begeisterung dafür nie verloren. Dieser flotte Sportwagen war fast so etwas wie eine zweite Haut für sie. So ein Gefühl mußte dam auch haben, wenn man einen Taucheranzug anhatte. Das mußte sie mit Lis besprechen. Lis. Was in Donnas Namen würde sie ohne sie tun? Sie war die einzige vernünftige Wibsche, die sie kannte. Mit wem konnte dam denn heutzutage noch reden? Rut Bram sauste durch die Kurven. Es war dunkel. Sie kannte den Weg wie ihre Kitteltasche. Ein Weg ist wie ein Mann, dachte sie. Der liegt da und ist bereit, genommen zu werden. Dam kennt die kleinste Unebenheit, weiß, wenn dam Tempo zulegen oder wenn dam bremsen muß. Ein Weg ist wie ein Männerkörper, den dam liebt, dachte sie.
Sie glitt durch die Kurven und weiter auf die Nordbrücke zu. Das Wasser lag schwarz unter ihr. Spiegelblank und schwarz. Tief. Was, wenn sie da hinabraste? Sie verspürte plötzlich einen unheimlichen Drang dazu. Je länger sie hinunterstarrte, je weiter sie über die Brücke fuhr, desto größere Lust überkam sie, alles sausen zu lassen und sich einfach in die Tiefe zu stürzen. Jäh merkte sie, daß sie auf die entgegengesetzte Fahrbahn geraten war. Sie steuerte auf die richtige Seite herüber. Angsterfüllt starrte sie auf die Lichtkegel vor sich auf dem Asphalt. Dort im Lichtkegel erkannte sie es. Sie liebte ihn. Sie mußte zu ihm nach Hause. Jetzt lag er da und wartete auf sie. Er hatte den ganzen Abend auf sie gewartet. Jetzt komme ich, Liebster. Ich komme zu dir. Der Lichtkegel war Kristoffer. Sie fuhr ihm nach. Sie war davongelaufen. Es gab keinen anderen Weg. Sie beschleunigte das Tempo. Es hing hügelabwärts. Sie

erreichte den großen Eichenwald. Jenen Eichenwald voller Erinnerungen, wo sie ihn zum ersten Mal genommen hatte. Hier hatte er zum ersten Mal nachgegeben, ihr zum Vergnügen das getan, was sie wollte. Sie spürte, wie sich die Lust warm und kribbelnd über die Innenseite ihrer Schenkel ausbreitete. Der Griff ums Lenkrad wurde kräftiger. Der Tachozeiger bewegte sich auf 110. Links tauchten die ersten Häuser auf. Nun war sie gleich zu Hause. Sie fuhr die breite Allee zwischen den Wohnblocks entlang, hielt bei dem ersten, schwang sich aus dem Elektro-Auto, rannte die Treppe hoch, drehte den Schüssel um und stürmte herein.

Die Tür zur Terrasse war zu. Im Zimmer brannte nur noch eine Lampe. Er mußte sich schon hingelegt haben. In aller Eile entkleidete sie sich und ging zu ihm hinein. Er schlief. Sie schmiegte sich an ihn und legte seine Arme um sich. Er grunzte und wollte sich auf die andere Seite drehen.

„Kristoffer, mein alles", flüsterte sie.

„Mmmmmm ..."

Sie küßte ihn. Er war ganz schlapp und schwer. Das erregte sie noch mehr. Sie schob seine Hand zwischen ihre Schenkel.

„Jetzt nicht, Rut. Ich habe schon geschlafen."

Sie bewegte seine Hand ein wenig vor und zurück. „Du schläfst doch gar nicht, wenn du reden kannst, Liebster!" Sie legte sich auf ihn und drückte ihre Brüste gegen sein Gesicht.

„Ich bin müde", murmelte er und begann, schlapp an der einen Brustwarze zu saugen.

„Mach hier", sagte sie, „ein bißchen kräftiger, Kristoffer. Ich liebe dich."

„Ich liebe dich auch."

Sie schaukelte hin und her. Das war köstlich. Sie pustete und stöhnte.

„Rut, wollen wir nicht schlafen?"

„Doch, gleich. Oh, Liebster, du bist schön." Rut Bram bewegte ihren Unterleib schnell und zielstrebig. Plötzlich ging ihr die Volksburgdebatte durch den Kopf. Zehn Prozent, dachte sie. Und sie bewegte sich im selben Rhythmus. Zehn Prozent. Kristoffer nahm ihren Kopf in seine Arme. Mit einem schlafwandlerischen Lächeln sah er sie an. Sie liebte dieses Lächeln. „Hast du an die Pille gedacht?" sagte sie.

„Ja, aber ich kann heute abend nicht. Das merkst du doch. Es tut mir leid. Ich komme nicht ..."

Es lag schon ein Weilchen zurück, seit er gekommen war. Rut konnte sich kaum noch daran erinnern. Sie mühte sich über ihm, gleichmäßig und rhythmisch. Es war so wunderbar. Nie sagte er nein, wenn sie woll-

te. Hätte sie einen besseren Mann haben können? „Du kannst übrigens ruhig damit aufhören", sagte sie.
„Aufhören?"
„Ja, mit der Pille."
„Willst du noch ein Kind haben?"
„Ja, du denn nicht?"
Kristoffer antwortete nicht. Plötzlich war es noch viel schöner. Sie hatte alles vergessen, und ihre Hände glitten entspannt über seinen Körper. Er suchte nach ihrem Knubbel und fand ihn. Nein, nun wußte sie es. Dafür lebte sie. Alles andere war eine unendliche Anhäufung von Absurditäten, die in einem zusammenflossen und in diesem einzigen zuckenden Punkt eine Bedeutung gewannen. Das hier. Sie lag da und wand sich in Ekstase über ihm. Er hielt sie umfangen. Der Gedanke an seine vorsichtige Hand, die sie so sanft hielt, ließ ihre Sinne schwinden. Am ganzen Körper klatschnaß, sank sie wohlig und entspannt zusammen. Sie streichelte ihn ein wenig und merkte, daß der Kleine sich leicht zu regen begann. Das war so rührend. Es war so schön, einfach dazuliegen, ganz ruhig mit ihrem nackten Leib an seinem. Und sie bemerkte erst etwas, als sie durch einen ungewohnten Laut aufwachte. Sie hatte geträumt, daß Rektorin Barmerud vor ihr auf den Knien lag, schluchzte und sie anflehte, ihre Stellung behalten zu dürfen, und versicherte, daß von nun an bis in alle Ewigkeit sämtlichen Direktorinnen zehn Prozent erfüllt würden. Sie wollte gerade losbrüllen: ‚Zehn Prozent! Warum nur zehn Prozent, Rektorin Barmerud?!', hatte aber ihre Stimme verloren. Sie erwachte schweißgebadet, schaute auf und fuhr zusammen. Sie spürte Kristoffers Schläfe. Sie war warm und feucht.
„Aber mein Lieber, geliebter Kristoffer, warum weinst du?"

Rektorin Barmerud räumt auf

„Hrl. Lisello Uglemose! Ich ersuche Sie, nach dem Unterricht in meinem Büro vorzusprechen. Rektorin Barmerud."
Sein Name war mit kleinen spitzen, ungleichen Buchstaben am unteren Rande der Mitteilung vermerkt. Er kannte diese Schrift. Sie hatte sich im Laufe der Zeit etwas verändert. Aber Donna, natürlich kannte er sie. Er zitterte und kriegte rote Ohren. Am liebsten wäre er sofort in das Zimmer der Rektorin gestürmt und hätte sie gefragt, worum es ging. Doch dann erinnerte er sich, daß die Rektorin am Wochenanfang vor

zwölf Uhr keine Sprechstunde hatte. Auch wenn sie vor zwölf Sprechstunde gehabt hätte, wäre es doch äußerst unpassend gewesen, einfach so hereinzuplatzen. „Nach dem Unterricht" hieß „nach dem Unterricht", und jeder Versuch, sich nicht daran zu halten, wäre auf die Frage hinausgelaufen: „Glauben Sie, ich meine mit ‚nach dem Unterricht' ‚während des Unterrichts', Herrlein Uglemose?"
Er merkte, daß jemand hinter ihm stand. „Na, hast du eine Einladung bekommen?" Es war Lehrerin Ei. Er wußte nie, ob Lehrerin Ei ironisch oder nur dumm war. Neugierig war sie jedenfalls. Herrlein Uglemose schaute sie fragend an und fühlte sich sogleich unsicher. War das eine Einladung? Wußte Lehrerin Ei etwas darüber? Oder war die Frage nur aus der Luft gegriffen, um ihm deutlich zu machen, daß er für eine Einladung selbstverständlich nie in Frage kam? Auch wenn Lehrerin Ei nicht Vertrauenslehrerin und auch nicht mit besonderen Aufgaben ausdrücklich betraut worden war, kannte sie doch alle Geheimnisse der Schulverwaltung. Herrlein Uglemose war davon überzeugt, daß sie auch sämtliche, ihn persönlich betreffenden Details kannte. Auch solche, von denen er selbst noch nicht einmal etwas wußte. „Nein, nicht direkt eine Einladung", murmelte er. „Na, dann vielleicht einen kleinen Liebesbrief? Ha, ha, ha. Ja, dam wird nie zu alt. Ha, ha, ha."
Die Lehrerin klopfte ihm leicht auf die Schulter und verschwand. Den ganzen Tag ging er herum und überlegte, was in aller Welt die Rektorin von ihm wollen könne. Er befürchtete das Schlimmste. Es war immer sicherer, das Schlimmste zu befürchten. Das hatte ihn seine lange Lebenserfahrung gelehrt. Auf der anderen Seite war die Rektorin eine äußerst förmliche Person. Selbst die angenehmsten Dinge konnte sie zunächst einmal ganz nüchtern und belanglos vorbringen. Herrlein Uglemose war auf alles gefaßt.
In all den Jahren hatte es die Rektorin geschafft, ihr Verhältnis auf einer sehr formellen Ebene zu halten. In der ersten Zeit hatte er noch versucht, aus ihrem strengen Blick ein verliebtes Augenzwinkern herauszulesen. Damals glaubte er noch, daß aus ihnen etwas werden könnte. Diese Zeit war längst vorbei. Syprian war groß geworden, und er war nicht sein Sohn. Syprian war Grodrians Sohn. Für immer und ewig. Dagegen war nichts zu machen. Auch wenn alle sehen konnten, daß Syprian Herrlein Uglemose wie aus dem Gesicht geschnitten war. Syprian war, je länger er herumlief, der lebende Beweis für seine Schmach.
Herrlein Uglemoses Unterricht war an diesem Tag noch schlimmer als je. Er lief dauernd rot an und kam bei der kleinsten Frage aus dem Konzept. Selbst das leiseste Räuspern empfand er als Kritik, und die letzte

Stunde in der 4 B war ein Alptraum. Ba Bram stellte sich auf den Schultisch, spielte Politikerin und rief zur Solidarität mit den Arbeiterinnen auf. Die Schülerinnen applaudierten und lachten. Nicht eine einzige kümmerte sich darum, daß er an der Tafel stand und ein matriotisches Gedicht aus dem vergangenen Jahrhundert interpretieren wollte. Es war eigentlich ein schönes Gedicht; damals, als das Herrlein selbst Schüler war, hatte es ihn mächtig beeindruckt. Im Gegensatz zu den meisten im Kollegium erinnerte sich nämlich Herrlein Uglemose, wie es damals war, als er noch zur Schule ging.

Das Gedicht handelte davon, was dam fühlte, wenn dam vom Meer aus an die langgestreckte Küste Egalias kam. Dam fühlte, daß sich hier – einst in der Morgenröte – die Wibschen festgesetzt und mit Fleiß und Demut im Glauben an ihre Donna Klara ein wibschenwürdiges Dasein für sich und die Ihren geschaffen hatten. Die Grundlage für die Größe Egalias lag in dieser Plackerei. Aber vor allem in der Wibschenwürde. Wenn die Wibschenwürde die Frauschaft über die Sinne der Wibschen errang und jede noch so kleine Seele auf der Welt erfaßte, würde Egalia – unser Mutterland – für ewig seine Größe bewahren.

Tief ergriffen hatte Herrlein Uglemose damals versucht, das Gedicht zu vertonen, und spielte es in seinen einsamen Stunden auf dem Flügel. Dort saß er, allein, in der großen, einsamen Villa auf dem Plattenberg, klimperte und träumte vor sich hin. Er hatte es nie gewagt, das Stück anderen vorzuspielen. Es wäre zu angeberisch gewesen, denn er hatte es ja selbst komponiert. Ab und zu hatte er herausfinden wollen, ob Kornmarken, seine Gärtnerin, ihn nicht spielen hörte, wenn im Sommer die Tür zur Veranda offenstand und sie direkt vor ihm mit den Obstbäumen beschäftigt war. Aber Kornmarken sagte nichts dazu, wie sie überhaupt selten etwas sagte. Und er wagte nicht, danach zu fragen. Es war eine schöne, kleine Melodie, fand er. Er spielte sie in d-Moll.

Eigentlich war er ja nie vom Meer aus zur langgestreckten Küste Egalias gekommen. Und das war es auch nicht, was ihn ergriffen hatte, sondern die Sehnsucht nach dem Meer. Als er davon seinem Lehrer erzählte, hatte dieser geantwortet, er sei von den falschen Dingen ergriffen. Denn das Gedicht handle überhaupt nicht von der Sehnsucht nach dem Meer, sondern im Gegenteil von der Sehnsucht nach dem Land. Herrlein Uglemose meinte zwar immer noch, es sei die Sehnsucht nach dem Meer, konnte aber nicht erklären, warum.

Und nun stand Ba also oben auf ihrem Tisch, agitierte für mehr Schwangerschaften und die ganze Klasse lag vor Lachen über den Tischen. Sie hatte auch eine Riesentüte mit Weingummi-Frauchen gekauft und bot

allen in der Klasse welche an. Herrlein Uglemose fragte sich, ob sie überhaupt bemerken würden, wenn er den Raum verließ. Glücklicherweise klingelte es, ehe alle Tische völlig umgeschmissen waren. Die Kinder stürmten aus der Klasse, ohne ihm auch nur einen Blick zu schenken. Das Herrlein räumte das Gröbste weg. Es war nämlich schon passiert, daß der Putzmann sich geweigert hatte, einen solchen Dreck sauberzumachen. Er schloß die Tür ab. Das war die letzte Stunde. Er ging die Treppe hoch, hielt vor der Tür der Rektorin inne, zögerte einen Augenblick und klopfte dann. „Herein!" erklang es freundlich. Das war die Stimme des Sekretärs. Herrlein Uglemose trat ein. „Die Rektorin ist noch nicht da", sagte der Sekretär, tippte weiter und fuhr fort, als das Herrlein ein bißchen unbeholfen stehen blieb: „Aber die Rektorin erwartet Sie, ich habe mit ihr telefoniert. Sie muß jeden Augenblick kommen. Nehmen Sie doch Platz."
Der Sekretär war immer so freundlich und konnte auf alle Anliegen eingehen. Er tat alle möglichen Dinge, die eigentlich nicht zu seiner Arbeit gehörten. Und immer mit einem Lächeln. Er wurde immer Herbert genannt. Es machte Herrlein Uglemose betroffen, daß er nicht einmal Herberts Nachnamen wußte. Vielleicht hatte er gar keinen.
Das Büro der Rektorin war groß und luftig, mit einem Riesenfenster, das auf den Liv P. Livtochterweg hinausging. Das Herrlein stand da, betrachtete die großen, weißen Segelkutter und dachte, daß es irgendwie befreiend wirke, in dies Zimmer zu kommen, abgesehen von dem riesigen, spiegelblanken Schreibtisch der Rektorin. Doch der Blick aus dem Fenster wirkte befreiend. Die Fenster des Lehrerinnenzimmers führten dagegen nur auf den Schulhof. Das Herrlein setzte sich auf den Stuhl an der peinlichen, der Besucherseite des Schreibtisches. Er hielt den lachsroten Koffer auf dem Schoß, um so den PH zu verbergen. Sein ganzer Körper war steif und angespannt. Jede Sekunde erwartete er, daß der Türgriff niedergedrückt würde. Dennoch erschrak er, als er endlich das Geräusch hörte und die Rektorin zehn Minuten zu spät hereinmarschierte.
„Nanu! Sie sind schon da?!" rief sie und setzte sich hinter die sichere Seite des Schreibtisches. Herrlein Uglemose sah sie an. Sie trafen sich nicht oft ohne Gesellschaft. Immer nur, wenn Formalitäten sie dazu zwangen. Vermied sie solche Begegnungen? Jetzt dachte er wieder daran, wie sie damals zusammen waren, damals, als Syprian empfangen wurde. Seitdem hatte sie sich sehr verändert. Sie war wenigstens doppelt so dick geworden und hatte einige Falten dazubekommen. Dennoch nahm er eine Art verfeinerter Schönheit in ihrem Gesicht wahr. Sie sah müde aus.

Nichts strahlt soviel Ruhe und Würde aus wie ein müdes, altes, faltiges Gesicht, dachte Herrlein Uglemose. Die Augen waren schmal, doch durchdringend. Meine Göttin, wie er sie geliebt hatte! Ganz plötzlich kam es wieder über ihn, jetzt, da sie allein waren.
„Gut“, sagte die Rektorin Barmerud entschieden, ohne ihn anzusehen. „Ich habe Ihnen eine Nachricht zukommen lassen. Die haben Sie doch bekommen?“ Das Herrlein nickte und dachte, das ist doch sonnenklar, sonst säße er ja nicht hier. Aber als die Rektorin ihm keinen Blick schenkte und so auch nicht sehen konnte, daß er genickt hatte, wiederholte sie: „Die haben Sie doch wohl bekommen?“
„Ja.“
„Es betrifft Ihren Unterricht, Herrlein Uglemose. Bedauerlicherweise habe ich erfahren – bedauerlicherweise, Herrlein Uglemose –, daß Ihr Unterricht in gewissen Punkten nicht unseren Zielsetzungen entspricht. Richtiger gesagt, Sie haben politische Agitation in einer Form betrieben, die wir an einer Schule wie der unseren nicht gutheißen können. Es ist ein Grundprinzip unserer Schulform, daß wir sachlich und objektiv in unseren Darlegungen sind. Es ist anzuerkennen, daß Sie Ihren eigenen, selbständigen Standpunkt haben, Herrlein Uglemose, doch Propaganda für die Sache der Männer gehört nicht in unsere Schule. Sie gehört auf die Agitationstreffen und kann an unserer Schule nicht toleriert werden.“
„Wenn sie doch nur aufhören könnte, mich immer ‚Herrlein Uglemose‘ zu nennen“, dachte Herrlein Uglemose. „Wenn sie doch nur ein einziges Mal so wie früher ‚Lisello‘ zu mir sagen würde. Jedes ‚Herrlein Uglemose‘ hört sich in meinen Ohren wie ein Peitschenhieb an“, dachte er. Er erschrak ein wenig, als er bemerkte, daß die Rektorin zu reden aufgehört hatte. Er blickte sie ein wenig verwirrt an. Ihre Blicke trafen sich über der spiegelblanken Fläche.
„Wa ... was haben Sie gesagt?“
Die Rektorin trommelte ungeduldig gegen die Tischkante.
„Ich habe gesagt, es wurden Klagen laut, daß Sie Propaganda betreiben.“
„So?“
„Ja.“
„Ja?“
„Ja. Und das in der Klasse der Direktorinnentöchter. Im Zivilisationskundeunterricht. Sie sollen gesagt haben, der große Aufstand der Männer sei nur noch eine Frage der Zeit.“
„Ist er das?“
„Was?“
„Ist der große Männeraufstand nur noch eine Frage der Zeit?“

„*Nein!*“ Die Faust von Rektorin Barmerud sauste auf den Tisch. „Sie bringen Ihren Schülern bei, daß der große Männeraufstand nur noch eine Frage der Zeit ist!“
„Ach so!“
Jetzt erinnerte sich Herrlein Uglemose. Das war die Stunde, als Ba die Klasse verlassen mußte. Er hatte ihnen etwas von der Schöpfung erzählt. Aber er erinnerte sich nicht mehr genau, was er gesagt hatte.
„Ja, aber ...“, sagte er und senkte den Blick, „... aber ich glaube nicht, daß ich das genau so ausgedrückt habe. Ich sagte ... also ich habe gesagt ... Wie geht es Syprian?“
Die Rektorin überhörte die Frage und wollte wissen, was er denn nun zu sagen habe.
„Wozu?“
„Zu dem, was ich eben vorgebracht habe.“
„Das habe ich doch gerade gesagt.“
„Was haben Sie gerade gesagt?“
„Ich habe gesagt: ‚Wie geht es Syprian?‘ “
„Was soll denn das? Was hat denn das mit der ganzen Sache zu tun, Herrlein Uglemose?“ Die Rektorin war kurz davor, die Befrauschung zu verlieren.
„Alles. Mit allem hat es was zu tun ... Gerd! Wenn du nur ein einziges Mal ‚Lisello‘ zu mir sagen würdest! Du tust so, als hätten wir uns nie gekannt. Wie kannst du alles so schnell vergessen? Wie kommst du eigentlich darauf, von mir nur Antworten wie ‚Jawohl, Frau Rektorin, entschuldigen Sie, Frau Rektorin‘ zu erwarten? Bestehst du nur aus Kopf? Einem Kopf, der mir nicht darauf antworten kann, wie es meinem Sohn geht?“
„Pscht, nicht so laut!“ polterte Rektorin Barmerud los.
„Nicht so laut, wenn ich das schon höre!“ wiederholte Herrlein Uglemose aufgebracht. „Als ob das nicht jede Wibsche in der Stadt wüßte! Glaubst du etwa, ich merke nicht, wie hinter meinem Rücken geflüstert und getuschelt wird? Glaubst du etwa, ich weiß nicht, was die Schüler reden, wenn ich komme und wenn ich gehe?“
Rektorin Barmerud setzte sich in Positur. „Ich finde, das Büro ist nicht der richtige Ort für Privatgespräche.“
„Sieh mal an! Dieses Büro ist offenbar nur dazu da, daß du redest und andere dir zustimmen und du deine Standpauke zum Nachdenken hältst.“
„Das ist meine Aufgabe hier ... lieber Lisello.“ Sofort ärgerte sich Rektorin Barmerud, daß ihr das so rausgerutscht war. Herrlein Uglemose aber gab diese Anrede neuen Mut.

„Was glaubst du, ist alles in diesen Jahren gewesen, Gerd? Hast du ein einziges Mal in deiner so großen und so wichtigen Lebensaufgabe innegehalten und hast darüber nachgedacht, wie es ihm geht? Nicht, daß ich meine, deine Aufgabe sei nicht wichtig. Donna weiß, ich bin der erste, der dich und das, was du geschaffen hast, anerkennt. Du hast immer deiner Arbeit den Vorrang gegeben. Aber dein Leben, Gerd! Was ist mit deinem Leben?
„Arbeit und Privatleben müssen auseinandergehalten werden", antwortete Rektorin Barmerud, die ihre Moralbegriffe endlich wieder geordnet hatte.
„Das ist falsch", sagte Herrlein Uglemose heftig. „Genau darunter habe ich mein Leben lang gelitten. Da haben wir's. Warum bin ich darauf nur nicht früher gekommen! Arbeit und Privatleben sind eins." Mit einer gewissen Wehmut erkannte Gerd Barmerud bei ihrem früheren Geliebten den Hang zur Dramatik wieder. Wenn er sich endlich einmal erweibt hatte, seine Gefühle zu äußern, kam er ihr immer wie eine Männergestalt aus einem bürgerlichen Melodram vor. Sie fühlte auf einmal etwas, was sie vor langer Zeit für diese einsame Wibsche hier empfunden hatte. Damals, einen flüchtigen Moment in einer Sommernacht im Eichenwald vor der Maibucht. Das war er. Sie erkannte ihn wieder. Sie war hier an seiner Seite jahraus, jahrein vorbeigegangen, ohne auch nur ein einziges Mal daran zu denken. Sicher handelte es sich dabei um das, was die Chefpsychologin Egalias, Signe Freudis, Verdrängung nannte.
Aber sie hatte sich durch seine ungestüme und offenkundige Verliebtheit bedrängt gefühlt. Für sie war es nur eine Juninacht. Vielleicht waren es auch mehrere. Doch sie erinnerte sich bloß an eine. An jene Juninacht, als sie von dem Sohn der Trainerin, den sie so liebte, abgewiesen wurde, niedergeschlagen zu Lisello ging und ihn in den Wald mitnahm. Dann hatte sie mit ihm geschlafen. In dieser Nacht ist Syprian in ihr entstanden. Sie hatte es ihm sofort erzählt. Eer war überglücklich und stammelte: „Endlich weiß ich, wofür ich lebe!", doch sie hatte etwas kühl geantwortet, sie wisse das noch nicht, denn der Sohn der Trainerin sei noch im Geschäft. Genau das hatte sie gesagt. Der Sohn der Trainerin sei noch im Geschäft. Dann sah sie die Verzweiflung in seinem Gesicht – die Verzweiflung und Erniedrigung. Er hatte sich an sie geklammert und gebettelt. „Was soll ich machen ? Was meinen Eltern sagen, meiner Mutter, der Moralhüterin in dieser Stadt? Sie wird das nicht überleben!" Und sie hatte ziemlich rücksichtslos geantwortet, er könne wirklich nicht erwaren, ihr Vaterschaftspatronat zu bekommen, nur weil seine Mutter Rektorin und „Hüterin der Moral" war. Den Ausdruck

„Hüterin der Moral“ hatte sie ihm fast buchstäblich vor die Füße geschleudert. Und jetzt saß sie hier und schwang sich vor ihm zur „Hüterin der Moral“ auf. Die Verbindung mit Lisello Uglemose hatte der jungen Barmerud die Nachfolge der alten Rektorin Uglemose gesichert. Nachdem die kritische Phase vorüber war, hatte sie den Sohn abgewiesen. Sie hatte das halbe Reich bekommen, sich aber den Prinzen erspart. Haha!

„Woran denkst du?“ fragte er.

„An nichts.“

Sie biß die Zähne zusammen. Das Gespräch war anders als von ihr geplant verlaufen. Eigentlich hatte sie überhaupt nicht damit gerechnet, daß ein Gespräch zustande kommen würde. Sie begriff, daß sie einen administrativen Fehlgriff begangen hatte. Sie mußte Herrlein Uglemose so schnell wie möglich loswerden, bevor das Ganze mit Heulen und Zähneklappern endete.

„Du lügst“, sagte er,

„Du hast recht. Alles, was du gesagt und gedacht hast, ist richtig. Die Welt hat dich ungerecht behandelt, aber so ist das Leben, Lisello. Was können wir machen, um das zu ändern? Kannst du mir das sagen?“

„Ich habe dich geliebt, Gerd. Und ich habe unser Kind geliebt. Und jetzt willst du mir nicht einmal sagen, wie es ihm geht.“

Rektorin Barmerud atmete schwer. Syprian war eigentlich keiner, den dam besonders beachtete. An seinem ersten Einführungsball hatte Syprian die meiste Zeit dagesessen und auf die tanzenden Paare gestarrt. Er hatte sich Grobheiten von einer besoffenen Person gefallen lassen müssen, die ihn noch nicht einmal mit auf ein Einführungszimmer nehmen wollte. Grodrian hatte ihm das erzählt. In einem Punkt war Syprian allerdings durchaus geglückt: Er hatte einen scharfen Verstand. Syprian glich seinem Vater bis auf I-Tüpfelchen. Ihm wird einmal das gleiche Los wie Herrlein Uglemose beschieden sein, nämlich ein später Knabe zu werden.

Rektorin Barmerud erhob sich unwirsch. Sie durfte sich nicht in Sentimentalitäten über das Los der Männer in dieser Welt verzetteln. Sie blickte über ihr rauhes Doppelkinn auf das Herrlein herunter.

„Zurück zur Sache! ‚Es ist die Aufgabe jeder Zivilisation, das Unrecht der Natur auszugleichen.‘ Das war doch der Ausgangspunkt Ihrer Stunde, Herrlein Uglemose, wenn ich richtig informiert bin. Was bedeutet das? Es scheint, als hätten Sie vergessen, was Sie in Ihrer Jugend gelernt haben. Das Unrecht der Natur besteht darin, daß Männer nicht das Privileg haben, Kinder zu gebären. Das heißt, daß der Mann im Lebensprozeß eine ganz untergeordnete Funktion hat. Wie das ja auch unsere kleine Affäre vor einiger Zeit deutlich gemacht hat. Das müssen wir zugeben. Wie gesagt: eine völlig untergeordnete Funktion. Von seiten der Natur ist der Mann auch nicht dazu bestimmt. Leben zu wahren – ja nicht einmal, es zu erhalten. Dies ist das biologische Schicksal, Herrlein Uglemose. Das ist auch Ihr Schicksal. Sie können sich natürlich darüber beklagen, daß Sie als Mann geboren wurden. Aber dagegen können weder Sie noch ich etwas machen." Es folgte eine kleine Pause, als wolle sie sich ein wenig daran laben, daß dam da wirklich nichts machen konnte. „Deshalb habe ich doch auf ganz natürliche Weise meinem Kind das Leben geschenkt, sein Leben bewahrt – etwas, wozu Sie gar nicht geschaffen sind. Das war alles für heute. Sie können gehen, Herrlein Uglemose."

Die Audienz war vorbei. Das Herrlein schlich langsam zur Tür. Er war verblüfft und verwirrt. Wie konnte Rektorin Barmerud ihr intensives Gespräch in solche Trivialitäten münden lassen, die dam schon tausendmal zuvor gehört hatte!

Rektorin Barmerud betrachtete seinen Hintern. Wieder tauchte das Bild vom Eichenwald in ihrem Kopf auf. Würde sie seinen Hintern noch immer so begehren, wenn sie ihn jetzt nackt sähe? Der Hintern verschwand, und die Tür wurde wieder geschlossen. Rektorin Barmerud nahm sich sofort die Arbeit für den Nachmittag vor.

Der Strand, die Steinstatue und der Eichenwald

Petronius lief durch den Wald zum Wasser hinunter. Es begann zu dämmern. Er ging nicht gern im Halbdunkel durch den Wald. Die Äste wurden dann immer zu knorrigen, braunschwarzen Gebilden; die Stämme waren dick und unverrückbar. Dam konnte nie wissen, ob dahinter nicht eine Frau lauerte. Als Petronius klein war, hatte er von dunkelgekleideten Frauen gehört, die sich im Wald versteckten und nur darauf warteten, kleine Jungen zu fangen, um mit ihnen irgend etwas Schändliches zu treiben. Eigentlich hatte er nie richtig erfahren, was für schändliche Dinge das waren. Die Angst vor diesen dunklen Gestalten hatte ihn aber nie ganz verlassen. Plötzlich raschelte es, nur einige Meter von ihm entfernt. Petronius zuckte zusammen, dann stöhnte eine Männerstimme: „Nicht so fest, Ida." Ach so, nur welche, die sich liebten. Er

lief schnell weiter.
Die Wellen glitzerten, als er zum Strand kam. Die großen Kullersteine leuchteten ihm entgegen, auch der Himmel war nicht so dunkel wie im Wald. Es war fast still. Die breiten, glänzenden Wellen schlugen ruhig gegen die Steine und strömten zwischen ihnen hindurch zu sich selbst zurück, als würde das Meer atmen. Hier unten war es immer ganz anders. Von der Terrasse aus schien das Meer tot zu sein, wie ein blinder Spiegel. Hier unten lebte es.
Petronius zog seine engen Schuhe aus und balancierte auf den runden, glänzenden Steinen. Sie waren noch warm, wärmer als die Luft. „Die Wibschen sollten eigentlich immer barfuß gehen." Jedesmal, wenn er barfuß lief, hatte er das Gefühl, daß die Füße eigentlich Greifwerkzeuge waren und einfach in viel zu enge Schuhe gepreßt wurden. Schießlich richteten sie sich immer ein wenig nach der Mode. Jetzt hatten sie gerade spitzzulaufend und kanuförmig zu sein.
Petronius' grüne Kanu-Schuhe standen verlassen am Strand und gähnten den Himmel an. Er ging geradewegs auf die Steinstatue zu und hob einen Stock auf. Die Statue stand so weit draußen, daß sie bei Hochwasser ein Fußbad abbekam. Petronius stand vor ihr, mit den Füßen im lauwarmen Wasser. „Du bist dumm", sagte er leise. Unberührt spähte die Steinstatue zum Horizont. „Du bist dumm", sagte er etwas lauter. Ich verstehe dich nicht. Darum bist du dumm." Er hämmerte mit dem Stock gegen ihre Schläfe. „Kapierst du denn nicht, daß es nicht lohnt, hier so rumzustehen? Seit wann stehst du hier so? Seit zwanzig Jahren. Vor zwanzig Jahren ist ihnen eingefallen, auch dein Leid zu verewigen." Petronius umarmte den großen, runden Leib der Statue und legte seine Wange an ihren kalten rauhen Bauch.
„Ich bin so allein", flüsterte er. „Du darfst hier nicht so stehen und versteinern, in deinem Schmerz so erhöht werden. Ich habe doch gesagt, daß ich zurückkommen werde. Erinnerst du dich? Ich habe dir doch erzählt, daß ich zum Einführungsball gehen werde." Er schaute auf und sah ihr steinernes Kinn. „Nein, daran erinnerst du dich nicht. Denn du denkst nur an die da draußen, an die Frauen, die nie zurückkommen. Aber jetzt nehmen wir mal an, du würdest dich an mich erinnern. Also, ich bin dort gewesen auf dem Einführungsball, ja? Genau eine Woche und einen Tag ist es her. Es war ganz anders, als ich es mir gedacht hatte. Ich hatte mir irgendwas in der Art von rosaroten Wolken vorgestellt." Er spürte den Wind im Nacken und rubbelte der Statue das Kreuz. „Siehst du, so. Nun werde ich dich wärmen. Hast du dir je ausgemalt, wie es ist, auf starken Armen im siebenten Himmel zu schweben? Schlaf-

trunken in Genüssen zu schwelgen? Aber so war es gar nicht. Und wenn die Frauen, auf die du hier wartest, wirklich nach Hause kommen, wird es auch nicht so sein. Sie kam, nahm mich, schlief ein und ging fort. Vielleicht ist sie da draußen unter denen, die du erwartest, denn soviel ich weiß ..."
Petronius erschrak und stockte. Er sehnte sich nach ihr. Er starrte in dieselbe Richtung wie die Steinstatue „O Mutter! Wäre sie doch nur hier! Ich weiß nicht, wer sie ist. Ich weiß nur, wie sie heißt. Aber ich wage es nicht, mich nach ihr zu erkundigen. Sie hat mich genommen, und ich weiß, daß ich zu ihr gehöre. Deshalb traue ich mich nicht. Begreifst du das?"
Petronius strich mit dem Stöckchen vorsichtig über den Rücken der Steinstatue und fing wieder an zu murmeln: „Juckt es dort? Ein bißchen höher? Unter dem linken Flügel vielleicht? Kann deinen Flügel fast nicht sehen. Doch, hier ist er ja. Du bist so mollig und gut. Also, wir waren beim Ball. Danach ging ich runter, aber sie war weg. Ich traute mich nicht, nach ihr zu fragen. Ich war sicher, alle konnten mir die Veränderung ansehen. Die einzige, von der ich wußte, daß sie sie kennt, lag stockbetrunken in einer Nische und schnarchte. Sie soll sich ja Syprian genommen haben. Ich ging in die Bar. Die meisten Frauen waren schon ganz schön voll. Sie starrten mich von oben bis unten an. Alle konnten es mir ansehen. Aber keine sprach ein Wort mit mir. Eine fummelte mit ihrem Zeigefinger an meinem PH herum, der habe ich aber eine gehauen. Dann bin ich nach Hause gegangen."
Petronius begann zu frieren. Er wandte sich dem Meer zu und lehnte sich an die Steinstatue. Weit, weit draußen konnte er Ödeschär erahnen. Nie war er dort gewesen, er war überhaupt noch nicht aus Egalsund herausgekommen. Langsam ging er auf den Strand zu. Petronius zuckte zusammen. Dort, ein kleines Stück von ihm entfernt, etwa dreißig Meter weiter, sah er eine dunkle Frauengestalt. Sie stand regungslos da, die Beine ein wenig gespreizt, das Gesicht halb von ihm abgewandt. Er blieb wie versteinert stehen und starrte in ihre Richtung, als verböte ihm ihre Gegenwart, sich zu rühren. Er wußte nicht, ob sie ihn gesehen hatte. Doch so, wie sie dastand, hatte er den Eindruck, als habe sie Augen an der Seite, die auf ihn zurückstarrten. Langsam und vorsichtig balancierte er auf den glatten, schlüpfrigen Steinen weiter. Sie drehte sich nicht nach ihm um und ging in die entgegengesetzte Richtung, hinaus zum Wasser. Petronius lief zum Waldweg, wo er seine Schuhe hatte stehenlassen. Er blickte sich nicht mehr nach der Frau um und rannte noch schneller. Atemlos erreichte er den Weg. Die Schuhe waren nicht mehr

da. Warum waren sie weg? Hatte sie die mitgenommen? Warum? Wollte sie, daß er zu ihr zurückkam und um seine Schuhe bat? Was wollte sie von ihm? Wer war sie? Warum hatte sie die Schuhe genommen?
Petronius rannte durch den Wald. Je weiter er lief, desto ängstlicher wurde er. Zweige piekten unter den Füßen. Überall sah er dunkle Gestalten hinter den Stämmen hervorlugen. Die Äste wurden zu knorrigen Köpfen, mit krummen Nasen und grinsenden Mündern. Überall raschelte das Laub und verriet schnelle Schritte. Jetzt glaubte er, daß sie hinter ihm war. Ein Ungeheuer, doppelt so groß wie er. Schon spürte er ihren Griff in seinem Nacken. Sie würde ihn packen und zwingen, in ihr häßliches und zugleich anziehendes Gesicht zu sehen. Er versuchte, schneller zu laufen, hatte aber keine Kraft mehr. Ihm schien, als würde er sie jetzt hinter sich keuchen hören. Wenn er nicht bald eine Pause einlegte, würden seine Knie unter ihm nachgeben. Er taumelte mit dem Gesicht in einen Ast. Für einen Augenblick konnte er den Weg nicht mehr erkennen, stolperte und stürzte der Länge nach zu Boden.
Als er zu sich kam, standen drei dunkle Gestalten um ihn herum. Ihre Gesichter glänzten ihm aus der Dunkelheit verschwitzt entgegen. Sie stierten ihn an, wollten etwas von ihm. Die Kraft ihrer Blicke und die unbeweglichen Gestalten nagelten ihn fest. Er merkte, daß er alle Muskeln in seinem Körper anspannte und ganz still dalag, als würde auch nur die geringste Bewegung seinen Widerwillen verraten. Mit einem Griff unter die Achseln wurde er hochgezogen. Seine Beine wurden ganz schlapp – wie bei einer Dreijährigen, die sich zu laufen weigert und vom Papa getragen werden will. Mit einem harten Griff um seine Taille wurde er einige Meter weiter in den Wald hineingezerrt und auf welkes Laub geschmissen. Er richtete sich auf.
„Aber ...“, sagte er.
„Leg dich hin!“
Er legte sich hin, schloß die Augen, dachte an die etlichen hundert Meter Waldweg bis nach Hause. Er würde es nie schaffen, wegzulaufen. Gab es keine Leute in der Nähe? Keine, die ihren Abendspaziergang machten und ihn hätten um Hilfe rufen hören?
„Wenn du losbrüllst und Zicken machst, passiert was.“ Die Frau sprach ruhig und bestimmt. Die helle und durchdringende Stimme erinnerte ihn an seine Mutter. Die drei rissen sich ihre Hemden und Kittel runter. Ihre prallen Brüste glänzten in der Dunkelheit. Die Brustwarzen standen hervor. Eine Frau beugte sich über ihn. Er spürte, wie ihre Hände unter dem Hemd an seinem PH und dem Bauchgürtel fummelten. Ein hartes Zerren am Schambeutel brachte ihn zum Wimmern. „Sei ruhig! Wir tun

dir nichts, wenn du nur still bist." Er sah die beiden anderen ihre Hosenklappe aufknöpfen und das haarige Dreieck über ihrem Geschlechtsteil entblößen. Die eine zog ein Messer hervor und gab es der, die den PH aufzumachen versuchte. „Damit geht es schneller!" Er spürte das kalte Metall am Bauch. Sie zerschnitt den Steg zwischen Bauchgürtel und PH, zog den PH ab und warf ihn der dicken Frau zu. Sie fing ihn auf, zerriß ihn in mehrere Fetzen und schmiß sie in die Büsche. Sie griff hart nach seinem Schwanz und stopfte ihre Brust in seinen Mund. Er spürte ihren feuchten Schritt an seinem Schenkel. Er wand sich, versuchte das Bein loszukriegen. „Nein, nein! Um alles in der Welt!" Der Griff um den Penis wurde härter. Sie keuchte ihm schwer ins Ohr, bewegte sich heftig hin und her, zwängte seinen Schenkel zwischen ihre Beine, rackerte sich ab und keuchte. Verzweifelt blickte er zu den anderen hoch. Wie konnten die da nur so rumstehen und zugucken, ohne ihm zu helfen! Ihre Brüste und Gesichter leuchteten ihm noch immer entgegen. Er schloß die Augen. Sein Penis schmerzte. Er versuchte, sich vorzustellen, er sei weit, weit weg. Dies alles geschah nicht mit ihm. Das war etwas, was einem anderen passierte. Nicht er lag hier mit einer stinkenden schweren Frau über sich. Das war ein anderer, redete er sich ein, nicht er. Sie preßte sich jetzt stärker und schneller gegen ihn. Sein Schenkel war klitschnaß. Er drückte ihn jetzt ein wenig gegen sie. Sie stöhnte, nahm die Brust aus seinem Mund und sank für einen Augenblick mit ihrem ganzen Gewicht auf ihn nieder. Dann sprang sie auf. Petronius verharrte mit gespreizten Beinen, so als liege sie noch immer auf ihm. Er wagte kaum zu atmen, denn vielleicht hörten sie es und meinten, er sei erleichtert darüber, daß es vorbei war. Er wagte sie nicht anzusehen, lag nur dort und wartete darauf, daß sie gehen würden und er wegkonnte. Plötzlich war eine zweite über ihm. „Neiiiiiin!" Petronius' Stimme gellte durch den Wald. Sie klang schaurig. Nach dem Schrei war ihm noch banger zumute. Er versuchte aufzustehen. Wollte er fliehen, mußte er es jetzt tun. Durch einen festen Griff um seine Handgelenke wurde er wieder zu Boden gezerrt. „Nimm einen Schluck, dann wirst du ruhiger." Eine Flasche blitzte vor ihm auf. Ihr Hals wurde ihm in den Mund gezwängt. Er würgte. „Du brauchst doch nicht zu schreien. Wir tun dir doch nichts." Sie kniete über ihm, führte seine Hand zwischen ihre Schenkel und bewegte sich hin und her. Die Flasche wurde inzwischen von den beiden anderen geleert.

„Ich will nicht!" rief Petronius und versuchte, seine Hand wieder freizubekommen. Sie rissen ihn erneut zu Boden. „Warum denn nicht? Das ist doch nicht schlimm." Die eine, die schon auf ihm war, machte hef-

tiger weiter als zuvor. Jetzt setzte sich noch die dritte auf sein Knie, grapschte seine andere Hand und rubbelte damit an ihrer Möse herum. Nun bewegten sich beide auf ihm hin und her. Die Dicke saß hinter ihm und faßte ihn um die Taille. Wie lange sollte dieser Alptraum noch dauern! Würde er nie aufhören? Während er halb lag, halb saß, hatte er das Gefühl, daß er nie aus dieser Situation herauskommen würde, daß er für alle Ewigkeit mitmachen mußte, bis sie sich an ihm befriedigt hatten. Es gab keine andere Möglichkeit. Er hatte die Hoffnung aufgegeben, daß noch irgendwer kam und ihn rettete. Es würde schließlich heißen, er gehöre zu der Sorte von Männern, die sich auf so etwas mit Frauen einließen. Keine durfte es sehen, keine durfte es wissen. Er hörte die beiden gleichzeitig stöhnen. Sie standen auf, suchten ihre Hemden und Kittel zusammen und zogen sich an.
„Mach's gut, du", sagte die eine und feixte. Die drei verschwanden im Wald. Petronius lag da und hörte das Rascheln der Blätter unter ihren Füßen, hörte, wie sie miteinander brabbelten und dazwischen ein bißchen lachten. Er wartete, bis es völlig still war. Er atmete tief aus, stand auf und klopfte seine Sachen ab. Er wollte nicht denken. Nie daran denken. Nie etwas sagen. Er hatte etwas erlebt, was nie geschehen war.
Sein Penis schmerzte. Er sah auf ihn herunter, wie er hilflos zwischen den Beinen baumelte, und sammelte den zerfetzten PH auf, dessen Reste verstreut auf dem Waldboden lagen. Was würden die Leute denken, wenn sie morgen früh auf ihrem idyllischen Spaziergang vorbeikamen und die kläglichen Fetzen sahen?
Würden sie eine Suche nach dem Besitzer veranstalten? Wie könnten sie es rauskriegen? Es gab hunderte von demselben Modell. Aber die Größe, die Farbe? Das könnte sie auf die Spur bringen. Er stopfte ihn unter die Bluse. Dann ging er nach Hause.
Er schlich, so leise er konnte, durch die Tür. Es war zehn. Der Fernseher plärrte im Zimmer. Er hatte die erste Stufe erreicht, als die Stimme des Vaters aus dem Zimmer tönte: „Bist du es, Petronius?" Er spürte, wie sich ihm die Kehle zuschnürte, wollte weinen, wollte nur die Arme um den Hals des Vaters legen und weinen. Nichts sagen. Nichts erklären. Er schluckte.
„Ja. Ich geh' rauf ins Bett."
„Was ist denn los, Petronius? Bist du traurig?" Petronius spürte, wie ihm die warmen Tränen in die Augen schossen. „Nein, ich bin nur so ... müde. Ich gehe ins Bett."
„Willst du nicht noch etwas trinken, bevor du ins Bett gehst? Ich bin hier allein. Mama ist im Klub."

„Ich gehe ins Bett. Gute Nacht." Er stürzte die Treppen hoch, rannte in sein Zimmer und drehte den Schlüssel herum. Tränen kullerten über seine Wangen. Er zog die Reste des PHs hervor, leerte den Papierkorb, schmiß den PH zusammen mit einigen Schnipseln Papier hinein und zündete alles an. Die Flammen züngelten über den Rand des Papierkorbes, und das Zimmer füllte sich mit schwarzem Rauch. Er weinte die ganze Zeit. Schließlich öffnete er das Fenster. Für einen Augenblick fürchtete er, es könnte einen Brand geben, doch die Flammmen ließen nach. Er starrte auf die verkohlten Reste, schüttete sie in Zeitungspapier und ging nach unten, um sie in die Mülltonne zu werfen. Kristoffer kam ihm bis zum Treppenabsatz nach.
„Was machst du denn da?"
„Leere den Papierkorb", murmelte Petronius und wurde puterrot, als er die Mülltonne öffnete und das Paket fallen ließ.
„Ich fand, es hat so komisch gerochen ..."
Das Herz schlug Petronius bis zum Halse. „Ich habe ein paar Sachen verbrannt, Gedichte und so." Verlegen sah er zu Boden. Kristoffer schaute ihm mitten ins Gesicht.
„Was hast du denn mit deinem PH gemacht? Trägst du ihn nicht mehr?"
„Nee, bin schon beim Ausziehen." Er ging an ihm vorbei.
„Willst du dich nicht noch ein bißchen mit mir unterhalten, ehe du zu Bett gehst?"
„Nee. Muß die Aufgaben noch ansehen." Er verschwand wieder in seinem Zimmer. Wie sollte er erklären, daß sein PH weg war? Er hatte nur zwei. Der andere, den er auf den Einführungsball getragen hatte, war der aus Tüll. Mit dem konnte er nicht in die Schule gehen. Und ein PH war teuer, wenigstens fünfzig Matraken. Er öffnete die Schreibtischschublade. Dort lag das Geld, das er für einen Taucherspeer gespart hatte. Er wußte, was er zu tun hatte. Er mußte sich morgen früh, ehe die anderen aufgestanden waren, hinausschleichen und noch vor Schulbeginn einen neuen PH kaufen. Es gab keine andere Möglichkeit.
Petronius zog sich aus und legte sich hin. Er hatte Angst einzuschlafen, hatte Angst davor, das Grenzland zwischen Wachen und Schlafen zu erreichen, dort, wo die Bilder auftauchen. Er würde all die dunklen, schweigenden Gestalten sehen, die sich an ihm zu schaffen machten und um ihn herum standen. Er merkte, daß sie kamen. Er schloß die Augen und versuchte, sich zu entspannen. Sein Körper schmerzte, er war müde. Im Schritt tat es weh. Der Penis tat weh. Die Dunkelheit schlich sich in seinen Kopf. Es sauste. Und dann sah er eine Gestalt, die weit, weit entfernt war – am anderen Ende eines langen Tunnels. Sie kam näher, war

schwarzgekleidet. Er konnte die Konturen gegen die Öffnung sehen. Sie kam mit langen Schritten auf ihn zu. Er erkannte sie wieder. Es war die Gestalt vom Strand. Sie kam näher. Er konnte das Gesicht sehen. Es war ein schönes Gesicht mit hohen Wangenknochen. Das Gesicht wurde größer. Schließlich war es nur noch ein Gesicht ohne Körper. Es veränderte sich allmählich beim Näherkommen. Plötzlich stürzte das Gesicht auf seines, wie ein Komet. Es war Gro! Er schrie und fuhr mit Schrecken hoch. Dann legte er sich wieder hin. Es war nur ein Traum.

Als Petronius sich am nächsten Morgen aus der Wohnung schleichen wollte, mit fünfzig Matraken und seiner Schultasche bewaffnet, lugte Bas Kopf aus dem Badezimmer. Petronius legte den Finger auf den Mund. „Pscht!"

„Hallo, Petronius!" rief Ba. „Gehst schon vor dem Frühstück los?" Petronius zischte wütend „Blödfrau!" und versuchte, die Tür aufzukriegen. „Warum hast du denn deinen PH nicht um? Neue Baumelkampagne?" fragte Ba laut. Er packte sie am Handgelenk und schaute ihr bedeutungsvoll in die Augen. „Nicht ein Wort zu Mama und Papa, verstehst du? flüsterte er eindringlich. „Wenn du die Klappe hältst, kauf' ich dir auch etwas."

„Was denn?" fragte Ba, diesmal nicht ganz so laut.

Petronius brauchte nicht nachzudenken. Er wußte, was sich Ba brennend wünschte. „Ein Messer", sagte er. Ba nickte eifrig. Die Lippen waren zusammengekniffen. Sie legte ihren Zeigefinger drauf und schlich sich ins Schlafzimmer. Petronius glitt aus der Tür.

Petronius kam am Nachmittag mit einem neuen PH, einer exakten Kopie des alten. Er hatte auch ein Messer für Ba gekauft. Das Geld dafür hatte er sich von Baldrian geliehen. Aber das nützte alles nichts, die Katastrophe war bereits geschehen. Kristoffer hatte Bruchstücke des Gesprächs am Morgen aufgeschnappt, und als Rut zum Frühstück kam, hatte sie Ba alles entlockt, was diese wußte.

Bram wartete, bis alle saßen. Dann nahm sie Petronius mit in ihr Arbeitszimmer. „Was hat das zu bedeuten, daß du dich morgens um halb sieben ohne Frühstück und halb angezogen davonschleichst?" Petronius schaute auf den Teppich. Er hatte es geahnt. Als er in Bas Zimmer gegangen war, um ihr das Messer zu geben, hatte sie nur den Kopf geschüttelt und wollte es nicht nehmen.

„Antworte!" Petronius starrte auf das Muster im Teppich. Es war ein schwarzes Zickzackmuster mit einem dunkelroten Sechseck dazwischen. Er antwortete nicht. „Petronius", sagte Bram etwas milder, „es ist sinnlos, mich anzuschwindeln. Ich sehe doch, daß du einen neuen PH hast.

Der gleicht zwar haargenau dem alten, den hast du aber gestern abend verbrannt. Stimmt's, Petronius?"
Petronius nickte und starrte auf das Sechseck. Die ganze Geschichte fand sich im Muster des Teppichs wieder. Er verfolgte es mit den Augen hin und zurück, immer und immer wieder.
„Was ist gestern abend passiert, Petronius?"
Petronius schüttelte den Kopf. Er schämte sich. Sie durfte es nicht wissen. Um alles in der Welt nicht. Er würde es ihr nie im Leben erzählen.
„Du warst draußen und hast einen Spaziergang gemacht, stimmt's?"
Petronius nickte.
„Warum bist du draußen gewesen? Warum kannst du nicht zu Hause bleiben? Was willst du draußen in der Nacht?"
„Ich wollte zum Strand ..."
„Was wolltest du dort? Sei ehrlich! Wolltest du irgendwen treffen?"
„Nein."
„Bist du sicher?"
„Nein ... ich meine, ja."
„Da haben wir's. Du wolltest irgendeine treffen. Du hast sie getroffen, und dann überfiel sie dich. Riß dir den PH runter. Zwang dich, mit ihr zu schlafen. Gib es nur zu, Petronius. Ich will doch nur dein Bestes."
„Aber so war es doch gar nicht. Sie hat mich nicht überfallen."
„Was?! Dann hast du also freiwillig mitgemacht! Und nach einer Weile hast du es dir anders überlegt und versucht abzuhauen, und dann nahm sie dich mit Gewalt! Ja, ich kenne diese Geschichten. Als Direktorin der Sozialfürsorge sind mir Hunderte solche Geschichten vorgekommen, wo hysterische Mannspersonen mir erzählen wollten, sie seien zu dem einen wie zu dem anderen gezwungen worden, was sie sich doch in Wirklichkeit selber eingebrockt haben. Was erwartest du eigentlich, Petronius, wenn du abends um zehn ganz allein zum Strand gehst?"
„Ich wollte doch nur mit der Sta ..."
„Nur reden! Ja, das sagen alle. Nur reden. Du solltest aber nicht vergessen, Petronius – und das ist ein wohlgemeinter Rat von Mutter zu Sohn – , daß eine Frau eine Frau ist und das Ihre verlangt. Und letztendlich sieht eine Frau im Mann nur eine Matratze. Sie denkt immer nur an das eine. Du mußt nicht glauben, daß sie sich nur mit Reden begnügt. Du solltest dich mal in ihre Lage versetzen, Petronius, wie dein armer, kleiner Schwanz sie erregt, und wenn dann die Dunkelheit hereinbricht, kannst du einfach nicht erwarten, daß sie sich mit einem Gespräch abspeisen läßt."
Es war entsetzlich. Sie stand da und sprach ganz ungeniert von seinem

Schwanz. Er schämte sich deswegen und weil er so vor ihr stand – mit seinem neuen PH – , weil sie ihn anschauen und ihm geradeheraus sagen konnte, daß er ihn eigentlich verstecken müßte. Er vergaß darüber fast, daß sie die ganze Geschichte verdreht hatte. Das empfand er beinahe als Erleichterung; so brauchte er wenigstens nicht zu erzählen, wie sich alles wirklich zugetragen hatte. Er starrte nur auf das Teppichmuster und ließ sie weiterreden.

„Normalerweise werden solche Geschichten direkt zum Gewaltdezernat weitergeleitet. Da du aber mein Sohn bist, bleibt dir das erspart. Solche Dinge sind für die betroffenen Männer äußerst peinlich. Und was noch schlimmer ist: Sie haben fast keine Chance, später ein Vaterschaftspatronat zu bekommen. Du kannst froh sein, Petronius, daß du eine Mutter hast, die dich beschützt. Natürlich wäre es mir im Büro auch sehr unangenehm. Eine Frau in meiner Position. Aber das hätte ich auch noch verkraftet."

Hier machte sie eine kleine Pause, um ihre Tapferkeit zu unterstreichen. Ja, sie war schon couragiert. Sie hatte schon viele Anfeindungen ertragen. Die würde sie auch noch einstecken können.

„Wir erstatten keine Anzeige, Petronius. Wir wollen die Sache vergessen. Das wird das beste sein. Denn wer will schon ein Mannsbild haben, das auf diese Weise geschändet wurde?! Nein. Am besten, wir vergessen das Ganze. Diesmal lasse ich es noch einmal durchgehen. Doch eins steht fest: Du darfst nicht mehr allein im Dunkeln zum Strand gehen."

Petronius als Seefrau

Der große, weiße Segelkutter Anders Lovindus lag seeklar im Südhafen. Er bot mit seinen hohen Masten und dem langen, schmalen Bug ein prächtiges Bild. Die Galionsfigur in Gestalt eines jungen Mannes hielt den Kopf hoch, so daß sein Spitzbart den vordersten Punkt des Schiffes markierte. Die Männer hatten sich am Kai versammelt, um Abschied zu nehmen. Petronius fühlte sich ein wenig schwindlig, als er mit seiner rautenförmigen Tasche und dem neuen, hübschen, langen Hemd den Landungssteg hinauftippelte. Das Hemd hatte er extra zu dieser Gelegenheit bekommen. Es war eng, so daß er ziemlich kleine Schritte machen mußte, außerdem führte der Landungssteg unter einem ziemlich steilen Winkel aufs Schiff. Lis Ödeschär empfing ihn oben an der Reling: „Willkommen an Bord, junge Seefrau!" Sie reichte ihm galant den Arm, so daß er sich stützen konnte, als er an Bord ging. Er empfand Stolz, daß sie ihn Seefrau genannt hatte. Es klang so vertraut.

Rut Bram hatte das mit einigem Glück und Geschick, wenn auch nicht ohne Schwierigkeiten, eingefädelt. Sie wollte, daß der Junge einmal etwas Schönes erlebte. Eigentlich fehlte ihr bisweilen jeglicher Realitätssinn. Zudem entstammte sie einem alten Bäuerinnengeschlecht, und da hatten Männer trotz allem noch einen gewissen Status als Jägerinnen. Sie hatte sogar gehört, daß diese Männer in alter Zeit Fischfang in kleineren Binnenseen betrieben. So war sie bei ihren Bemühungen für Petronius auf Vorurteile gestoßen, von deren Existenz sie bislang nicht einmal etwas geahnt hatte.

„Männer zur See? Ist nicht drin!" wehrte beispielsweise die Kuratorin der sechsten Taucherinnenabteilung ab. „Es gibt nichts als Schwierigkeiten mit ihnen. Sie können uns nie in Ruhe lassen, immer sind Zank, Streit und Eifersucht in der Weibschaft. Wir sind oft drei bis vier Wochen hintereinander draußen. Nein, das geht wirklich nicht", sagte sie und entblößte drohend ihren tätowierten Arm, auf dem es Dutzende von kleinen nackten Männern mit molligen Bäuchen zu bewundern gab. Doch Lis Ödeschär hatte Bram versprochen, ihr zu helfen, und es auch getan. Sie betonte, daß dies nur eine Probefahrt sei und daß Brams Sohn eine Kajüte für sich allein direkt neben ihrer eigenen bekomme. Sie würde natürlich streng darauf achten, daß keine der Seefrauen ihm ins Netz ging. Und wenn sie sonst irgend etwas an ihrer Führung auszusetzen hätten, könnten sie Leine ziehen. Lis Ödeschär sah in ihrer blauweißen Uniform prächtig aus und salutierte, als die Steuerfrau an Bord kam. Der Anker wurde gelichtet, und die Anders Lovindus nahm Kurs auf die Inselgruppe der Ödeschären. Es waren fünfundzwanzig Frauen an Bord: die Cheftaucherinnen, die Taucherinnen und die gewöhnliche Weibschaft. Die Taucherinnen blieben achtern auf dem zweiten Deck unter sich und kamen erst hoch, als sie vor Ort waren. Die Weibschaft wohnte unter den Taucherinnen, die Cheftaucherinnen und Petronius dagegen vorn.

Es dauerte einige Stunden, bis sie Spruten, die äußerste Insel der Ödeschärengruppe, erreicht hatten. Lis Ödeschär stand auf Deck und hielt Ausschau. Das Boot lag gut im Wasser. Ein gutes Stück vor Spruten hißten sie die Segel und ließen das Boot gleiten. Ödeschär erklärte Petronius, daß die Speerbeißer den Maschinenlärm schon von weitem hören könnten und sofort die Flucht ergriffen. Bald würden sie auch gelernt haben, das Schlagen der Segel zu hören. „Das sind wirklich richti-

ge Schlauberger. Göttin weiß, wie oft die Taucherinnen ihre Fangmethoden verändern müssen.“ Dann offenbarte Ödeschär Petronius ihre Zweifel an den Zukunftsaussichten dieser Arbeit. Eigentlich sei der Speerbeißerfang ein reines Luxusunternehmen. Er könne nur so lange weiter betrieben werden, wie die Leute bereit seien, die überhöhten Preise für diese Delikatessen zu bezahlen.
Sie ankerten vor Spruten. Es ging eine starke Brise. Die Taucherinnen kamen an Deck. Auf dem Rücken trugen sie Köcher. In ihnen waren die an langen Leinen befestigten Speere. Das Ende der Leinen war an Winden auf Deck festgemacht. Ödeschär spähte über die Meeresoberfläche, bis sie einen ganzen Schwarm Speerbeißer entdeckte. Die Taucherinnen sprangen über Bord und verschwanden. Petronius bekam Angst. Woher wußten sie, daß sie wieder hochkommen würden? Er fragte Ödeschär. Sie lachte herzlich, rieb sich das Kinn und antwortete: „Tja, natürlich ist es auch möglich, daß sie dort unten bleiben. Ja, so ist das nun mal!“ Petronius starrte auf die Luftblasen, die an die Oberfläche stiegen. „Solange Blasen aufsteigen“, bemerkte er zaghaft, heißt das doch, daß die da unten noch leben.“ Ödeschär brach in schallendes Gelächter aus. „Richtig, genau das bedeutet es.“ Petronius sei ja ein ganz pfiffiges Kerlchen. Dann wollte er wissen, wie sie gefangen würden. „Sie stoßen die Speere in den Rachen der Tiere und rucken kurz an der Leine, wir drehen an den Winden, die Leine kommt hoch. Und dann ist hoffentlich ein Speerbeißer am anderen Ende. Wenn die Taucherinnen keine Speere mehr haben, kommen sie hoch, sammeln die Speere wieder ein und tauchen noch einmal.“
„Es ist bestimmt wunderschön dort unten“, sagte Petronius träumerisch.
„Wo?“
„Auf dem Meeresboden.“
„Ha, ha! Die Frauen haben keine Zeit, auf die Schönheit zu achten. Sie haben genug damit zu tun, an den Fang zu denken.“
„Aber war es nicht schön, als du dort unten warst?“
Seit er vom Tauchen träumte – all die Jahre über – , hatte ihn am meisten die Landschaft dort unten fasziniert. Er hatte große Farbabbildungen davon gesehen und meinte, dam würde in eine andere Welt kommen. „Doch“, nickte Lis Ödeschär, „doch, es war schon schön. Aber du mußt begreifen, Petronius, für eine Frau ist das Abenteuer die Wirklichkeit. Es verliert dadurch etwas von der Anziehungskraft, die es auf Männer ausüben kann. Die Männer glauben immer, alles, was Frauen machen, sei voller Heldenmut und Glanz. Die Wirklichkeit sieht aber ganz anders aus. Das Leben ist ein harter Kampf, Petronius.“ Ödeschär sagte

dies nicht ohne Hintergedanken. Für das junge Herrlein Bram war es ihrer Meinung nach das beste, wenn er einsah, wie trivial und langweilig das Leben einer Seefrau eigentlich war. Denn die ganze Romantik vom Leben auf See hatten letztlich doch die Männer erfunden.

Es ruckte an der Leine. Petronius fuhr zusammen und begann, an der Leine zu ziehen. Ödeschär räusperte sich. „So geht es besser", sagte sie und drehte an der Winde. Plötzlich ruckte es an einer weiteren Leine. Ein Decksmädchen kam gerannt. Petronius starrte fasziniert auf die Wellen. Dann tauchte einer auf, der Rachen zuerst. Ein silberglänzender Fisch mit einem Stachel auf dem Rücken, im Maul drei Reihen Zähne. Er zappelte. Petronius tat der Fisch leid; er hielt sich die Hände vor die Augen, mußte dann aber doch hinsehen. Ihm wurde etwas übel. Ödeschär zog den Speerbeißer mit elegantem Schwung hoch. Er lag auf Deck, machte mit dem Schwanz einige Schläge und einen Sprung mit dem ganzen Körper. Sie nahm noch einen Speer und stach ihm in die Seite. Der Fisch zappelte noch immer. Die großen Augen waren gläsern und blutunterlaufen. Sie standen hervor und starrten Petronius anklagend und unglücklich an. Ein Decksmädchen versuchte, den Speerbeißer am Schwanz zu packen. Der zuckte wild und glitschte mehrere Meter weg.

„Der lebt ja noch!" rief Petronius.

„Das sind die letzten Zuckungen", sagte Ödeschär. Aber Petronius konnte jetzt noch das Herz schlagen sehen. „Sind Herzschläge auch Zuckungen?"

„Du fragst und fragst ..." Das Decksmädchen packte ihn erneut am Schwanz und versuchte, den Speer aus dem Fischleib herauszuwinden. Der Speerbeißer schnappte nach ihrer Hand. Ein zweites Decksmädchen sprang hinzu und kriegte den Speer ab, als der Fisch einen heftigen Satz zur Reling machte. Jetzt waren die beiden neben ihm. Sie fingen ihn fast in der Luft auf und warfen ihn endlich in eine große Luke im Deck.

„Dort unten wird er sofort ausgenommen und dann auf Eis gelegt." Petronius überlegte, ob das Herz noch immer schlug, wenn es herausgenommen war und in Vaters Kochtopf lag.

Jetzt zuckte es an allen Leinen. Die zwölf Decksmädchen hatten alle Hände voll zu tun. Sie arbeiteten in kurzen Hosen und mit nacktem Oberkörper. Petronius schaute auf ihre prächtigen Brüste. Sie bewegten sich geschmeidig im Gleichtakt mit ihren Muskeln.

„Hier, jetzt kannst du es ja mal versuchen!" Ödeschär gab ihm die Leine. Sie war schwerer, als er geglaubt hatte. Als Petronius die Leine anzog, tauchte der Rachen des Speerbeißers aus den Fluten empor, er kam direkt auf ihn zu und schnappte wie nach Luft. Der Fisch schlug um

sich und kämpfte um sein Leben; um ihn herum schäumte das Wasser auf.
Petronius warf einen kurzen, unsicheren Blick auf Lis Ödeschär. Sie stand breitbeinig da, die Hände auf dem Rücken, sah ihn an und nickte. Er mußte ihn also allein über Bord holen, genau wie sie. Mußte ihn mit elegantem Schwung über die Reling ziehen. Petronius zerrte kräftig an der Leine. Plötzlich flog er hintüber und fiel hin, ohne zu begreifen, was geschehen war.
„Nein, o nein!" rief Lis Ödeschär verzweifelt. Der bloße Speer schlenkerte gegen die Schiffswand, während der Speerbeißer, eine Blutspur hinter sich lassend, im Wasser verschwand. Petronius war außer sich.
„Was wird jetzt aus dem?" frage er bestürzt.
„Tja, hier ist uns ein Prachtstück durch die Lappen gegangen, und du fragst nur, was aus dem wird", antwortete Ödeschär gutmütig. „Entschuldigung", murmelte Petronius. Er fühlte sich unbeholfen und dumm. Innerlich war er wütend. Um es sich nicht anmerken zu lassen, lächelte er Ödeschär zaghaft an. Er zitterte am ganzen Körper. Aber Ödeschär ging darüber hinweg. „So etwas kann auch der Besten passieren, Kleiner." Ödeschär hatte natürlich gewußt, daß es so kommen würde. Um einen Speerbeißer aus dem Wasser zu kriegen, war ein langes und ausdauerndes Training nötig. Alle Anfängerinnen machten solche Fehler. Doch Ödeschär wollte Petronius glauben machen, er könne diesen Beruf nicht ausüben. Denn sie war der Meinung, daß Knaben nie fähig sein würden, das zu erlernen, da sie sich zu langsam und ungeschickt bewegten. Auf jeden Fall sei es besser, ihnen das in der Praxis zu beweisen und es nicht einfach nur zu behaupten. Für Lis Ödeschär war und blieb die Fischerei nämlich ein Frauenberuf. Das machte schließlich ihren Reiz aus.
„Glaubst du, er stirbt?"
„Was?"
„Glaubst du, der Speerbeißer stirbt?"
Petronius muß wohl immerzu an den armen Fisch denken, der nun verletzt umherschwimmt und für den es kein Krankenhaus gibt, dachte Lis Ödeschär gerührt. „Das ist schwer zu sagen. Die können mit so einer Wunde im Rachen lange leben."
„Jetzt fangen wir wohl keine mehr", meinte Petronius, „die anderen werden das Blut sehen und sich verziehen."
„Keine Spur!" Die schwimmen viel zu tief, die merken nicht einmal was davon."
„Vielleicht schwimmt er nach unten und erzählt es ihnen."

„I wo! Die verstecken sich, wenn sie verletzt sind. Das machen sie immer."
Kurz darauf kam eine Taucherin hoch, dann eine zweite, und schließlich hingen alle am Schiff. „Was Luzia noch mal ist denn passiert? Auf einmal sind alle abgezogen. Dort unten war ein riesiger Schwarm. Wir hätten sie wie am Fließband fangen können."
„Du hattest also recht, Petronius. Typisch männliche Intuition", nickte Ödeschär.
„Aber warum hauen die denn nicht sofort ab, wenn ihr kommt?" fragte Petronius verwirrt.
„Die glauben zuerst, wir geben ihnen was zu fressen. Wir ..."
„Ach, hör doch auf! Was ist denn passiert?" platzte eine Taucherin heraus.
„Einer ist uns entwischt", erklärte Ödeschär.
„Hast du es den Knaben mal versuchen lassen?"
„Das habe ich ja die ganze Zeit gesagt. Männer sollten da nicht rangelassen werden. Das ist nur was für Frauen." Die Taucherinnen redeten durcheinander, schnaubten das Wasser durch die Nase aus und schüttelten sich. Petronius wäre vor Scham am liebsten unter Deck versunken. Er wollte zwar noch mehr wissen, wagte aber nicht, weiter zu fragen. Er hatte ihnen alles verdorben, und sie waren wütend auf ihn.
„Wir werden wohl an der Nordseite weitermachen müssen", entschied Ödeschär, und die Taucherinnen kletterten an Bord. Die zuletzt hochgekommene Taucherin stellte sich neben Petronius. Er sah sie unsicher an und versuchte, ein wenig zu lächeln. Vielleicht wollte sie ihn auch ausschimpfen. Die Taucherin sah im direkt ins Gesicht. Dann nahm sie die Maske ab. Petronius wurde ganz schwummerig zumute. Es war Gro. Der Wellengang, der blutige Speerbeißer, die anzüglichen Bemerkungen und Gros Gesicht schwirrten ihm durch den Kopf. Er mußte sich an den Mast lehnen, um nicht zu fallen. Für einen Moment blieb sie so stehen und durchbohrte ihn mit ihrem Blick. Dann ging sie weiter. Die Anders Lovindus segelte um die Insel und ankerte vor der Nordküste. Dort fischten sie ohne großen Erfolg. Gro arbeitete jetzt auf Deck. Er sah, wie sie den Fischen den Bauch aufschlitzte, in den Eingeweiden herumwühlte und wie das Blut floß. Er mußte immer wieder zu ihr hinsehen. Sie arbeitete schnell und sicher. Petronius wollte das auch können. So sein wie sie. Plötzlich schnitt sie einem Speerbeißer einen Zahn ab, stand auf und ging auf ihn zu.
„Hier", sagte sie, „ein Souvenir." Es war ein Sägezahn. Petronius stand mit dem Sägezahn in der Hand da, schaute auf den Zahn, dann zu Gro,

dann wieder auf den Zahn und wieder auf Gro. „Vielen Dank!“
„Du bekommst den, weil du immer so nett lächelst.“ Dann schlitzte sie weiter Fischbäuche auf.
Abends sollte ein Fest sein. Petronius freute sich darauf und zog sich das hübsche rote Hemd an. Darüber trug er eine gelbe, enge Seidenbluse mit kleinen, kurzen Puffärmeln. Er erregte Aufsehen, als er in Ödeschärs Salon kam. Zwischen all den schwarz und grau gekleideten Frauen war er wirklich eine Augenweide. Ihre eigenen Vorbereitungen für das Fest hatten lediglich darin bestanden, sich zu waschen. Die Seefrauen kamen sich ein wenig grobschlächtig und ungehobelt vor und versuchten, das wettzumachen, indem sie ihm einen Stuhl zurechtrückten, fragten, was er trinken wolle, sich nach seiner Lieblingsmelodie erkundigten, ihm Zigarillos anboten und Feuer gaben, den Aschenbecher holten, ihn fragten, wie es ihm auf See gefalle, und ihm Komplimente zu seinen Zöpfen machten. Noch nie in seinem Leben war Petronius soviel Aufmerksamkeit zuteil geworden. Für einen Augenblick hatte er das Gefühl, der schönste Mann auf der Welt zu sein.
„Schenkst du mir den ersten Tanz?“ fragte eine Taucherin. Es war die, die als erste wieder aufgetaucht war und Petronius wegen seines Mißgeschicks ausgeschimpft hatte. Sie hieß Liv.
„Nein, der ist meiner“, sage Mona, das Decksmädchen.
„Nein, meiner – denn ich habe vor euch allen gefragt“, meldete sich Gro zu Wort.
„Na, na, na, na. Ich glaube, der gehört wohl mir“, brummte Lis Ödeschär, faßte Petronius graziös unter den Arm und drehte mit ihm einen rasanten Seefrauenwalzer. Die anderen stellten sich um die beiden herum, klatschten im Takt und stimmten ein Lied an:

Eine Seefrau schaukelt auf den Wellen der See –
Hojahee
Sie bricht jede Woge, wie groß sie auch sei –
Hojahee
Durch Stürme und Winde
Segelt sie zum Geliebten geschwinde –
Hojahee.

Die Stimmung wurde immer ausgelassener. Die Seefrauen prosteten sich zu und legten immer neue Platten auf. Petronius war ganz schön in Fahrt. Dann ertönte ein Gong, und die Köchin marschierte mit zehn großen Schüsseln Speerbeißerragout herein. Die Frauen, nach den Anstrengungen des Tages ziemlich ausgehungert, schlürften und schaufelten alles innerhalb weniger Minuten in sich hinein. Petronius war erstaunt, wieviel sie in sich reinstopfen konnten. Er selbst schaffte nur eine Portion. Ein Decksmädchen gab ihm zu verstehen, er solle mehr essen, denn er sei doch viel zu dünn. Sofort griff Lis Ödeschär ein und verbat sich Anzüglichkeiten bei Tisch. Es wurde weitergefeiert, mit noch mehr Flaschen, noch mehr Gesang und Musik. Als alle schon ziemlich angeheitert waren, begannen sie, Geschichten zu erzählen.

„Also ich kannte mal ein Mannsbild, der kriegte nie einen hoch", fing Liv an. „Sosehr dam sich auch abrackerte, er hing einfach runter wie ein toter Hering! Eines Tages ..."

„He du! Ein Herr ist anwesend!" Alle schauten auf Petronius. Der wurde rot.

„Der kann bestimmt einiges vertragen. Wir wollen uns doch nicht besser machen, als wir sind."

„Prost!"

„So, eines Tages kriegten wir von einem Foxterrier Besuch. Er wedelte und kläffte durch die ganze Wohnung. Und da ging er meinem Süßen hoch. Schwupp. Und stand kerzengerade." Die Frauen brüllten. „Seitdem hatte ich immer einen Hund bei mir, wenn ich zu ihm wollte", endete Liv unter Lachsalven.

„Bei dem, den ich einmal kannte, war es genau umgekehrt. Er hatte dreißigmal am Tag einen Steifen. Er war ganz einfach sexoman – heißt das nicht so? Zum Schluß war es mir zuviel. Ich konnte überhaupt nichts mehr machen. Jede halbe Stunde mußte ich zu ihm hin und ihm einen runterholen. Wer hält denn das auf die Dauer aus? Also eines Tages habe ich ihm einen Eimer kaltes Wasser zwischen die Beine gegossen. Plopp, sagte es, und er hing runter. Hab' ich vielleicht gelacht! Ich werde nie vergessen, wie ich gelacht habe. Ha, ha!" Sie begann zu lachen, wie sie damals gelacht hatte, und auch die anderen konnten sich vor Lachen kaum halten. Petronius warf einen Blick zu Gro. Sie lachte ebenfalls, auch sie.

„Das Irrste, was ich erlebt habe, war einmal in Pax. Wir vernaschten einen zu dritt. Weib, der hatte Feuer! Jedesmal kam der. Wir sammelten den Samen in einer Schale, kochten daraus eine Suppe und servierten sie ihm. Und stellt euch mal vor: Er hat das Zeug tatsächlich gefressen."

„Luzia noch mal!"

„Was für tolle Kerle!"

„Einige können so heiß werden, daß sie überlaufen."

„Ja, als ich mal in Pax im Prostihaus war, da standen die Spritzer überall rum, wohin ich auch ging. Ich wußte nicht, wen ich nehmen sollte, so bin ich sie alle der Reihe nach durchgegangen. Da hat vielleicht der

Schornstein geraucht. War das ein Zirkus!"
„Hier in Egalsund im Barackenviertel sind mir einmal zwei plötzlich mit 'nem Steifen entgegengekommen. Ratet mal, was ich gemacht habe. Ich habe beide gleichzeitig am Schwanz gepackt und so fest, wie ich nur konnte, zugedrückt. Dann habe ich gesagt: ‚Hallo miteinander, schön, euch zu sehen', hab' sie mir ordentlich vorgeknöpft, ‚bis morgen dann' gesagt und bin abgehauen. Die standen blöd da und gafften mir nur nach. So etwas hatten die bestimmt noch nie erlebt."
„Haha, das ist stark!"
Die Gesichter der Frauen glühten und schwitzten. Sie hatten sich ganz warm geredet. Eine begann, Petronius immer näher auf die Pelle zu rükken. Anfangs versuchte er noch, ein Stück weiter zu rutschen, doch sie kam einfach nach. Mit dem Handrücken fuhr sie über seine Wange. „Ja, wahrhaftig, da ist ja schon ein bißchen Flaum drauf", sagte sie. „Pfoten weg!" zischte eine andere und schlug ihr auf die Schulter. Dann lachten sie wieder. Die eine wollte mit Petronius tanzen. Aber Gro fuhr dazwischen und schnappte ihn ihr weg. Sie tanzten. Er wagte nicht, sie anzusehen, spürte nur ihre Wärme und war glücklich. Keine klatschte mehr im Takt. Sie starrten auf die Glücklichen und kippten einen nach dem anderen runter. Als die Musik aufhörte, stürzten gleich vier auf einmal los und wollten den nächsten Tanz mit ihm. Sie prallten zusammen. Zwei blieben auf der Tanzfläche stehen und glotzten sich mit geballten Fäusten an. Ihre Brustwarzen waren nur einen Millimeter auseinander. Beide hielten die Stirn nach vorn und das Kinn zurück. Es sollte so aussehen, als würden sie aufeinander herabsehen. Aber sie waren beide fast gleich groß.
„Heute hast du mir einen Speerbeißer direkt vor der Nase weggeschnappt, du alte Schlunze." Die eine packte die andere am Hemdskragen.
„Blödsinn! Du warst nicht schnell genug mit deinem Speer! Ich schaffe ja immer mehr als du."
„Du lügst! Letztesmal habe ich achtunddreißig gehabt!"
„Und ich zweiundvierzig!" Sie schnipste mit den Fingern vor der Nase der anderen.
„Glaub bloß nicht, daß du mir vor der Nase rumschnipsen kannst!" Eine Faust sauste durch die Luft. Petronius lief von der Tanzfläche weg. Eine Schlägerei begann. Ein Stuhl wurde durch den Raum geschleudert. Die Schläge prasselten auf Kopf und Nasenbein nieder. Gro versuchte, die beiden Kampfhennen zu trennen, kriegte dafür aber eins rein. Flaschen und Gläser kippten um. Die Frauen schleuderten sich gegenseitig im Raum herum, einige riefen: „Hört doch auf mit dem Unsinn",

andere: „Hört doch selber auf." Die beiden, die begonnen hatten, keiften: „Der werd' ich's zeigen" und „Halt verdammt noch mal die Schnauze." „Idiotinnen", brüllte eine Stimme. Das war Lis Ödeschär. Sie stand in der Tür. Die Frauen wurden unterwürfig, standen auf, brachten ihre Kleider in Ordnung und begannen, aus den noch heil gebliebenen Gläsern zu trinken. Kein Wort war zu hören. „Was soll denn das? Ich bin kaum zehn Minuten weg und schon zerschlagt ihr das Inventar." Sie antworteten nicht. Ödeschär ging zu Petronius, faßte ihn unter den Arm und schob ihn durch die Tür. Auf der Schwelle drehte sie sich noch einmal um und sagte drohend: „Das kommt euch teuer zu stehen. Das verspreche ich euch."

Dann ging sie mit Petronius auf Deck und führte ihn in ihre Kabine. Petronius wollte eine Erklärung geben, doch Ödeschär hob nur abwehrend die Hände. Sie gab ihm eine Zigarette. Seine Hand zitterte leicht. Sie streckte sich behaglich auf ihrer Koje aus und schaute ihn an. „Komm her!" Petronius war verwirrt und setzte sich auf die Kante der Koje. Ödeschär lächelte ihn an. „Eigentlich habe ich schon immer eine besondere Vorliebe für dich gehabt, Petronius", sagte sie. Das klang beruhigend. Sie hatte bestimmt viele Männer gekannt, war in der Welt herumgekommen, hatte ihn aufwachsen sehen. Petronius fühlte sich wie zu Hause. Dann spürte er einen Finger seine Schläfe streicheln. „Eigentlich bist du ein ganz reizender und anmutiger junger Mann. Du wirst mit der Zeit schon ein braver Bursche werden." Sie neigte sich zu ihm und küßte ihn. Petronius kniff den Mund zusammen. Zu seinem Erstaunen hörte Ödeschär aber auf. Sie erhob sich und sagte beleidigt: „Na gut, wenn du nicht willst."

Als die Seefrauen am nächsten Tag von der Fangtour zurückkehrten, waren sie noch einhelliger als zuvor der Meinung: „Mannsbilder zur See sind keine gute Gesellschaft."

Die kleine Rose aus dem Barackenviertel

An einem Wintertag kam Direktorin Bram zu ihrem Mann und erklärte, er werde ein Kind bekommen. Freudestrahlend umarmte sie ihn: „Du bist in glücklichen Umständen. Nun wirst du nicht mehr so allein sein." Kristoffer löste sich aus der Umarmung und sah zur Seite. Mit einemmal bereute er, mit der Pille aufgehört zu haben. Oder war es nicht vielmehr eine Forderung gewesen? Sie hatte ihm öfter gesagt, ihr komme es

so vor, als habe er weniger Lust, wenn er die Pille nehme.
Kristoffer Listochter war noch sehr jung, als er Vaterschaftspatron wurde. Er erinnerte sich an das erste Mal, als sie diese Worte gesagt hatte; überglücklich war er gewesen. Denn das bedeutete, daß sich zwischen ihnen mehr als nur eine flüchtige Affäre abgespielt hatte. Aber es bedeutete auch noch mehr. Als Vaterschaftspatron von Rut Bram kam er in ein altangesehenes und gutsituiertes Geschlecht.
Kristoffer hatte eine beschwerliche Kindheit in kümmerlichen Verhältnissen. Er war das Ergebnis eines zufälligen Beischlafs auf einem Einführungsball gewesen. Sein Vater, Rudrik Listochter, hatte alles auf eine Karte gesetzt. Er wollte unbedingt aus dem Elend heraus, heraus aus den Baracken, wo er mit seinem Großvater gelebt hatte. So hatte er Kristoffers Mutter, Sue Humle, auf einem Einführungsball getroffen und sich auf den ersten Blick in sie verliebt. Sue Humle kam eigentlich aus Pax und sprach egalitanisch mit einem interessanten Akzent, der ihn auf Anhieb für sie eingenommen hatte. Sie hatte ihm exotische Getränke spendiert und die leckersten Gerichte auf das Einführungszimmer schicken lassen. Die Scheine hingen ihr nur so aus der Hosentasche, und sie hatte Unsummen an Trinkgeldern ausgegeben. Sue Humle hatte ihm erzählt, daß ihre Mutter Besitzerin einer der größten Handelsgesellschaften in Pax sei und sie selber Pax verlassen habe, weil sie nichts lieber mochte als das Meer. Sie habe sich deshalb ein größeres Anwesen auf der Westseite der Insel Luksus gekauft und warte jetzt nur noch darauf, einen passenden Mann zu finden, der alles ein bißchen behaglich um sie herum machen könne.
Sue Humle erschien Rudrik wie das Abenteuer persönlich – wie ein Abglanz jener verlockenden Welt, wo Geld keine Rolle spielte, denn wo auf großem Fuße gelebt wurde, ließ sich alles einfach an. Deshalb hatte er Sue gegenüber auch mit keiner Silbe erwähnt, daß er die Pille nicht genommen hatte. Gewöhnlich begannen die jungen Männer einige Zeit vor dem Einführungsball damit, die Pille zu nehmen. Jedenfalls machten das die höheren Söhne der Stadt. Im übrigen waren es fast ausnahmslos eben diese höheren Söhne, die zum Einführungsball gingen, obwohl natürlich alle das Recht dazu hatten. Doch die hohen Eintrittspreise schreckten viele ab. Rudrik hatte aber im Einführungsball seine einzige Chance gesehen. Damit er es sich leisten konnte, den Ball zu besuchen, hatte sein Großvater eine Zeitlang alles Geld zusammenkratzen müssen. Oft war er abends nach den Überstunden beim Putztrupp todmüde nach Hause gekommen.
Rudrik war gespannt. Sue hatte ihm erzählt, ihr sei in all den Ländern,

die sie besucht habe, nie ein molligerer und schönerer Bauch als seiner vorgekommen, nie ein kleinerer Schwanz, nie habe sie einen schöneren Orgasmus erlebt. Und sie sei in vielen Ländern gewesen.
Rudrik zählte die Tage und wartete darauf, daß sie wiederkam und ihm die glückliche Nachricht überbrachte, er könne nun bald in ihr Haus auf der Insel Luksus einziehen.
Und Sue ließ auch wirklich von sich hören. An einem Herbstabend klopfte sie an seine Tür. Aber das war nicht die Sue, die er auf dem Einführungsball getroffen hatte. Sie trug ein altes fadenscheiniges Hemd und ein Paar viel zu große Hosen. Doch viel schlimmer war, daß sie nicht mehr mit ihrem interessanten Akzent sprach.
Rudrik war so verdattert, daß er nur dastand und sie anstarrte, ohne auch nur ein einziges Wort herauszubringen.
„Wie wär's, wennde mich reinläßt, bevor ich mir die Finger abfriern tu!"
Rudrik machte die Tür auf und ließ sie in das einzige Zimmer herein. In der Ecke saß Großvater und häkelte. Er sah über den Rand seiner Brille, lächelte gutmütig und nickte ihr zu. Sue zeigte mit dem Finger auf ihn und wandte sich zu Rudrik: „Muß'n der hier drinne sein?"
„Wir haben doch nur ein Zimmer." Der Großvater legte die Handarbeit beiseite und stand mühsam auf. „Ich mache einen Spaziergang. Ich muß sowieso raus und nach der Katze sehen." Sie waren allein.
„Du krichst 'n Kind", zischte Sue. Rudrik glotzte sie verschreckt an. Was er sehnlichst erwartet hatte, war plötzlich eine Katastrophe.
„Ka ... kann ich es nicht wegmachen?"
„Tja", sagte sie und fing an, auf und ab zu gehen, „hab' ich auch schon dran gedacht." Sie drehte sich schnell um und sah ihn triumphierend an. „Aber ich glaube, ich will nich!"
„Warum denn nicht?"
„Werd' ich dir sagen. Hab' mir alles überlegt und genau ausgetüftelt. Erstens bekomm' ich acht Monate Urlaub bei vollem Lohn, und zweitens kassier' ich obendrein noch 'ne Prämie von fünftausend Piepen. Is nämlich mein drittes Kind. Klein-Siwalerius von Nummer sieben is auch meiner, wennde 's genau wissen willst. Und dann hab' ich noch eins bei 'nem reichen Knülch, der aufm Plattenberg wohnt und vom Geld seiner Alten lebt. So. Ich glaube, ich werd' auch dieses Würmchen in de Welt setzen."
Rudrik konnte das nicht fassen. Er wußte ja, daß es Frauen gab, die davon lebten, Kinder zu gebären. Er hatte sich aber nie vorstellen können, daß ausgerechnet er einer dieser unglücklichen Väter werden würde. Jetzt würde er wohl nie mehr eine Chance haben, eine gutsituierte Frau

abzukriegen, und müßte wohl arbeiten und sich den Rest seines Lebens abrackern wie sein Vater, der an Tuberkulose gestorben war, als er – Rudrik – erst neun Jahre alt war. Nie würde er mehr aus den Baracken herauskommen.
„Aber ... was ist mit der Handelsgesellschaft in Pax und der Villa auf der Westseite von Luksus?"
Sie lachte kurz auf. „Ha! Na, kapierste denn immer noch nich? War doch alles gesponnen. Ich bin 'ne ganz gewöhnliche Hafenarbeiterin. Entlade und schleppe Kornsäcke, wenn ich mal gerade nicht schwanger bin. Dabei hab' ich jetzt endlich mitgekricht, daß die Schufterei aufm Hafen längst nich so anstrengt wie diese ewigen verdammten Schwangerschaften. Auf Arbeit haben wir wenigstens ab und zu Pause. Bei so 'ner Plage kannste aber nie 'ne Pause machen, Rudrik Listochter. Haste daran überhaupt mal gedacht? Nee, nich? Is nämlich, verdammt noch mal, 'n Ganztagsjob! Aber an so was denkt ihr Mannsbilder ja nich, wenn ihr aufm Einführungsball rumbumst, daß es nur so spritzt. Ihr denkt nur daran, euch 'ne sichere Ökonomie zu schaffen. Für mich biste nich ganz dicht im Kopp, wennde geglaubt hast, was ich dir damals erzählt hab'. Und außerdem haste mich doch reingelegt. Weißte eigentlich, wie hoch die Strafe für Männer is, die keine Verhütungsmittel nehmen?"
Rudrik sah schwindelerregende Summen vor sich, die weder er noch sein Großvater würden aufbringen können, soviel sie auch im Putztrupp arbeiteten. Betreten sah er zu Boden.
„Übrigens hab' ich da noch 'ne Affäre mitm andern Mann zu laufen, dem will ich das Vaterschaftspatronat anbieten. Is 'n altes, abgetakeltes Herrenzimmer, aber der einzige Erbe. Hoffentlich hatta schon Schwanzverkalkung. Aber wenn's klappt, bin ich 'ne bumsanständige Frau, Herrlein Listochter. Würde mir überhaupt nich einfalln, ihm 'n Kind von 'nem andern unterzujubln, dassa aufziehn soll. Und daßde 's weißt: Ich hab' auch kein Interesse dran, deine Tochter bei mir zu Hause zu sehen."
„Oder Sohn."
„Na, oder Sohn eben, um's auf die Spitze zu treiben."
Ungefähr acht Monate später erhielt Rudrik die Nachricht, er solle seinen Sohn im Büro für Vaterschaftsangelegenheiten abholen. Rudrik, der noch sehr jung und unerfahren war, kam der Aufforderung nach.
Und da lag nun Klein-Kristoffer. Rudriks Herz zerfloß sogleich bei seinem Anblick. Er nahm das Kind in seine Arme, wiegte es hin und her und murmelte vor sich hin, daß sich schon alles finden werde. Er hatte erwartet, Sue dort zu treffen. Doch sie hatte Bescheid gegeben, daß sie

ihn nicht wiederzusehen wünschte. Er mußte einige Schriftstücke unterschreiben, daß das Kind nun in seine Obhut überging, und unter Zeugen beeiden, daß er der leibliche Vater war. Darauf las ihm die Beamtin vor, daß Sue Humle berechtigt sei, das Kind in Abständen zu sehen, und er, Rudrik Listochter, Egalsund mit dem Kind nicht ohne ihre Zustimmung verlassen dürfe. Die Beamtin schaute hin und wieder von ihrem Blatt auf und sah ihn strafend an. Er bemerkte, daß sie schwanger war. Danach schickte sie ihn in ein anderes Büro, wo ihm ein Zettel überreicht wurde.

„Sie erhalten eine Strafe von fünfhundert Matraken für P-Betrug."

„P ... P ... P-Betrug?"

„Ja, das heißt Präservativ oder Pille. Oder was Sie wollen." „ ‚Pimmel' zum Beispiel!" Rudrik drehte sich um. Eine Frau mit einem Kleinkind auf dem Arm feixte. Die Beamtin feixte zurück.

„Was kann ich für Sie tun?"

„Ich will nur den Schreihals hier abliefern. Ich habe ihn zwei Wochen länger als nötig bei mir behalten." Die Beamtin öffnete bereitwillig die Tür zur nächsten Abteilung für Frauen.

„So, und nun zu uns, Herrlein Listochter. Das macht fünfhundert Matraken. Die Strafe dafür, daß Sie angegeben haben, Sie hätten die Pille genommen oder sich auf andere Weise geschützt, es aber tatsächlich nicht getan haben. Sie wissen doch, daß Sie sich beim P-Büro melden müssen wie alle anderen Männer auch, damit Ihnen eine Vaterschaft zugesprochen werden kann. Sie sind bei uns hier nicht als Verhütungspillennehmer öffentlich registriert und gelten deshalb auf dem Markt als freier Samenspender. Also fünfhundert Matraken, bitte!"

„A ... aber ich habe kein Geld bei mir. Ich habe keine fünfhundert Matraken!" Rudrik war außer sich vor Scham und Verzweiflung.

„Sie können in Raten zahlen. Wir sind keine Unwibschen." Er mußte noch eine Erklärung unterschreiben und bekam die Einzahlungsformulare ausgehändigt. Dann wurde er hinausgeschoben.

Rudrik liebte seinen Sohn mehr, als er zuvor geglaubt hatte. In der Schule war Kinderpflege sein bestes Fach gewesen. Außerdem half ihm sein Großvater. Er war in seiner Jugend Kindergärtner gewesen und verstand viel von Kindern.

So hatte Kristoffer in seiner Kindheit keine Liebe vermißt. Doch war es eng und ärmlich zu Hause. Rudrik arbeitete in einer Keksfabrik. Er saß an einem Fließband und machte grüne Tupfer auf die runden Kekse. Damit war allerdings nicht viel zu verdienen. Er bekam aber hin und wieder Kekse mit nach Hause. Kristoffer aß die Kekse mit Heißhunger

und wurde ein süßer, runder Junge. Er hatte ein niedliches Gesicht und galt als die kleine Schönheit des Viertels, wenn er mit seinem Schulranzen durch die Gegend tanzte.
Hin und wieder gab es Wolken am Himmel der Freude, denn die Mädchen in der Straße riefen „Prostimännlein" hinter ihm her oder „Wo ist denn deine Mutter?" und „Wißt ihr, warum Kristoffer den Namen seines Vaters trägt?" Er lief dann nach Hause, weinte bitterlich und fragte seinen Vater, warum die so etwas sagten. Und sein Vater tröstete ihn und sprach: „Weil die so dumm sind", und sein Großvater holte den Spielbaukasten und sie bauten Brücken, Kräne und Türme und Kristoffer lachte wieder. Als er älter war, erzählte ihm Rudrik dann alles.
Großvater und Rudrik entdeckten schnell, daß Kristoffer technisch begabt war. In Kristoffers Jugend wurde die Nord-Brücke gebaut. Er konnte stundenlang da unten stehen und zusehen, wie sie bauten, und lange Gespräche mit den Ingenieurinnen über knifflige Zeichnungen führen, so daß sie ganz verblüfft waren und sich hinter den Ohren kratzten.
Eine längere als die obligatorische Schulausbildung kam jedoch nicht in Frage. Kristoffer mußte raus und arbeiten, sobald er alt genug war, wie alle anderen im Barackenviertel auch. Die Mädchen gingen in den Hafen, ein Teil auch zur See. Kristoffer bekam eine Stelle in einem riesigen Friseursalon und spezialisierte sich auf Bartfrisuren und Behandlungen gegen Haarausfall. Das machte er auch noch, als er Rut Bram kennenlernte. Sie hatten sich auf einem Einführungsball getroffen. Kristoffer hatte sich das Geld dazu selbst verdient, indem er zu älteren, feineren Herren auf den Plattenberg ging und sie gegen Glatzköpfigkeit behandelte. Das wurde unwahrscheinlich gut bezahlt. „Ja, es gibt wohl viele vornehme Herren auf dem Plattenberg, die Platten haben", hatte Rut später gesagt. Und Kristoffer hatte verliebt gelacht.
Rut Bram und Kristoffer hatten sofort Interesse füreinander gezeigt. Rut Bram war jedoch nicht schnell genug. Und bevor sie sich die richtigen Worte zurechtgelegt hatte, war Kristoffer mit einer anderen in einem Einführungszimmer verschwunden. Bram war nie darüber hinweggekommen, denn sie hatte sich in ihrem Stolz verletzt gefühlt und Kristoffers Verhalten wie eine Herausforderung ihrer sexuellen Potenz empfunden. Wenn sie schlechter Laune war, sah sie darin einen Beweis für Kristoffers Leichtsinn. Obwohl Kristoffer ihr dann stets aufs neue versicherte, daß er nur sie begehrte, auch damals schon, war sie doch etwas verbittert, wenn sie daran dachte. Immer wenn sie sich an diese Episode erinnerte und einen Eifersuchtsanfall bekam, pflegte Kristoffer tröstend zu sagen: „Ich hätte dich doch schlecht auffordern können!"

Nein, das erschien beiden dann doch zu absurd. „Dann hättest du mich vielleicht gar nicht gewollt, und wir wären nie zusammengekommen. Wie gut, daß ich mich damals nicht interessiert zeigte." So waren sie sich wieder einig und glücklich.
Nach dem Einführungsball machte sie ihm ihre Aufwartung. Rut Bram war ohne Vorurteile, und es machte ihr nicht das geringste aus, ihren Liebsten im Elendsviertel zu besuchen. Ganz im Gegenteil, sie spürte, daß sie eine seltene Rose in einer rauhen Umgebung gefunden hatte. Sie war völlig überzeugt, daß sie diese Rose umpflanzen und dazu bringen konnte, sich unter ihren Händen wohl zu fühlen und zu gedeihen. Es gab in ihrer Familie bereits Beispiele dafür, daß sich Frauen solche Rosen aus den Niederungen des Volkes hervorgeklaubt hatten. „Die bringen die Gene des alten Bauernadels auf Trab", sagte ihre Großmutter immer. Sie pflegten beide lange Zeit einen sehr sittsamen Umgang. Kristoffer hatte aus dem Schicksal seines Vaters gelernt und beschlossen, nie ein unpatroniertes Kind zu bekommen. Rut Bram mußte ihm deshalb öffentlich das Vaterschaftspatronat versprechen, bevor sie ihn endlich im Eichenwald auf Luksus nahm und Petronius gezeugt wurde.
Kristoffer Bram, geb. Listochter, ging mit Liebe und Wärme in seinem Hausmannsdasein auf. Nie wurde er müde, dankbar zu sein, daß ihm ein besseres Los beschieden war als seinem Vater. Doch ab und zu verspürte er einen kleinen Stich, wenn er daran dachte, daß er sich nie seinem Interesse für Mechanik widmen konnte. Er hatte das einige Male seiner Frau gegenüber erwähnt, doch sie hatte nur schief gelächelt und gesagt, er könne doch in seiner freien Zeit soviel über Mechanik lesen, wie er wolle, keine werde ihn daran hindern.
Aber wann blieb ihm eigentlich freie Zeit? Als Petronius anderthalb Jahre alt war, kam Ba. Und Ba schien nie richtig groß und selbständig zu werden. Auch jetzt, wo sie doch schon ein großes Mädchen war, brüllte sie alle naselang nach dem Vater. Sie gebärdete sich so wild. Und nun stand Rut hier und erzählte ihm freudestrahlend, daß er noch ein Kind bekommen werde.
Im stillen hatte er gehofft, sie werde sich mit den beiden begnügen. Gesellschaftlich hätte dam nicht erwartet, daß Rut noch mehr Kinder gebar. Was würde jetzt geschehen? Rut würde, falls sie das wünschte, während der Schwangerschaft nicht zu arbeiten brauchen, und er würde sie dann den ganzen Tag hier im Hause haben. Aber wenn sie wieder arbeiten gehen mußte, kam die anstrengende Stillzeit. Kristoffer seufzte und schwieg. „Bist du nicht froh?" brach es aus Bram hervor. „Sie wird sicher eine süße Kleine."

Kristoffer drehte sich heftig um. „Kannst du es nicht wegmachen?"
„Wegmachen?" raunzte Bram. „Was bist du bloß für ein Vater, der zu seiner künftigen Tochter *‚Es'* sagt! Und glaubst du, ich lasse mich schwängern, damit alles in einer *Abtreibung* endet? Männer sollten dafür sorgen, daß es nicht zu Abtreibungen kommt. Ein Leben entsteht in mir. Männer, die sich weigern, die Verantwortung zu übernehmen, sind eine Schande für die Gesellschaft."
„Ich hatte mich auf ein bißchen Zeit ... ein bißchen Zeit für mich selbst gefreut, Rut."
„Zeit für dich?! Aber die hast du doch den ganzen Tag, während ich arbeiten muß. Ich habe mich immer gefragt, wie du eigentlich die Zeit rumkriegst. Wir können uns ja einen Putzmann nehmen, wenn du willst. Außerdem weißt du doch, daß sich Ba brennend ein Schwesterchen wünscht. Daran solltest du auch denken." „Ein Schwesterchen", wiederholte Kristoffer erschöpft und verbarg das Gesicht in den Händen.
„Kristoffer ..., bisweilen verstehe ich dich nicht. Ich war heute bei der Ärztin. Und den ganzen Tag habe ich mich darauf gefreut, nach Hause zu kommen und es dir zu erzählen. Ich dachte, du würdest dich ein wenig deiner Potenz wegen genieren, aber doch stolz und froh über das Leben sein, das sich in mir regt. Und jetzt ..."
Sie war geknickt und verärgert. Er konnte es sehen, sie war wirklich geknickt. Er empfand eine unmittelbare Zärtlichkeit für sie. Was für einer war er eigentlich? Sollte er nicht der erste sein, der sie umarmte, ihren Bauch streichelte, teilnahmsvoll verfolgte, wie er dicker wurde, ihr kleines Liebesprodukt mit offenen Armen aufnahm, das Kind liebte, sie liebte und sich um alle sorgte? Wer sollte sich denn sonst um sie kümmern? Was würde aus ihnen werden, wenn er nur einfach alles treiben ließ? Wenn er sie vernachlässigte, nur um seiner eigenen Interessen willen? O Göttin, er war völlig verrückt. Er hätte das nicht sagen sollen. Er war ein schlechter Vater, ein liebloser Mann. Wie konnte er das nur wiedergutmachen! Er hatte gerade sagen wollen, daß er sich nach der neuen Tochter sehne und daß er beide, sie und Rut, liebhabe, als Bram seine Gedanken unterbrach.
„Wie kommst du eigentlich dazu, zu sagen, daß du mehr Zeit für dich haben willst? Und ich? Was glaubst du, was ich den ganzen Tag mache? Habe ich etwa Zeit für mich? Das einzige, was mir etwas bedeutet im Leben, ist, für andere dazusein, sonst wäre ich ja ein unwibschlicher Roboter. Ich schufte den ganzen Tag für dich und die Kinder. Und alles, was du dafür machen mußt, ist, daß es uns hier zu Hause gut geht. Und dann beklagst du dich, daß wir noch ein Kind bekommen werden! Das

ist doch die Erfüllung der Natur, lieber Kristoffer. Ich gebäre die Kinder und du empfängst. Schließlich sind es noch immer die Männer, die die Kinder bekommen!"

Herrlein Uglemose führt seinen Unterricht nach dem Rundschreiben Nr. 287 durch

„Schließlich sind es noch immer die Männer, die die Kinder bekommen", sagte Herrlein Uglemose und schaute auf die Klasse 5 b. „Alles Leben auf der Erde strebt wieder seinem Ursprung zu. Alle Funktionen des irdischen Lebens lassen sich als ein großer Zyklus verstehen. Ein Zyklus ist eine Art Kreislauf." Herrlein Uglemose zeichnete einen Kreis an die Tafel. „Der Kreis ist die formvollendetste aller Figuren in der Geometrie. Ihm fehlt nichts. Im Kreis frauscht das vollkommene Gleichgewicht. Deshalb ist der Kreis auch das Symbol für die Frau, die den großen Zyklus der Natur in sich birgt. Aber in der von der Frau geschaffenen Zivilisation kommt dem Kreis eine neue und weiter gefaßte Bedeutung zu. Das Verhältnis Vater, Mutter und Kind kann in diesen Kreis eingezeichnet werden. Der Ursprung des Kindes liegt in der Samenzelle des Vaters und in der Eizelle der Mutter, wo das Leben im Leib der Mutter Herberge findet."
Er zeichnete die Samenzelle des Vaters oben in den Kreis ein, einen winzig kleinen Punkt, und die Eizelle der Mutter als eine große kräftig umrissene Rundung etwas unterhalb des Kreismittelpunktes. „Hier drinnen entsteht das Kind, der Fötus, und schließlich kommt dort das Kind heraus."
Er zeichnete auf der Kreislinie die Stelle in Form eines Herzens ein. „Und der Vater, der Erzeuger des Samens, nimmt das Kind in seine Arme. Das Kind kehrt sozusagen zu seinem Ursprung zurück. In der Tierwelt ist das ganz anders. Das ist die Leistung der Zivilisation. Wir können diese Beziehung darstellen, indem wir die drei Punkte durch Linien miteinander verbinden.
Herrlein Uglemose zeichnete ein Dreieck in den Kreis. „Das Dreieck ist das Symbol für die Zivilisation, vom Kreis, dem Symbol für die Frau, umschlossen. Beide Figuren zusammen, das im Kreis eingeschlossene Dreieck, sind ein Symbol dafür, daß die Zivilisation von den Frauen geschaffen wurde, ein Symbol dafür, daß alle tieferen Kulturen Frauen-

kulturen sind."
Herrlein Uglemose schaute mit Zufriedenheit und Einfühlung auf den Kreis. „Das ist schön. Unendlich schön und vollkommen. Ja, deshalb sind die Frauen immer so bewegt, wenn sie Bilder von der kleinen Donna Klara in den Armen ihres Vaters sehen.
„Aber können wir nicht genausogut sagen, daß die Eizelle der Ursprung des Kindes ist?" fragte Ann Plattenberg. Sie war dem Unterricht aufmerksam gefolgt. Herrlein Uglemose bekam vor Erregung rote Flecken auf den Wangen.
„Die Eizelle kann mit der Lebenskraft an sich nicht verglichen werden", sagte er. „Sie verkörpert das schöpferische Prinzip. Die Eizelle ist Keim und Nährboden zugleich. Die Samenzelle ist nur eine Art auslösende Ursache, ein Nadelstich sozusagen. Und wenn die Eizelle diesen Reiz spürt, entschließt sie sich, den Lebensprozeß in Gang zu bringen. Und die Eizelle will, genau wie der Nährboden, alles wieder uneigennützig und reichlich zurückgeben. Deshalb wird dem Vater das Kind auch in die Arme gelegt."
„Warum kümmert sich denn die Katzenmutter um die Jungen? Der Vater weiß nicht einmal, daß es seine Jungen sind. Bisweilen tötet er sie sogar", sagte Wolfram Saxe, der zu Hause fünf Katzen besaß.
„Die ganze wibschliche Zivilisation besteht darin, die Wibschen von tierischem Verhalten abzubringen. Die Aufgabe der Zivilisation ist es, das Unrecht der Natur auszugleichen. Das haben wir ja früher schon behandelt."
„Aber hast du nicht gerade die Natur bemüht, um zu erklären, daß der Mann zur Versorgung der Kinder besser geeignet ist?" fragte Ba.
„Nein. Hier müssen wir zwischen Mystik und Wirklichkeit unterscheiden. Mystik, das ist die Dichtung, die die Wirklichkeit schön und begreiflich in ihrer ganzen Unbegreifbarkeit macht. Wir schaffen uns einen Überbau über Dinge, von denen wir wissen, daß sie richtig sind, um zu zeigen, wie schön es ist, daß eine Mutter die Frucht und Gabe der Liebe in die sicheren und fürsorglichen Hände des Vaters legt."
Herrlein Uglemose hatte Schwierigkeiten zu reden. Sein großes Unglück im Leben, nie selbst Gegenstand dieser schönen und unendlichen Mildtätigkeit gewesen zu sein, stand jetzt, als er den Schülern den Segen des Lebens erklären sollte, klar vor ihm. „Wir wollen uns jetzt die Wirklichkeit, die hinter diesem poetischen Zyklus liegt, etwas genauer betrachten."
Er sah sie an. Ausnahmsweise saßen sie still in ihren Bänken. Es war wichtig, daß dies richtig vermittelt wurde. Herrlein Uglemose sah das

respekteinflößende Doppelkinn von Rektorin Barnerud vor sich und begann: „Die Natur zeichnet sich bisweilen durch eine große, göttliche Weisheit aus. Das wichtigste Geschlechtsorgan der Wibschen liegt daher geschützt im Inneren des Körpers. Das beweist uns, daß die Verletzung des Geschlechtsorgans einer Frau ungleich schwerere Folgen nach sich zieht als beim Mann. Er trägt seines ja nach außen. Deshalb nennen wir den Mann auch das empfindsame Geschlecht. Seine Geschlechtsorgane benutzt er, um unendliche Mengen Samen in den Körper der Frau zu spritzen."
Herrlein Uglemose blickte sie ernst an. Einige kicherten, andere sagten: „Pst!"
„Unendliche Mengen", wiederholte er. „Die Samenzellen sind nämlich so unwahrscheinlich klein, daß, wenn auch nur eine einzige ihr Ziel erreichen soll, viele benötigt werden. Die Samenzelle ist so klein, daß sechzigtausend Stück auf einen Quadratmillimeter gehen. Die Eizelle hat die Größe eines Punktes. Wenn sich das Ei für den Schöpfungsprozeß entschieden hat, machen sich zweihundert Millionen Samenzellen zu ihm auf den Weg."
Das Herrlein schrieb ‚200 Mill.' an die Spitze des Dreiecks und fuhr fort: „Sie sehen wie kleine Würmer mit Köpfen aus. Hier ist ein Exemplar in dreißigmillionenfacher Vergrößerung.
Er zeichnete eine schwimmende Eizelle mit einem schwarzen Kopf und schaute sie vergnügt an.
„Wie ihr sehen könnt, hat sie auch mit einer Kaulquappe Ähnlichkeit. Also zweihundert Millionen dieser kaulquappenähnlichen Gebilde schlängeln los und schlagen sich um ein Ei. Jede Samenzelle muß eine harte Konkurrenz bestehen, um in ein Ei zu gelangen, genau wie bei uns, wo Männer um eine Frau streiten. Die Eizelle liegt gelassen da und sieht dem Kampf der Millionen mit erhabener Ruhe zu. Schließlich trifft der Kopf einer Samenzelle auf das Ei, wobei die Samenzellen sich kaum einen Begriff davon machen dürften, was sie sich da vornehmen. Wie einige Tiere, zum Beispiel der Strauß, glauben sie, wenn sie nur den Kopf dabeihaben, haben sie auch das Ganze dabei. Das Ei trennt aber sofort den Rest der Samenzelle ab, so daß der Schwanz draußen bleibt. Denn sobald diese eine Samenzelle Schutz beim Ei gefunden hat, bildet das Ei ein Häutchen um sich herum, um zu verhindern, daß noch irgendeine der einhundertneunundneunzigmillionenneunhundertneunundneunzigtausendneunhundertneunundneunzig Samenzellen eindringen und den Schöpfungsprozeß stören kann."
Der kleine, mollige Fandango meldete sich.

„Bitte, Fandango."
„Was wird denn aus all denen, die nicht reinkommen?"
„Tja, die sind jetzt überflüssig und sterben. Die Samenzelle, die hineingekommen ist, die Siegerin also, verliert ihre Identität, das heißt, sie ist nicht mehr sie selbst. Sie hat ihren Schwanz verloren, und ohne Schwanz hat sie keine selbständige Existenzmöglichkeit, sondern wird vom Ei ernährt und beschützt, in genau derselben Weise, wie der reife Mann bei einer Frau das Vaterschaftspatronat findet. Als Ersatz dafür darf die Samenzelle leben. Es gibt eine schöne Analogie. Eine Analogie bedeutet, etwas ist etwas anderem ähnlich. Der Mann sucht ein Heim. In seinem Streben danach muß er mit Hunderten von anderen Männern konkurrieren. Findet er ein Heim, dann sorgt die Frau dafür, daß er dort bleibt; sie gibt ihm Nahrung und schützt ihn gegen alles Böse."
Ann meldete sich und redete los, ehe das Herrlein „Bitte, Ann" sagen konnte.
„Und was wird aus denen, die kein Heim finden?" Die Klasse kicherte, aber Ba schlug auf den Tisch als Zeichen dafür, daß sie mehr hören wollte, und die Klasse beruhigte sich ganz schnell wieder. Herrlein Uglemose überhörte diese Frage.
„So können wir sagen, die Natur hat es so eingerichtet, daß der Platz des Mannes im Hause ist. Es ist ..."
„Aber du hast doch gesagt, wir können die Zivilisation nicht mit der Natur erklären", unterbrach ihn Ba.
„Ja. Hier müssen wir besonders vorsichtig sein. Auch wenn heute so viele Männer dagegen protestieren, ändert das nichts an der Tatsache, daß die Frauen die Lebensspenderinnen und Beschützerinnen sind und der Mann ohne sie zugrunde gehen müßte, während sie überleben könnten. Die Samenzellen verfügen nicht über die Fähigkeit, sich Nahrung zu verschaffen. Die Natur wird das nie ändern können, ein Kind kann nicht in den Geschlechtsorganen des Mannes entstehen. Ich wage es kaum, mir auszumalen, was wäre, wenn sich ein Fötus im Schambeutel entwickeln würde. Er ist viel zu klein und zu empfindlich, um auch nur die geringste Form von Leben hervorbringen zu können. Der Fötus würde ihn gänzlich sprengen."
Herrlein Uglemose fühlte sich jetzt auf sicherem Boden. Eins war ihm klar: Er führte seinen Unterricht entsprechend der letzten Direktive und dem Rundschreiben Nr. 287 durch. Vor seinem geistigen Auge war das Schreckensbild von Direktorin Barmeruds Doppelkinn fast vollständig verblaßt, als er fortfuhr: „Daß die Geschöpfe des männlichen Geschlechts überflüssige Luxuswesen sind, sehen wir überall in der Natur: von den

niedrigsten bis hinauf zu den am höchsten entwickelten Tierarten. Bei Spinnen, Ameisen und Bienen wird das Männchen nach der Paarung getötet oder geht zugrunde. Wozu es einzig bestimmt ist, nämlich Nachkommen zu zeugen, führt es aus, und dann muß es sterben. Was soll der Staat, die Gesellschaft noch mit ihm? Bei den Bienen darf das Männchen freilich noch eine ganze Saison weiterleben, doch auch da sehen wir, daß es in keiner Weise etwas zum Bestand des Bienenvolkes beiträgt, sondern nur träge herumkrabbelt. Und so muß es dann auch dafür mit dem Leben bezahlen. Bei den Ameisen werden die Männchen, denen es nicht glückt, sich zu paaren, sofort getötet, genauso wie die erfolglosen Samenzellen der Wibschen zugrunde gehen. Sollten sie aber nicht getötet werden, weil die weibliche Ameise sie nicht erwischt, dann sterben sie vor Hunger, denn sie sind nicht imstande, sich Nahrung zu verschaffen."

„Sind deshalb hier in Egalia so viele Männer, die kein Vaterschaftspatronat haben, arm und müssen hungern?" fragte Wolfram Saxe.

„Ja, das stimmt, Wolfram. Für Männer ist es schwer, sich selber zu versorgen."

„Pööh! Das ist doch, weil es einen Klassenunterschied gibt", prustete Ann raus. „Das sagt jedenfalls meine Mutter."

„Ich will mich nicht auf eine Diskussion darüber einlassen. Das einzige, was ich sagen kann, ist, daß in allen Gesellschaften, die wir kennen, die Männer am härtesten darum kämpfen müssen, sich ihre Nahrung zu verschaffen."

Das Herrlein machte eine Pause. Etwas rährte sich in ihm. Das stimmte doch! Die Männer arbeiteten am härtesten. Aber das konnte doch unmöglich in Übereinstimmung mit dem Rundschreiben Nr. 287 sein! Ich muß schnell zu etwas anderem übergehen, etwas Sicherem. Zu den Fischen, dachte Herrlein Uglemose.

„Bei vielen Fischarten sind es jedoch die Männchen, die für die Nachkommen sorgen. Die Jungfische entstehen ja nicht in der Mutter; die Befruchtung und auch die Entwicklung der Brut finden außerhalb von ihr statt. Hier begreift der Vater sofort seine Rolle. Bei einigen Arten – beispielsweise beim Speerbeißer – bauen die Männchen das Nest für die Jungen und beschützen sie in der ersten Zeit. Deshalb sind Fische und besonders der Speerbeißer Symbol für unser Mutterland Egalia; eine Gesellschaft, in der die Aufgaben gleich und vernünftig zwischen den Geschlechtern verteilt sind."

Der kleine mollige Fandango meldete sich erneut.

„Was gibt es, Fandango?"

„Also das ist doch bei uns nicht so. Du hast doch eben gesagt, daß der Vater sich um die Jungen kümmern muß und ...“
„Ja, eben. Wie bei den Fischen – eigentlich den klügsten Geschöpfen in der ganzen Tierwelt. Wir töten ja auch nicht die Männchen, weil sie nutzlos sind. Die Zivilisation hat es so eingerichtet, daß auch die Männchen nützlich sind. Das ist das Großartige an unserer Gesellschaft, daß die Männchen nicht so nutzlos sind wie in der Natur. So können wir sagen, in unserer Gesellschaft, in der Wibschengesellschaft, haben Männer auch eine Art Existenzberechtigung. Das heißt, sie haben ein Recht auf Leben. Gleichwohl sehen wir, daß es uns nie ganz gelingen wird, die männlichen Geschlechtswesen zu zivilisieren. Instinktiv wissen die meisten Männer, daß sie Luxusgeschöpfe, also nur zur Zierde da sind. Das ist auch der eigentliche Grund, warum sie sich mehr schmücken als die Frauen.“
„Ich dachte, die machen das, weil sie ein bißchen blöde sind“, sage Ba.
„Na ja, auf eine Art können wir das auch sagen. In gewisser Weise wird einer ja auch ein bißchen blöde, wenn er nur ein Luxusgeschöpf und nur zur Zierde da ist. Wir kennen das gleiche Phänomen aus der Tierwelt.“
„Was heißt Phänomen?“
„Phänomen, das bedeutet Erscheinung. Etwas, was vorkommt, können wir sagen. In der Tierwelt sehen wir zum Beispiel, was für eine prächtige Mähne der Löwe hat, der jedoch nichts weiter tut, als in der Sonne zu liegen und laut zu brüllen, während das Weibchen die Nahrung für die Familie herbeischafft. Und vor allem im Vogelreich, da schmückt sich das Männchen mit knalligen Farben, um dem Weibchen zu imponieren. Es denkt an nichts anderes als an prächtiges Aussehen und begreift nicht, wie wichtig es ist, die Art zu erhalten. So kommt das Vogelmännchen auch gar nicht auf die Idee, sich selber einmal auf die Eier zu setzen. Es läßt sich höchstens dazu herab, den Jungen Nahrung zu verschaffen, nachdem die Mutter die Eier allein ausgebrütet hat.“
„Dafür kann aber beispielsweise der Hahn Kikeriki machen“, rief Ann.
„Ja, eben“, antwortete Herrlein Uglemose, „eine völlig sinnlose Eigenschaft. Nachdem die Wibschen die Tiere zivilisiert hatten, mußten sie sie notgedrungen zu etwas verwenden. Wozu könnte ein Hahn oder ein Ochse, ein Eber, ein Widder oder Hengst wohl gebraucht werden? Warum machen sich die Leute auf einem Bauernhof jedesmal soviel Gedanken, wenn ein männliches Tier geboren wird? Sie werden mindestens geschlachtet, dafür sind sie gut. So kriegen die Wibschen Fleisch. Einige werden als Zuchttiere zurückbehalten, und die benehmen sich oft so

unmöglich, daß sie in extra Gehege gesperrt werden müssen. Doch bei den weiblichen Tieren ist das ganz anders. Bei ihnen sehen wir auch wieder, daß die Weibchen auf vielfältige Weise zur Erhaltung des Lebens beitragen. So können die geschlechtsspezifischen Produkte, wie Milch und Eier, von den Wibschen genutzt werden. Die Männchen können nichts dergleichen beisteuern und stehen deshalb nicht so hoch im Kurs. Die männlichen Exemplare werden dagegen, außer für die Zucht, nur zum Vergnügen der Wibschen benutzt. In früheren Zeiten gab es Stier- und Hahnenkämpfe. Und heute gibt es den großen Gimpelwettbewerb und den Widderlauf im Herbst."

Das Herrlein hörte plötzlich ein Kichern in den hinteren Reihen der Klasse. Ein zusammengefalteter Zettel flog einige Bänke weit. Er marschierte los, riß den Zettel an sich und öffnete ihn. Mit großen Buchstaben stand da ‚*Weitergeben*' und darunter ‚*Frage mich nur, warum das Herrlein bislang nicht als so eine unnütze Kaulquappe entlarvt wurde. Oder ist er vielleicht beim Gimpelwettbewerb im Herbst mit dabei*?' Das Herrlein schaute von dem Zettel auf und versuchte vergeblich, seine Würde zu wahren. Er war wütend und verzweifelt. Tausende von wirren Gedanken gingen ihm durch den Kopf. War die ganze Stunde sinnlos gewesen? Oder eben gerade das Ergebnis des Unterrichts in Übereinstimmung mit dem Rundschreiben Nr. 287? Er wurde unterbrochen.

„Warum hast du nie ein Vaterschaftspatronat bekommen, Herrlein?" fragte Ba.

Das Herrlein wurde puterrot. Einige kicherten, andere sagten: „Halt die Klappe." Es wurde still in der Klasse. Alle sahen ihn an. Sie forderten eine Antwort. Selbst wenn das Ganze nur als Scherz gemeint war, mußte er antworten. Herrlein Uglemose schluckte.

„Die Frauen wissen, daß sie tüchtiger sind als die Männer. Sie sind intelligenter und effektiver. Die Frau ist die geborene Führerin."

„Was hat denn das damit zu tun?" Wieder war es Ba.

„Es hat was damit zu tun, denn die Frau will auf keinem Gebiet einer Überlegeneren begegnen. Auch wenn die Frau besser und vor allem praktischer ausgestattet ist als der Mann, gibt es doch etwas, worin sie dem Mann unterlegen ist, nämlich die physische Stärke." Das Herrlein war erzürnt. Er redete sich warm. Das Rundschreiben Nr. 287 war wie weggefegt.

„Nun wird physische Stärke allerdings als etwas sehr Weibliches angesehen", fuhr Herrlein Uglemose fort. „Darum haben die Frauen von klein auf ein viel härteres körperliches Training als die Männer. Denkt nur an den unterschiedlichen Mädchen- und Jungensport. Die Mädchen heben schwere Gewichte, stoßen Kugeln und wetteifern im Dauer- und Hindernislauf, während die Jungen graziöse Gymnastik machen und lernen, wie dam sich richtig bewegt, damit sie dem Auge einen erfreulichen Anblick bieten. Das ist eben ein Bereich, wo wir bemüht sind, das Unrecht der Natur auszugleichen. Dennoch gibt es einige Männer, die größer und kräftiger sind als die meisten Frauen. Diese Männer bekommen meistens kein Vaterschaftspatronat. Ich gehöre zu denen."

Das zu äußern kostete Herrlein Uglemose eine ziemliche Überwindung. So deutlich hatte er es noch keiner Wibsche gesagt. Er konnte sich im großen und ganzen glücklich schätzen, eine solche Stellung wie seine bekommen zu haben. Die meisten Männer von seiner Größe mußten die härtesten Arbeiten bei den Reinemache- oder Küchenkolonnen verrichten, oder sie wurden einfach nach Fallüstrien abgeschoben.

Als Heranwachsender hatte er alles mögliche versucht, seine körperlichen Kräfte nicht zu entwickeln. Meistens hatte er zu Hause bei seinem Vater gesessen und gestickt. Es half nichts. Als er dreizehn war, hatte er seine Mutter im Armedrücken besiegt. Die alte Rektorin Uglemose war danach vierzehn Tage lang so wütend, daß die Schüler schon bei ihrem Anblick bebten. Damals, als er trotz allem immer noch hoffte, daß eine Frau ihn haben wollte, hatte er seine Stärke stets zu verbergen gesucht. Er hatte sich den wenigen Frauen gegenüber, die mit ihm schlafen wollten, schlaff und willig gegeben. Und hinterher tauchten die wildesten Gerüchte auf, was für ein Mordsding er habe. Einmal hatte er eine Frau sagen hören, es sei im erigierten Zustand einen halben Meter lang und zehn Zentimeter dick. Dabei hatte er nicht einmal mit ihr geschlafen. Gab es irgendwo Schlägereien, hatte er sich nie eingemischt, auch wenn ihm das Herz weh tat, daß Leute so gemein zueinander sein konnten. Sollten schwere Gegenstände von der Stelle gerückt werden, bot er nie seine Hilfe an, obwohl er im Innersten die Hilfsbereitschaft in Person war. Und in Gymnastik bekam er die schlechtesten Noten, denn er bewegte sich so, als seien ihm seine Muskeln im Wege.

Doch sosehr er sich auch bemühte, seine Körperkräfte zu verbergen, es half nichts. Er war einer dieser Mordskerle, den keine im Haus haben wollte.

„Bist du denn wirklich so stark?" fragte Ba.

„Ich könnte, wenn ich wollte, das Katheder hier mit der bloßen Faust zertrümmern." Herrlein Uglemose war über seine eigenen Worte erschrocken. Die Klasse kicherte. Die Vorstellung, das Herrlein könnte das Katheder zerschlagen, schien doch allzu komisch.

„Ich hatte aber immer das Gefühl, daß meine großen, starken Männer-

hände geradezu wie geschaffen dafür sind, ein kleines Kind zu halten und es vor allem Bösen zu bewahren."
Die Klasse kicherte noch lauter. Irgend etwas war zwischen ihnen schiefgelaufen. Sie schämten sich, weil er ihnen so ohne weiteres sein Unglück anvertraut hatte. Sie schämten sich und verspürten gleichzeitig Ekel, wenn sie sich Herrlein Uglemoses großen, kräftigen Körper vorzustellen versuchten. Und weil sie sich schämten und wußten, daß er ihnen die Wahrheit erzählte, wurde er für sie in gewisser Weise eine Wibsche. Er war für sie nicht mehr nur ein sich theatralisch gebärdendes Kathedertier, sondern eine Wibsche mit Gefühlen und einem Schicksal. Jetzt glucksten sie verlegen und wußten nicht, was sie sagen sollten.
Herrlein Uglemose merkte, daß er nicht mehr Dame der Situation war. Er bereute seine Worte. Jetzt war alles wieder wie zuvor. In der Klasse frauschte die gleiche Unaufmerksamkeit. Es spielten sich Dinge zwischen ihnen ab, über die er keine Kontrolle hatte. Aber Herrlein Uglemose fühlte sich nicht nur als Lehrer. Er stand auch außerhalb der Gemeinschaft im Lehrerzimmer. Die Kolleginnen betrachteten ihn mit den gleichen Augen wie die Schüler, das wußte er. Sie kicherten nur nicht. So fühlte er sich eher mit den Schülern solidarisch. Denn sie waren gezwungen, dort vor ihm auf ihren Bänken zu sitzen. Sie waren jung und ohne ihr Verschulden einfältig. Sie konnten noch lernen, oder wenigstens einige von ihnen. Vielleicht gab es irgendwo in der Klasse eine einzige Seele, die ahnte, wovon er sprach, und genauso fühlte. Nur eine wäre schon genug. Das würde sich schon einmal auszahlen. Deshalb hatte er nie ganz aufgegeben.
Sie saßen da, brabbelten miteinander, flüsterten verstohlen und kicherten. Plötzlich schien es ihm, als verstehe er eines der Worte. Ein Zischlaut – dreisilbig. Ein dreisilbiges Wort, das mit einem Zischlaut begann. Hatte er richtig gehört? „Sag du es", hörte er eine flüstern. „Nein, du." Sie lachten ein bißchen verhalten. „Kannst du es nicht sagen?" Vielleicht waren sie doch interessiert und wollten mehr wissen. Er würde ihnen alles, was er wußte, erzählen, auch von sich selbst. Wenn er nur Kontakt mit ihnen bekommen konnte. Ein Lehrer sollte offen zu seinen Schülern sein. Daran hatte er sich immer gehalten.
„Na, habt ihr noch was?" fragte er prüfend.
„Ja", sagte Ann Plattenberg laut und deutlich. „Der Lümmel da mit den Sommersprossen, der aussieht wie ein wandelndes Waschbrett, der Syyyyprian – ist der dein Sohn?"
„Er gleicht dir aufs I-Tüpfelchen", kam es von der anderen Seite des Klassenzimmers.

„Ja, wie das Zipfelchen“, drang es an sein Ohr, nur ein bißchen leiser. Ein gewaltiger Krach ließ die Schüler der Klasse 5 b erzittern. Herrlein Uglemose hatte aus dem Katheder mit einem einzigen Faustschlag Brennholz gemacht.

Petronius wird im Herbst 16 Lenze

„Er hat das Katheder mit einem einzigen Schlag in Stücke gehauen!“ jubelte Ba, griff sich eine Wurst und schaute triumphierend von einer zur anderen über den Mittagstisch.
„Unglaublich.“ Rut Bram schlug mit der Faust auf den Tisch, daß die Teller klirrten.
„Ein Glück, daß du nicht so stark bist wie Herrlein Uglemose“, murmelte Petronius. Seine Mutter sah ihn scharf an.
„Was hast du gesagt?“
„Nichts.“ Petronius blickte auf den Tisch.
„Doch!“ rief Ba. „Er hat nämlich gesagt, ein Glück, daß ...“
„Schweig, Ba! Vergiß nicht, heute hat Petronius Geburtstag. Nun wollen wir es uns doch ein bißchen gemütlich machen.“
„Gemütlich hin, gemütlich her!“
„Wollen wir mit dem Geburtstagskuchen anfangen?“ fragte Kristoffer. Ablenkung ist bekanntlich die beste Taktik bei Frauen und Kindern. „Petronius zuerst.“ Er stand auf, schnitt ein großes Stück aus der Ananastorte und balancierte es vorsichtig zu Petronius’ Teller. Das Stück knickte etwas ein und drehte sich langsam auf die Seite.
„Ha! Nun bekommt Petronius kein Vaterschaftspatronat“, rief Ba schadenfroh. „Jetzt bin ich aber dran. Stimmt’s, Vater?“ Sie reichte ihm den Teller. Ihr Stück Torte stand makellos darauf. „Guckt mal! So soll es aussehen“, sagte sie und hielt Petronius ihren Kuchenteller unter die Nase. „Ich glaube, Petronius wird mal, wenn er alt ist, so einer wie Herrlein Uglemose.“
„Wenn ich so werde, kriegst du auf jeden Fall eine Tracht.“
„Dann nehme ich nur meine PS vor, und du bist geliefert.“
„Wovon redest du nur, Ba?“ fragte Kristoffer erstaunt.
„Früher liefen alle Frauen mit einer PS herum, einer Pimmelschere, wenn du es genau wissen willst, und die zogen sie hervor, wenn große Männer sie bedrohten. Schnipp, schnapp! Haha! Das haben wir in Geschichte gelernt.“

„Wie entsetzlich! Stimmt das, Rut?“ Die nickte nur, während sie ganz regelmäßig ihren Kuchen kaute. „Die PS wurde im Jahre 213 nach Donna Klara abgeschafft“, erläuterte sie.
„Wenn ich Volksfrau werde, setze ich mich dafür ein, daß die PS wieder eingeführt wird“, erklärte Ba. „Und dann werde ich sie bei Petronius anwenden.“
Rut Bram ließ ein wieherndes Glucksen ertönen, was eine gewisse Erfahrung verriet. „Ja, ja. Das wird wohl nicht so leicht sein, meine Tochter. Damals gab es noch einen gewissen PS-Bedarf, weil dam keine sichere Methode kannte, die Männer zu zähmen. Es kam in jener Zeit hin und wieder sogar vor, daß Männer auf Frauen losgingen. Aber das wäre ja heute undenkbar.“
„Warum eigentlich?“ Petronius blickte von dem zur Hälfte gegessenen Kuchenstück auf.
„Warum eigentlich!“ wiederholte seine Mutter ironisch. „Weil es eben undenkbar ist. Oder kannst du dir vorstellen, daß ein großer, starker Mann eine schwache Frau angreift, die überhaupt keine Chance hat?“
Nein. Das war in der Tat unvorstellbar. Petronius aß weiter an seinem Stück Kuchen. Ba lachte bei dem Gedanken an so einen Kampf laut auf.
„Deshalb finde ich es auch so beunruhigend, daß Herrlein Uglemose seinem Zorn auf diese Weise freien Lauf ließ.“
„Was an dem Herrlein viel mehr stört, ist seine schlappe Baumelwurst“, unterbrach Ba ihre Mutter. Kristoffer ließ Messer und Gabel fallen. Rut warf ihrer Tochter einen scheinbar strengen Blick zu, doch Petronius konnte in den Mundwinkeln seiner Mutter einige Schmunzelfältchen entdecken.
„Wo um alles in der Welt hast du solche Ausdrücke gelernt?“
Ba hatte sich, nachdem der Kuchen aufgegessen war, den Mund mit Knackwurst vollgestopft. Trotzdem brabbelte sie weiter: „Das wissen doch alle, daß das Herrlein eine schlappe Baumelwurst hat. Deshalb hat er ja auch nie eine Frau abgekriegt. Er soll auch einen schlaffen Dudelsack haben, den er jede Nacht mit anregenden Cremes einschmiert, doch keine beißt an ...“
Rut Bram brach in lautes, unbefrauschtes Lachen aus. „Halt den Mund, Ba! Ich esse!“
Da klingelte es an der Tür.
„Oh, das werden die Ödeschärs sein.“
„Ja! Sie hat eine Riesenüberraschung für dich, Petronius“, sagte Rut Bram feierlich und ging selber raus, um die Tür aufzumachen. Familie Ödeschär stand lächelnd und vollzählig auf der Matte: Lis Ödeschär mit

einem großen Paket unter dem Arm, Britobert mit seiner kleinen bunten Handtasche und hinter ihnen die beiden Süßen, Baldrian und der kleine mollige Fandango, in ihren Sonntagshemden, den goldeingefaßten Kanuschuhen und dem golddurchwirkten PH.

„Nein, wie nett, die Damschaften zu treffen, und herrrrrzlichen Glückwunsch auch!“ flötete Herr Cheftaucherin und schwebte mit ausgestreckter Hand durchs Zimmer auf Petronius zu. „Du hast dich aber ordentlich rausgemacht, wie ich sehe. Hast du denn schon Bartstoppeln? Ja, Lis kommt gleich mit dem Geschenk. Du mußt mich nicht so fragend ansehen, du kannst dich wirklich darauf verlassen, daß es was Flottes ist. Ja, was es ist, hat sie mir zwar verraten, aber gesehen habe ich es auch noch nicht. Ach, ist das spannend! Ich liebe es, wenn Leute Pakete aufmachen. Auch wenn dam weiß, was drin ist, bleibt es doch immer spannend, nicht wahr, Ba? Wie schön, dich zu sehen! Ich muß dir ja auch guten Tag sagen. Auch wenn heute Petronius die Hauptperson ist, sollten wir dich doch nicht ganz vergessen. Du bist ja eine richtige kleine kesse Frauensperson geworden. Ja, und Tagchen, Kristoffer, es ist ja eine Ewigkeit seit dem letzten Mal vergangen, wir sehen uns wirklich viel zu selten. Und was für ein Aufwand! Das war doch wirklich nicht nötig, nur für uns, wir sind doch alte Bekannte. Ihr habt wirklich ein prächtiges Zimmer – und diese Aussicht! Ja, so eine Aussicht haben wir bei uns da unten nicht. Ich habe schon oft zu Lis gesagt, so eine Aussicht, wie sie die Brams da oben haben, die wünsche ich mir auch. Dann könnte ich nach Lis Ausschau halten, wenn sie auf See ist, aber sie ist der Meinung, wir könnten uns das nicht leisten, es würde doch auch so reichen, wie es ist. Sie hat gut reden, wo sie doch kaum zu Hause ist. Aber dafür haben wir ja den Laubwald, und der ist auch schön. Na ja, jetzt im Spätherbst. Dam kann nicht gerade sagen, daß es viel Laub an den Bäumen gibt, doch wenn erst der Frost kommt, sind sie so schön mit ihren ... mit all ihren ... Kristallen. Aber dennoch war es wirklich nicht nötig, unseretwegen soviel Umstände zu machen. Stell dir vor, ich habe mich so richtig auf heute gefreut. Seit mehreren Wochen denke ich an nichts anderes. Ich komme ja fast nie raus, muß doch immer zu Hause sein und die Kinder versorgen. Ich weiß, sie können das jetzt schon allein, aber ich muß doch zu Hause sein und aufpassen. Und dann das Telefon, falls für Lis angerufen wird. Und außerdem weiß ich gar nicht richtig, wo ich hingehen soll, wenn ich schon rausgehe. Kristoffer, mein Liebster, ich finde, wir sehen uns wirklich zu selten. Haben wir uns denn überhaupt mal seit den Sommerferien gesehen? Neulich habe ich mal darüber mit Lis gesprochen, daß ihr eigentlich die einzigen

Wibschen seid, die ich kenne und die ich auch besuchen kann. Es ist aber gar nicht so einfach, sich mal loszueisen. Aber ihr könntet schließlich auch mal öfter vorbeischauen, finde ich. Aber natürlich habt ihr auch mehr als genug um die Ohren. Das ist klar. Aber es ist furchtbar nett, daß wir heute kommen konnten."
Petronius spürte ein komisches Kribbeln auf der Kopfhaut, als er Lis Ödeschär erblickte. Er hatte sie seit der Nacht an Bord der Anders Lovindus nicht mehr gesehen. Nun kam sie lächelnd auf ihn zu und legte ein großes Paket in seine Arme. Baldrian und Klein-Fandango waren sofort neben ihm und sahen ihn erwartungsvoll an.
„Was kann ich euch anbieten?" fragte Rut Bram und ging zum Barschränkchen.
„Eine Johanna Walker für mich, bitte pur, und einen Süßwein für meinen Mann", antwortete Lis Ödeschär.
„Willst du dir meine Briefmarkensammlung ansehen, Fandango?" fragte Ba anzüglich. Sie verschwanden. Kristoffer fing an, den Kaffeetisch zu decken.
„Aber mein Lieber, du wirst das doch nicht alleine machen, ich werde dir helfen. Ich weiß, wie es ist, sich immer unentwegt abzurackern, und letzte Woche kam Baldrian nach Hause ..." Britoberts Stimme ging im Klirren und Klappern der Tassen und Teller in der Küche unter. Baldrian und Petronius begannen sogleich, das Mittagsgeschirr abzuräumen, und folgten ihren Vätern in den vertrauten Raum.
„Hier ist der Entwurf für die neuen Vaterschaftsbestimmungen!" Bram wedelte mit einem dicken Packen Papier in Ödeschärs Richtung. „Die Initiative ging natürlich von der Kooperative aus." Lis Ödeschär griff ihn sich, überflog interessiert eine Seite nach der anderen und nickte bisweilen zustimmend, als erfasse sie stets das Wesentliche auf jeder Seite mit einem Blick. Beide hatten in den guten Sesseln am Kaffeetisch in der Ecke Platz genommen.
„Interessant, was dabei herauskommen wird."
„Ja, ich bin richtig gespannt."
Sie starrten vor sich hin. Rut Bram fing an, mit den Fingern auf der Tischplatte zu trommeln. „Was in aller Welt machen diese Mannsleute eigentlich? Mit dem Kaffeekochen kann das doch nicht so lange dauern!"
„Ich weiß ehrlich nicht, wie lange das noch dauern soll, du." „Nein, wirklich, das kann unmöglich so lange dauern. Die sitzen bestimmt herum und tratschen wie gewöhnlich." Bram stand auf und ging hinaus in den Flur. Die Tür zur Küche war geschlossen. Sie blieb stehen, betrachtete sich im großen Spiegel über der Kommode, strich sich durchs Haar,

schob die Schultern ein wenig zurück und richtete den Kragen. Dann hörte sie das Gebrumm der tiefen Stimmen aus der Küche und spitzte die Ohren.
„ ...Lis ist fast jeden Abend weg. Es fällt mir so schwer, ihr zu sagen, daß ich Angst habe, abends allein zu bleiben.“ „Ich habe auch manchmal Angst, ich auch, wenn Rut so spät vom Klub zurückkommt. Einfach Angst davor, daß ihr etwas zugestoßen sein könnte. Du? Sollten wir nicht doch versuchen, uns öfter zum Herrenkränzchen zu treffen?“
„Lis hat es am liebsten, daß ich zu Hause bin und aufs Telefon achte. Außerdem ist es doch schön für sie, daß ich zu Hause bin, wenn sie heimkommt. Meistens mache ich dann ein kleines warmes Essen. Lis hat abends eine Schwäche für exotische Gerichte. Manchmal habe ich das Gefühl, daß ich ... daß ich selber sozusagen gar keinen Eigenwert habe. Weißt du, ich bin nur so da, lediglich als eine Art Zubehör zum Herd oder so was. Verstehst du, was ich meine?“
„Durchaus, ich habe dieses Gefühl auch öfter gehabt, auch ich ...“
„Aha, dazu benutzen sie also das Kaffeekochen. Rumsitzen und ihre Frauen anschwärzen!“ Rut spürte, daß ihr das Blut ins Gesicht schoß. Es war nicht ihre Absicht gewesen, an der Tür zu lauschen. Aber es hatte sich eben nicht vermeiden lassen, denn die Männer polterten immer so laut, wenn sie miteinander redeten. So räusperte sie sich vernehmlich und schlug krachend auf die Türklinke. Du lieber Himmel, da saßen doch Kristoffer, Britobert, Petronius und Baldrian tatsächlich um den Küchentisch, jeder mit einem Zigarillo, und süffelten heimlich Likör.
„Aha!“ Rut gab Kristoffer einen schmatzenden Kuß auf den Mund. „Was sitzt ihr hier so allein herum? Wollt ihr nicht reinkommen? Da ist es doch viel gemütlicher.“ Sie standen auf, trugen Tassen und Gläser ins Zimmer, schenkten ein und setzten sich um den runden Tisch.
„Kannst du dir vorstellen, die saßen draußen und pichelten einen?“
„Ja, ja, die Männer. Immer führen sie eine hinters Licht.“ Ödeschär gab Bram aus vollem Herzen recht.
„Richtig. Und das wirft ja nun nicht gerade ein gutes Licht auf sie“, bemerkte Bram noch.
Die Männer kicherten blöd.
„Was hältst du übrigens von dem neuen Brückenprojekt, Bram?“ ging Lis Ödeschär zu ernsthafteren Themen über. Kristoffer spitzte die Ohren. Das Brückenprojekt hatte er die ganze Zeit über aufmerksam verfolgt, er kannte alle Pläne und hatte seine bestimmten Vorstellungen, wie die Probleme zu lösen waren.
„Vorsicht, Vorsicht! Erstens, meine ich, sollte dam die ganze Sache, so

wie die Dinge gerade liegen, eher herunter- als hochspielen. Plattenberg hat sich da verrechnet", sagte Bram zu Ödeschär.
„Aber wäre es nicht mö ...", versuchte Kristoffer, sich einzumischen.
„Plattenberg hat übrigens ganz schön Kobolz geschossen", unterbrach Lis Ödeschär ihren Mann.
Die Männer lachten.
„Es ist doch klar, sie will die Firma übernehmen. Die Frage ist nur, ob sie Klövring und Vinge dazu kriegt. Das wird ganz schön knifflig, wie Barmerud immer sagt. Plattenberg wird mit ihrem Busen ganz schön in die Klemme kommen."
Die Männer lachten erneut.
„Dann kommen noch die Extraausgaben und jede Menge Nebenabsprachen hinzu, und langfristig wird dam zweifellos versuchen, den Beschluß durch einen Zweiphasenplan zu verschleppen. So kriegt die Opposition auch einen Fuß rein und kann das Kulminationsprojekt bremsen. Wahrscheinlich wird dann Klövring gehen, aber sie wird nicht allein gehen. Dann haben wir die gleiche Situation wie damals 531 bei dem Großen Mischungsvergleich." Bram schien genau Bescheid zu wissen, doch Ödeschär fiel ihr ins Wort.
„Nun schmeißt du aber alles durcheinander. 531 war der Große Mischungsvergleich längst überstanden. Die eigentliche Auseinandersetzung verlief etappenweise und wurde in ganz anderen Gremien, als dam gemeinhin annimmt, in aller Seelenruhe abgewickelt. Glaubst du wirklich, daß das, was Mara-Mara damals gesagt hat, den Willen der Opposition zum Ausdruck brachte? Nein, du. Das kannst du mir doch nicht weismachen."
„Genau hier irrst du dich", ereiferte sich Bram, „dam hat nie wirklich die Konfrontation gewollt. Und Plattenberg weiß, wovon sie redet, selbst wenn sie dabei Haare läßt."
Die Männer lachten schon wieder.
„Dam kann genausowenig davon absehen, daß die Schlußphase das Primäre war!" Bram ereiferte sich immer mehr.
„Aber Mara-Mara hat doch in der Direktion gesessen! Außerdem wurde sie von Liv P. Livtochter unterstützt." Ödeschär war rot im Gesicht und hatte Angst, in der Diskussion die kürzere zu ziehen.
„Spielt doch keine Rolle! Was ist denn schon eine Direktion, Ödeschär? Ein Schlafmützenverein. Nicht mehr und nicht weniger."
„Na ja, ich dachte eigentlich nicht so sehr an die Funktion der Direktion, sondern mehr an ihre Effektivität."
„Ja, wie steht es denn mit ...". Jetzt versuchte es Britobert Ödeschär

auch einmal, ebenfalls vergeblich.
„Nein und nochmals nein!“ fuhr Bram dazwischen. „Wir müssen uns darauf besinnen, daß wir stets eine gewisse Haltung wahren. Eine machtvolle Parole, die Mara-Mara damals lancierte.“
Die Männer lachten immer noch.
„Jawohl, eine gewisse Haltung“, fuhr Bram, zu Ödeschär gewandt, ungerührt fort. „Das Wesentliche ist überhaupt nicht, wie hinter den Kulissen manipuliert wird, sondern was das Volk glaubt. Und das Volk glaubt, was es sieht. Die Leute glaubten Mara-Mara, und damit hatten die anderen nichts mehr zu melden. Und genau die gleiche Situation haben wir jetzt mit den neuen Plänen, auch wenn Mara-Mara politisch gesehen tot ist.“
Ödeschär sah ein, daß sie mit ihrer Meinung nicht mehr durchkam und daß Bram die Diskussion gewonnen hatte.
„Ja, völlig richtig, völlig richtig“, stimmte sie zu und versuchte damit gleichzeitig, ihre Niederlage zu kaschieren.
„Es ist gut, daß du manchmal nachgi ...“, wollte Britobert sich schon wieder am Gespräch beteiligen.
„Die Schwangerschaftsbestimmungen müssen korrigiert werden, damit sie zeitgemäß sind“, schnitt Ödeschär Britobert das Wort ab, „genauso die Vaterschaftsbestimmungen. Dieses Schmarotzertum können wir nicht mehr gebrauchen. Unter den bestehenden Verhältnissen ist das alles ganz einfach sinnlos. Warum sinkt denn die Bevölkerungsziffer? Das ist doch sonnenklar, genau wie du vor einiger Zeit gesagt hast. Keine will doch mehr schwanger sein unter ...“ Sie konnte nicht weiterreden, denn Rut Bram war so plötzlich aufgestanden, daß ihre Knie heftig gegen die Tischkante stießen. Tassen und Gläser flogen samt Inhalt vom Kaffeetisch. Eine Hand vor dem Mund, während die Augen sich zu weiten schienen, stürzte sie aus dem Zimmer.
Kurz darauf hörte die Gesellschaft einige jämmerliche Laute aus dem Bad. Ödeschär sah Kristoffer durchdringend an. Seine Wangen glühten. Kristoffer konnte förmlich spüren, wie ihm die Neugierde entgegenströmte.
„Ja“, sagte er, „so liegen die Dinge. Es war nicht ...“ Er unterbrach sich. Er hatte sagen wollen, daß nicht er es so gewünscht habe. Er schämte sich und schwieg.
„Kristoffer!“ rief es aus dem Badezimmer. Er stürzte raus, um ihr zu helfen. Eine Viertelstunde später kam Rut zurück ins Zimmer. Sie hatte jetzt Morgenrock und Hausschuhe an, einen kalten Umschlag um die Stirn und ein Fieberthermometer im Mund. „Nun werde ich in den

nächsten acht Monaten nicht arbeiten", lispelte sie frauhaft.
„Gratuliere!" rief Britobert. „Sollen wir nicht besser gehen, wenn du dich nicht wohl fühlst?" fügte er teilnahmsvoll hinzu und schaute Bram mit schiefem Kopf an, so wie ein alter Mann einen Säugling betrachtet.
„Nein, keineswegs. Bleibt nur! Wo ist denn Petronius? Will er nicht bald das Paket aufmachen?" sagte Bram und setzte sich.
Petronius und Baldrian hockten in einer Ecke und spielten Schach. „Wir kommen gleich", murmelte Baldrian, ohne hochzusehen. „Ich habe ihm seinen König genommen. Nur noch ein paar Züge, und er ist matt!" Petronius setzte die Dame ein Feld zurück. „Genau auf den Zug habe ich gewartet", sagte Baldrian, schlug mit dem Springer einen Läufer und verhinderte mit diesem Zug gleichzeitig, daß sich die Dame noch bewegen konnte. Schach matt. Petronius lächelte. „Das ist mir eine schöne Art, ein Geburtstagskind zu behandeln", sagte er und bedankte sich für das Spiel. Es machte ihm nichts aus, zu verlieren. Nicht gegen Baldrian.
„Du machst immer den gleichen Fehler", sagte Bram, „du opferst deinen König zu früh." Vielleicht hatte sie damit recht. Fest stand jedoch, daß Petronius seine Mutter letzte Woche geschlagen hatte.
„Komm jetzt und pack schon aus!"
„Fandango!" rief Baldrian. „Fandango und Ba! Petronius macht jetzt sein Geschenk auf!" Sie hörten schnelle Schritte oben im Flur und auf der Treppe.
„Ich weiß ja, was es ist", sagte Fandango, als er ins Zimmer gerannt kam.
„Sag nichts!"
Petronius ging zu dem großen Paket und versuchte vergeblich, den Bindfaden aufzuknoten. Kristoffer reichte ihm eine Schere. Damit ging es. Das Paket war schwer. Er drang durch mehrere Lagen Papier bis zu einer weißen Schachtel vor und hob ein wenig den Deckel an.
„Beeil dich! Nun mach doch schon!" rief Ba und hüpfte von einem Bein aufs andere. Petronius nahm den Deckel ab. Und da lag er – ein großer graugrüner Gummianzug mit ausgestreckten Armen und Beinen und einem hervorstehenden PH.
„Ein Taucheranzug für Männer!" jubelte Ba, klatschte in die Hände und lachte.
„Nein, wie bezaubernd!" jauchzte Britobert.
„Das ist Ödeschärs eigene Konstruktion", erklärte Bram anerkennend.
„Nach Brams Idee, nach Brams Idee", wehrte Lis Ödeschär bescheiden ab und beugte sich über ihr Werk. „Sieh mal, Petronius, der ist mit Stäbchen versehen und aus hundertprozentig beißfestem Material angefertigt.

Genau wie deine Mutter einen hat. Nächstes Mal kannst du mit den Taucherinnen unter Wasser sein." „Na, Petronius, was meinst du dazu?" fragte Bram.
Petronius starrte das Ding auf dem Boden an. Durch das gummiartige Material erschien es ihm fast lebendig. Nie hatte sein Seefrauentraum bisher eine so konkrete Gestalt angenommen. Er war ein Mann, und wenn er Seefrau werden sollte, würde er auf ewig eine männliche Seefrau sein. Petronius spürte, daß seine Schläfen heiß wurden. Er wußte auf einmal – während er so dastand und alle von ihm erwarteten, daß er in wilde Begeisterung ausbrach und sich in unendlichen Dankesbezeigungen erging –, daß er diesen Taucheranzug nie anziehen würde. Je länger er ihn anstarrte, desto mehr ähnelte er einem lebenden Monstrum, einem klebrigen Organismus, der ihn verschlingen wollte. Das Ding war angsterregend. All das Kühne und Rauhe am Seefrauendasein verschwand plötzlich aus seinen Gedanken. Dieser aufgeblähte PH wurde dagegen zu einem riesenhaften Turm, den anzugreifen sich alle Meeresungeheuer der Welt verschworen hatten.
Jetzt mußte er etwas sagen. Er konnte nicht länger warten. Gleich würde er ihnen danken und mitteilen, daß sein größter Wunsch in Erfüllung gegangen sei. Freude und Dankbarkeit hatte er schon früher oft geheuchelt. Na, los! Sag was, Petronius! Zeig ihnen, wie glücklich du bist!
Doch Petronius stürmte die Treppe hoch, rannte in sein Zimmer und verschloß hinter sich die Tür.
Er saß am Schreibtisch, die Ellenbogen auf die Tischkante gestützt und das Kinn in den Händen vergraben. Seine Augen brannten. Er spürte, daß er am ganzen Leib zitterte. Er wollte nicht mit ihnen reden. Wie konnte er ihnen noch in die Augen sehen und sich so geben wie immer? Begriffen sie denn nicht, daß er diesen Taucheranzug nie und nimmer würde anziehen können? Das war ja gar kein Taucheranzug. Es war ein Narrenkostüm für Männer, genau so närrisch wie all die Sachen, die Männer sonst anzuziehen hatten. Warum mußten sie noch unter Wasser Clowns sein? Warum mußte dieses Ding da zwischen den Beinen sie immer und überall verfolgen? Warum konnten sie das denn nie loswerden? Was, wenn er sich den Pimmel abschnitt? Ihn einfach abschnitt, alles wieder zusammennähte und triumphierend zu ihnen runterging und sagte: ‚Seht her, ich habe keinen Pimmel mehr. Kann ich jetzt Seefrau werden? Kann ich jetzt einen ganz gewöhnlichen Taucheranzug haben? Glaubt ihr jetzt, daß ich würdig genug bin, als ganz gewöhnliche Wibsche unter Wasser zu schwimmen?'
Petronius besah sich den kleinen Fleischklumpen, der aus dem Schlitz

in seinem Hemd heraushing. Was sollte er eigentlich damit? Warum war der da? Der war doch völlig unnütz. Warum hatte er denn nicht eine flotte Öffnung zum Pinkeln, so wie die Frauen? Und nur einen ganz kleinen Knubbel für den Sex, so wie die Frauen? Warum waren Männer von der Natur nur so blödsinnig ausgestattet? Warum mußte obendrein auch noch aller Welt demonstriert werden, wie blödsinnig sie eingerichtet waren? Warum war es ihnen nicht wenigstens erlaubt, ihren schändlichsten Körperteil zu verstecken, wenn er schon so anstößig war?
Petronius wünschte sich weit weg. Er dachte daran, wie schrecklich es war, den Rest seines Lebens nicht hinter der verschlossenen Tür seines Zimmers verbringen zu können. Wie schrecklich, daß er gezwungen war, sie wieder zu öffnen, durch die Wohnung zu gehen und seinen Eltern Rede und Antwort zu stehen. Er wünschte sich in ein körperloses Wesen verwandeln zu können, das einfach aus dem Fenster zu einer Wolke hinschwebte und dort blieb – ohne seinen schändlichen Körper. Dort würde er dann das verwirklichen können, was in seinem Kopf war. Er würde die Wolke zu einem Ort lenken können, der ganz und gar anders war als der, an dem er jetzt sein mußte. Ein Ort, wo ihn zwei liebevolle Arme umfingen und er wieder Körper werden durfte. Die Wolke, stellte er sich vor, würde für ihn Liebe und Zärtlichkeit sein, würde ihn umarmen und ihn nie, nie, nie daran erinnern, daß er etwas zwischen den Beinen hatte.
Ob es einen solchen Ort nicht gab? Gab es kein Wesen, das ihn dorthin entführen konnte? Gro? Wo war sie? Warum kam sie nie? Konnte sie nicht kommen und ihn zu einem Ort mitnehmen, der ganz anders war als der mit dem Taucheranzug und dem PH ...?

Er wird der Ihre

Dort, wo die Maibucht am weitesten ins Land vordrang, lag eine Fischerhütte. Eine richtige Fischerhütte, wie sie im Märchen vorkommt, mit einem Strohdach, kleinen Fenstern, zwei Schornsteinen und einer schmalen Steintreppe. Sie war so malerisch, daß sie in den vielen Prospekten über Egalsund immer wieder mit dem Text „Das alte Luksus; Fischerhütte aus der guten alten Zeit“ auftauchte, mal von der See aus fotografiert, mal von der anderen Seite der Bucht durch den Eichenwald oder aus der Luft aufgenommen.
Vor der Hütte befand sich ein kurzer Anlegesteg und seitlich von ihr ein verfallener Schuppen, etwa dreimal so groß wie die Hütte. Diese

Hütte gehörte zu Petronius' frühesten Kindheitserinnerungen. Sie gehörte in seine Vorstellung vom Dasein. Als er klein war, hatte er mit seinem Vater oft Spaziergänge am Strand entlang gemacht, die immer damit endeten, daß beide auf der anderen Seite der Bucht ausruhten und zur Hütte hinübersahen. Einmal hatte ihm der Vater verraten, daß Petronius im Eichenwald hinter der Hütte gezeugt worden war.
Wegen dieser frühen Erinnerungen fühlte Petronius einen seltsamen Anspruch auf diesen Ort. Solange er ihn kannte, war er nie bewohnt gewesen. Die Hütte war stets verriegelt und verrammelt. Er hatte längst von ihr gewußt, bevor sie in den Prospekten auftauchte. Er fand die Abbildungen entweihend, sie kamen ihm wie eine unanständige Zurschaustellung von etwas Geheimem und Gutem vor. Auf seine Frage, wem sie gehöre, hatte die Mutter ihm erklärt: „Bestimmt irgendwelchen Leuten von der Maibucht, den wenigen, die beim großen Niedergang nicht verkaufen mußten." Die meisten Fischerhütten waren dem Erdboden gleichgemacht oder restauriert worden. Petronius träumte oft davon, daß er in der Fischerhütte wohnte, wo nie eine kam und ihn störte, daß er drinnen saß, durch die kleinen Scheiben hinaus aufs Wasser blickte und seine Gedanken mit den Wellen treiben ließ. Er hatte schon immer dicht am Wasser wohnen wollen. Oben in einem Hochhaus, mit Aussicht auf das weit, weit entfernte Meer, wie sie jetzt lebten – das war etwas ganz anderes. Am Wasser wohnen bedeutete, daß dam die kleinen Kräuselwellen, die Wellenberge und -täler beobachten konnte, daß dam hörte, wenn sie vom Meer heranrollten und sich überschlugen, und dam ihren Geruch in den Nasenlöchern spürte. Mutter hatte ihm erzählt, daß die Leute nur in den romantischen Fischergeschichten so wohnten. Was solle denn werden, wenn alle am Wasser wohnen wollten? Es gebe Wibschen, die Wasser nie gesehen hätten. Er solle doch daran denken, daß er selber einem alten Bauerngeschlecht entstamme, das noch festen Boden unter den Füßen gehabt und die Realität des Lebens gekannt habe. Ob er denn glaube, sie hätten das Wasser vermißt? Er solle gefälligst lernen, sich ein bißchen sozialer zu verhalten. Wibsche sein bedeute erdverbunden sein, und es sei typisch männlich, immer irgendwelchen Träumen nachzuhängen und zu versuchen, den Anforderungen des Lebens zu entfliehen. „Das", sagte Rut Bram, „ist auch der wichtigste Grund, warum der Seefrauenberuf nur ein Beruf für Frauen ist. Wären Männer zur See gefahren, hätte das für sie nur eine Flucht vor den Anforderungen der Realität bedeutet und sie wären jahrelang auf See geblieben."
Petronius fand den Gedanken betrüblich, daß es Wibschen gab, die nie

Wasser zu Gesicht bekommen hatten. Es war so, als habe sie ihm erzählt, daß es Wibschen ohne Nase, ohne Ohren oder ohne Erinnerung gab.
In jenem Frühjahr hatte Petronius bemerkt, daß Leute in die Maibucht zurückgekehrt sein mußten. Beim Vorbeigehen hatte Petronius öfters Geräusche gehört, die sich wie Sägen und Hämmern anhörten. Irgendwer hatte einige Bäume gefällt und das Gestrüpp vor der Hütte entfernt. Hinter ihr waren schmale Beete angelegt. Später bemerkte er, daß auch der Steg repariert worden war und gelegentlich eine kleine schwarze Katze zusammengerollt darauf lag. Sie blinzelte Petronius über das Wasser hinweg unergründlich an. Katzen besitzen ja die Fähigkeit, so zu tun, als seien sie ganz allein auf der Welt. Sie kratzte sich mit der Hinterpfote am Ohr und schlich sich zur Hütte, wo auf der kleinen Steintreppe für sie eine Schale mit Milch stand.
Nach dem Überfall war Petronius nie mehr allein im Dunkeln durch den Wald gegangen. Eines Abends entdeckte er, daß er doch zu lange am Wasser geblieben war. Er saß am äußersten Ende der Maibucht an einen großen Stein gelehnt und träumte vor sich hin. Die kleinen Wellen machten an seinen Schuhspitzen ein glucksendes Geräusch, und als er endlich zum Himmel aufsah, fing es bereits zu dämmern an. Er wußte, daß es hier am Meer länger hell war als im Wald.
Plötzlich hörte er ein Geräusch am Strand, wagte aber nicht, sich umzudrehen. Da war es wieder. Es schienen Schritte zu sein. Vorsichtig lugte er hinter dem Stein hervor. Eine dunkle Gestalt stiefelte hin und her. Sie hob nasse Bretter und Tang auf. An den Bewegungen konnte er erkennen, daß es eine Frau war. Er wußte nicht, ob er sich sicher fühlen oder fürchten sollte. Vielleicht war es gar nicht die, vor der er Angst hatte? Was, wenn er sie einfach fragte, ob sie ihn durch den Wald begleiten wolle, sie sich dazu bereit erklärte und ihn dann vergewaltigte? Petronius hatte sich das für den Fall überlegt, daß er wirklich noch einmal den Ungeheuern begegnen sollte, jenen fürchterlichen Frauen, die ihn überfallen hatten. Er würde ganz offen, mit ausgestreckten Händen, auf sie zugehen und ihnen sagen, daß er Angst um sein Leben habe. Und dann würde er sie bitten, ihm zu helfen. Ob sie sich dann genauso verhalten würden? Die Unschuld, die wirklich nackte Unschuld bedarf keines Schutzes, die beschützt sich selbst, dachte Petronius philosophisch, denn das hatte er irgendwo gelesen. Aber war ihm damals im Wald nicht gerade das ganze Gegenteil passiert? Damals, als die drei Frauen ... Petronius versuchte, sie aus seinen Gedanken zu verbannen. Nein, die hatten nicht so ausgesehen. Sie hatten nicht wie jene unheimlichen Frauen-

ungeheuer ausgesehen, die doppelt so groß wie gewöhnliche Wibschen waren und verzerrte Gesichter hatten. Sie sahen doch wie ganz gewöhnliche Frauen aus.
Petronius lief ein Schauer über den Rücken. Er spürte die Angst in seinem ganzen Körper. Tagsüber dachte er fast nie an die drei Frauen, doch nachts tauchten sie auf, immer und immer wieder. Er träumte, daß sie in sein Zimmer eindrangen und er den Mund nicht aufbekam. Immer mußte er machen, was sie von ihm verlangten. „Wenn du quatschst, kommen wir noch öfter", drohten sie ihm, bis er schweißgebadet erwachte. Dieser Traum wiederholte sich ständig mit kleinen Variationen.
Petronius beugte sich zum Wasser, schöpfte ein wenig mit den Händen und schüttete es sich ins Gesicht. Das erfrischte ihn und verscheuchte die Dunkelheit etwas aus seinem Kopf. Er tat so, als sei er eine rechtschaffene Frau, die gerade von der See hereingekommen war, ihr Boot vertäut hatte und jetzt ihren Fisch braten und einen starken Kaffee trinken wollte. Er stand auf und ging langsam auf die Bucht zu.
Die Frau entdeckte ihn erst, als er in der Mitte der Bucht stand. Plötzlich war ihr Gesicht ihm zugewandt. Wie ein Schlag fuhr es ihm durch den ganzen Körper, als er sah, wer die Frau war. Verwirrt wollte er weglaufen. Oder sollte er so tun, als stehe er gar nicht dort? Ihn beschlich das Gefühl, sich ihr aufgedrängt zu haben. Er versuchte, den Anschein zu erwecken, als stehe er dort, weil er rein zufällig vorbeigekommen sei und ebenfalls zufällig etwas zu nah am Strand. Petronius schlich in Richtung Wald. Er war nur auf dem Weg nach Hause, erst auf dem Weg nach draußen und jetzt eben auf dem Nachhauseweg. Er war eigentlich gar nicht mehr da und hatte sich bereits davongemacht. Im Grunde genommen hatte sie ihn überhaupt nicht gesehen, ihn lediglich zu sehen geglaubt. Sie sollte aber nicht irgend etwas glauben! Adieu! Petronius hatte sich bereits umgedreht und war einige Schritte in den Wald hineingegangen.
„Petronius Bram!" hallte es aus der Dunkelheit. Er wandte sich um, machte ein paar Schritte, blieb unschlüssig stehen und ging dann schließlich direkt auf sie zu. Petronius sah Gro ins Gesicht.
„Hast du Angst?"
„Nein."
„Aber warum fürchtest du dich, wenn du keine Angst hast?"
„Ich fürchte mich vor der Dunkelheit."
„Aber im Dunkeln kann dich doch niemand sehen. Davor braucht dam keine Angst zu haben."
Sie nahm in an der Hand und führte ihn in die Hütte. So also wohnte

Gro Maitochter. Die Einrichtung war schlicht und einfach: eine schmale Bank, ein Tisch, eine Petroleumlampe, ein Stuhl, ein Sessel, einige Bücherregale und ein Kamin, vor dem die schwarze Katze lag. An der Wand hing ein großes Foto einer vom Wetter gezeichneten Frau in Seefrauenkluft, ferner ein grünes Riesenposter mit den Konturen von Matraxias Gesicht. Petronius erschrak ein wenig, als er es entdeckte. Wenn es irgend etwas auf der Welt gab, was Rut Bram verachtete, so waren es Matraxias Gedanken. Immer wenn ihr im Fernsehen oder im Klub etwas nicht paßte, zischte sie geringschätzig: „Matraxiatisch inspiriertes Gewäsch!" Petronius hatte dies von klein auf gehört, ehe er überhaupt wußte, wer Matraxia war. Auch jetzt konnte er nicht ganz genau sagen, wofür Matraxia eigentlich stand.

Gro Maitochter schien plötzlich etwas verlegen.

„Hier sieht es ja vielleicht noch nicht so prächtig aus", sagte sie. „Es ist noch nicht alles fertig. Aber warm ist es jedenfalls. Setz dich in den Sessel, er ist das brauchbarste Stück."

Petronius setzte sich. Er verstand nicht, warum ihm das nicht früher eingefallen war. Maibucht. Maitochter. Na klar! Sie will sich selbständig machen, hatte Ödeschär gesagt. Die Leute von der Maibucht waren entweder ausgestorben oder weggezogen. Gro Maitochter war zurückgekommen.

„Ich habe übrigens etwas für dich." Gro stand auf und ging in den Nebenraum. Sie kam zurück, hielt etwas hinter dem Rücken und stellte sich mit einem kleinen Lächeln vor Petronius hin. Dann legte sie es vor seine Füße: ein Paar grüne Kanuschuhe.

„Warum hast du die denn weggenommen?"

„Weil du so überrascht sein solltest, wie du es jetzt bist." Sie lachte, setzte sich vor ihn hin, lehnte sich vornüber und schaute ihn an. Ich wußte, daß du kommen würdest. Irgendwann. Deshalb habe ich sie solange als Souvenir behalten. Ich bin eine kleine Fetischistin."

„Was heißt denn das?"

„Daß vip bei Sachen, die anderen gehören, einen besonderen erotischen Genuß erlebt. Bei Sachen, nicht Wibschen."

Petronius zuckte leicht zusammen, als Gro „vip" sagte und nicht „dam". Das war vulgär, wie seine Mutter immer betonte. Kristoffer hatte den Ausdruck im Barackenviertel gelernt; Bram hatte ihn ihm aber schnell wieder abgewöhnt.

„Personen, die anderen gehören ...?" fragte er verwirrt.

„Das habe ich nicht gesagt. Sachen."

„Keine Person gehört einer anderen, nur Sachen."

„Du weißt doch selbst, daß das nicht stimmt. Du zum Beispiel gehörst mir.“ Petronius schwieg. „Zuerst hatte ich deine Schuhe – monatelang. Und jetzt habe ich dich.“

„Ja, aber willst du sie denn nicht behalten, wenn ich gehe?“

„Du gehst doch gar nicht. Das weißt du selber. Du gehst nicht, du bleibst hier.“

„Aber ich muß nach Hause ...“

„Ja, ja, ja. Du mußt nach Hause, zu deinem Vater und zu deiner bedeutenden Mutter; nach Hause zu deiner Schwester; nach Hause, um morgen in die Schule zu gehen; du mußt nach Hause, um deine Aufgaben zu machen, dein Protokoll zu schreiben; du mußt nach Hause aus x Gründen.“

„Was weißt du von meinem Protokoll?“

„Hast du nicht eine Vertraute hier? Eine, der du alles anvertrauen kannst? Sie ist zwar leblos, doch immer da.“

„Die ... die Steinstatue?“

„Ja. Die Steinstatue auf der Südseite.“

„Ha ... habe ich der von dir erzählt?“

„Ja. Du liebst mich.“

„Ich kenne dich doch gar nicht!“

„Nein, du kennst mich nicht, aber du liebst mich.“

„Ich war enttäuscht von dir.“

„Ja, ich weiß. Auch das ist ein Zeichen, daß du mich liebst. Wenn du mich nicht liebtest, würdest du auch nicht von mir enttäuscht sein. Liebe bedeutet Erwartungen haben. Hast du keine Erwartungen, wirst du auch nicht enttäuscht.“

„Du hast mir nicht geholfen, als ich überfallen wurde.“

„Vergewaltigt, meinst du. Ich habe es nicht gewußt. Ich hätte sie umgebracht. Keine darf dich anrühren.“

„Du hast seit dem Einführungsball nichts mehr von dir hören lassen.“

„Ich wollte schon, aber ich konnte nicht. Du bist so jung, erst sechszehn Jahre. Ich bin zehn Jahre älter als du, Petronius. Ich fand, ich sollte dich in Ruhe lassen. So habe ich nur deine Schuhe mitgenommen. Du hast mich öfter am Strand gesehen, ich habe da auf dich gewartet, aber du hast mich nicht wiedererkannt. Ich konnte dich um nichts bitten, du bist noch so jung. Und ich wollte, daß du von selber kommst.“

Und jetzt? dachte Petronius. Hieß das nun, daß ich von selber gekommen bin? Liebte sie ihn? War es das, was sie eigentlich sagen wollte?

„Was war los auf der Anders Lovindus, als Lis Ödeschär versuchte ...“

Gro ballte die Faust und starrte ihn an. „Sie hat sich erdreistet, zudring-

lich zu werden? Dieses alte Drecksweib!“ Petronius errötete.
„Sie hat doch sofort aufgehört“, murmelte er.
„Ich weiß, die hat ein Auge auf dich geworfen. Sie erwähnte etwas von einem Taucheranzug ...“
„Ein schreckliches Ding. Der hatte ... der hatte ...“
„Einen PH. Ich weiß. Verrückt. Früher hatten Männer auf Luksus nie einen PH. Das ist so ein Modetrend in der oberen Gesellschaftsschicht, der jetzt offenbar alle Schichten erfaßt hat. Du bist jedenfalls süß. Ich mag dich mit oder ohne PH. Ödeschär soll ja ihre Finger von dir lassen. Glaube kaum, daß ich mit ihr noch länger arbeiten kann. Ich will mich selbständig machen.“
„Was willst du denn unternehmen?“
„Wieder in der Maibucht anfangen.“
„Du bist sonderbar.“
„Ja, ich bin sonderbar. Du kennst mich nicht. Du bist von mir enttäuscht. Ist der Ofen jetzt aus, junger Herr?“
„Im Gegenteil. Er hat gerade zu brennen begonnen.“
„Petronius!“ Sie stand auf und schlang die Arme um ihn. „Heißt das, ich soll dich beschützen? Irgendwann in der Zukunft?“
„M. . . m . . . meinst du, du w . . . willst mir das V . . . Vaterschaftspatronat geben?“
„Genau das.“ Gro nickte.
„Warum ... warum bist du denn bloß nicht früher gekommen?“ flüsterte er.
„O heilige Mutter! Das ist eine lange Geschichte.“
Alles war so unwirklich, so wie im Märchen. Draußen rauschte das Meer, der Wind pfiff ums Haus, die kleinen Fensterscheiben waren mit Dunkelheit vollgesogen, die Flammen knisterten im Kamin. Petronius und Gro rückten eng zusammen und beobachteten das Spiel der züngelnden Flammen, während Gro ihm übers Haar strich. Es war nicht zu fassen; nein, völlig undenkbar, daß es nur eine Stunde von hier ein Hochhaus gab, wo Licht und Wärme von irgendwoher kamen, von einem mystischen Ort, der nichts Persönliches mehr an sich hatte, wo die Natur aus Straßenlampen, Autos, Parkplätzen und noch mehr Hochhäusern bestand, wo die Katzen bestenfalls auf den Balkons wohnten, wo der Wald zu nüchtern quadratischen Plätzen und gestutzten Parks geworden war. Einst, vor vielen, vielen Jahren, hatte es auf ganz Luksus ausgesehen wie in der Maibucht. Und die Leute hatten vor dem Kamin gesessen, und die Männer hörten ihren Frauen zu, wenn sie abenteuerliche Geschichten aus aller Welt erzählten.

Gro Maitochter und ihre stolzen Ahnen

Gro Maitochter wurde an einem beißend kalten Frühjahrsmorgen im Jahre 510 n. Kl., viereinhalb Seemeilen südlich von Spruten, in einem offenen Fischerboot bei Windstärke acht geboren. Ihre Großmutter, „die Sture von der Bucht" genannt, hatte am Steuer gesessen, ihre beiden Tanten hatten die Netze eingeholt, und ihre Mutter war auf dem Boden des Bootes niedergekommen.

Die Großmutter hatte ihr später erzählt, daß Gros Mutter bei der Geburt doppelt so laut wie der Wind geschrien und die Herzen aller mit Stolz erfüllt habe. Das wurde niemals ausgelassen, wenn sie die Geschichte von Gros Geburt erzählte. „Doppelt so laut wie der Wind geschrien und die Herzen mit Stolz erfüllt." Und das jedesmal an Gros Geburtstag; offenbar konnte sie nur der Tod davon abbringen. „Du warst gleich so groß und stark, daß nicht viel daran gefehlt hätte und du hättest sofort, nachdem du draußen warst,deinen Tanten bei den Netzen geholfen", wieherte sie aufgeräumt und zündete sich ihren Knösel an.

Einen so stürmischen Tag wie damals habe es nicht mehr gegeben, seit Maria die Gebliebene zum Bleiben entschlossen gewesen sei, prahlte die Großmutter stets. Maria Maibucht Süd, die ihr ganzes Leben an der Südseite der Bucht verbracht hatte, war die Schwester von Alt-Mai, der Urgroßmutter von Gro, und Großmutter nannte sie nie anders als ‚Maria die Gebliebene'. Manchmal fügte sie hinzu: „Und Baraldus war ganz untröstlich", wenn sie von ihr redete. So stürmisch sei es seitdem nicht mehr gewesen. Gro war Großmutters Augenstern.

Vor langer Zeit hatten die Leute aufgehört, Alt-Mais Tochter anders als ‚die Sture von der Bucht' zu nennen. Sie war dickköpfig wie die dreizehn Weltmeere, und den Fisch verschlang sie stets mit Haut und Gräten, egal, wie groß er war. „Alles andere ist neumodischer Kram", verkündete sie, während die Knorpel zwischen ihren Zähnen schnurpsten. Aber nicht deshalb hatte sie ihren Spitznamen bekommen. Eigentlich waren es die Reichen aus Egalsund gewesen, die ihr diesen Beinamen gegeben hatten, um sie zu verhöhnen, als sie sich nicht gewillt zeigte zu verkaufen. Doch der Spitzname bezeichnete in so treffender Weise ihre ganze Haltung und ihren Lebensstil, daß sie ihn schnell selbst übernahm und als eine Art Ehrentitel betrachtete. Die meisten Fischerinnen hatten sich dem Druck gebeugt, lange noch bevor Gro zur Welt gekommen war. Die Sture von der Bucht hatte sich mit Zähnen und Klauen dagegen gewehrt, und die hatte sie. Und was für welche! Sie war von Hütte zu Hütte gegangen und hatte bei den Fischerinnen agitiert. „Gebt nie die Klippen und den Eichenwald her", hatte sie gewarnt: „Das ist das einzige, was ihr habt." Aber es nützte nichts. Die Reichen und die Handelsgesellschaften hatten schwindelerregende Summen für ihre Klippen und Eichenbäume geboten. Den Fischerinnen erschienen sie jedenfalls schwindelerregend, denn nie zuvor hatten sie von soviel Geld auf einmal reden hören. Sie wußten mit modernen Zahlungsmitteln so wenig Bescheid, daß sie glaubten, mit 3000 Matraken für den Rest ihres Lebens ausgesorgt zu haben, ohne auch nur noch einen Finger krümmen zu müssen. Auch dagegen kämpfte die Sture von der Bucht. Sie erzählte ihnen Gruselgeschichten vom Stadtleben und wie das Geld zwischen den Fingern zerrinne – ja, zerrinne – , sobald sie bei einer Kauffrau den Fuß über die Schwelle setzten.

Es hatte nichts geholfen. Die Fischerinnen verkauften, suchten sich Arbeit in der Stadt oder zogen nach Pax, manchmal sogar noch weiter weg. Einige verschwanden auch, ohne eine Spur zu hinterlassen.

Die Sture von der Bucht blieb. Sie hielt ein paar Jahre stand, nachdem die anderen fort waren. Nie redete sie mit anderen, nur mit ihrer Familie, und zu der sagte sie: „Nie verkaufe ich die Erde meiner Mütter!" Gro erinnerte sich gut an diese Worte. Gro erinnerte sich an diese Worte, weil sie wußte, was sie bedeuteten. Sie erinnerte sich auch an die Stimme der Großmutter und den Ton, in dem sie diese Worte gesagt hatte.

Die Großmutter streifte wie ein Elch durch ihren Laubwald, erntete und säte. Wenn sie abgearbeitet, aber voller Lebensfreude nach Hause kam, redete sie verächtlich über das, was jetzt auf Luksus vor sich ging – jetzt, nachdem die Geldsäcke alles aufgekauft hatten. „Das feine Volk zieht hierher", spöttelte Großmutter. „Jetzt werden wohl auf Luksus keine normalen Leute mehr wohnen, nur noch Nachtschwärmer. Die werden hier nicht arbeiten, die werden hier nur wohnen." Großmutter schlug sich auf die Schenkel. Ihren Humor hatte sie nie verloren. „Hast du so etwas schon gehört?! An einem Ort nur wohnen – und dort nicht arbeiten! Weshalb um alles in der Welt sollte dam dann dort wohnen?"

Ja, für Großmutter Maitochter war die moderne Zeit völlig verdreht. Aber ganz ohne Gespür für deren bürokratische Verirrungen war sie nicht. Zur Verblüffung der Speerbeißerfangtrupps, die vor der Insel immer zahlreicher wurden, legte sie plötzlich ein Dokument vor, das ihr das alleinige Recht auf Fischfang um ganz Spruten zuerkannte. Von alters her gab es zwischen den Fischerinnen mündliche Absprachen über ihre Fanggebiete. Doch Alt-Mai, die Mutter der Sturen von der Bucht, hatte als einzige dafür gesorgt, daß ihr Gebiet in der Stadt auf Brief und

Siegel festgelegt wurde. Lange war das her, noch im vorigen Jahrhundert. Die Beamtinnen hatten über das Dokument gelacht, es mit prächtigen Stempeln versehen und unterschrieben. Als Gebühr dafür hatten sie zwei Matraken verlangt (die Alt-Mai in vier über das Jahr verteilten Raten abzahlen durfte).
Jetzt schütteten sich die Beamtinnen vor Lachen fast aus, als die Sture von der Bucht ihnen das Dokument ein halbes Jahrhundert später wiederum unter die Nase hielt. Anfänglich versuchten sie, das Ganze als Bagatellfall abzutun. Doch dann wurde das Schriftstück geprüft, noch einmal geprüft, schließlich sogar von mehreren Gerichten. Die Juristinnen und auch die Beisitzerinnen an den Gerichten hätten das Dokument am liebsten für ungültig erklärt. Aber sie befürchteten, daß, wenn sie einmal die heilige Unantastbarkeit des Privateigentums mißachteten, dies das Rechtsempfinden der Egalitaner untergraben könnte, und so beschlossen sie, das Dokument juristisch zwar für nicht anfechtbar, moralisch jedoch für unverantwortlich zu erklären (die Beisitzerinnen sprachen sich nur für das Moralische aus). Die Fischereigründe gehörten schließlich der Allgemeinheit, weshalb keine bevorzugt behandelt werden dürfe. So könne auf Grund des freien Wettbewerbs die gesamte Bevölkerung ihren Nutzen davon haben.
Die Sture von der Bucht war so lange in der Lage, die Taucherinnen von ihren Fanggründen fernzuhalten, bis sie spürte, daß es mit der Gesundheit bergab ging, und zudem einsah, daß sie – sogar sie – mit den modern ausgerüsteten Tauchtrupps auf die Dauer nicht konkurrieren konnte. Sie bot deshalb der Nord-GmbH die Rechte zum Verkauf an. Die konnten sich vor Freude natürlich kaum halten, und nachdem ihr eine riesige Summe angeboten worden war, ging sie zur Süd-GmbH und erzählte dort, wie hoch das Angebot ausgefallen sei. Nachdem sie so einige Monate lang zwischen den beiden Gesellschaften hin und her gependelt war, willigte sie endlich ein und verkaufte die Rechte an die Nord-GmbH, teilte die erhaltene Summe auf und investierte die eine Hälfte in die Nord-GmbH und die andere in die Süd-GmbH.
Die älteste Tochter hieß Kit, war Gros Mutter und sollte die Maibucht erben. Die Sture von der Bucht hatte dafür gesorgt, daß die beiden jüngeren zu Tauchexpertinnen ausgebildet wurden. „Ich habe alles für euch geregelt, soweit es mir in dieser verdrehten Zeit möglich war“, keuchte die Sture von der Bucht auf dem Sterbebett. „Begrabt mich einfach in den Wellen, dort, wo ich hingehöre, eine halbe Seemeile östlich von Spruten, wo die Sonne aufgeht.“ Und dann starb sie.
Gro war damals erst fünf Jahre alt. Die Schwestern hatten die Hütte

verlassen, und Gro mußte mit ihrer Mutter dort eine Weile allein leben. Kit Maitochter wollte sich keinen Mann nehmen. Die Einstellung zu Männern hatte sie von ihrer Mutter geerbt. Die Sture von der Bucht hatte immer gesagt, Männer seien ein Luxus, den sie sich nicht leisten könne, es sei denn sporadisch. Um ihre Töchter hatten sich die Jungen aus der Nachbarschaft so lange gekümmert, bis sie groß genug waren, um mit auf See hinauszufahren. Viele Fischerinnen regelten das Problem in der gleichen Weise, so brauchte sich auch nicht jede einen Mann anzuschaffen. Damals kam auf Luksus ein Mann auf ungefähr vier Frauen. Die modernen Bemühungen, die Männer zu zivilisieren und zu nützlichen Wibschen zu machen, tat die Sture von der Bucht als völlig lächerlich ab. „Männer sind und bleiben Paviane“, pflegte sie zu sagen. „Nie werden sie es lernen, auch nur einen Finger für andere krumm zu machen. Göttin möge mich davor bewahren, auch nur einen von ihnen zähmen zu wollen.“ Bei den Fischerinnen galten Hausmänner als ausgesprochenes Oberschichtphänomen, und so landeten damals die meisten Söhne von Luksus in den Bergwerken von Fallüstrien, sofern sie auf dem Festland kein Vaterschaftspatronat bekommen hatten.
Gro blickte Petronius an, der sie seinerseits fasziniert mit großen Augen anschaute. Durch Gro tat sich ihm eine Welt auf, die er nicht kannte. Ihm kamen die Erzählungen von den tatkräftigen Frauen wieder in den Sinn. Sie waren gewaltsam und unbeirrt in das Leben der Männer eingedrungen und hatten es für immer verändert. Frauen, die die Männer aus ihrer kleinen, eingeengten Welt herausrissen und ihnen die Weite des Sternenhimmels und des Meeres erschlossen. Er spürte, daß Gro so eine Frau war. Er wollte für immer bei ihr sein. Hier war die Frau, von der er die ganze Zeit geträumt hatte: stolz, selbständig, eins mit der Natur, reich ...
„Meine Mutter hat das ganze Vermögen durchgebracht“, erzählte Gro weiter, „sie nahm mich mit nach Pax und lebte dort in Saus und Braus als Künstlerin. Es waren immer alle möglichen Männer um sie herum, und sie erklärte mir, daß eine kreative Künstlerin gezwungen sei, sich mit schönen jungen Männern zu umgeben. Sie seien sozusagen eine Quelle der Inspiration. Aber sie wollte keinem das Vaterschaftspatronat geben. Um mich hat sie sich größtenteils eine Luzia geschert. Dafür haben mich ihre Männer immer verhätschelt und sich bei mir einzuschmeicheln versucht. Kit sollte doch glauben, ich würde ein schlagendes Männerherz vermissen. Aber gleich als ich sechzehn war, bin ich abgehauen: Ich ging zur See und blieb viele Jahre draußen. Ich führte ein typisches Seefrauenleben und hatte in jedem Hafen einen Knaben. Nein, nein, Petronius,

ich kann dir nicht alles erzählen. Ich habe getrunken und bin im Prostihaus gewesen ... und so weiter. Stell dir vor, in einigen fremden Häfen bieten sich Männer schon mit elf Jahren an! Dann bekam ich plötzlich ein Telegramm, in dem stand, daß meine Mutter gestorben war. Ich glaube, sie hat sich zu Tode gesoffen. Aber dennoch war ich erschüttert. Ich dachte an meine Kindheit zurück, an die Maibucht und an die Worte, die mir die Sture von der Bucht damals gesagt hatte. So kam ich zurück. Zuerst dachte ich, ich würde zur Beerdigung zurück sein. Aber das war ja wohl ein Witz. Die war nämlich viel früher." „Eine Mutter ..." fuhr Gro versonnen fort, „was ist wohl eine Mutter? Ein fernes Wesen, dem du nie richtig nahe kommst ... Selbst wenn sie das Vermögen verjubelt hat, kann ich nicht umhin, mit Stolz an sie zu denken, denn schließlich hat sie mich da draußen bei Spruten an einem beißend kalten Frühjahrsmorgen in einem offenen Boot bei Windstärke acht geboren ... Sie gehörte zum Volk, Petronius. Sie war Teil des wirklichen, gebärenden Volkes ..."

Im Inneren des Gebärpalastes

Der Gebärpalast lag mitten auf dem großen Höhenzug oberhalb der Mülldeponie Süd, am Rande des Egalsundes, dort, wo der Entbindungsboulevard in südöstlicher Richtung nach Pax verlief. Erst vor zehn Jahren war er dort errichtet worden; zuvor stand er auf dem Plattenberg, mitten in der Stadt. Die Gebärenden klagten jedoch über zu großen Lärm während des Niederkunftzeremoniells. Das Faszinierende am großen Wunder des Lebens würde, so meinten sie, im alltäglichen Lärm nicht zur Geltung kommen. Bereits nach den ersten Klagen beschloß die Direktorinnengesellschaft, ein zeitgemäßes Gebäude in ruhigerer Umgebung außerhalb der Stadt zu bauen. Es war der größte Sonderposten, den die Stadt bis dahin aus ihrem Haushaltsetat bewilligt hatte. Das Geld wurde unverzüglich bewilligt – nachdem eine der Direktorinnen dort gewesen war und geboren hatte.

Der neue Gebärpalast bildete ein riesiges, rotes Steindreieck mit einem runden Glockenturm an jeder Spitze, hohen gewölbten Fenstern und einer langen Marmortreppe, die zum Eingangsportal hinaufführte. Der Palast war in unterschiedlich große, ebenfalls dreieckige Kreißsäle aufgeteilt, die von den Männern der Gebärenden – je nachdem, was dam zu zahlen bereit war – gemietet werden konnten.

„Hoffentlich wird es ein Mädchen", sagte Ba, als das große schwarze Elektro-Auto mit den Familienmitgliedern von Direktorin Bram an der Spitze des Zuges der Geburtsgäste losfuhr. Es war Spätherbst, das Wetter war ungemütlich und der Himmel grau.
„Dann ziehe ich aus", erwiderte Petronius.
„Dann hoffe ich noch mehr, daß es ein Mädchen wird", trumpfte Ba auf.
„Hört endlich auf! Sonst ziehe ich von zu Hause weg", sagte Kristoffer. Petronius und Ba sahen ihn erschreckt an.
„Du?" sagte Ba. „Du kannst doch gar nicht von zu Hause wegziehen."
Im letzten Monat hatte Kristoffer alle Hände voll zu tun gehabt. Die ganze Zeremonie mußte bis ins kleinste vorbereitet werden, und als er Rut einmal um Rat fragte, hatte sie ihm nur geantwortet, um solche Sachen hätten sich doch die Männer zu kümmern und außerdem habe sie doch wirklich genug mit der Schwangerschaft zu tun. Ob er denn verlange, daß sie sich auch noch mit den praktischen Kleinigkeiten belasten solle?
Weil ihre Schwangerschaft diesmal äußerst beschwerlich verlaufen war, hatte sie unaufhörlich nach etwas Eßbarem verlangt, so daß sie ziemlich rund und dick geworden war. Fast neun Monate lang hatte Kristoffer immer wieder kleine Salate, frische Suppen, Ragouts, Frikassees, erlesenen Gemüseeintopf und leckere Nachspeisen für seine Frau zubereitet. Eines Tages hatte sie Oliven verlangt. Kristoffer war in der ganzen Stadt nach Oliven herumgerannt und bekam überall zu hören, daß jetzt noch nicht die Zeit für Oliven sei. Rut wollte sich aber nicht zufriedengeben, so daß er schließlich einen großen Posten in Pax bestellte. Drei Tage später trafen sie ein. Kristoffer kam mit vier Gläsern zu Rut gerannt, aber da hatte sie sich nur angewidert weggedreht.
„Glaubst du wirklich, ich habe jetzt auf Oliven Appetit?" sagte sie verärgert und erklärte ihm geduldig, daß Schwangere Gelüste bekämen, und zwar – das müßte Kristoffer doch wissen – plötzliche Gelüste, und da sei es doch ziemlich naiv, nach drei Tagen angerannt zu kommen und sie befriedigen zu wollen.
Kurze Zeit darauf verspürte sie ein unbändiges Verlangen nach frischen Paprikaschoten. Und die gleiche Geschichte wiederholte sich. Kristoffer rannte sich monatelang die Hacken ab, um ihre Gelüste zu befriedigen. Auch hatte er sich ein geheimes Lager mit allerlei Köstlichkeiten angelegt in der Hoffnung, Rut eines Tages sofort mit dem zufriedenstellen zu können, wonach sie verlangte.
Er hatte dabei acht Kilo abgenommen, und Rut beklagte sich schon,

wie mager und heruntergekommen er aussehe. „Ja, ja, du kommst in die Jahre, mein Alterchen", sagte sie. Kristoffer lächelte. Er wußte, daß es riskant war, einer Schwangeren zu widersprechen.
Früher hieß es, ein Kind könne mißgebildet zur Welt kommen, wenn die Mutter während der Schwangerschaft nicht ihren Willen bekomme. Oder: Wortklauberei des Mannes könne bei dem Ungeborenen beispielsweise zu einer Hasenscharte führen. Oder: Wenn Männer mit ihren schwangeren Frauen schimpften, könnten die Kinder davon schielen. Wahrscheinlich handelte es sich bei alledem nur um altüberlieferten Aberglauben, aber Kristoffer war sich dennoch nicht ganz sicher, ob nicht doch was Wahres dran war. Zweifellos war dies die schwerste Schwangerschaft, die Kristoffer je durchgemacht hatte.
Sie betraten den großen dreieckigen Raum in der Mitte des Gebäudes. Kristoffer hatte einen der größten Kreißsäle bestellt. Durch das Fenster strömte das Licht auf die Schräge über der Orgel und auf das Bett, auf dem Rut Bram liegen sollte. Die Chormädchen und die Zeremonienmeisterin waren noch nicht im Zimmer.
Kristoffer hatte in der ersten Reihe Platz genommen, neben ihm saß Ba, denn sie war die älteste Tochter, und dann kam Petronius. Als sich Kristoffer umsah, erkannte er die Figuren in den Ecken des Raumes wieder. Es waren die Figuren des alten Palastes auf dem Plattenberg, wo Petronius und Ba geboren worden waren. In der hintersten Ecke stand eine schöne, große, schwangere Frau, die Beine fest auf den Boden gestützt und die Arme in die Hüften gestemmt. In der gegenüberliegenden Ecke war ein nacktes, aus Leibeskräften schreiendes Neugeborenes dargestellt – ein Mädchen. In der vordersten Ecke stand ein Doppelfigur: ein Mann mit zwei Köpfen, vier Armen und vier Beinen. Sie symbolisierte die zwei zentralen Funktionen des Mannes, nämlich die Kinderzeugung und die Kinderaufzucht. Hinterteil und Rücken der Figur waren miteinander verschmolzen. Die eine Hälfte sah dam im Profil, wie er seinen erigierten Penis der Frau zuwendet, während die andere Hälfte die offenen Arme nach dem Neugeborenen ausstreckt. Dies stellte den Zyklus des Lebens dar: Der Mann gibt und empfängt. Um diesen Zivilisationsrhythmus zu betonen, waren alle Räume dreieckig.
„Vater", sagte Ba, „ich glaube, Petronilein bumst mit Gro! In zehn Monaten wird er hier sitzen. Wie du. Ha, ha! Falls sie ihn patronieren will, aber es ist ja noch nicht einmal sicher, ob sie ihn überhaupt haben will, den Spargel ..."
„Sei still, Ba. Dies ist ein feierlicher Ort und ein feierlicher Augenblick für uns alle."

„Feierlich? Ich will nie in so einem blöden Raum gebären. Wenn ich gebäre, soll es auf einer Kutsche sein, die von vier weißen Pferden durch die Stadt gezogen wird, mit Fanfaren, Luftballons, Konfetti und jubelnden Leuten ..."

Die Tür ging auf, und herein schritt die Zeremonienmeisterin mit ihrem weiten, goldeingefaßten roten Mantel. Sie klopfte mit dem Stab dreimal auf den Boden, das Zeichen, daß die Gebärwillige kommen sollte. Der Zeremonienmeisterin folgten die Chormädchen in kurzen, roten Kitteln, mit pyramidenförmigen Hüten auf den Köpfen. Vom Nabel abwärts waren sie nackt. Sie stellten sich zwischen Bett und Orgel in drei Reihen auf, so daß das Haar unter ihrem Bauch eine lange Reihe schwarzer Dreiecke bildeten, die sich alle in gleicher Höhe befanden. Schließlich kam Direktorin Bram, von zwei Geburtshelferinnen in einfachen weißen Röcken begleitet. Rut Bram trug den schwarzen Geburtsrock. Die Orgel spielte ein getragenes Präludium, während sie auf das Bett zuschritt und vor dem Chor stehenblieb. Hier warf sie den schwarzen Geburtsrock ab und stand in ihrer mächtigen Nacktheit vor ihnen. In diesem Augenblick intonierte die Orgel die göttliche pränatale Kantate, und Bram legte sich elegant auf das Entbindungsbett.

Sie lag so, daß das Publikum, das jetzt durch die beiden Eingangstüren an der Schwangerschafts- und der Säuglingsskulptur vorbei ins Zimmer strömte, unmittelbar mit verfolgen konnte, wie sie an der Geburt arbeitete.

Am Kopfende des Bettes waren zwei Mikrophone aufgestellt, über die sie in regelmäßigen Abständen der Gemeinde mitteilen konnte, wie die Geburt verlief. Als die pränatale Kantate verklungen war, berichtete sie, daß die ersten einleitenden Wehen sie vor einer halben Stunde erfaßt hätten und durch ihren Körper geströmt seien. Sie habe es fast vergessen, wie köstlich es sei, diese ersten Zuckungen durch den ganzen Körper zu spüren – so lange her sei es seit dem letzten Mal. Wenn nicht der Zwang zum Arbeiten bestünde, müßten die Leute ständig schwanger sein, denn die Geburtswehen seien nun einmal der höchste sinnliche Genuß, den eine Wibsche jemals erleben könne. Wenn der Beischlaf mit einem Mann etwa so sei, als trinke dam ein Glas Wasser, so komme der Geburtsvorgang dem Genuß eines Glases Wein gleich.

Bei diesen Worten klatschte das Publikum, und der Chor begann den großen dreistimmigen Wehengesang. Als der letzte Ton verklungen war, hob Bram die Hand zum Zeichen, daß sie etwas sagen wollte. Sie spüre, daß jeden Augenblick das Wasser abgehen könne, worauf der Chor sofort die glockenreine Fruchtwasserhymne anstimmte. Danach zelebrierte

die Zeremonienmeisterin das Geburtsritual, das auf paxisch abgehalten wurde. Die Geburt hatte begonnen.
Das Licht wurde allmählich gedämpfter, fast unmerklich, große Gardinen senkten sich geräuschlos hinab. Es war ganz still. Alle hörten Brams gleichmäßige entspannte Atemzüge. In dieser Phase, wenn der Gebärmuttermund sich sacht öffnet, durfte nur Bram die Stille durchbrechen. Sie hatte sich einige der gängigsten Hits zur Begleitung bestellt. Bei Schlagern könne sie am besten entspannen, hatte sie gesagt. Es folgte also eine Stunde mit Popmusik. Brams Bauch hob und senkte sich ruhig und gleichmäßig. Ab und zu griff sie nach dem Mikrofon und berichtete, daß sie sich in einen himmlischen Zustand versetzt und federleicht fühle. Sie wolle die letzte Phase in aller Stille genießen. Die Popmusik wurde abgestellt. Es war eine halbe Stunde lang mucksmäuschenstill. Alle starrten auf ihren auf und nieder gehenden Bauch. Die Spannung hatte den Höhepunkt erreicht. Bram rief ekstatisch: „Die Zeit des großen Pressens ist gekommen!“ Die Dienerinnen der Zeremonienmeisterin strichen ihr über Hüften und Rücken. Hin und wieder stieß Bram lustvolle Schreie aus. Sie wurde an der Öffnung des Geburtskanals mit exotischen Ölen eingerieben. Ihr Atem nahm an Intensität zu und ging in ein gleichmäßiges rhythmisch-wollüstiges Stöhnen über. Die Dienerinnen arbeiteten kräftig. Sie massierten Brams ganzen Körper mit wohlriechenden Cremes und machten sie auf diese Weise warm und geschmeidig – bereit für den letzten Einsatz. Bram ergriff das Mikrofon. Alle hielten den Atem an. „Der Kopf kommt aus dem Gebärmuttermund“, verkündete sie, richtete sich im Geburtsstuhl auf und begann zu pressen. „Stachelbeerkompott!“ brüllte sie. Die Bestellung wurde sofort an die Küche des Gebärpalastes weitergeleitet, und unverzüglich wurde ihr eine Schale mit Stachelbeerkompott serviert. Sie aß und preßte dabei, bis sie vor Anstrengung puterrot im Gesicht wurde. Die Öffnung des Geburtskanals wurde mit warmen Tüchern massiert. Dam konnte förmlich sehen, wie die Wehen durch Brams Körper pulsierten. „Ich merke jetzt, daß sich der Kopf herauszwängt. Sie scheint willensstark zu sein, die Kleine“, jubelte Bram orgiastisch. Die Leute klatschten. Kristoffer stand auf und stürmte mit ausgebreiteten Armen auf sie zu. Bram grätschte die Beine und stieß ein lautes wonniges Geheul aus. Der Kopf wurde sichtbar. Kristoffer stand am Fußende und wartete. Der Chor sang den Geburtschoral, und das Brausen der Orgel steigerte sich zu einem letzten natalen Crescendo. Während der letzten Minuten des Geburtsvorganges frauschte völlige Stille.
Nach der Geburt des Kindes pflegte die Zeremonienmeisterin der Orga-

nistin und der Gemeinde durch Zeichen mitzuteilen, ob es ein Mädchen oder ein Junge war. Bei einem Mädchen hielt sie die dreieckige Spitze des Zeremonienstabes hoch zur Decke, bei einem Jungen nach unten auf den Boden. Bei einem Mädchen wurde das Postludium in Dur, bei einem Knaben in Moll gespielt.

Es war ganz still. Bram atmete und arbeitete gewaltig. Alle waren sich bewußt, daß sie jetzt einer anderen, höheren Welt angehörte und daß dieser Augenblick im Leben einer Frau nie durch belanglose Laute gestört werden durfte.

Petronius hielt den Atem an und schloß die Augen. O Donna, laß es einen Bruder sein, laß es einen Bruder sein!

Der Kopf und die Schultern waren schon zu sehen. Kristoffer griff nach dem Kind, zog es vollständig heraus und legte es auf Ruts Bauch. Petronius starrte wie gebannt auf den Stab der Zeremonienmeisterin. Die Sekunden schienen ihm eine Ewigkeit zu dauern, da er nicht erkennen konnte, in welche Richtung sie den Stab drehen würde. Dann bewegte sich der Stab, die Spitze senkte sich langsam nach unten, und im selben Augenblick setzte die Orgel mit dem Postludium in Moll ein. Das Kind wurde abgetrocknet. Petronius hörte neben sich Bas enttäuschtes Seufzen. Das Publikum klatschte. Dann kam der Mutterkuchen hervor. Das Publikum klatschte wieder. Er wurde in seiner ganzen Pracht vorgezeigt, damit alle ihn sehen konnten. Bram schnitt die Nabelschnur durch. Das Kind verlegte sich aufs Schreien. Das Publikum klatschte schon wieder.

Die Geburtshelferinnen hüllten den Jungen in ein schwarzes Tuch und übergaben ihn der Zeremonienmeisterin, die ihn feierlich in Kristoffers Arme legte. Der Chor sang das hinreißende Vaterschaftslied. Es begann einstimmig und endete als Kanon, denn dadurch sollte das Unaufhörliche der Vaterschaft unterstrichen werden, etwas, was weder Anfang noch Ende hatte.

Kristoffer ging zu seinen beiden Kindern. Ba starrte den kleinen Jämmerling nur an, während Petronius seinem runzlig-roten Brüderchen auf die Wange küßte und feststellte, er sei das goldigste Geschöpf, das er je gesehen habe. Das Brüderchen machte mit der Hand eine plötzliche Bewegung. Petronius legte seine Riesenpranke über das Händchen mit den fünf winzigen Fingern und spürte, wie warm sie waren und wie sie sich bewegten. Verstohlen blickte er zu Kristoffer, der ihn freundlich anlächelte.

Die Zeremonienmeisterin klopfte mit dem Stab auf den Boden und begann, die Geburtsmesse abzuhalten. Als sie vorbei war, sprang Bram vom Bett und ging zu Kristoffer und den Kindern. Alles löste sich in

einem allgemeinen Durcheinander auf. Leute strömten herein und gratulierten. Sie wurden auf die große Marmortreppe gezerrt, damit Fotos von Bram mit Mann und Kindern gemacht werden konnten, und schließlich fuhren alle gemeinsam nach Hause, um den Geburtsempfang zu geben.
Als sie zu Hause ankamen, wurden sie vom großen Blasorchester der Direktorinnengesellschaft überrascht. Festlich gekleidet hießen sie die Geburtsgäste und die Mutter nebst Mann mit der Egalsunder Hymne „Töchter der Meeresbucht" herzlich willkommen. Kristoffer hob den Neugeborenen hoch und winkte ihnen mit dessen Patschhändchen zu. Alle waren tief gerührt. Dann feierten die Brams drei Tage lang.

Stillzeit und Jünglingsträume

„Liebe Gro! Ich habe mich immer nach der Freiheit gesehnt ..." Was für ein idiotischer, rührseliger Anfang! Petronius starrte auf das Blatt Papier und dann aus dem Fenster seines Zimmers. Aber stimmte das denn nicht? Hatte er sich nicht immer nach der Freiheit gesehnt?
Er zerriß das Blatt und fing ein neues an. „Liebe Gro! Weißt du, es gibt da etwas, was mich schon lange beschäftigt und was ich Dir gerne erzählen möchte. Als vor drei Monaten mein kleiner Bruder geboren wurde und ich im Gebärpalast saß, kam mir der Gedanke, daß ..." Er hörte wieder auf und schaute aus dem Fenster. Es war dunkel draußen, und er konnte sich in den Scheiben sehen. Sein runder Kopf mit dem dünnen Hals, dem struppigen Haar und dem sich kräuselnden Bartflaum wirkte einfach lächerlich. Wie konnte er hier sitzen und tiefe und ernste Gefühle haben, wenn er so lächerlich aussah?
Er schaute wieder auf das Papier und las: „... kam mir der Gedanke, daß ...". Woran hatte er nur gedacht? An sie natürlich. „... eigentlich hatte ich mir gewünscht, Dich dort liegen zu sehen und derjenige zu sein, der sich erhoben und unser Kind entgegengenommen hätte. Gro, das ist es, was ich mir am allerliebsten auf der Welt wünsche. Ich will Dein Kind entgegennehmen. Nun weißt Du es. Ich sollte das vielleicht nicht sagen. Aber es ist wahr. Ich habe mir immer gewünscht ..." Frei zu sein, dachte er, frei zu sein und Gros Kind entgegenzunehmen, das Kind von der Wibsche entgegenzunehmen, die ich liebe. Und frei zu sein. Er schaute von dem Geschriebenen auf und sah sich wieder im Fenster. Diesmal betrachtete er sich aufmerksam. Wie könnte er das Kind ent-

gegennehmen und gleichzeitig frei sein? War das möglich? Natürlich war es möglich. Warum sollte er dazu nicht imstande sein, auch wenn es für seinen Vater unmöglich gewesen war? Gro war nicht so wie Rut. Gro nahm auf ihn Rücksicht. Sie erzählte ihm vieles. Sie liebte ihn und brachte ihm viel bei. Er dachte an ihre Arme, ihre Schultern. Wie fest sie ihn hielt! Wie geborgen und warm er sich an ihrer Brust fühlte! Wie sie es immer wieder schaffte, in ihm den Wunsch hervorzurufen, nur bei ihr zu bleiben und nie mehr nach Hause zu müssen! Nie mehr! Einfach dort zu bleiben.

Er zerriß auch diesen Brief. „Liebe Gro! Ich liebe Dich", schrieb er. Er besah sich die Wörter. Er zeichnete die Buchstaben noch einmal nach und kritzelte an ihnen herum. Dann fügte er hinzu: „Gro Maitochter. Ich liebe Dich. Petronius. Petronius Bram liebt Gro Maitochter. Liebt, liebt, liebt sie."

Er hörte Klein-Mirabello weinen und daß Kristoffer zu ihm ging. Er hatte sein eigenes Zimmer, damit Rut ihn nachts nicht zu hören brauchte. Petronius ging hinaus.

„Papa? Ich will dem Kleinen gern etwas vorsingen, wenn du müde bist."

Kristoffer lächelte und strich Petronius über die Wange. Petronius hatte sich in diesen ersten Monaten ziemlich viel um Mirabello gekümmert. Er hatte ihn auch zweimal in der Woche im Anschluß an die Schule zur Direktorinnenfirma gebracht, damit Rut ihrem Jüngsten die Brust geben konnte. Das mußte zweimal während der Arbeitszeit gemacht werden – vormittags und nachmittags. Das Gerede von einem Geburtsurlaub hatte Rut nämlich mit aller Entschiedenheit zurückgewiesen. Sie müsse sofort nach der Geburt an ihren Arbeitsplatz zurück. Es stand ihr – wie jeder Frau – frei, entweder sofort wieder arbeiten zu gehen oder den gesetzlichen Schwangerschaftsurlaub zu beanspruchen. Eine Extravergütung bei sofortiger Wiederaufnahme der Arbeit bekam sie nicht. Denn das hätte ja dazu geführt, daß die Frauen gezwungen worden wären, sofort nach der anstrengenden Schwangerschaft die Arbeit wieder aufzunehmen, und deshalb war eine Prämie ausgeschlossen. Aber für Rut spielte das keine Rolle. Sie hielt es zu Hause nicht mehr länger aus. Sie war ganz versessen darauf, wieder an ihren Arbeitsplatz zu kommen, ihre Anordnungen zu treffen und ihren kleinen, süßen Sekretären, wenn sie mit einem Schrieb vorbeitänzelten, auf den Hintern zu klopfen. Und Rut trat in der Tat drei Tage nach Mirabellos Geburt ihren Dienst wieder an.

Die Folge war, daß Kristoffer zweimal am Tage zur Direktorinnenfirma mußte, damit Mirabello Ruts Brust bekommen konnte. Und da die Still-

zeit fünf Monate dauerte, war auch die Zeit nach der Geburt sehr anstrengend für Kristoffer.
Doch es war eine notwendige Plackerei. Die Mutter durfte sich während der Stillzeit nicht unnötig aufregen, sonst, hieß es, könne die Milch ausbleiben. Und welcher Vater wollte schon, daß die Nahrungsquelle für sein Kind versiegte? Die Rücksicht auf das Kind ging in jedem Fall vor. Das empfanden und meinten alle. Auch Kristoffer.
Rut hatte ihm denn auch zu verstehen gegeben, es sei das letzte Mal gewesen – endgültig das letzte Mal – , daß sie eine Schwangerschaft durchgemacht habe. Plötzlich hörte es sich an, als habe er sich das Kind ertrotzt. Es klang auch so, als sei dieses einzigartige, orgiastische Geburtserlebnis aus ihrer Erinnerung getilgt. „Hast du denn die Freude bei der Geburt vergessen?" deutete Kristoffer vorsichtig an. „Nein. Aber Arbeit ist Arbeit."
Da erwiderte Kristoffer nichts mehr. Eigentlich war er ja auch erleichtert, daß Rut wieder zur Arbeit ging. „Um allen Scherereien aus dem Wege zu gehen", fuhr sie fort, „will ich, daß dam dich sterilisiert." Einerseits fiel Kristoffer gewissermaßen ein Stein vom Herzen, daß Rut ihn sterilisiert haben wollte. Doch spürte er andererseits auch mit einer gewissen Angst und auch Wehmut, daß mit dieser Maßnahme seine Lebensaufgabe beendet sein würde.
Petronius hatte Kristoffer in dieser Zeit viel geholfen. Aber Rut schätzte es nicht besonders, daß Petronius Mirabello so oft zu ihr brachte. Es sei eine natürliche Aufgabe des Vaters, das Kind zur Mutterbrust zu bringen, meinte sie. Doch hatte sie sich grollend damit abgefunden. „Ja, ja", sagte sie witzig zu ihren Kolleginnen, „eine Frau hat ja heute nichts mehr zu sagen. Diese Männer machen doch, was sie wollen."
„Würdest du tatsächlich?" fragte Kristoffer dankbar.
„Mmmmmm. Ich singe ihm das Lied von Rapinzel vor, das du mir vorgesungen hast, als ich klein war."
Kristoffer küßte Petronius auf den Mund. Petronius umarmte seinen Vater und lächelte. Als sie beide so dicht beieinanderstanden, sah Petronius deutlich, wie schütter Kristoffers Haar in der letzten Zeit geworden war. Er war auch sonst schmal geworden und sah abgearbeitet aus. Bald mußte er eine Perücke haben, denn so konnte er unmöglich noch länger herumlaufen.
„Gute Nacht, Papa."
Kristoffer drückte seine Hand, lächelte ihm sanft zu und verschwand mit gebeugtem Rücken im Schlafzimmer. Petronius ging zu Mirabello, der mit geöffneten Augen dalag und jammerte. Es gab nichts Niedliche-

res auf der Welt, fand Petronius. Ganz behutsam stimmte er das Lied von Rapinzel an. Das Lied war eine alte Ballade über das schöne Jungherrlein in seinem Jungherrengemach, ganz oben in dem unendlich hohen Turm. Dort hatte ihn seine böse Mutter eingesperrt, denn keine sollte ihm die Tugend rauben. Und so saß er dort in seiner Einsamkeit und warf die prächtigsten Blumen aus dem Fenster. Woher er die Blumen hatte, darüber berichtete die Ballade nichts. Jedenfalls hatte er dort oben schon Monate und Jahre geschmachtet und Blumen aus dem Fenster geworfen. Sein Bart wuchs und wuchs. Er wuchs aus dem Fenster hinaus und an der steilen Mauer des Turmes hinunter. Eines Tages kam eine prächtige Dame vorbeigeritten. Die Brüste wippten elegant im leichten Trab. Rapinzel warf ihr eine Blume herunter. Die Dame hielt am Fuße des Turmes an, hob die wundersame Blume auf und spähte sehnsuchtsvoll zu dem schönen Jungherrn dort oben hinauf. Dann sang sie ein Lied nach dem anderen über ihr Unglück, nie zu ihm gelangen zu können. Währenddessen wuchs der Bart und wuchs und wuchs, bis zu ihr herunter, so daß sie sich an den Strähnen festhalten und zu dem Jungherrn hochklettern konnte. So bekam die vornehme Troubadoura ihren schönen Knaben, trotz des grausamen Einfalls der bösen Mutter.
„Hat es denn am Bart nicht weh getan, Papa?" hatte Klein-Petronius damals seinen Vater gefragt. Aber darüber erzählte die Geschichte nichts, und Petronius fand jetzt, daß es doch eine recht sonderbare Geschichte sei, weil die Troubadoura den Jungherrn so am Bart habe ziepen müssen, die Geschichte aber gar nicht davon handelte. Doch die Ballade hatte eine schöne Melodie, und deshalb sang er sie. Er sang sie aber auch, weil es ihn auf wunderbare Weise sorglos machte, wenn er an etwas Bekanntes dachte – selbst wenn es dumm war. Er stand am Fenster und sang alle Strophen. Als er bei der dritten angelangt war, schlief Mirabello schon, aber Petronius sang einfach weiter, während er hinaussah und sich danach sehnte, weit weg zu sein.
Vor dem Fenster unter der Straßenlaterne blitzte das nagelneue knallgelbe Elektro-Auto vom Typ Super Di-Smash 1313, das Bram sich vom Schwangerschaftsgeld angeschafft hatte.

Klassenarbeit in Geschichte

„In der Zeit des großen Aufstiegs (732 v.Kl. bis 213 n.Kl.) wurde Egalia als Staat organisiert. Zu Beginn dieser Periode wurden in Fallüstrien die ausgedehnten und reichen Eisenerzvorkommen entdeckt. Zwei große Eroberungszüge unter Führung der Felddame Siemanaricha (732 und 729 v.Kl.) führten dazu, daß die Nomadenstämme sich von den fallüstrischen Hochgebirgen in die weiten Ebenen im Osten zurückziehen mußten ..." Ba sah fahrig von dem Geschichtsbuch auf, während sie ihren Zeigefinger auf das Wort „mußten" legte.

„Ach, habe ich nicht gelesen."

Da aber alle anderen ebenfalls in ihre Geschichtsbücher vertieft auf dem Schulhof standen, bekam sie keine Antwort. Herrlein Uglemose hatte ein Extemporale in Geschichte angekündigt. Ba las weiter. „Felddame Siemanaricha ist eine der denkwürdigsten und faszinierendsten Gestalten in der Geschichte Egalias. Es sind uns von ihr einige Tagebuchaufzeichnungen überliefert. Sie verraten einen streng logisch-strategischen Sinn, aber gleichzeitig eine mitwibschliche Wärme und ein Gefühl für Gerechtigkeit, und das zusammen macht gerade ihre Größe aus. Hier ein Beispiel: (Quelle Nr. 15) Abends, 2. Tag. 2000 ..." Ba hielt ihren Zeigefinger auf „2000".

„Ann, sollten wir die Quelle auch lesen?"

„Sei doch still! Ja, jedenfalls die mit Siemanaricha."

„ ... Männer getötet. Grabrede gehalten. 300 Männer verwundet. Habe sie versorgt. Einige mit großen Schmerzen. Geopfert und zu O gebetet, sie mögen leben ..."

„Wer ist ‚O'?"

„Wibsche, kannst du nicht die Klappe halten? Das war die, an die sie vor Donna Klara, der Allmutter, glaubten. Ihre Macht und Weisheit saß in den Brustwarzen, davon hatte die acht Stück."

„... Feinde über Todesklippe zurückgedrängt. Egalitanische Kräfte im Hinterhalt auf der anderen Seite."

„Allein dieser kleine Auszug verrät eine große und edle Gesinnung: eine Frau, die nicht nur Schlachtpläne aufzustellen verstand, sondern auch wußte, daß Krieg Opfer bedeutete. Diese Quelle gibt uns noch über einen weiteren interessanten Aspekt Auskunft, nämlich, daß wir damals im Nahkampf Männer einsetzten. Die Reiterei bestand aus Frauen, das Fußvolk aber, das voranging, aus Männern. Auf uns mag es heute brutal wirken, daß wir einst Männer in den Krieg schickten. Die Forscherinnen haben darauf hingewiesen, daß dadurch auch die Kampfmoral geschwächt worden sei. Die Ursachen sind jedoch darin zu suchen, daß Egalia damals genau wie heute mit einem bedeutenden Bevölkerungsproblem zu kämpfen hatte. Dam mußte immer dafür Sorge tragen, daß die Geburtenraten nicht sanken (vgl. S. 395)."

„Müssen wir Seite dreihundertfünfundneunzig auch durchlesen?"

„Quatsch. Die behandelt doch unsere Zeit. Von der sollen wir nichts lesen."

„Das hieß aber, dam mußte erreichen, daß die weibliche Bevölkerung sich nicht verringerte. Eine hohe Sterblichkeit bei den waffentragenden Frauen hätte sich auf die Bevölkerungsentwicklung katastrophal auswirken können. Demgegenüber hätte ein Rückgang der männlichen Bevölkerung die Höhe der Geburtenrate überhaupt nicht beeinflußt (vgl. Sozialökonomie, s. Fußnoten) ..."

„Ann, hat er gesagt, daß wir die Fußnoten lesen müssen?"

„Nein, das ist nicht so wichtig."

„Verstehst du das mit dem Bevölkerungsrückgang?"

„Klar. Hatten wir doch in Zivilisationskunde. Der Witz ist, daß es nicht zu einer schiefen Verteilung in der Jahrgangsrate kommt. Wenn wir eine kleine Geburtenrate haben, bedeutet das: Wenn die mal groß sind, gibt es von denen im Verhältnis zu den älteren zu wenig, und das heißt wiederum Mangel an jungen Arbeitskräften. Um nun allzu große Schwankungen in den Jahrgangsraten zu verhindern, müssen wir eine verhältnismäßig stabile weibliche Bevölkerung haben, wobei es nicht so sehr darauf ankommt, wie groß der männliche Bevölkerungsanteil ist ... Genau dafür kämpft doch meine Mutter in der Volksburg. Kapierst du denn das nicht?"

„Doch, aber ...", antwortete Ba, die nicht ganz mitgekommen war.

„Als Siemanaricha siegreich von ihren großen Kriegszügen heimgekehrt war, baute sie das Reich mit großer Weitsicht und Klugheit auf. Sie war eine strenge, aber gerechte Frauscherin über das Land. Siemanaricha ließ sich vom ganzen Volk feiern und wurde zur ..."

„Rrrrrrrr!" Die Schulhofglocke klingelte schrill zur Stunde.

„Allmächtige! Ich bin nicht durch."

„Ich auch nicht."

„Ich kann nichts."

„Wozu wurde Siemanaricha ernannt?"

„Sie wurde als Prima inter pares von ganz Egalia anerkannt – also als Erste unter Gleichen – , und dann ließ sie sich zur Großdamzogin von Fallüstrien ernennen."

„Aber war Fallüstrien nicht ein Teil von Egalia?"

„Nich ganz. Es war ein Teilgebiet mit gewissen Sonderregelungen; sie setzte dort eine Feudaldame ein, die dieses Teilgebiet für sie verwaltete ..."
Die 6 B polterte die Treppe hoch und in die Klasse hinein. Ba notierte auf ihrem Spickzettel in aller Eile die Stichworte „Prima", „Großdamzogin" und „Feudaldame". Sie hatte sich schon zuvor ein paar Jahreszahlen aufgeschrieben.
„Was ist Feudaldame ...?"
Herrlein Uglemose betrat das Klassenzimmer.
„Joijoijoi ..."
„Ja, heute werden wir in Geschichte eine kleine Klassenarbeit schreiben", verkündete er und stützte sich dabei mit der rechten Hand auf das neue Katheder. „Es gibt aber keinen Grund, nervös zu werden", fügte er etwas aufgeregt hinzu. „Es sind nur ein paar kleine, einfache Fragen. Ich habe davon für euch Abzüge gemacht. Sie sind hier in meinem Koffer." Die letzten Worte hörten sich wie eine Entschuldigung an. Er blickte über die Klasse. Alle saßen ordentlich da und schauten zu ihm auf, ruhiger als sonst.
„So, jetzt legen wir erst einmal alle Geschichtsbücher in unsere Mappen und behalten nur das Schreibzeug auf dem Tisch. Papier bekommt ihr von mir." Unter großem Spektakel legten sie die Bücher weg. Einige versuchten, sie aufgeschlagen unter dem Tisch zu verstecken.
„Na, na. Also. Die Bücher sollen ganz verschwinden. Hier, Fandango, du kannst die Bogen austeilen, und ich werde die Aufgaben verteilen. Wenn ihr die Aufgaben habt, bitte ich mir Ruhe aus."
Herrlein Uglemose ging durch die Reihen und teilte abwechselnd nach rechts und links die Aufgaben aus. Diejenigen, die voreinandersaßen, begannen, paarweise zu tuscheln, sobald er weitergegangen war. Plötzlich wandte er sich um.
„Pst! Ihr habt doch gehört, was ich gesagt habe."
Ruckartig schreckten sie gleichsam in Normalstellung zurück. Als er seine Runde zwischen den Reihen gemacht hatte, frauschte einigermaßen Ruhe in der Klasse. Alle saßen über ihren Aufgaben. Ann Plattenberg schrieb, was das Zeug hielt. Der kleine, mollige Fandango schrieb die numerierten Aufgaben in Schönschrift mit zierlichen Buchstaben der Reihe nach untereinander. Ba saß da und stierte auf das Papier, sie konnte sich plötzlich an nichts mehr erinnern. Gutgelaunt blickte sie sich um, ob sie die Klassenarbeit nicht durch allerlei Unfug sprengen könnte, aber alle saßen ganz vertieft da. Mißmutig las Ba sich die Fragen durch:
„1. Wann war die Zeit des großen Aufstiegs?

2. Woher hat die Zeit des großen Aufstiegs ihren Namen?
3. Berichte von Prima Siemanaricha und erkläre, warum sie zu den bedeutendsten Gestalten der Geschichte Egalias zählt.
4. Wie waren die Lebensbedingungen der Männer unter Siemanaricha – im Krieg und im Frieden?
5. Was wissen wir von der Glanzzeit?"

Herrlein Uglemose hüstelte. „Gibt es noch Fragen ... zu den Fragen?"
„Ja, was sollen wir machen, wenn wir keine Antwort wissen?"
„Dann schreibt ihr nur die Nummer der Frage auf und geht zur nächsten über."
„Und wenn wir überhaupt keine Frage beantworten können?"
Vereinzeltes Kichern. Dann wurde es wieder ruhig. Herrlein Uglemose schaute über ihre gebeugten Köpfe hinweg und erfreute sich an dem Anblick. So müßte es immer sein. Ruhe. Alle arbeiteten, strengten ihr Gehirn an und schrieben.
Ba warf einen flüchtigen Blick auf ihren Spickzettel, den sie in der Federtasche hatte. Verstohlen guckte sie zum Herrlein, wieder zurück auf den Spickzettel und schrieb dann: „1. Die Zeit des großen Aufstiegs (732 v.Kl. bis 213 n.Kl.) – d.h.: vor Donna Klara (unserer Frau) ..."
Sie schaute verloren auf die anderen Fragen und wußte, daß sie nicht eine einzige vernünftige Antwort parat hatte und auch der Spickzettel nutzlos war. Sie fuhr also fort: „2. Wegen mangelnder Phantasie. In Wirklichkeit gab es kaum etwas, was in der Zeit des großen Aufstiegs aufstieg, und das, was trotzdem aufstieg, war schrecklich klein. Aber dam mußte das ja irgendwie benennen – warum also nicht die Zeit des großen Aufstiegs? Vor allem, damit die Leute das Gefühl kriegten, daß es aufwärtsging, daß es mit der Zeit immer besser und besser wurde. Das Gegenteil war natürlich der Fall. Den Leuten ging es immer schlechter. Dam braucht nur an die isolierten Geschöpfe in den Einöden von Fallüstrien zu denken. 3. Prima Siemanaricha war eigentlich die größte Tyrannin in der ganzen Geschichte Egalias ..." Ba kicherte über ihre eigenen Witze. „... Wenn ihre Leute nicht gehorchten, ließ sie ihnen auf der Stelle den Kopf abschlagen. Und trotzdem wurde sie verehrt, fast wie eine Heilige. Sie vergrößerte das Land mit harter Hand und großer Brutalität, und später drehte sie es so, daß sie ganz allein die Macht bekam. Sie litt auch an Schreibwut und bildete sich ein, die beste Poetin zu sein, die je gelebt hatte. Ich finde es gut, daß sie starb, lange bevor ich geboren wurde. 4. Jämmerlich. Trist und eintönig. Ein Sklavenleben. 5. Ich kann mich überhaupt nicht dazu äußern, was ‚wir' über die Glanzzeit wissen. In den Schulbüchern wird immer vorausgesetzt, daß ‚wir'

eine große und einstimmige Masse sind. Ich habe keine Ahnung, was andere über die Glanzzeit wissen. Ich jedenfalls weiß nichts."
Ba las ihre Antworten mit großer Zufriedenheit noch einmal durch. Nun hatte sie es ihm aber gegeben. Sie schrieb ihren Namen oben auf das Blatt und meldete sich.
„Fertig? Du bist schon ganz fertig, Ba?"
„Ja."
„Hast du alles auch gründlich durchgelesen?"
„Ja."
Herrlein Uglemose ging zu ihr hin und holte ihren Bogen. „Kann ich jetzt gehen?" fragte Ba und war schon aufgestanden, ehe er geantwortet hatte. Eigentlich durften sie immer erst fünf Minuten vor dem Klingeln gehen. Er nickte. Ba nahm ihr Stullenpaket und steuerte auf die Tür zu. Als die anderen das sahen, griff sogleich eine allgemeine Aufbruchsstimmung um sich, obwohl erst ein Viertel der Stunde vorüber war. Die anderen lieferten ihre Arbeiten rasch nacheinander ab, und nach fünf Minuten war nur noch der kleine, mollige Fandango übrig, der tief in sich versunken weiter seine großen, runden Buchstaben malte, als gehöre die ganze Unruhe um ihn herum in eine andere Welt.
Herrlein Uglemose war mit den Antworten mächtig unzufrieden. Einen Augenblick lang hatte er daran gedacht, sie als Beweis vor Rektorin Barmerud zu benutzen, damit sie sehen konnte, daß er den Schülern einen angemessenen Unterricht erteilte. Es hatten sich nach der Episode mit dem Katheder so viele Gerüchte verbreitet. Doch die Antworten auf die Aufgaben erwiesen sich dazu als unbrauchbar. Dieses Mal wollte er sie aber nicht ungestraft davonkommen lassen. Als er eine Woche später mit den Antworten in der lachsroten Tasche in die 6B kam, sagte er: „Ihr seid mit der Klassenarbeit über alles Erwarten fabelhaft klargekommen. Freilich habe ich immer gewußt, daß die 6B besonders helle ist. Die Diskussionen, die wir gehabt haben, zeigten ja zur Genüge, wie überaus aufmerksam und wach ihr seid. Doch ich hatte nicht geglaubt, daß ihr einen historischen Stoff so selbständig behandeln könnt. Ich sage es frei heraus, wie ich es empfinde: Ich bin stolz auf euch!"
Hier machte er eine kleine Kunstpause. Die Klasse starrte ihn an, sprachlos und aufmerksam, und erwartete ungeduldig, was er noch sagen werde. Alle wußten von sich selbst, daß sie bei dem Extemporale ganz erbärmlich abgeschnitten hatten, hatten aber keine Ahnung, wie es bei den anderen war. Vielleicht zeugten die Antworten der anderen von glänzender Einsicht, nur die eigenen nicht.
„Damit die Besten von euch nicht in ihrem Wissen ersticken, werde ich

euch eine der besten Arbeiten vorlesen."

Herrlein Uglemose zog Bas Blatt hervor, las mit großer Emphase, wobei er hin und wieder zustimmend nickte, und fügte hinzu: „So ist es richtig", ehe er fortfuhr. Die Klasse war völlig verwirrt. Sie konnten überhaupt nicht beurteilen, ob das Herrlein wirklich der Meinung war, dies sei eine ausgezeichnete Arbeit, oder ob er sie nur aus Ironie vorgelesen hatte. Als er fertig war, sagte er: „Nur eines fehlt. Wie mir scheint, haben sich nicht viele mit der Anmerkung auf Seite fünfundzwanzig beschäftigt. Auf Seite fünfundzwanzig steht eine lange Anmerkung. Da ihr den Stoff sonst ausgezeichnet befrauscht, finde ich es fast schade, daß ihr das, was in der Anmerkung steht, nicht wißt. Deshalb möchte ich euch bitten, die Seite fünfundzwanzig aufzuschlagen und den Rest der Stunde dazu zu benutzen, euch einmal durchzulesen, was da steht."

Folgsam schlugen die Schüler sofort die Seite fünfundzwanzig auf. Keiner sprach auch nur ein Wort. Ba blätterte die Seite auch auf, ohne hochzusehen. Die Anmerkung war in kleinsten Buchstaben und dazu noch engzeilig gedruckt. Die Klasse arbeitete sich mühsam durch die winzig kleine Schrift hindurch. Dort stand zu lesen:

„In der Zeit des großen Aufstiegs war Egalia eine ausgesprochene Frauengesellschaft. Im öffentlichen Leben dominierten Frauen. Männer wurden damals als eine Art Wibschen zweiter Klasse betrachtet, und die Egalitaner der Aufstiegszeit meinten, deren wichtigste Aufgabe bestehe darin, Kinder zu zeugen. Sie lebten nicht wie bei uns heute im Haus, gleichgestellt mit den Frauen. Sie durften mit den Frauen nur zusammentreffen, wenn sie mit ihnen Kinder zeugten. Durch die sogenannte Zehnermusterung wurde das Schicksal aller Knaben besiegelt. Jedes Jahr im Frühling wurde der ganze Jahrgang der zehnjährigen Knaben einem Richterinnenkollegium vorgeführt, das beurteilte, ob sie Zeugungsknechte oder Arbeitsgehilfen werden mußten. Nur zehn Prozent wurden als geeignet befunden, Zeugungsknechte zu werden. Der Rest wurde nach Fallüstrien geschickt, um dort in den Bergwerken oder in Werkstätten zu arbeiten, oder mußte sich als Holzfäller in abgelegenen Gegenden verdingen. Darüber, wie die Männer in Fallüstrien oder den weiten Einöden zu leben gezwungen waren, wissen wir sehr wenig, denn es gibt keine schriftlichen Quellen. Wir können nur vermuten, daß es trostlos gewesen sein muß. Über die Lebensweise der Zeugungsknechte wissen wir etwas mehr, da diese ja häufig Kontakt mit der Gesellschaft hatten.

Sie lebten in Zelten in einem Reservat, das sie nur mit einer Sondergenehmigung verlassen durften. An den Abenden vor den großen Festtagen kamen die Frauen, nachdem sie sich durch Weingenuß Mut angetrunken hatten, gewöhnlich scharenweise zu ihnen. Die Erlaubnis, das Reservat zu verlassen, erhielten solche Zeugungsknechte, die dam für besonders gutgebaut und begabt hielt. Sie durften sich dann eine gewisse Zeit frei bewegen und ihren Samen anbieten. Diese wenigen privilegierten Männer gelangten in der Gesellschaft zu hohem Ansehen und waren oft Väter von mehreren hundert Kindern. Nach unserem heutigen Empfinden wurden die Männer in der Zeit des großen Aufstiegs brutal und unwibschlich behandelt. Aber die Egalitaner der Vergangenheit dachten keineswegs so. Wir dürfen dabei nie vergessen, eine historische Epoche nach ihren eigenen Voraussetzungen zu beurteilen. Daß Männer am allgemeinen gesellschaftlichen Leben nicht teilhatten, war damals eine Selbstverständlichkeit. Männer waren in jener Zeit Nutzgeschöpfe, ähnlich wie die Haustiere. Die Auffassung unserer Zeit, daß alle wibschlichen Wesen gleiche Rechte haben, wäre bei den Egalitanern der Aufstiegszeit auf Unverständnis gestoßen. Sie hätten sicher behauptet, ihr Gesellschaftssystem sei, gemessen an früheren, ungeheuer fortschrittlich. Wir müssen uns daran erinnern, daß in der Glanzzeit, die der Zeit des großen Aufstiegs voranging, die Männer als überflüssige, ja schädliche Wesen angesehen wurden. Nur etwa zehn Prozent überlebten die ersten zehn Lebensjahre. Leider wissen wir nichts von den sozialen Verhältnissen der Glanzzeit."

Der kleine, mollige Fandango sah vom Buch auf. ‚Glanzzeit', dachte er und sah verträumt vor sich hin. Wie haben die damals wohl gelebt? In dem Namen lag etwas Abenteuerliches. In Gedanken sah sich Fandango in einem großen Haus. Mit einem weiten, bequemen Gewand angetan, saß er in einem großen, weichen Sessel zwischen Säulen und weißen Tauben und befahl seinem Diener, ihm einen Zeugungsknecht zu holen, denn er langweilte sich. Der würde ein bißchen mit ihm plaudern, und ihm auf einem silbernen Tablett Wein und Früchte an das Schwimmbekken im Atrium seines geräumigen Hauses bringen, ehe sie ein süßes, begabtes Kind zeugten, das nach Möglichkeit Fandangos Intelligenz, Schönheit und irdische Fraulichkeit erben sollte.
Plötzlich wurde es dem kleinen Fandango unendlich traurig ums Herz. Wer hatte denn gesagt, daß er eine Frau gewesen wäre, wenn er in der Glanzzeit gelebt hätte? Wer hatte ihm das bloß eingeredet? Wer? Wer?

Egalsund bei Nacht

„Baldrian, schläfst du?"
„Hmmmmmmm ..."
Fandango lag ganz still und lauschte, ob Baldrian wirklich gleichmäßig atmete. Immer hielt er ihn zum besten und tat so, als schlafe er schon. Aber seine Decke bewegte sich. Es war so gemütlich, vor dem Einschlafen sich noch ein bißchen zu unterhalten. Manchmal durfte Fandango zu ihm unter die Decke kriechen und dort liegen, bis Baldrians Bett angewärmt war. Dann mußte er allerdings wieder zurück in sein Bett. „Schöne Reise", wünschten sich Baldrian und Fandango immer, bevor sie einschliefen, nie „Gute Nacht". „Schöne Reise – jetzt gehe ich ins

Traumland."
„Du? Du schläfst ja gar nicht. Du liegst nämlich nicht still und atmest auch nicht ruhig."
„Hmmmmmmm ..."
„Du, ich habe eine Eins in der Geschichtsarbeit geschrieben! Toll, was?"
„Hmmmmmmm ..."
„Du, weißt du, was ich mir überlegt habe? Ich habe darüber nachgedacht, warum die ganze Geschichte nur von Frauen handelt. Sicher doch deshalb, weil die Frauen so wichtig sind. Ich mag doch Geschichte, aber dann fühle ich mich so unwichtig wie ..."
„Hmmmmmmm ..."
„Und dann habe ich mir überlegt, daß unsere Sprache doch auch ein Teil der Geschichte ist. Ich meine zum Beispiel, es gibt viele Beispiele, ich meine zum Beispiel, ja, sieh mal, zum Beispiel ..."
„Mußt du dauernd ‚zum Beispiel' sagen?"
„Nein, aber zum Beispiel das Wort ‚Wibsche' ", erwiderte Fandango, glücklich darüber, daß Baldrian geantwortet hatte. „Das Wort ‚Wibsche' hört sich an, als ob alle Wibschen Weiber sind. Warum könnte es nicht genausogut ‚Mannschen' heißen? Oder ‚Menschen'? Was meinst du, Baldrian?"
„Weil es eben ‚Wibschen' heißt. Das heißt einfach so."
„Und sieh mal, zum Beispiel das Wort ‚dam'. Hast du dir das schon mal überlegt? Warum könnte es nicht genausogut ‚herr' heißen? Oder ‚mann'? ‚Mann lernt, solange mann lebt', zum Beispiel, oder ‚Herr lernt, solange herr lebt'. Warum eigentlich nicht?"
„Dann sage doch einfach ‚vip'. Das ist neutral."
„Darüber habe ich auch nachgedacht. Ich glaube, es kommt von Weib, daraus ist ‚wib' geworden, daraus ‚wip' und daraus wieder ‚vip'. Solche Ableitungen hat uns Herrlein Uglemose an der Tafel erklärt. Das ist unheimlich spannend."
„Hmmmmmmm."
„Du, ich glaube, wenn ich groß bin, werde ich ein Männerrechtler."
„Das bringt doch nichts ein."
„Doch. Ich kann Sprachforscher werden. Es ist wichtig, die Sprache zu befrauschen. Und dann könnte ich dafür eintreten, daß alle Wörter ausgetilgt werden, die zeigen, daß Weiber die Frauschaft in der Gesellschaft haben."
„Ja, mach doch."
„Du denkst ja doch immer nur an Eva Barmerud, du."

„Stimmt gar nicht, habe eben an Petronius gedacht."
„Aha! Und was?"
„Kannst du es auch für dich behalten?"
„Großes Ehrenwort!" Fandango richtete sich in seinem Bett auf.
„Wir haben einen geheimen Jungenklub gegründet."
„Was, einen Nähklub?"
„Ach was, Nähen ist streng verboten, und auch über Frauen reden darf dam nicht."
„Wibsche, toll! Kann ich mitkommen?"
„Wenn du groß bist, vielleicht."
„Aber wann bin ich denn endlich groß? Vor zwei Jahren hast du so was schon gesagt und zwei Jahre davor auch und davor auch schon. Ich werde wohl nie groß werden."
„Das ist eben so, wenn dam der Kleine ist."
„Dann mache ich eben einen Jungenklub mit Mirabello auf. Wenn der doch bloß ein bißchen schneller wachsen ..."
„Schöne Reise, Fandango. Ich gehe jetzt ins Traumland."
„Schöne Reise, Baldrian."

Petronius glitt immer tiefer ins Wasser. Weich und warm umspülte es seinen Körper wie der laue Sommerwind. Die Welt um ihn herum war grün. Grün, hell und glitzernd. Dort unten, auf dem Grunde des Meeres, kam ihm Baldrian mit wallendem dunklem Haar entgegen und gratulierte ihm zu dem neuen Taucheranzug. Petronius umarmte ihn und sagte, er wolle ihn gern tragen, wenn er nur mit ihm zusammen sein dürfe. Und während er Baldrian noch umarmte und dieser mit seiner großen Hand sanft über den. Unterwasseranzug strich, spürte Petronius, daß er noch tiefer gezogen wurde. Aber es war nicht mehr Baldrian, sondern die große Steinstatue, die er an die Oberfläche schaffen wollte, damit sie nicht ertrank. Dann stand er vor der Steinstatue am Südstrand und fragte sie, warum sie dort stehe, wo sie doch bereits dem Ertrinken nahe sei. „Das ist doch klar", sagte die Steinstatue. Und da sah Petronius, daß sie seinen Taucheranzug anhatte. Die Steinstatue fragte, ob sie nicht Mitglied in dem geheimen Jungenklub werden könne. „Denn eigentlich", sagte sie, „eigentlich habe ich Nähen immer gehaßt."

Klein-Mirabello weinte. Kristoffer taumelte schlaftrunken und vorsichtig auf den Zehenspitzen hinaus, hob das jammernde Bündel behutsam hoch und schlich sich zurück ins Schlafzimmer, wo er seinen Jüngsten ganz sacht an Ruts Brust legte, damit sie nicht aufwachte.

Rektorin Barmeruds Stimme donnerte aus dem Zimmer. Syprian lag in seinem Bett auf dem Rücken und hörte seinen Vater hin und wieder schluchzen. Er hatte sich schon so daran gewöhnt, daß der allabendliche Streit fast wie ein Schlaflied wirkte. Wurde aber Grodians Schluchzen zu laut, ging er ins Zimmer der Eltern und schluchzte auch, worauf ihn der Vater in den Arm zu nehmen pflegte. Heute war es nicht so schlimm. Sie hatten nur eine Viertelstunde durchgehalten, und nun klang es, als verebbe der Streit. Es war immer dasselbe. Mutter sagte, Vater sei dumm und faul, und Vater warf ihr vor, sie liebe ihn nicht mehr. Nie hatten sie dieses Problem lösen können.

Syprian lag da und fragte sich, ob das in anderen Familien auch so war, ob sich in allen Egalsunder Familien Frau und Mann nachts zankten und tagsüber alle Welt verkniffen anlächelten.

Wenn das zutraf, war es trotz allem vielleicht besser, wie Herrlein Uglemose zu sein, der nur sich hatte. Syprian dachte an Herrlein Uglemose, der dort oben in seinem großen Haus ganz allein wohnte. Und er stellte sich nun schon zum x-ten Male vor, wie schön es wäre, bei ihm sein zu können. Er hatte sich schon so oft vorgenommen, eines Abends zu ihm zu gehen und ihn zu fragen: „Stimmt es, daß du mein richtiger Vater bist?" Wenn es aber stimmte, wollte er lieber bei ihm bleiben und ihm zuhören, wenn er Klavier spielte und Geschichten erzählte. Leider hatte Syprian nie bei ihm Unterricht gehabt. Wieder tönte es aus dem Zimmer der Eltern:

„Dummkopf! Faulpelz! Tranfritze!"

„Gerd! Du hast mich nie geliebt!"

Syprian drehte sich auf die andere Seite und zog die Decke über die Ohren. Nie wollte er sich ein Vaterschaftspatronat suchen. Nein, niemals. So ein Schicksal kam ihm schlimmer als der Tod vor.

Herrlein Uglemose saß am Flügel und sah in die Nacht hinaus. Vor der großen schwarzen Fläche fiel der Schnee langsam und sacht zur Erde. Von hier aus konnte er die ganze Stadt und die Meeresbucht überblikken. Die Stadt mit ihren Lichtern und der Luksusbrücke. Es war ein so friedliches Bild, wenn Schnee fiel. Alles lag in sanftem Schlummer, und der Schnee legte sich weich über alle bösen Gedanken. Herrlein Uglemose kam der Gedanke, ein Gedicht auf die Schneeflocken zu machen. „Ode an den Schnee" wollte er es nennen und es auch vertonen. Er konnte sich nur nicht entscheiden, was zuerst kommen sollten – die Melodie oder der Text.

Wahrscheinlich beides zugleich, dachte er. Das Thema ist gegeben: der

Schnee, der sich über das Böse senkt. Nun galt es, einige Töne zu finden, die dem Thema gerecht wurden. Das könnte in E-Dur gehen, denn da gab es so viele schöne Übergänge. Das Böse müßte dann in cis-Moll stehen, und die Beharrlichkeit des Bösen ließe sich gut in Septimen ausdrücken. Seine eigene Beharrlichkeit, die ihn hier in seinem Haus sich seine eigenen Gedanken machen ließ, über die Stadt und über die Leute, die in ihr wohnten. Und keine auf der Welt konnte ihn daran hindern. Sein ganzes Leben lang hatte Herrlein Uglemose sich eigene Gedanken gemacht, eigene Gedanken, die er in Töne gefaßt und gespielt hatte – in seinem großen, einsamen Haus auf dem Plattenberg.

TEIL II

Die Villa auf dem Plattenberg

Die Tür flog mit einem Knall auf, und hereinmarschiert kam Herrlein Uglemose, das üppige rote Haar völlig zerzaust.
„Das ist also mein Einstieg in die Maskulinistenbewegung", gab er lächelnd bekannt und begrüßte alle mit Handschlag. „Entschuldigt, daß ich so spät dran bin. Guten Tag, Petronius, guten Tag, Syprian, guten Tag, Baldrian, und guten Tag, mein kleiner Fandango! Ihr werdet euch gewundert haben, warum ich euch zum Apfelkuchen eingeladen habe. Der Grund ist ganz einfach der, daß ich einen riesigen Garten mit Apfelbäumen besitze. Das ist aber natürlich nicht der einzige Grund ..."
Er schwieg und blickte in die Runde. Schon lange hatte er im stillen daran gedacht, die Mitglieder der Männerbewegung zu sich einzuladen. Völlig klar war ihm das Ganze zwar nicht, und er wußte auch nicht richtig, wer zur neuen Männerbewegung gehörte. Als er aber erfahren hatte, daß sein ehemaliger Lieblingsschüler, der kleine, mollige Fandango, dabeiwar, dünkte es ihn sogleich leichter und einfacher, mit ihnen Kontakt aufzunehmen.
Die jungen Maskulinisten waren skeptisch. Ältere Männer waren so dogmatisch. Und besonders das Herrlein Uglemose. War er nicht gerade ein typisches Beispiel dafür, wie Männer nur die Frauenmoral wiedergaben? Hatte er ihnen nicht stundenlang Frauenkultur, Frauengeschichte und Frauenanschauungen beigebracht? Er hatte doch überhaupt kein Be-

wußtsein.
„Ihr glaubt wohl sicher, ich bin eine bewußtseinslose, heruntergekommene Mannsperson. Doch hier oben auf dem Plattenberg mache ich mir so meine eigenen Gedanken. Eigentlich möchte ich gern von euch wissen ... Könnt ihr denn euer Treffen nicht so machen wie immer? Ich möchte gern ein bißchen mehr wissen, damit ich meine eigene Stellung besser einschätzen kann."
Sie setzten sich an den großen runden Tisch, der mitten im Zimmer stand.
„Wie wär's mit einer Johanna Walker?" Herrlein Uglemose schwenkte Flasche und Gläser. Er war ein wenig nervös.
„Sagt mal", fuhr er fort und setzte sich auf die Stuhlkante, „worüber würdet ihr reden, wenn ich nicht dabeiwäre?"
„Wir würden über die Situation in der Maibucht reden", antwortete Fandango.
„Könnt ihr jetzt nicht darüber sprechen? Ich meine – ist das geheim? Sollen wir über etwas anderes reden?"
Alle sahen Petronius an. Der schüttelte den Kopf.
„Gro hat gesagt, wir sollten festere Formen haben."
„Typisch Frauenchauvinistin!"
„Ich finde nicht, daß sie Frauenchauvinistin ist. Was hat sie uns nicht alles beigebracht! Sie hat uns gezeigt, wie wir schreinern und fischen müssen. Sie hat uns sogar beigebracht, Speerbeißer zu fangen."
Herrlein Uglemose schlug die Hände zusammen. „Hat sie das wirklich? Ich habe schon immer davon geträumt, einmal bei einer Speerbeißerfahrt dabeizusein!"
„Ja, wir auch, bis wir die blutigen Fangmethoden gesehen haben."
„Aber die Männer in Egalsund verlangen doch, daß der Speerbeißer gefangen wird."
„Hausmänner entscheiden das doch nicht. Die Frauen verdienen an der Fischerei, und die entscheiden das. Würden sie nichts daran verdienen, wäre damit morgen Schluß."
„Aber das wollten wir doch gar nicht besprechen. Was meint Gro mit ‚festeren Formen'? Sollen wir einen Führer wählen?"
„Haben wir doch längst." Petronius wurde rot.
„Bist du der Führer, Petronius? Das hatte ich mir schon gedacht. Du warst ja schon in der Schule immer so aufgeweckt", sagte Herrlein Uglemose.
„Nein, Baldrian meint Gro."
„Ich finde, wir sollten aufhören, gegen Gro zu hetzen. Sie kann doch

nichts dafür, daß sie eine Frau ist. Sie bringt es eben, so gut sie kann. Durften wir nicht fast ein Jahr lang bei ihr ein und aus gehen? Sie hat sich auch nicht bei unseren Treffs eingemischt."
„Richtig. Ich bin davon überzeugt, daß es ohne sie überhaupt keine Männerbewegung geben würde."
„Das stimmt. Wir haben ihr viel zu verdanken."
Sie schwiegen. Das Herrlein schenkte noch ein bißchen nach und stieß mit ihnen an. Sie fühlten sich ziemlich unbehaglich. Es gab so viele heikle Dinge, an die sie sich nicht heranwagten. Petronius hatte zum Beispiel eine Sonderstellung, weil er mit Gro befreundet war. Aber hatte sie nicht schließlich auch mit anderen geflirtet?
„Petronius." Baldrian nahm seine Hand. „Wie sollen denn eure ‚festeren Formen' aussehen?"
„Gro will, daß wir in der Männerbewegung Studienzirkel organisieren und Matraxias Werke lesen."
Fandango schlug mit der Faust auf den Tisch. Das hatte er gerade gelernt, denn er war es leid, immer nur männliche Bescheidenheit hervorkehren zu müssen. „Frauen brauchen immer alle möglichen Denkkonstruktionen, um etwas machen zu können. Genau dieselbe Diskussion hatten wir mit Wolfram, ehe er die Bewegung verließ. Nur er hatte alles von Ann Krokasen. Ich habe Matraxias Werke gelesen. Aber die handeln nicht von Männern. Sie könnte schon gut sein, wenn nur die Männer nicht existierten. Aber wir sind nun einmal da."
Herrlein Uglemose hob den Zeigefinger und legte den Kopf ein wenig zurück, wie er es immer tat, wenn er am Katheder stand. „Darf ich hier mal einhaken?" Sie nickten. Sie fühlten sich müde. Johanna Walker zu trinken, hatte eine angenehme Wirkung auf sie, und die Aussicht von hier war wirklich sehr schön. Aber im Grunde spürten sie, daß ihre Anwesenheit hier wohl auf einem Mißverständnis beruhte.
„Es gibt viele alte Bücher über Männer", sagte Herrlein Uglemose, „Bücher, die, wenn ich so sagen darf, in Vergessenheit geraten sind. Vor allem möchte ich euch ein Buch empfehlen: *Der Untergang des Patriarchats*, dessen Autor unter dem Pseudonym P. schreibt. Es ist vor rund fünfzig Jahren in Pax erschienen, aber ich glaube kaum, daß es übersetzt worden ist ..."
„Wovon handelt es?"
„Oh, ... es handelt davon, daß damals Gesellschaftsformen existierten, in denen die Männer mehr zu sagen hatten als die Frauen."
„Wie kann dam sicher sein, daß es solche Gesellschaftsformen gegeben hat?"

„Durch Ausgrabungen und Forschungsergebnisse."
„Ja, nicht einfach nur durch Ausgrabungen und Forschungsergebnisse, Fandango, denn es kommt immer darauf an, wer Forschung treibt und was erforscht werden soll. Und wie die Forschung das, was sie herausfindet, deutet. Ihr kennt doch alle die berühmte Skulptur im Volksmuseum ‚Das Rätsel des Mannes mit der Hacke' – jene uralte Skulptur eines muskulösen Mannes mit einer Hacke in der Hand. Ich nehme mir die Freiheit heraus und nenne sie ‚Ein Mann, der den Acker bestellt'. Doch die Forscherinnen sind Frauen und können sich nicht vorstellen, daß ein Mann mit einem solchen Gerät in der Hand eine derartige Haltung eingenommen haben soll. Männer sind ja gar nicht imstande, den Acker zu bestellen."
„Das können sie ja auch nicht."
„‚Wir', Baldrian, nicht ‚sie'. Weil die Frauen es immer so darstellen, haben wir uns angewöhnt, von uns als ‚sie' zu reden, wenn wir uns meinen."
„Aber wir sind doch wirklich nicht in der Lage, den Erdboden zu bearbeiten! Vielleicht hat der Mann einen Augenblick lang die Hacke für seine Frau gehalten."
„Ja, ja, auch die Forscherinnen deuten auf diese Art und Weise alle Zeichen der alten Patriarchate um. Oft behaupten sie sogar, daß die alten Skulpturen Frauenschicksale darstellen, selbst wenn schon ein Blinder erkennen kann, daß es sich um einen Männerkörper handelt. Die Forscherinnen gehen stets davon aus, daß alle Kulturen zwangsläufig Frauenkulturen sind."
Alle starrten Herrlein Uglemose fasziniert an. Er lächelte ihnen mit seinem üblichen Lächeln zu. „Das, meine jungen Freunde, gibt euch, glaube ich, mehr als Matraxias Gedankenkonstruktionen. Damit meine ich nicht, daß Matraxia nicht eine der scharfsinnigsten Wibschen ist, die je gelebt haben. Keineswegs. Aber es gibt viele Dinge auf dieser Welt – wesentliche Dinge – , mit denen Matraxia sich nicht besonders gründlich beschäftigt zu haben scheint."
Herrlein Uglemose blickte ein wenig unsicher von einem zum anderen. „Jetzt bin ich vielleicht ein bißchen pathetisch geworden. Eigentlich wollte ich ja wissen, was für Pläne ihr habt, und nicht selber einen Vortrag halten. Das ist wohl so eine Art Berufskrankheit bei mir ..."
„Wir haben viele Pläne in der ML", sagte Fandango.
„Männerliga", erklärte Petronius. „So nennen wir uns."
„Ja, und nun wissen wir nicht, was wir machen sollen", warf Lillerio ein. Er sagte nie viel. Wenn er endlich etwas sagte, wies er stets nur auf die Schwierigkeiten der Liga hin.

„Wir können nicht akzeptieren, daß Gro Bedingungen stellt", sagte Petronius und schaute zu Boden. Es war wie eine Erleichterung. Alle hatten auf diese Äußerung gewartet. Er schaute dabei zu Herrlein Uglemose. „Eigentlich wissen wir gar nicht, warum du uns hergebeten hast ..."
Herrlein Uglemose rutschte etwas auf seinem Stuhl herum und sah sich im Zimmer um, als sei ihm plötzlich, daß er nach etwas suchte, was er schon lange vermißt hatte.
„Wir haben viele Pläne, aber ... im Frühjahr finden Wahlen zur Volksburg statt, und da haben wir an Aktionen gedacht ... Aber die sind geheim, denn sonst verpufft die ganze Wirkung."
„Ich verstehe", sagte Herrlein Uglemose. „Ich glaube, ich hole erst mal Pflaumenschnaps für euch. Und der Apfelkuchen wartet auch darauf, aufgegessen zu werden. Das Herrlein stand auf, und Baldrian ging mit ihm hinaus in die Küche. Sie kamen mit sechs Apfeltörtchen und Herrleins selbstgebranntem Pflaumenschnaps zurück. Alle warteten, bis das Herrlein sich gesetzt hatte.
„Laßt es euch gut schmecken. Prost! Ich bin so glücklich. Ich habe viel Obst im Garten. Verschiedene Sorten. Ich habe eine Frau, die kümmert sich um alles, und ich habe auch einen Kräutergarten. Die Frau kommt schon lange zu mir. Sie sagt fast nie etwas. Sie hat sich in den letzten fünfzig Jahren nicht verändert. Ich glaube, sie muß so an die hundert sein. Ich kann mich überhaupt nicht erinnern, daß sie einmal nicht gekommen ist, um den Obstgarten, den Kräutergarten und den Rasen auf der Rückseite des Hauses in Ordnung zu halten. Ohne sie hätte ich ja den Boden hier nie nutzen können. Kornmarken heißt sie. Schmeckt der Schnaps? Prost!"
„Mmmmmmmm, wirklich köstlich!" Sie aßen.
„Mmmmmmmm, phantastische Apfeltörtchen, Uglemose! Wie machst du die bloß?"
„Die Äpfel müssen erst mal drei Monate lagern. Sie werden in ganz dünne Scheiben geschnitten und in Schmalz gebacken, bis sie leicht angebräunt sind. Dann werden sie herausgenommen und mit feuchtem Papier abgetupft. Dann legt dam sie in einen Beutel mit Mehl, geriebener Semmel, Zimt und Zucker und schüttelt sie tüchtig. Sie werden anschließend mit Apfelmus bestrichen, zum Schluß gießt dam Eierlikör darüber und stellt das Ganze in den Ofen. Nach einer halben Stunde sind die Apfeltörtchen fertig. Eine einfache und runde Sache. Prost! Es ist wirklich schön, euch hier zu haben!"
„Herrlein?" Das war Syprian. Er war den ganzen Abend so merkwürdig schweigsam gewesen. „Stimmt es, daß du mein Vater bist?"

Es war plötzlich still in der Runde. Syprian hatte ausgesprochen, woran alle gedacht hatten, aber worüber keiner sich zu reden traute. Das Thema hatte er in der Gruppe noch nie erwähnt. Und die anderen hatten auch nicht gewagt, davon anzufangen ...
„Ich weiß nicht ... ich glaube ... willst du es wirklich wissen?"
Offensichtlich war es auch für das Herrlein schwierig, darüber zu reden. Alle erinnerten sich an das Katheder, das er damals zertrümmert hatte, und auch daran, daß die Leute monatelang über den Vorfall getratscht hatten.
Syprian nickte. „Ich glaube nämlich, du bist mein Vater, weil wir ... weil wir uns so ähnlich sind."
Das stimmte. Sie hatten beide die etwas zu lang geratene Nase, den gleichen kräftigen Körperbau, die gleichen breiten Schultern und das gleiche rote Haar.
„Gerd war damals, als du gezeugt wurdest, noch nicht mit Grodian zusammen. Sie ging die ganze Zeit über mit mir. Bei uns zu Hause schlich sie sich gewöhnlich nachts durch die Hintertür zum ersten Stock. Bei einem dieser nächtlichen Treffen bist du gezeugt worden. Wir unternahmen aber auch romantische Ausflüge in den Wald auf Luksus. Deine Mutter war schön, Syprian. Ja, sie ist heute noch schön. Doch sie will nichts mehr von mir wissen ..."
Das Herrlein sann verträumt vor sich hin. Die jungen Männer horchten auf. Plötzlich sahen sie sein Gesicht in einem anderen Licht. Hinter dem gezeichneten, alternden Antlitz sahen sie das Herrlein als jungen Mann, der Ausflüge mit seiner Geliebten unternahm. Sie sahen einen großen, kräftigen und muskulösen Körper, der Herrleins Frau sanft und behutsam liebkoste. Der Widerschein des Abendhimmels leuchtete auf seiner Stirn. Donna Klara noch mal, er war ja direkt hübsch anzusehen! Sie starrten ihn an, denn sie fühlten sich durch die intensive, wenn auch etwas exaltierte Schilderung aus seinem Leben mitgerissen.
„... nein, sie wollte mich nicht. ‚Wie kannst du wissen, daß es dein Kind ist?' fragte sie mich, als du in ihr entstandest, Syprian. Ja, stell dir mal vor – genau das hat sie mich gefragt. Einige Wochen zuvor hatte sie mir versichert, daß sie nur mich liebe und nur mit mir zusammengewesen sei. Ich war davon überzeugt, daß sie die Wahrheit gesagt hatte. Aber wie konnte ich es genau wissen? Sie hat natürlich recht, ein Mann kann nie wissen, ob das Kind wirklich von ihm ist. Doch ich wußte es, ja ich spürte es, bei unserer Umarmung, bei der Verbindung, die zwischen uns bestand. Trotzdem kann ich sie verstehen. Ich war zu groß und zu unmännlich. Ich bin ja um einiges größer als sie. Und das bist du doch

auch, nicht wahr, Syprian?"
Syprian nickte und atmete schwer.
„Und außerdem bin ich auch kräftiger als sie. Das war ein schwerer Schlag für sie. Das verstehe ich auch. Sie ist damit einfach nicht fertig geworden. Sie wollte mich nicht haben. Trotzdem konnten wir gut miteinander reden, vielleicht sogar ein bißchen zu gut. Ich wußte einiges, was sie nicht wußte. Das war vielleicht nicht so schlimm. Aber ich habe es nicht für mich behalten. Ich war so eifrig und beharrlich, daß ich ganz vergaß, diese Dinge für mich zu behalten. Ich war so naiv. Denn ich liebte sie doch, wirklich. Ja, das tat ich. Irgendwie liebe ich sie heute noch ..."
Das Herrlein streckte seine Hand über den runden Tisch hinweg nach Syprian, der sie ergriff und lange drückte. Die anderen empfanden, daß sie bei etwas peinlich Privatem Zeuge waren. Aber sie hatten doch einander immer wieder beteuert, gerade die tiefsten und geheimsten Dinge im Leben offenzulegen, das sei der Quell, aus dem die Männerbewegung ihre Kraft schöpfen werde.
„Jetzt kommen wir zum Kern der Sache!" rief das Herrlein in seiner exaltierten und vertraulichen Art. „Ich habe nämlich ... immer davon geträumt, ein Heim zu schaffen, ein Heim für Syprian. Etwas, was insgeheim wohl allen Männern gemeinsam ist. Dam kann darüber natürlich streiten, warum das so tief in uns steckt, ich weiß, aber wie die Dinge heute nun einmal liegen, steckt es jedenfalls tief in unserer Natur. O Göttin, nun rede ich schon wieder die ganze Zeit. Ich gebe zu, ich würde euch gern einmal zuhören. Wie gesagt, es scheint eine Berufskrankheit zu sein. Ich bin auch nicht daran gewöhnt, mit Leuten zu reden ... Entweder rede ich auf sie ein, oder auf mich wird eingeredet. Nie ein Zwischending. Was wollte ich jetzt sagen?" Er machte eine kleine Pause und nippte an dem Pflaumenschnaps, wobei er den kleinen Finger etwas abgespreizt hielt. „Ja, was ich sagen wollte, war wichtig ... was war es nur? Was wollte ich eigentlich sagen?" Er blickte sie hilflos und verwirrt an. „Ich werde immer so nervös. Ich bin nämlich daran gewöhnt, daß die Zeit nicht stehenbleiben darf. Es ist so sonderbar, hier mit einer Gruppe von jungen Leuten zu reden und dann steckenzubleiben, ohne daß das Gespräch stehenbleibt, wenn ihr versteht, was ich meine." Das Herrlein stockte wieder.
„Es ist schön hier bei dir."
„Danke, Baldrian. Ja, so war das. Und nun habe ich plötzlich gesehen, daß meine Chance gekommen war. Es ist schön, daß ihr hier seid ... Ich bin ja ein alter Mann ... Ich weiß nicht, ob ich es mir zutrauen würde,

mit euch zu marschieren und eingesperrt zu werden oder so. Ja, das ist es wohl, was ihr gedacht habt. Ich könnte aber vielleicht auf andere Weise behilflich sein. Der Traum, ein Heim zu schaffen, ist wohl ein für allemal vorbei. Ich bin zwar erwachsen. Aber vielleicht könnte ich eine andere Art von Heim schaffen. Ich wohne ja ganz allein hier."
Herrlein Uglemose streckte sich behaglich und blickte sie unsicher an. „Ich meine also: ein Maskulinistenzentrum auf echt herrleinhaftem Boden! Was haltet ihr davon?"

Die Maskulinisten brechen ein Tabu

Kein Haus in der Gegend reckte sich so stolz gen Himmel wie die weiße Villa von Herrlein Uglemose auf dem Plattenberg. Das Grundstück war groß und der Boden dort fruchtbar, wo die Sonne hinschien. Daß die Männer einen Ort für sich selber bekamen, einen Ort, wo es nur Männer gab, war schon ein phantastischer Einfall, zumal gerade in diesem Jahr, wo alles festgefahren zu sein schien. Herrlein Uglemose, dessen Leben darin bestanden hatte, auf der Stelle zu treten, verspürte neuen Schwung. Die anderen Männergruppen, die von Herrlein Uglemose kaum mehr gehört hatten als Gerüchte, zögerten anfangs bei dem Gedanken, sich in seinem Haus einzurichten. Sie änderten aber bald ihre Meinung, als das Herrlein ihnen versicherte, sie könnten tun, was sie wollten, und seine wenigen persönlichen Habseligkeiten in eine Dachkammer schaffte. Alles andere durften sie benutzen, wann immer sie es wünschten. „Dieses alte Mobiliar – alles Erinnerungen an die alte Rektorin Uglemose – belastet mich nur", sagte das Herrlein. Er hatte ein Wibschenalter mit verstaubten Andenken gelebt – in der Illusion, es sei ein Zuhause gewesen. Jetzt mochte es genug sein. „Weg mit den alten Illusionen", meinte Herrlein Uglemose, „ich wurde nie vaterschaftspatroniert. Und heute bin ich glücklich darüber." Die Männer richteten das Haus neu ein, nahmen die alten Gemälde von den Wänden, die verstaubten Skulpturen aus den Regalen und hängten ihre Männerplakate an. Das flotte dreieckige Männerabzeichen bekam im Zimmer einen Ehrenplatz, und zwar genau dort, wo das Porträt der alten Rektorin Uglemose über fünfzig Jahre lang drohend herabgeschaut und alle, die in ihrer Nähe sich etwas wohl zu fühlen und zu entspannen bemüht waren, mit strengem Blick zurechtgewiesen hatte, als habe sie in dem Rahmen weitergelebt. Herrlein Uglemose schien auf einmal zwanzig Jahre jünger zu sein. Oder vielleicht war er schon immer zwanzig Jahre jünger gewesen, nur daß er bisher nie Gelegenheit gehabt hatte, dies richtig deutlich werden zu lassen. Er hatte selber darauf bestanden, das Männerabzeichen für sie zu sticken. Es war eine kleine Zeremonie, als es an die Wand gehängt wurde: das gleichschenklige Dreieck mit der triumphierend aufwärts gerichteten Spitze. Eine kräftige rote Farbe markierte den Umriß mit einem breiten Rand und in der Mitte der schwarze Balken auf weißem Grund das Penissymbol. Sie feierten das Ereignis mit Wein aus Herrlein Uglemoses Weinkeller.

Dieses rotumrandete weiße Dreieck mit der nach oben gerichteten Spitze war das traditionelle Männerzeichen, das in der Biologie zur Bezeichnung des männlichen Geschlechts benutzt wurde. Allgemein erklärte dam das Zeichen so: es repräsentiere die Rolle des Mannes in der Zivilisation, wie sie im Gebärpalast dargestellt sei, nämlich seine Doppelrolle als Erzeuger und Empfänger des Kindes, zu der er im Gegensatz zu seinen Brüdern in der übrigen Säugetierwelt zivilisiert worden sei. Einige Maskulinisten behaupteten, dies sei eine moderne weiblich-chauvinistische Deutung des dreieckigen Männersymbols. Vielmehr habe das Dreieck in früheren patriarchalischen Zeiten die Macht der Männer symbolisiert. Andere wieder meinten, das höre sich zwar alles einleuchtend und spannend an, doch keiner wußte genau, was das Zeichen im Patriarchat bedeutet hatte. Außerdem gab es keinen, der von der früheren Existenz irgendeines Patriarchats überzeugt war, abgesehen von Herrlein Uglemose und vielleicht Fandango.

Der schwarze dicke Strich war etwas, was die Maskulinisten nachträglich selber eingezeichnet hatten. Sie wußten, daß ein Penissymbol auf die Gesellschaft anstößig, ja pornographisch wirken werde. Aber sie waren

der Meinung, eine der Aufgaben der Bewegung müsse darin bestehen, die Männer zu der Einsicht zu bringen, daß sie sich ihres Pimmels nicht mehr zu schämen brauchten. Deshalb wollten sie ihn offen und ohne Scham darstellen. Männer waren sie und Männer würden sie bleiben. Und Männer hatten eben einen Pimmel. Und das sei etwas ganz Natürliches und nichts, dessen dam sich schämen müsse, behaupteten sie. Doch zugleich konnte das Penissymbol auch als Waffe gedeutet werden: als Stock, als etwas, mit dem dam sich bewaffnen konnte, um gegen die Frauengesellschaft zu kämpfen. Die ganze Unversöhnlichkeit der Männerbewegung fand in diesem Zeichen ihren Ausdruck. Sie gaben dem Dreieck auch einen neuen Inhalt. Warum sollte die Welt der Männer immer auf die Beziehung zwischen zwei Personen aufgebaut sein. Es war doch eine zukünftige Gesellschaft denkbar, die sich auf die Solidarität und den Zusammenhalt zwischen mehr als zweien, vielleicht dreien oder mehreren gründete. Sie behaupteten, Männer hätten eigentlich, erhielten sie nur die Chance dazu, weitaus größere Fähigkeiten als Frauen, Solidarität und Gemeinschaftssinn zu entwickeln. In diesem Punkt waren sie freilich ein wenig unsicher. Es entstanden Diskussionen, und einige meinten, das erscheine ihnen doch recht naiv. Aber jedenfalls gab es welche, die das Zeichen dennoch so deuteten.
Herrlein Uglemoses Villa wurde völlig ummöbliert. Sie machten die einzelnen Zimmer zu einem Büro, einem Gymnastikraum, einem Geräteraum, einem Kopierraum, einem Rauchzimmer, einem Kinderzimmer und einem Gemeinschaftsraum. Die jungen Leute hatten viele Zusammenkünfte, auf denen sie Schlachtpläne für Aktionen entwarfen, die sie im Laufe des Jahres zu unternehmen gedachten.
Und dann verschwand Kornmarken plötzlich. Eines Tages kam sie nicht mehr. Sie war Generationen hindurch immer pünktlich gewesen. Nun blieb sie weg. War sie gestorben? Herrlein Uglemose machte sich Sorgen. Er ging in den Garten hinaus und suchte nach ihr, weil er annahm, sie sei vielleicht vom Schlag getroffen worden oder bei der Arbeit plötzlich leblos zu Boden gesunken, wie es bei Frauen so häufig der Fall war. Aber konnte sie nicht finden. Er sah in dem kleinen Geräteschuppen nach. Auf dem wackligen Tisch, an dem Kornmarken seit Wibschengedenken Kaffee getrunken hatte, lag ein Brief. Das Herrlein griff nach ihm. „Liebes Herrlein Lisello ...“ Das Herrlein schaute den Brief einen Augenblick lang sinnend an. Es erschreckte und berührte ihn gleichermaßen, daß noch immer eine sich daran erinnerte, daß er damals „Herrlein Lisello“ genannt wurde. Er las weiter. „„... nach all dem Spektakel, der hier entstanden ist, sehe ich mich leider gezwungen, meine Stellung

als Gärtnerin und Frau für alles auf dem Anwesen der Rektorin Uglemose mit sofortiger Wirkung zu kündigen. Ich habe hier all die Jahre treu gearbeitet, um das Andenken der Rektorin zu bewahren. Aber das, was jetzt hier geschieht, verleidet mir jede Beziehung zur Erde Ihrer seligen Frau Mutter, so daß ich mich künftig außerstande sehe, den Garten zu bestellen, zu pflanzen und hier Ordnung zu halten. Mit dem Ausdruck des tiefsten Bedauerns, Ihre sehr ergebene Kornmarken."
Eine Träne rollte über Herrlein Uglemoses Wange. Er trocknete sie sogleich ab und zerknüllte den Brief in der Hand. Er war wütend. Was bildete sich diese Kornmarken eigentlich ein?! Einfach so zu kündigen! Und mit solch einer Begründung! Er blieb stehen und starrte vor sich hin. Er hatte nie richtig darüber nachgedacht, daß sein neuen Leben, das er im Alter von fünfundfünfzig Jahren begonnen hatte, Widerstand provozieren könnte.
Er lief schnell die Treppen hoch zu den anderen. Sie sahen sofort, daß etwas schiefgegangen war. „Hier, dieser Brief, nehmt ihn mal und lest."
Sie schauten sich an. Was sollten sie jetzt machen? Das ganze schöne Anwesen von Herrlein Uglemose würde verfallen. Könnten sie nicht eine andere bekommen? Sie redeten durcheinander. Irgendeiner deutete an, daß es so doch gut sei. Jetzt waren sie tatsächlich ohne Frauen. Aber was sollte aus dem Obstgarten werden? Und dem Kräutergarten? Und der Wiese? Ratlos setzten sie sich hin. Der ganze Mut und Eifer, die ganze Zuversicht und Energie, all das, was sie in den letzten Wochen so stark erfüllt hatte, war wie weggeblasen. Sie saßen da und starrten Löcher in die Luft.
„Wir müssen uns einfach eingestehen, daß wir ohne Frauen total hilflos sind."
Wieder starrten sie in die Luft. Was konnten sie denn? Was wußten sie? Zur Luzia noch mal, wie bestellte dam den Boden?
Die Arbeiten in der Maibucht waren etwas anderes gewesen. Gro hatte ihnen das Fischen beigebracht. Daß Männer nicht Fischerinnen und Taucherinnen werden konnten, lag ja nur daran, daß ihnen gewisse Kenntnisse und Fähigkeiten fehlten. Das ließ sich überwinden. Sie brauchten sich das Wissen und die Fertigkeiten nur anzueignen. Dann konnten sie es genausogut wie die Frauen. Aber den Boden zu bestellen!?
Die Männer zitterten fast bei dem Gedanken, daß sie den Boden bearbeiten sollten. Sie hatten nicht die geringste Ahnung davon, wie etwas aus der Erde hervorwuchs. Im Gegensatz zu den Mädchen hatten sie in der Schule Landwirtschaftskunde nie gehabt. Die Mädchen beschäftigten sich intensiv damit, fuhren in den Ferien aufs Land oder arbeiteten

zu Hause im Garten. Die konnten das einfach. Die Jungen hatten sich eigentlich nie etwas daraus gemacht, es zu erlernen. Einige fanden, daß so ein Garten schon toll aussah, hatten aber nie selber mit Hand angelegt. Aber hier ging es ja nicht nur um die Frage, wie Sträucher, Bäume und Blumen aus der Erde kamen, nicht nur darum, sich einige Kenntnisse anzueignen. Ihnen fehlte nun einmal der Kontakt zum Leben und zur Natur völlig. Doch erst dieser Kontakt machte es möglich, daß etwas unter ihren Händen gedeihen und wachsen konnte. Wie sehr sie sich auch mühten und lernten, nie würden sie die simple Tatsache umgehen können, *daß sie keine Menstruation hatten!* Und ohne Menstruation – ohne diese Lebensäußerung, die der Frau eigen war und in Übereinstimmung mit dem Zyklus der Natur stand, konnten sie das Erdreich nicht bestellen. Alles würde unter ihrer Pflege verwelken. Und sie würden nicht begreifen, warum.

„Ja, dann laßt uns doch anfangen und säen!"

Alle zuckten zusammen und wandten sich Fandango zu.

„So?!"

„Ja. Heißt es denn nicht so, wenn Frauen etwas in die Erde stecken, damit es herauswachsen soll?"

„Heißt es so?"

In ihnen glomm ein winziger Funken Hoffnung auf. Vielleicht wußte Fandango etwas. Vielleicht gab es noch andere Männer, die davon eine Ahnung hatten. Plötzlich wurden sie aus ihrem Zustand der Gleichgültigkeit und Untätigkeit herausgerissen und begannen, eifrig hin und her zu überlegen. Einige meinten, dam könne gleich aufgeben, denn selbst wenn sie entsprechende Kenntnisse besäßen, brächten sie trotzdem nie etwas zustande. Andere wieder waren der Meinung, vielleicht stimme es gar nicht, daß Männer nicht ebensogut wie Frauen den Boden bestellen konnten. Sie fürchteten, daß alle Obstbäume absterben würden, sobald sie mit dem Pflücken der Früchte begannen.

Herrlein Uglemose dachte an alle die Male, die er Kornmarken im Garten hatte arbeiten sehen. Er hatte sie begrüßt, hin und wieder einen kleinen Plausch mit ihr gehalten, und manchmal war er einfach an ihr vorbeigegangen. Aber hatte er darauf geachtet, womit sie gerade beschäftigt war? Was machte sie mit den Obstbäumen, damit Äpfel, Pflaumen und Birnen jedes Jahr wiederkamen? Wie ging es vor sich, daß Mohrrübensamen zu Mohrrüben wurden? Jahrein, jahraus hatte er gegessen, was sein eigener Garten hervorbrachte; nie, nicht einen einzigen Augenblick hatte er darüber nachgedacht, wie diese Produkte wohl zustande kamen. Er schämte sich. Dann besann er sich auf seine Kinderjahre zurück, wie er

voller Eifer den ganzen Tag über Kornmarken dicht auf den Fersen gefolgt war, um zu sehen, womit sie sich beschäftigte. Er hatte mit ihr geredet, ihr zugeguckt und sich bemüht, es ihr gleichzutun. Und Kornmarken hatte ihm jedesmal alles wieder aus der Hand genommen und ihm nur gesagt, er mache alles falsch. Und Rektorin Uglemose hatte ihn beiseite genommen und ihm erklärt, daß es sich für einen Jungen nicht gezieme, sich für Gartenarbeit zu interessieren, und ihm statt dessen Stickvorlagen geschenkt, um ihn zu einer knabengemäßeren Beschäftigung zu ermuntern. So war Herrlein Uglemoses Erinnerung an Kornmarkens Tätigkeiten immer mehr verblaßt.
Herrlein Uglemose räusperte sich auf seine charakteristische Weise, die alle aufhorchen ließ. Er erzählte ihnen von seinen Erinnerungen, wie er als Kind von Gartenarbeiten ferngehalten worden sei, warum er das Interesse daran verloren und statt dessen zu sticken und in Büchern zu schmökern begonnen habe. Der Reihe nach fingen die Männer an, von sich selber zu berichten. Daß sie, als sie klein waren, ihre Mütter gefragt hätten, wie alles wachse und gedeihe, und daß sie übereinstimmend die gleiche Antwort erhalten hätten: „Darum brauchst du dich nicht zu kümmern, du bist doch ein Junge." Wie konnte es dazu kommen, daß ihnen allen die gleiche Antwort zuteil geworden war? Hatten die Mütter untereinander eine Absprache getroffen? Hatten sie bei gelegentlichen Zusammenkünften insgeheim beschlossen: „Wenn unsere Söhne sich für Ackerbau interessieren, erhalten sie von uns die einhellige Antwort: ‚Darum brauchst du dich nicht zu kümmern, du bist doch ein Junge'?" Bei dem Gedanken konnten sie sich ein Schmunzeln nicht verkneifen, und mit verstärktem Eifer überlegten sie weiter. Aber nein, so war es doch gar nicht. Das war ein Teil der Frauenideologie, ein Teil des ganzen Systems, das sie zu so unfähigen und unbeholfenen Wesen gestempelt hatte.
Es wurde spät. Im Laufe des Nachmittags und des Abends hatten sie die gesamte Skala der Gefühle mehr als einmal durchlaufen – von der Verzweiflung über Niedergeschlagenheit und ohnmächtigen Zorn bis schließlich zum Mut, zu flammender Begeisterung und zum beharrlichen Wollen. Alle waren sich darin einig, daß dieses Gespräch ihnen viele Dinge noch bewußter gemacht und sich als das wichtigste von allen erwiesen hatte, die in der Männerbewegung geführt worden waren. Gleich morgen wollten sie einfach anfangen, wie Fandango es vorgeschlagen hatte.
Aber womit sollten sie anfangen? Sie konnten doch nicht etwas in Angriff nehmen, von dem sie nicht einmal wußten, wie es weitergehen würde. Wieder sahen sie sich an, doch nicht so mutlos wie zuvor, denn

sie alle ahnten, was sie zu tun haben würden. Dem konnten sie sich nicht entziehen. So war es nun eben einmal, am Anfang.
Am nächsten Tag gerieten sie an eine Frau, die sie höhnisch feixend, die Hände in den Hüften, musterte und ihnen das Angebot machte, sie werde den jungen Herren schon beibringen, wie dam Pflaumen begieße, wenn sie das unbedingt wollten. Aber ein bißchen pervers komme ihr das schon vor. Andererseits sei sie gewiß keine, die an alten Vorurteilen leide. „Wenn ihr das lernen wollt, so sollt ihr es jedenfalls versuchen dürfen. Also nur zu!"
Dann fingen die jungen Leute damit an, in Herrlein Uglemoses Garten den Boden zu bearbeiten.

Männerunterdrückung – eine historische Notwendigkeit

Warum war das so? Wie hatte es begonnen? Warum zitterten sie schon bei dem Gedanken, ein Samenkorn in die Erde zu stecken? Warum akzeptierten sie, daß Frauen einfach kraft ihrer Natur zur Bodenbearbeitung fähig waren? Warum mußten sie jetzt als Erwachsene lernen, was Frauen schon als Kinder gelernt hatten? Warum war die Menstruation eine Quelle der Kraft und der Samen ein Quell der Scham? Warum war das so? Wie war es dazu gekommen? Wer hatte sich das ausgedacht? Gab es ein weltumspannendes böses Prinzip, das sich gegen sie verschworen hatte? Warum war es so schwer, dagegen aufzubegehren und Selbständigkeit zu erlangen?
Sie saßen auf der Veranda und tranken Herrlein Uglemoses Apfelwein. Ihre Oberkörper waren entblößt, sie fühlten sich frei. Keine Frau sah sie. Die Abendsonne schimmerte in den Gläsern. Malerisch und friedvoll erstreckte sich Egalsund zu ihren Füßen.
„Ursprünglich waren die Menstruationsfeiern Bestandteil eines uralten Fruchtbarkeitskultes", erzählte Herrlein Uglemose und schaute von einem zum anderen. Die Mitglieder der Männerliga lehnten sich behaglich in ihren Sesseln zurück und hörten aufmerksam zu. „Überreste dieser alten Rituale finden sich heute nur noch in den Menstruationsspielen, die jeweils im dreizehnten Monat des Jahres stattfinden. Der Menstruationszyklus der Frauen war genau das, was das Wibschengeschlecht mit dem Leben verband und zu dem großen Kreislauf der Natur und den Mondphasen in Beziehung setzte. Durch den unablässig wiederkehrenden

Rhythmus in ihrem Körper war die Frau auf besondere Weise an die Natur gebunden, und diese Beziehung zu den Naturkräften verlieh ihr eine innere Macht und Stärke, die bewirkten, daß sie die Natur und deren Gewalten genauso zu meistern fähig war, wie sie ihren eigenen Körper einmal im Monat durch Auslösen des Eisprungs befrauschte. Deshalb hatten Frauen größere Kontrolle über alles: den eigenen Körper, den Ackerbau, die Welt.
In früheren Gesellschaften hatten die Männer an derartigen Riten der Frauen keinen Anteil. Und die Sitte, die Männer davon auszuschließen, hat sich bis in unsere Zeit erhalten. Ursprünglich ließ dam die Männer nicht teilnehmen, weil dam noch nicht erkannt hatte, daß Männer im Lebenszyklus einen ganz bestimmten Platz einnahmen. Sie liefen einfach in Horden umher, strichen sich über ihren Penis und versuchten, ihn in eine Frau zu stecken, wenn sie es ihm gerade einmal erlaubte. Erst später sah dam ein, daß Männern im Hinblick auf die Nachkommenschaft eine besondere Funktion zukam. Weil das Verhältnis der Mutter zum Kind an ihre Physis gebunden war – durch Befruchtung, Schwangerschaft, Geburt und Stillen –, entwickelte sich ihre Beziehung zum Kind auf rein materieller Basis. Sie sorgte dann für dessen Lebensbedürfnisse, indem sie für sich und das Kind anfangs den Acker bebaute und später in der zivilisierten Gesellschaft dadurch, daß sie Geld verdiente. Dagegen war das Verhältnis des Mannes zum Kind rein geistiger Art – und deshalb niedriger. Für ihn bedeutete die Nachkommenschaft keine praktisch erfahrbare physische Realität, sondern die Verwirklichung einer geistigen Einheit. Auf dieser Grundlage hatten die Wibschengesellschaften vermutlich schon in einem relativ frühen Stadium begonnen, die Vaterschaft zu kultivieren“, dozierte Herrlein Uglemose. „Das Verhältnis des Mannes zur Natur und ihren Früchten – und somit auch zur Leibesfrucht der Wibschen – konnte nur im rein geistigen Bereich angesiedelt sein. Daher hatte der Mann schon immer eine gewisse Neigung, zu abstrahieren. Abstrahieren heißt sich von der Wirklichkeit entfernen“, fügte Herrlein Uglemose erklärend hinzu und sah seine gebannt lauschenden Zuhörer gespannt an.
Herrlein Uglemose hatte in jungen Jahren viel und mit Eifer studiert. Aber er durfte mit dem, was er wußte, nie an die Öffentlichkeit treten. Denn er hatte den Eindruck, daß es mit dem Rundschreiben Nr. 287 nicht in Einklang stand. Immer öfter litt er unter schweren Depressionen, weil in ihm der Verdacht aufgekeimt war, daß die Theorien, die er um die gefundenen Fakten spann, gerade Ausdruck und Bestätigung einer zunehmenden Entfernung von der Wirklichkeit waren.

„In früheren Gesellschaften erhielten die Frauen auf Grund ihrer Fruchtbarkeit die Macht“, erläuterte er. „Die Fruchtbarkeit war für alle deutlich zu sehen, denn die Frau bekam die Kinder und entrang dem Acker die Feldfrüchte. Während die Frauen also die Kinder bekamen und das Land bestellten, Eier und Kräuter sammelten und eine Gesellschaft um sich schufen, gingen die Männer auf die Jagd. Es war aber nicht viel, was sie mit nach Hause brachten. Die Jagd war beschwerlich, und in der Regel erlegten sie nichts. Sie hatten eine so merkwürdige Art, zu schreien und Lärm zu machen. Das Wild lief weg, noch ehe die Männer nahe genug herankamen. Die Leute konnten sich das nicht erklären, jedenfalls kamen sie oft mit leeren Händen zurück, und das, was sie mitbrachten, war für den Bestand der Gemeinschaft meist nicht notwendig. So betrachtete dam den Mann allmählich als nutzloses Übel.
Als der Ackerbau immer komplizierter wurde und die Landwirtschaft auf Grund verbesserter Methoden immer größere Erträge abwarf, entwickelte sich in der Wibschengesellschaft eine Klassenteilung. In den Händen der Frauen lag aus naturbedingten Gründen das Besitzrecht an Grund und Boden. Außerdem versuchten sie, Methoden zu finden, um sich die Männer nutzbar zu machen und an sich zu binden. Ungefähr zur gleichen Zeit hatten die Wibschen herausgefunden, daß Männer in der Tat eine Rolle bei der Empfängnis der Nachkommenschaft spielten. Und da es so aussah, als seien sie zu nichts anderem tauglich, als Kinder zu zeugen, wurde ihnen die Sorge für die Kinder auferlegt. Zusätzlich zur Kinderversorgung kamen noch zahlreiche andere Aufgaben hinzu, für die sich die Männer erwiesenermaßen ausgezeichnet eigneten. Im engeren Sinne taugten sie vorzüglich dazu, alle anfallenden Arbeiten zu erledigen, nahm dam sie nur an die Kandare. Es stellte sich dabei heraus, daß sie für die Gemeinschaft nur dann völlig nutzlos waren, wenn dam sie frei herumlaufen ließ.
So erlangten die Frauen nicht nur das Besitzrecht am Boden, sondern auch über die Männer. Wenn eine Frau einen Mann an sich band, war er genötigt, alles, was er besaß oder von seiner Mutter geerbt hatte, seiner Frau zu übertragen. Selbstredend konnte ein Mann nichts besitzen, da er im Handumdrehen alles verschwendet hätte. Außerdem ließ es sich gar nicht anders einrichten, sollten seine Kinder ihn beerben. Das Erbe mußte nämlich immer über das mütterliche Glied laufen, da dam ja unmöglich wissen konnte, wer wessen Vater war. Ein Vater konnte sich also nie aufschwingen und behaupten: ‚Das ist meine Tochter!‘ Dafür gab es keine Beweise. Ausschließlich die Mutter übersah die Verwandtschaftsverhältnisse. Der Gedanke, ein Vater könnte das Erbe des Ge-

schlechts sichern, war deshalb absurd.
Der Griff der Frau um den Mann wurde infolge ihrer größeren Beweglichkeit immer stärker. Er wurde abkommandiert, auf die Kinder aufzupassen – das einzige, womit er, abgesehen vom Kinderzeugen, seine Tauglichkeit beweisen konnte – , während die Frauen loszogen, um neue Gebiete von fremden Frauscherinnen zu erobern. Als sich die Kriege an Heftigkeit zuspitzten, fanden die Frauen heraus, daß Männer auch im Kriege zu gebrauchen waren, vor allem junge, unbefleckte Männer, die als Fußvolk eingesetzt wurden. Sie waren es, die in vorderster Linie kämpften und als erste niedergemacht wurden. Dann folgte die Reiterei, die ausschließlich aus Frauen bestand und in der sich auch die Führung befand.
Daß Männer nicht rittlings auf einem Pferd sitzen konnten, verstand sich von selbst. Gab es ein lohnenderes Ziel für die Speere der Feinde? Außerdem mußten auch einige während des Krieges Haus und Kinder versorgen. Aus dieser Reiterei ging übrigens der Ritterinnenstand hervor. Er war es, der das meiste Land aufkaufen konnte und später die Oberschicht bildete, die unter sich wiederum einen Rat mit Ratsfrauen wählten, welche die Führung des Gemeinwesens übernahmen.
Nachdem es sich immer deutlicher herausgestellt hatte, daß sich Männer gleichwohl zu allem möglichen eigneten, bürdete dam ihnen zunehmend schwerere Arbeiten auf. Viele besaßen eine robuste Konstitution und waren größer und stärker als Frauen. Und so entwickelte sich nach und nach ein System, in dem die Männer die schwersten Arbeiten ausführten, so wie wir es heute kennen."
Die jungen Männer seufzten. Sie hatten zugehört, nachgedacht und sich immer wieder die Frage nach dem Warum vorgelegt. Sie hatten es gleichsam im Gefühl, daß die Entwicklung keineswegs so hätte zu verlaufen brauchen, auch wenn alles noch so logisch, ja zwingend klang. Sie waren für immer hoffnungslos auf ihre eigene Biologie festgelegt. Dem konnten sie nicht entrinnen. Aber als sie an das Tragische dachten, das darin lag, empfanden sie keine Scham mehr. Trotzdem ließ sie das eigenartige Gefühl nicht los, daß wohl doch nicht alles so naturbestimmt sein konnte, wie es sich anhörte. Sie sahen sich jedoch außerstande, anzugeben, von welchem Punkt an der Entwicklungsprozeß schiefgelaufen war oder wie er möglicherweise hätte anders verlaufen können. Es stimmte freilich, daß Frauen fruchtbar waren und Männer nicht. Doch warum hatten sich die Männer damit abgefunden, daß die Frauen den Boden allein bestellten? Warum waren Männer so verantwortungslos gewesen und hatten die Gemeinschaft verlassen, um auf die

Jagd zu gehen und monatelang wegzubleiben? Waren Männer einfältiger und weniger verantwortungsvoll als Frauen?

„Warum waren die Männer so dumm gewesen, nicht einzusehen, daß sie, wenn sie nach Macht in der Gesellschaft strebten, selber etwas Nützliches schaffen mußten? Sich dort Reichtum schaffen mußten, wo Reichtum vorhanden war? Aus der Erde."

„Warum bestellten nicht auch die Männer das Land, zusammen mit den Frauen? Sie mußten doch einsehen, daß sie eine schwache Stellung hatten. Aber gerade weil sie schwach waren, konnten sie die vorhandenen Ressourcen nicht ausnutzen."

„Aber warum nutzten sie nicht wenigstens ihre physische Stärke aus, über die sie damals verfügten, um die Frauen in Schach zu halten?"

Herrlein Uglemose schüttelte den Kopf. „Sie waren nicht besonders stark. Die Methoden, die die Frauen anwandten, um die Männer zu zähmen, waren hart und brutal. Es gab im Verlauf der Geschichte Zeiten, wo Frauen nur jedes zehnte männliche Kind länger als drei Jahre behielten. Die Frauen durften sie überall ungestraft züchtigen. Denkt doch nur an die PS. Erst nachdem sich der Bedarf an männlichen Arbeitskräften geltend gemacht hatte, nahm die Praxis der organisierten Männermorde ab. Statt dessen kamen sie unter die Knute. Wir wissen so wenig darüber. Über besonders entwickelte Körperkräfte ist uns nichts bekannt. Sie wurden systematisch zerbrochen, zudem waren sie überall verstreut, und dam hielt sie voneinander fern."

„Aber warum nutzten die Männer die Fruchtbarkeit der Frau nicht gegen sie aus und ließen sie die Kinder selber versorgen, nachdem sie die Kinder geboren und gestillt hatte? Hätten sie nicht ebensogut die Frauen in einem Sklavenverhältnis an sich binden und Rechenschaft darüber verlangen können, wer ihre Kinder waren? Warum hatten sie nicht von der Erde Besitz ergriffen und das Erbe über sich laufen lassen?"

„Nein, das ging nicht, denn so hätten sie ja Zugang zur Erde gehabt. Und wie hätten sie sie den Frauen entreißen können? Dann hätten die Männer die Macht gehabt. Sie hätten Geld und Werte besessen. Aber sie hatten ja nichts. Und sie konnten auch nicht einfach verschwinden und für sich selbst leben, auch wenn sie die Macht gehabt hätten, da sie ihren Lebensunterhalt nicht zu bestreiten vermochten, und so wären sie einfach ausgestorben ..."

Sie dachten an ihre eigene Hilflosigkeit und Verzagtheit, als Kornmarken verschwunden war. Jetzt, da sie dagegen aufbegehrten und den Boden selber zu bestellen versuchten, auch wenn es nicht viel war, kam ihnen der Gedanke, weshalb Männer sich nicht schon früher dazu aufgerafft hatten. Warum hatten sie sich immer mit ihrem Schicksal abgefunden?

„Das völlig Unbegreifliche, ja beinahe Mystische lag offenbar darin, daß Männer sich stets mit irgend etwas abzufinden schienen. Sie fanden sich damit ab, daß die Frauen ihnen einen untergeordneten Platz zuwiesen. Sie müssen den Frauen schlicht geglaubt haben, als diese ihnen versicherten, es sei ein Teil der natürlichen Ordnung. Die Männer hätten doch ebensogut erwidern können, es entspreche der natürlichen Ordnung, daß die Frau die Kinder versorgte und der Mann hinauszog und bestimmte. Nichts, aber auch nichts stand mit der sogenannten natürlichen Ordnung in Einklang. Alles war eine reine Erfindung der Wibschen. Es handelte sich um systematisierte Einfälle, die nur eines zum Ziel hatten: die eine Art Wibschen niederzuhalten, damit die andere Art Wibschen schmarotzen und es sich wohl sein lassen konnte."

„Ihr seht das nicht ganz richtig", sagte Herrlein Uglemose. „Es stimmt nämlich nicht ganz, daß sich Männer stets und ständig mit allem abgefunden haben. Und es ist auch nicht ganz richtig, daß die Dinge immer so liefen, wie ich es euch beschrieben habe. Männer haben sich unzählige Male – und auf die unterschiedlichste Weise – dagegen aufgelehnt, und es gab auch Gesellschaftsformen, in denen die Männer an der Macht waren. Das Problem ist nur, daß wir so gut wie nichts von diesen Aufständen und Patriarchaten erfahren, weil wir eben in einem Matriarchat leben. Die Historikerinnen erwähnen nichts darüber. Die Historikerinnen sind Frauen. Die Anthropologinnen schreiben nichts darüber. Die Anthropologinnen sind ebenfalls Frauen. Darum erfahren wir nichts.

Der Geschlechtszugehörigkeit kam eine noch größere Bedeutung zu als der Klassenzugehörigkeit. Faktisch erfahren wir durchgehend mehr über die Unterschicht als über Männer. Die Unterschicht, von der uns etwas mitgeteilt wird, besteht im großen und ganzen aus Frauen, die der Unterschicht angehören. Wir hören – besonders von matraxistischer Seite – eine Menge darüber, daß diejenigen, die die Geschichte beschreiben, sie lediglich aus der Sicht der Oberschicht darstellen, weil sie eben der Oberschicht entstammen. Dagegen gilt es als unerhört und empörend, wenn dam behauptet, daß Frauen nur über Frauen schreiben, weil sie Frauen sind. Aber genau das tun sie.

Da es viel unerhörter und empörender ist, auf die Unterdrückung des Mannes als auf die der Unterschicht hinzuweisen, so muß es wohl deshalb sein, weil die Geschlechtsunterdrückung noch empörender ist als die Klassenunterdrückung.

Wenn wir etwas über Männer aus früheren Zeiten erfahren wollen, sehen

wir uns gezwungen, Fußnoten und Anmerkungen zu studieren und vor allem zwischen den Zeilen zu lesen. Das habe ich jahrelang getan. Und da habe ich einiges herausgefunden."
Herrlein Uglemose stockte. Die anderen horchten auf. Er fühlte, wie eine sonderbare Wärme und Gelassenheit seinen Körper durchströmte. Entspannt setzte er sich zurück in den Sessel und fuhr mit gesenkter Stimme in seinen Darlegungen fort: „Vor etwa dreihundert Jahren war es zum Beispiel in Pax üblich, den Männern die Beine in Kniehöhe mit Stricken zusammenzubinden. Es waren unbefleckte Knaben, denen diese Behandlung widerfuhr, denn sie sollten lernen, sich züchtig zu bewegen und nicht zu große Schritte zu machen. Sie mußten lernen, mit zusammengeschnürten Knien die Beine zu bewegen. Ihr könnt euch ja wohl vorstellen, wie sie sich bewegten. Der eigentliche Grund für diese Tortur war natürlich nicht, den Knaben anmutige Bewegungen beizubringen. Sie sollten vielmehr daran gehindert werden, sich zu weit von Mutters Aufsicht zu entfernen, damit sie ein passendes Vaterschaftspatronat bekommen konnten. Ich sprach darüber einmal im Lehrerzimmer mit der Kollegin Ei. Sie unterrichtet ja auch Geschichte. Wißt ihr, was sie gesagt hat? ‚Das war wohl damals Mode. Männer denken sich ja oft die komischsten Sachen aus.' Glücklicherweise läutete es. Jedenfalls kriegten viele Männer eine schlechte Haltung und Rückenschmerzen von der unnatürlichen Bewegungseinschränkung, unter der sie ihr ganzes Leben litten, auch noch nach dem Aufschneiden der Stricke, sobald sie ein Vaterschaftspatronat erhalten hatten. Unzählige Male lehnten sich die Männer gegen diese unwibschliche Behandlung auf. Sie trafen sich heimlich und durchtrennten die Stricke, obgleich sie wußten, daß dies als Entweihung galt. Sie liefen in den Wald und versteckten sich. Sie schickten an andere junge Männer insgeheim Aufforderungen, das gleiche zu tun. Aber schließlich fing dam sie doch wieder ein und legte ihnen nach einer beträchtlichen Zahl von Peitschenhieben die Stricke wieder an. Wir erfahren darüber aus der paxischen Geschichte nur indirekt etwas, weil unter anderem davon berichtet wird, daß einzelne Mütter sich über ungehorsame Söhne beklagten.
Unter dem Begriff Aufruhr läßt sich mancherlei verstehen. Aufruhr ist beispielsweise auch, wenn ein Junge protestiert und mault, weil er daran gehindert wird, Dinge zu tun, die ihm Spaß machen. Er wird gezwungen, in Kleidern zu gehen, in denen er sich nicht bewegen kann. Später zwingt dam ihn, einen PH zu tragen. Er weiß, daß es viele Berufe gibt, die er nicht wählen darf. Er entdeckt folglich sogleich, daß ihm diese Behandlung nur widerfährt, weil er ein Junge ist. Es gibt keine andere

Erklärung dafür. Denn allen Mädchen ist es erlaubt, all das zu tun, wozu auch er Lust hat. Er kann sich damit nicht abfinden, weil es ihm einfach ungerecht erscheint. Als Auflehnung deuten kann dam aber auch, wenn Männer in Gruppen miteinander reden, sei es in den Büros für Vaterschaftsangelegenheiten, bei der Pillenregistratur oder in Geschäften und dabei Gespräche führen, die Frauen als dumm und unwichtig abtun. Phantastisch, daß Frauen behaupten, diese Gespräche seien dumm und unwichtig, wo sie doch überhaupt keine Ahnung haben, worüber die Männer reden. Und zuhören wollen würden sie nie. Die Frauen finden solche Männergespräche deshalb albern und belanglos, weil die Aufmerksamkeit der Männer nicht auf sie gerichtet ist. Die Männer machen den Eindruck, als gefalle ihnen das. Das mögen aber Frauen nicht. Sie reden davon, wie es ihnen geht. Sie reden über ihre Schmerzen und Krankheiten, lassen Geschlechtsgenossinnen gegenüber keine Nachsicht walten, wenn sie so zusammen stehen und reden. Auch das ist Aufruhr – oder zumindest der Beginn eines Aufstandes. Darüber erfahren wir natürlich nichts. Und wir sehen das auch nie als Auflehnung an. Doch das ist Aufruhr, so wie es Aufruhr ist, daß Männer ihre Frauen ausschimpfen, wenn die wie verrückt im Haus rumfrauschen. Wir hören aber auch nichts von den Fällen, wo Männer sich wirklich zusammenschlossen und den Aufstand probten.
In der Zeit des großen Aufstands gab es ständig Krieg zwischen Pax und Egalia wegen der Besitzrechte an den reichen Hochgebirgen von Fallüstrien. Jahrhundertelang eroberten und verloren die beiden Länder gegenseitig Landstriche. Oft benutzten sie das Mittel der Belagerung und des Aushungerns als Kriegstaktik. Wir wissen von vielen Fällen, wo die Männer sich dagegen empörten, weil die Kinder buchstäblich verhungerten. Sie veranstalteten Protestmärsche zu den Ratsfrauen und wiesen darauf hin, daß ja nicht die Frauen, die für diese Taktik verantwortlich waren, darunter zu leiden hätten. Und welche Interessen hatten die Männer daran, die fallüstrischen Hochgebirge zu behalten? Sie sollten doch sowieso nur zur Fronarbeit dorthin geschickt werden, ohne etwas von der reichen Ausbeute an Bodenschätzen zu erhalten. Ihr glaubt gar nicht, was für eine Bruderschaft sich da zwischen den Männern entwikkelte! Darüber darf der Nachwelt natürlich nichts überliefert werden. Als einige der Männer in die Verpflegungslager einbrachen und die Lebensmittel an die hungernde Bevölkerung und vor allem an die Kinder verteilten, wurden sie als unmatriotisch abgestempelt, unter Anklage gestellt und wegen Hochverrats abgeurteilt. Dam hielt ihnen entgegen, die Verpflegungslager seien für das Kriegsvolk gedacht. ‚Nein‘, entgegne-

ten die Männer, ‚die Verpflegungslager sind für das Kriegsvolk bestimmt und für alle Frauen in der Verwaltungsspitze. Männer brauchen aber auch was zum Essen.‘ Das war zuviel. Die Anführerinnen dieses Männeraufstandes – ich sollte sie selbstverständlich ‚Anführer‘ nennen, weil es sich ja ausschließlich um Männer handelte – also die Anführerinnen wurden zum Tode verurteilt. Hinrichtungen waren damals so eine Art Volksbelustigung. Die Anführerinnen wurden auf eine Tribüne gestellt und durch Penisabtrennung bestraft. Danach wurden sie geköpft. Ungefähr fünfzig von ihnen ereilte dieses Schicksal. Der Rest – mehrere Hunderte – wurde zur Zwangsarbeit nach Fallüstrien verbannt. Sie sollten es zu spüren bekommen, was es bedeutete, den Verteidigungswillen des Mutterlandes zu schwächen. Und das, obwohl es gar kein Männeraufstand im engeren Sinne war, sondern nur eine spontane Empörung zum Wohle der Kinder – also eine ganz uneigennützige Aktion. Das versetzte der Sache der Männer über viele Generationen hinweg den Todesstoß. Erst wieder vor vierzig Jahren fanden im ganzen Land Protestaktionen gegen die zunehmende Ungerechtigkeit bei Vaterschaftsangelegenheiten statt. Es gibt keine Statistik darüber, wie vielen Vätern Kinder zugesprochen wurden, die gar nicht ihre waren. Die Männer trafen sich in kleinen Gruppen und stellten selber solche Statistiken auf. Dabei fanden sie heraus, daß das Büro für Vaterschaftsangelegenheiten die Kleinkinder ohne weitere Nachforschungen denjenigen Männern übergab, die von den Frauen als Väter bezeichnet worden waren. Wir wissen, daß es das auch heute noch gibt. Viele dieser sogenannten ‚Väter‘ protestierten, aber sie wurden nur ausgelacht und herablassend behandelt. Die Frauen auf der unteren Verwaltungsebene, die unmittelbar damit zu tun hatten, machten nur schlechte Witze über deren Geschlechtsorgane und rieten ihnen, doch beim nächsten Mal ihren Schwanz gefälligst im Zaum zu halten, und so weiter in diesem Stil. Und so konnten die betroffenen Männer das heulende Kind nur in die Arme nehmen und machen, daß sie so schnell wie möglich aus dem Büro für Vaterschaftsangelegenheiten verschwanden.

Der Höhepunkt der Anti-Vaterschaftskampagne wurde erreicht, als die Männerklubs ungefähr dreißig Männer überreden konnten, ihre Säuglinge vor dem Büro für Vaterschaftsangelegenheiten abzulegen und sich schleunigst zu entfernen.

Die Klubs hatten ihre liebe Not damit, Männer für diese Aktion zu gewinnen. Denn wenn auch die Männer wußten, daß die Kinder nicht von ihnen waren, fühlten sie sich für sie verantwortlich. Gewiß verringerten sich ihre Aussichten, einen einigermaßen gut bezahlten Job zu bekommen, weil sie die Kinder versorgen mußten. Aber das nahmen sie in Kauf. Viele Männer brandmarkten die Aktion als brutal und unwibschlich, und ihr Hauptargument gegen die Aktion lautete: ‚Das Ganze darf nicht auf dem Rücken der Kinder ausgetragen werden. Die Kinder sind unschuldig.‘ Die Männer, die sich an der Aktion beteiligt hatten, wurden als fanatisierte und unmoralische Einzelgänger bezeichnet. Darauf verließen zahlreiche Männer die Klubs voller Abscheu. Auf jeden Fall deponierten einige ihre Kinder doch vor dem Büro für Vaterschaftsangelegenheiten und suchten schleunigst das Weite. Die Kinder lagen vor der Tür, schrien, heulten und brüllten. Vorsorglich hatten die Männer Wachen aufgestellt, die verhinderten, daß vorbeikommende Männer die Kinder aufnahmen und sie zu beruhigen versuchten. Schließlich mußten die Frauen aus dem Büro für Vaterschaftsangelegenheiten die Kinder selber aufnehmen. Sie wußten aber nicht richtig, wie sie die Kinder beruhigen sollten, konnten sie nicht ordentlich halten, und so wurde es im Amt nicht eher still, bis sie einige Putzmänner, die nach Dienstschluß kamen, dazu überredeten, sich der Kinder anzunehmen. Ein wildes Chaos entstand bei der Neuverteilung der Kinder. Sie waren nämlich noch so klein, daß dam an ihnen keinen Unterschied erkennen konnte. Folglich gab es in den offiziellen Papieren ein heilloses Durcheinander. Hier zogen die Frauen einen energischen Schlußstrich. Die dreißig Männer, die ihrer wahren Natur zu trotzen sich erdreistet hatten, wurden für eine Zeit nach Fallüstrien geschickt und wegen grober Mißhandlung unschuldiger Kinder verurteilt. Das Büro für Vaterschaftsangelegenheiten erfuhr auch, welche Männer noch in den Männerklubs organisiert waren, und denen sprach dam die dreißig Säuglinge zu. Das machte eine neue Vaterschaftsregistrierung erforderlich. Viele dieser Männer hatten sich freilich gegen die Aktion ausgesprochen. Doch das half ihnen jetzt nichts. Das nahm ihnen im Büro für Vaterschaftsangelegenheiten keine ab. Nun reichte es der Behörde. So schwelten Streit und Feindschaft zwischen den Männern weiter. Vielen von ihnen wurde innerhalb kurzer Zeit ein weiteres Kind zugesprochen. Durch die Anti-Vaterschaftskampagne erwuchsen den Männern und ihrer Sache auch zahlreiche Gegner, auch unter den Männern selber. Zwar meinten sie, sie müßten gleiche Rechte wie die Frauen haben, doch seine Aufgabe als Vater verweigern – das gehe entschieden zu weit.“

Herrlein Uglemose machte eine Pause und räusperte sich. Die Maskulinisten hatten nie zuvor von diesen Aufständen gehört. Sie waren nicht nur empört, daß sie nie etwas darüber erfahren hatten, sie waren auch erschrocken. Würden ihre eigenen Aktionen die gleiche Wirkung haben?

Nein, wenn sie so zu denken anfingen, würden sie nie weiterkommen. Es empfahl sich statt dessen, alle Erkenntnisse über das, was Männer in früheren Zeiten unternommen hatten, zu sammeln, damit alle Männer davon profitieren konnten. Aber das war eine ungeheure Arbeit. Woher sollten sie das Geld dafür bekommen? Und wer war besonders befähigt, die Geschichte der Männerbewegung zu schreiben?
„Und was machen wir selber, damit die Männer in zwanzig oder fünfzig Jahren wissen, was wir gemacht haben?" sagte Herrlein Uglemose unvermittelt. „Natürlich wird einiges darüber geschrieben, was wir denken, und es wird eine Menge darüber geschrieben, was Frauen über uns denken. Aber was schreiben wir darüber, was wir machen? Was garantiert uns, daß unser Aufstand nicht vergessen wird? Und auch wenn wir etwas schreiben – welche Garantie haben wir, daß es auch wirklich zu den Leuten gelangt, gelesen und bewahrt wird? Früher haben Männer auch ihre Annalen verfaßt. Sie wurden aber nicht veröffentlicht. Frauen sind es, die bestimmen, was veröffentlicht werden soll und was nicht. Frauen sind es, die bestimmen, was wesentlich und was unwesentlich ist. Und Frauen sind es auch, die die Geschichte schreiben."

Fische und Romantik

„In Matraxias Werken finden wir eine gründliche Analyse aller wesentlichen Aspekte der Gesellschaftsstruktur", sagte Gro Maitochter und blickte Petronius streng an. „Ich gehöre nicht zu den Typen, die nicht am eigenen Leib erfahren haben, worauf Matraxia ihre Theorie aufbaut. Für mich ist das nicht nur Theorie. Meine Großmutter, die Sture von der Bucht, war angewandter Matraxismus in Reinkultur. Sie wußte, wie sie zu handeln hatte, obgleich sie einem aussterbenden Teil der Unterschicht angehörte. Sie ist damit fertig geworden. Ihr ist es zu verdanken, daß ich heute hier stehe, wo ich stehe. Und insofern ist es ebenfalls ihr zu verdanken, daß ihr euch hier aufhalten konntet."
Zum x-ten Male fühlte sich Petronius vor seiner Geliebten schwach und nachgiebig werden. Er dachte daran, wieviel er ihr in der Tat verdankte. Paradoxerweise war es geradezu einer Frau zu verdanken, daß es überhaupt eine Männerbewegung gab. Sollte Gro da nicht ein wenig Einfluß auf die Entwicklung nehmen dürfen? Sollte so der Dank aussehen, den er ihr schuldete?
„Der Klassenunterschied ist der Fluch, der auf der Gesellschaft lastet,

Petronius. Das weißt du genausogut wie ich. Haben wir das nicht in all den Jahren zu spüren bekommen, du genauso wie ich? Daß deine Mutter unser Verhältnis mißbilligte, weil ich nicht gut genug für dich war? Für sie waren die Fischerinnen stets das allerniedrigste und erbärmlichste Volk auf Göttins Erdboden. Und wenn so ein Exemplar dieser niedrigen und primitiven Kaste daherkommt und um die Hand ihres Sohnes anhält – ja, da erwacht eben der Klasseninstinkt. Da weiß sie plötzlich, wer sie ist: Rut Bram – Tochter von Großbäuerinnen. Da hört's auf mit ihren Theorien von unserer egalitären Gesellschaft. Was hat dich zu dem gemacht, der du bist, und mich zu der, die ich bin, Petronius? Du bist heute ein selbstbewußter junger Mann mit einer Zukunft – bist du das nicht nur wegen deiner Klassenzugehörigkeit? Und ich? Warum komme ich nie vorwärts? Weil ich von meiner Hände Arbeit leben muß. Immer und ewig. Ich kann mich nie hochrappeln, weil ich nie genügend Kapital bekomme. Von dem hier kann ja keine fett werden. Aber ich habe damit etwas vor, Petronius. Eine Idee. Und ich habe geglaubt, daß wir beide, du und ich, gemeinsam dahinterstehen. Es sollte ein politisches Kraftzentrum werden, gewissermaßen auf Selbstversorgerbasis, derart, daß ich das Land bestelle und ihr unter meiner Anleitung fischt. Das war meine glorreiche Idee, die ich gemeinsam mit dir verwirklichen wollte. Denn ich liebe dich. Ich liebe dich nämlich noch immer. Und nun behauptest du, du willst dich in einer ganz anderen Richtung schulen und Matraxias Lehren zugunsten irgendwelcher Bücher verwerfen, von denen dam noch nie etwas gehört hat. Und wahrscheinlich steckt dahinter der Gedanke, daß es so weitergehen wird. Ihr werdet massenhaft Material finden über Themen, von denen dam ebenfalls noch nie etwas gehört hat und die von Männern verfaßt wurden, die bisher gänzlich unbekannt waren. Was zur Luzia wollt ihr damit? Doch nicht der Geschlechtsunterschied zwischen dir und mir hat dazu geführt, daß ich die bin, die ich bin, und du der, der du bist. Geld, Petronius, Kapital. Unter- und Oberschicht, soziale Unterschiede, Ausbildung – all das hängt doch zusammen."

Petronius blickte Gro an und versuchte ganz bewußt, ihren Blick genauso streng zu erwidern. Er wußte, daß sie recht hatte, und wußte zugleich, daß sie nicht recht hatte. Auch wußte er, daß er nicht wußte, wie er ihr erklären sollte, daß sie seiner Meinung nach nicht recht hatte. Doch ...

„Ihr redet fortwährend nur über den Kampf der Geschlechter und über die Gegensätze zwischen den Geschlechtern ... Bald glaube ich, ihr seid fallüstrisch, alle zusammen."

Petronius schreckte aus seinen Gedanken hoch. Das Wort hatte er nur selten gehört. Gelegentlich war Herrlein Uglemose von den Mädchen so genannt worden.
„Das stimmt nicht! Du weißt, wie verliebt ich in dich war."
„War? Hast du ‚war' gesagt?"
„Wie kannst du damit rechnen, daß ich dich auch künftig liebe, wenn du stets deine Ideen durchsetzen willst und für das, was ich als wichtig empfinde, nur Verachtung übrig hast?" Petronius kämpfte mit den Tränen und verbarg das Gesicht in den Händen.
„Nun weine doch nicht schon wieder. Wollen wir rausfahren?" lenkte Gro ein. Er spürte ihre Hand auf seinem Nacken. Er nickte.
Es war ein ruhiger, schöner Abend, kalt und klar. Gro holte die Sachen aus dem Schuppen. Sie zogen sich warm an und gingen zum Steg. Gro sprang ins Boot, Petronius setzte sich auf den Stegrand und wartete. Er sah ihr zu, wie sie alles fertigmachte und dabei mit dem Kopf halb in der Motorluke verschwand. Er wußte, was zu tun war, doch wenn sie dabei war, machte sie sowieso immer alles allein. Wollte er ihr zur Hand gehen, so gebe es tausend Kleinigkeiten, sagte Gro, bei denen er sich ungeschickt anstelle. Und immer fand sie, daß er so langsam war. Es stimmte, bei ihr ging alles viel flotter. Er sah ihr beim Hantieren zu. Er wurde nicht müde, ihre effektiven Bewegungen zu bewundern.
Die Wasseroberfläche glich einem schwarzen Spiegel, ein Stückchen weiter draußen schimmerte es gelblichrot. In Petronius stieg wieder jenes wundersame, schicksalhafte Gefühl hoch, das er oft verspürte, wenn er mit Gro zusammen war. Im Grunde gehörten sie zusammen. Eigentlich warteten sie nur darauf, daß sie zusammen sein durften, unentrinnbar. Kein Weg führte daran vorbei. Ihm schien dies ein schöner Gedanke, daß inmitten all des Unbeständigen in dieser Welt eines feststand: Sie sollten zusammenbleiben. Dann tauchte für eine Sekunde Baldrians Gesicht in seiner Vorstellung auf.
„Fertig!" rief Gro und streckte die Hand nach ihm aus. Petronius ergriff sie, sprang mit einem Satz aufs Boot und rutschte beinahe auf dem Deck aus. Es war nicht leicht, die Balance zu halten, wenn sie seine Hand umspannte. „Hoppla!" sagte Gro. Er setzte sich auf die Spitze des Bootes, und sie legten ab. Gro stand hinten und steuerte. Petronius sah hinab auf die Wasserfläche. Der Bug zerschnitt das schwarze Wasser in weichen Falten.
„He, Gro!", rief Petronius. „Hier gibt's Fische!" Er griff nach dem Kescher.
„Du kannst den doch nicht mit einem Kescher fangen!"

„Warum denn nicht? Der schwimmt dicht unter der Oberfläche." Er drehte sich zu ihr um und maulte. „Stimmt das vielleicht nicht mit den matraxistischen Prinzipien überein?"
„Keine Spitzen, wenn ich bitten darf!" konterte Gro.
Petronius schwenkte den Kescher und hatte im Nu einen kräftig zappelnden Schwarzfisch erwischt. Der Fisch hieß so, weil er einen dunklen Rücken hatte. Petronius strahlte über das ganze Gesicht.
„Das ist ja ein Ding!"
„Toll, nicht?"
„Hmmm ... wollen mal sehen. Übernimm du mal das Steuer."
„Ich will ihn aber erst totmachen."
„Laß mich das machen. Dir glitscht er sonst nur aus der Hand und ist wieder im Wasser drin."
„Pöh!" Petronius betäubte den Fisch und schnitt ihm den Kopf ab. Dann ging er nach achtern und übernahm das Steuer. Gro griff nach dem Kescher, schwenkte ihn mit einer schwungvollen Drehung und spähte angestrengt in die Tiefe.
„Wo verdammt noch mal hast du denn Fische gesehen?"
„Sind keine mehr da?" Petronius fühlte sich irgendwie schuldig. Gro stand lange da und gaffte. Petronius dachte mit Grauen daran, daß der Rest des schönen, ruhigen Abends verdorben sein würde, wenn Gro keinen Fisch fing. Plötzlich sah er, wie sie den Kescher schwenkte, aufstand und sich mit dem Ärmel rasch den Schweiß von der Stirn tupfte.
„Glatt entwischt! Das war ein Biest. Sooo dick!"
Gro breitete die Arme aus, um es Petronius zu zeigen. Sie sah wieder ins Wasser und brabbelte vor sich hin, wie riesig der Fisch war, den sie fast gefangen hätte. Abermals schwenkte sie den Kescher, und schon zappelte ein Schwarzfisch im Netz, der aber nur ein Viertel so groß war wie das Exemplar, das Petronius gefangen hatte. Er mußte unwillkürlich lächeln, bremste sich aber sofort.
„Der läßt sich viel besser braten als deiner", sagte Gro und fügte noch hinzu: „Blödsinnige Art, Fische zu fangen." Dann ging sie nach achtern und übernahm wieder das Steuer.
Petronius probierte es danach gar nicht mehr. Er sah zwar noch mehrere Schwärme direkt unter der Wasseroberfläche, lag aber nur da und beobachtete schweigend, wie sie dahinglitten. Sie hätten noch Dutzende haben können. Doch ihre kleine Spritztour sollte einen harmonischen Verlauf nehmen, und außerdem war er in romantischer Stimmung. Er stellte sich vorn aufs Deck und verschränkte die Arme über dem Kopf.
„Du bist die reizendste Galionsfigur, die eine Frau sich an Bord nur

wünschen kann", rief Gro ihm zu. Er verharrte in seiner Stellung und blickte gedankenverloren in die Ferne. Plötzlich begann er, schallend zu lachen.
„Worüber lachst du denn?"
„Ich dachte nur daran, wie schön es sein wird."
„Was wird schön sein?"
„Wir machen Pläne ... ich meine, das, was wir planen."
„Ach so, ja. Was ihr plant und wofür ich mich überhaupt nicht interessiere. Das wird sicher schön. – Petronius?"
„Ja?"
„Ich habe Lust, mit dir zu schlafen."
„Dann tu es doch."
Gro stoppte den Motor und warf den Anker. Im Nu war sie bei ihm und legte sich auf dem Boden des Bootes über ihn. Schön ist das, dachte Petronius. Schön, so richtig genommen zu werden. Auf die harte Tour. Er legte die Hände unter den Kopf und schloß die Augen, denn er wußte, so mochte es Gro. Er genoß es, so dazuliegen und zu spüren, wie sie sich dabei über ihm abmühte. Einfach dazuliegen und spüren, daß er ein richtiger Mann war ...
„Ich liebe dich", flüsterte Gro.

Die Tragödie der Zuchttiere

„Wenn ich mit Eva schlafe, habe ich immer das Gefühl, daß ich sozusagen ein richtiger Mann bin", sagte Baldrian. Petronius mußte lächeln und wiederholte bedächtig: „Also ein sozusagen richtiger."
Sie saßen in der „Alten Spielfrauenkneipe" bei einer Flasche Wein und arbeiteten für die große PH-Verbrennungsaktion ein Flugblatt aus. Ihnen fiel alles mögliche ein, was sie aber nicht auf dem Flugblatt schreiben konnten. Immer wieder mußten sie lachen. „Was würden Frauen sagen, wenn wir verlangten, daß sie ihre Brüste in einen Büstenhalter zwängen? Wenn wir sagen würden, daß sie ohne BH schlaff runterhängen und wenig anziehend wirken?" Sie lachten und prosteten sich zu. Nein, so etwas konnten sie nicht schreiben. Es sollte doch ein seriöses Flugblatt werden.
Sie waren bei einer hitzigen Diskussion darüber angelangt, welche Bedeutung dem PH eigentlich zukomme und ob er überhaupt nötig sei. Petronius hatte für das Flugblatt als Überschrift vorgeschlagen: MEIN

PIMMEL GEHÖRT MIR, worauf sie sich ein Grinsen nicht verkneifen konnten und den Vorschlag eine Weile begossen, ehe sie weitermachten. Abgesehen davon, daß es undenkbar war, auf einem Flugblatt, das die Leute überzeugen sollte, ein solches Wort zu benutzen, konnte es auch mißverstanden werden, so als wollten sie überhaupt nichts mehr mit Frauen zu tun haben. Die Gegner der Männerbewegung würden die Flugblattparole jedenfalls als ein Zeichen extremen Frauenhasses interpretieren.

Petronius und Baldrian beteuerten einander, wie phantastisch sie es mit ihren Frauen trieben.

„Kommst du zum Orgasmus?" fragte Petronius.

„Manchmal. Und du?"

„Meistens nicht. Ich habe auch Schwierigkeiten, ihn überhaupt steif zu kriegen. Doch Gro meint, ihr sei das nicht so wichtig, daß er steht ... Aber für mich ist es eben doch wichtig."

„Warum gibt es so viele Männer mit Erektionsschwierigkeiten?"

„Frauen haben einen viel stärker ausgeprägten Sexualtrieb."

„Ich glaube, das ist eine reine Legende."

„Meinst du? Die sind doch immer gleich schrecklich naß und erregt. Ich habe oft den Eindruck, daß es bei ihnen nicht länger als zwei Minuten dauert. Höchstens fünf. So ist es jedenfalls bei Gro."

„Einmal habe ich eine erlebt, die zehn Minuten brauchte."

„Hast du jemals erlebt, daß eine, mit der du geschlafen hast, nicht zum Orgasmus kam?"

„Nee."

„Warum sind wir nicht so? Warum kriegen wir" – er senkte die Stimme – „nicht sofort einen hoch?"

„Die Zeugungsangst spielt dabei wohl eine Rolle. Wir denken stets und ständig daran, daß es ein Kind geben könnte. Eine Frau braucht ja nie daran zu denken. Weißt du, ich habe mal darüber nachgedacht, wie groß der Unterschied zwischen Männern und Frauen gerade in diesem Punkt ist. Bei uns ist sozusagen der wollüstige Geschlechtsakt immer mit der Fortpflanzung gekoppelt. Übrigens finde ich ..."

Baldrian stockte. Er war ein bißchen rot im Gesicht. Schnell warf er einen Blick auf Petronius und nahm einen Schluck Wein. „Also ich finde, am schönsten ist ..." Er schaute sich vorsichtig um und beugte sich dann über den Tisch zu Petronius hin. „„... am schönsten ist es, daß Ding im Gebärkanal zu haben und sie, während du auf dem Rücken liegst, über dir auf und nieder hüpfen zu lassen, und zum Schluß geht alles ganz automatisch – wie eine Art Vulkanausbruch oder so! Es macht Spaß, es

so zu machen, doch habe ich das nur zweimal erlebt. Du mußt schon ganz schön mutig sein, um ihr zu sagen, daß du es so haben möchtest. Und eine Frau muß ungeheuer geduldig und rücksichtsvoll sein, ehe sie es dich auf diese Weise machen läßt ..."
Petronius fühlte sich unangenehm berührt. Er war sich im klaren darüber, daß ihm die Art, wie Baldrian sie geschildert hatte, auch gefallen könnte, doch hatte er bisher immer geglaubt, er sei der einzige, der solche Gelüste verspürte.
„Aber dabei kann ja ein Kind entstehen!"
„Genau, daran habe ich auch gedacht. Daß wir es ausgerechnet so mögen, daß dam dabei Kinder kriegen kann! Doch das Problem haben ja die Frauen nicht. Bei denen sind ja die geschlechtliche Wollust und der Fortpflanzungsakt getrennt, weil sie im Gebärkanal keine sexuellen Gefühle haben, sondern sich durch äußerliche Berührung befriedigen. Da ist es ja leicht für sie."
„Daran habe ich nie gedacht."
„Ich bis vor kurzem auch nicht. Erst dann war es mir einigermaßen klar, warum es für uns so schwer ist, Befriedigung zu erlangen. Wir empfinden uns die ganze Zeit über als Zuchttiere, denn wir haben seit der Pubertät – vielleicht auch schon früher – nichts anderes gelernt. Und wenn das sexuelle Interesse erwacht, sind wir der Meinung, daß wir, wenn wir unsere Geschlechtslust befriedigen, gleich Kinder in die Welt setzen, und so sind wir beschämt und ängstlich und trauen uns nicht einmal, darüber zu reden. Und wenn wir dann mit einer Frau schlafen, trauen wir uns wieder nicht, ihr zu sagen und zu zeigen, wozu wir Lust haben. Wir machen es dann so, wie sie es haben möchte, und finden es obendrein noch schön, nur weil sie es schön findet. Und auf eine Art ist es das ja auch."
„Wir können ja die Pille nehmen, dann brauchen wir keine Zeugungsangst zu haben."
„Aber die hat doch Nebenwirkungen."
„Ja ..."
„Die jüngsten Forschungen haben ergeben, daß die neue Pille keine schädlichen Folgen hat. Oder so gut wie keine."
„Gro beklagt sich und sagt, ich sei weniger gut im Bett, wenn ich die Pille nehme. So habe ich damit aufgehört."
„Warum sollen wir eigentlich gezwungen werden, die Pille zu nehmen, wenn die Frauen gewöhnlich sowieso nicht wollen, daß wir unseren Pimmel in den Gebärkanal stecken?"
„Wohl für alle Fälle."

Sie sahen sich wieder an. Es gab so vieles, über das nachzudenken sich lohnte. Überall stießen sie auf Zeichen der Männerunterdrückung, die sie erst allmählich begreifen lernten. Manchmal fühlten sie sich völlig verwirrt, wenn sie Dinge entdeckten, mit denen sie sich bisher einfach abgefunden hatten, ohne über sie weiter nachzudenken. Plötzlich erschien es ihnen völlig absurd, daß der Mann einerseits die Pille nehmen sollte und andererseits fast nie befriedigt wurde.
Unversehens erkannten sie, daß die ganz simple Frage ‚Wie schlafen wir miteinander?' symptomatisch dafür war, wie das gesamte Gesellschaftssystem funktionierte: Die Männer nahmen die Pille, schädigten dadurch ihre Gesundheit und erlangten trotzdem keine Befriedigung. Der Mann verrichtete in Gesellschaft und Familie die schwersten und unangenehmsten Arbeiten und wieder erlangte er keine Befriedigung. Glück und Harmonie, die ihm, als er jung war, vorgespiegelt worden waren, blieben ihm versagt. Je mehr sie sich dessen bewußt wurden, desto stärker empfanden sie, daß all dies wie eine einzige große Verschwörung gegen sie gerichtet war.
„Vielleicht sollten wir es statt dessen mal miteinander probieren."
Petronius bereute sofort, daß er das gesagt hatte. Einmal gefiel ihm nicht, daß er ‚probieren' gesagt, und zum anderen empfand er das nicht als sexuelles Erlebnis. Ihm war immer klarer geworden, daß er gern mit Baldrian zusammen war, sich freute, wenn er ihn sah, und sich gern mit ihm unterhielt. Manchmal war es fast so, als sei er in ihn verliebt. Aber er hatte nie im entferntesten daran gedacht, mit ihm zu schlafen, und wenn er nun trotzdem Lust verspürte, mit Baldrian zu schlafen, so hatte das nichts mit Gro zu tun. Wenn er mit Baldrian schlafen wollte, dann nicht, weil er bei Gro nicht zum Orgasmus kam. Warum platzte er dann aber damit so heraus? War es etwa doch gerade deshalb? In seiner Verwirrung hoffte er, daß Baldrian auf diesen naiven Vorschlag nicht weiter eingehen werde. „Es gibt ja welche, die es miteinander treiben", sagte Baldrian.
Petronius fühlte sich unendlich erleichtert, daß Baldrian seinen beiläufig geäußerten Vorschlag aufgegriffen hatte. „Kennst du welche?"
„Nur Frauen. Zwei Frauen, mit denen ich zusammen war, hatten homosexuelle Neigungen. Komisch, eigentlich bin ich mit denen am liebsten zusammen gewesen. In einem Fall bin ich wirklich traurig gewesen. Ich war mit ihr schon lange zusammen, als sie es mir endlich erzählte. Das hat mich ganz schön geschafft. Aber da war ja nichts zu machen. So rannte ich drei Monate mit einem Moralischen herum und fand schließlich eine heterosexuelle Superfrau. Die habe ich zwei Monate lang aus-

gehalten." Petronius wurde ein wenig neidisch bei diesem Gedanken. Ihm war aber nicht ganz klar, ob sein Neid den Frauen oder Baldrian galt, der ein sogenannter emanzipierter Mann war. Er hatte mit so vielen Frauen Beziehungen gehabt. In den letzten Jahren, besonders aber nach Entstehung der Männerbewegung, hatten sich freie Verbindungen immer mehr durchgesetzt. Männer sollten nicht mehr so zimperlich sein.
Sie tranken einen Schluck und sahen sich an. Als sie die Gläser absetzten, waren ihre Hände nur wenige Zentimeter voneinander entfernt.
„Bist du in mich verliebt?" fragte Baldrian unvermittelt.
Petronius merkte, daß er im Gesicht rot wurde, und antwortete nicht.
„Die anderen dürfen auf keinen Fall den Eindruck gewinnen, daß wir fallüstrisch sind", sagte Baldrian ernst.
„Ich bin in Gro verliebt."
„Eben. Und ich in Eva."
Baldrian berührte Petronius' Hand. Ganz zufällig. Petronius spürte bei der Berührung, wie eine Woge der Wärme seinen Körper durchströmte.
„Das bedeutet doch wohl nicht, daß wir fallüstrisch sind." Baldrian schüttelte den Kopf. „Nein. Deswegen sind wir noch lange nicht fallüstrisch. Fallüstrische Männer, das sind solche ... ich weiß nicht ... solche superweiblichen Männer ..... Wir sind jedenfalls nicht so."
Sie blieben sitzen, sahen sich bedeutungsvoll an und tranken, ohne sich zuzuprosten. Dann bestellten sie sich noch eine Flasche Wein.
„Deswegen sind wir noch lange nicht fallüstrisch." Petronius mußte plötzlich laut lachen. „Das würde ja die ganze Männerbewegung untergraben, sollte diese als ein Versuch gewertet werden, sich von den Frauen gänzlich zu lösen und sozusagen auf allen Gebieten selbständig zu werden."
„Aber läuft nicht die ganze Männerbewegung gerade darauf hinaus?"
„So doch nicht. Wir sind ja von den Frauen abhängig." Eine Frau kam an ihren Tisch, blieb stehen und grinste sie an, die Hände in den Taschen. Sie war angetrunken.
„Was dagegen, daß ich mich setze?" lallte sie.
„Ja", antworteten Baldrian und Petronius im Chor.
Die Frau setzte sich dicht neben Baldrian. Der rutschte ein Stück zur Seite.
„Hört mal zu", näselte sie, „ich habe euch beiden die ganze Zeit zugesehen, wie ihr dagesessen seid und miteinander geflirtet habt. Wißt ihr, was ich glaube? Ihr habt noch nie eine anständige Votze geschmeckt, so eine wie meine, die immer naß und geil ist. Eine mit ordentlich Saft und Kraft drin. Was haltet ihr davon? Ich wohne gleich hier oben ..."

Zwei ihrer Gefährtinnen kamen an den Tisch und wollten sie an den Ärmeln fortziehen.
„Komm her, Dicke, und störe die Herren nicht länger. Machen wir ein Spielchen."
Die Dicke riß ihr Hemd auf.
„Nun könnt ihr mal was sehen", sagte sie und holte die eine Brust hervor. Auf ihr war ein nackter Mann mit erigiertem Penis tätowiert. Als sie mit der Brust eine grüßende Bewegung machte, wogte der Pimmel auf und ab. Die anderen lachten. Petronius und Baldrian standen fast gleichzeitig auf. Die Dicke versuchte, Baldrian den Weg zu versperren. Mit einem Satz sprang er über den Tisch auf die andere Seite und sah der Frau trotzig ins Gesicht.
„Frauen meinen immer, daß Männer nicht ohne Votze auskommen können!"
„Ach so!" sagte die Dicke, als gehe ihr plötzlich ein Licht auf. „Ihr wollt wohl jetzt in so 'ne Homo-Bar? Pfui Luzia!"
„Ja, genau da wollen wir hin!" sagte Baldrian und legte das Geld für die Bedienung auf den Tisch.
„Pfui Luzia noch mal!" wiederholte die Dicke. „Ihr verdammten fallüstrischen Prostis! Das bringt doch wohl nichts mit zwei Männern, oder?"
„Was weißt du denn davon? Hast du schon mal probiert, zwei Männer zu sein?"
„Ich meine nur, ääh ... hmmm, wie macht ihr es denn eigentlich?"
„Wir haben natürlich einen künstlichen Kitzler, um dran zu lecken, und Plastikbrüste, um dran rumzufummeln. So machen wir's." Die Frau hielt Maulaffen feil vor Verblüffung. Genau so hatte sie es sich vorgestellt.
Baldrian und Petronius blieben draußen im Regen stehen und lachten.
„Wollen wir jetzt zur Homo-Bar?" fragte Petronius.
Baldrian faßte ihn unter. „Genau da wollen wir hin." Sie grinsten und gingen schräg über die Straße. In einer Einfahrt hockte eine Frau mit gespreizten Schenkeln und pinkelte, so daß ein schmales Rinnsal unter ihr hervorfloß. Sie schwankte leicht vor und zurück und summte ein paar Töne, die entfernt wie May, Lis und Beths letzter Hit klangen.
„Frauen pinkeln heutzutage überall hin. Nirgends können wir in der Stadt rumlaufen, ohne mit ihrer Pisse Bekanntschaft zu machen."
„Die können einfach die Klappe an ihrer Hose aufmachen."
„Wir haben es nicht so gut."
„Genau, bei uns ist das viel komplizierter."
„Frauen sind ja sowieso viel praktischer eingerichtet als Männer", tönte

Petronius. Er fühlte sich leicht beschwipst und glücklich.
„Wir sollten uns von dem ganzen Quatsch befreien."
„Mach doch den PH auf."
„Mach' ich ja schon. Wie weise hat doch die Natur alles eingerichtet!"
„Da kann dam nichts dagegen sagen!"
Sie lachten und winkten sich ein Taxi heran.

Die Maskulinisten auf neuen Abenteuern

„Wir wollen zum Treffpunkt für Homosexuelle!"
Die Taxifahrerin bewahrte die Fassung, kratzte sich am Kopf und sagte nichts. Sie erkundigte sich über Funk bei dem Herrn von der Zentrale und mußte dreimal das Wort ‚homosexuell' wiederholen, ehe er begriffen hatte. An seinem Tonfall konnten sie aber hören, daß er es schon beim ersten Mal verstanden hatte. Doch in solchen Fällen war es nötig, sich hundertprozentig vor Mißverständnissen zu schützen.
Die Taxifahrerin bekam die Adresse eines Restaurants im Hafenviertel und fuhr los. Als das Taxi endlich hielt, war keine Spur von einem Restaurant zu sehen. Doch als sie sich genauer umschauten, entdeckten sie in einem Hauseingang einen Klingelknopf, über dem ein winziges Schild „Club 84" angebracht war. An der Tür, aus der Musik und Stimmengewirr drangen, stand „Nur für Mitglieder". Petronius und Baldrian legten die Arme umeinander und klingelten. Nach einer Weile wurde die Tür einen Spalt weit geöffnet, und eine Nase und ein Auge waren zu sehen.
„Sind Sie Mitglied?" fragte die Nase.
„Nein, wir möchten es aber gern werden."
„Wo wollen Sie Mitglied werden?" fragte die Nase wieder.
„Im Homosexuellenklub."
Erst jetzt wurde die Tür ganz geöffnet, und der Mann, dem die Nase gehörte, stand in voller Größe vor ihnen. Er war kräftig gebaut, trug lange schwarze Hosen und eine schwarze Jacke und hatte sich seines PHs entledigt.
„Ich bin der Rausschmeißer hier", erklärte er. „Muß aufpassen, daß kein Unbefugter Zutritt erhält."
Er faßte sie vertraulich am Ellenbogen und geleitete sie durch einen langen Korridor und dann über eine Treppe nach oben, wo er sie zur Garderobe wies.

„Zwei neue“, sagte er und verschwand durch die Schwingtür.
„Ich nehme Ihnen die Sachen ab“, sagte der Garderobenherr, der sich bei näherem Hinsehen als eine Frau entpuppte. Sie war in ihrem Äußeren nicht weniger sonderbar als der Rausschmeißer. Sie trug ihr Haar aufgesteckt, hatte eine geblümte Seidenbluse und einen engen Rock an und trippelte mit kleinen Schritten hinter der Barriere mit den Kleiderständern hin und her. Petronius und Baldrian waren fasziniert. Sie taten so, als sehe die Garderobiere wie eine ganz normale Frau aus.
„Das macht zwanzig Matraken für jeden, bitte.“
„Was?“
„Fünfzehn Matraken Eintritt und fünf für die Garderobe. Und dann muß ich noch um Ihre Namen bitten. Die müssen hier eingetragen werden.“
Beide bekamen eine kleine rosa Karte, auf der „Club 84 – Vereinigung von Gleichgesinnten“ stand und als Symbol zwei ineinandergreifende Frauenhände dargestellt waren. Petronius und Baldrian zögerten. Die Garderobenfrau beugte sich vertraulich über die Barriere.
„Sie brauchen ja nicht Ihren richtigen Namen anzugeben“, sagte sie, „einfach irgendeinen ...“ Sie schrieben P. Livtochter und B. Evatochter. Das waren die gebräuchlichsten Namen, die ihnen gerade einfielen. Die Karte wurde gestempelt; dann bekamen sie sie zurück.
„Mit der können Sie überall auf der Welt in Homo-Bars gehen“, erläuterte die Garderobenfrau. Sie drehte sich um und zählte das Geld.
Der Raum hinter der Schwingtür lag im Halbdunkel und war mit zahlreichen Spiegeln, Nischen und Vorhängen, mit Plüschmöbeln, Malereien und Plakaten ausgestattet. Die Bilder zeigten bekleidete, halbbekleidete und nackte Frauen. Die Brüste und die Wölbung im Schritt waren deutlich zu sehen. Ein Bild stellte eine nackte Frau dar, die rittlings auf einem Pferd saß. Auf einem anderen stand eine Frau mit engen Hosen und halboffenem Hemd und starrte sie mit klarem, festem Blick unmittelbar aus dem Gemälde heraus an. Ihre sehnige Hand umspannte irgendwelche schwarzen Eisenketten. Ein drittes zeigte eine Frau im Profil, die an ihrem Elektro-Auto lehnte. Auf den meisten Bildern waren blutjunge schöne Frauen mit engsitzenden Hosen, entblößtem Oberkörper und flotten, wippenden Brüsten dargestellt.
Auf einem ziemlich kleinformatigen Bild erkannten Petronius und Baldrian zwei altmodisch gekleidete Männer mit Blumen im Haar, die sich schelmisch anlächelten.
Um die kleinen Tische herum, die in den Nischen standen, saßen Frauen entweder zu zweit oder in Gruppen und tranken und rauchten. In Petro-

nius' und Baldrians Haarwurzeln begann es zu kribbeln. An der einen Längsseite des Raumes war die Bar; hier standen Frauen gleichsam in Reih und Glied. Einige sprachen eifrig miteinander und gestikulierten dabei.
„Was du heute für eine schöne Perlenkette umhast!" hörten sie eine Frau zu einer anderen sagen.
„Und du? Wo hast du dein Rouge gekauft? Das steht dir wirklich ausgezeichnet." Sie redeten und schwatzten genau wie die Männer. Einige trugen sogar enge, lose herunterhängende PHs. Doch die meisten hatten ganz gewöhnliche Damenhosen und dazu ein buntes Hemd an. Viele führten kleine Herrenköfferchen mit sich, die sie in einem fort auf- und zumachten, um ihnen verschiedene Kleinigkeiten – Zigarettenetui, Geld, Taschenspiegel – zu entnehmen. Andere wieder standen einfach nur mit einem Glas in der Hand da, starrten geradeaus und sagten nichts. Nur die Augen bewegten sich unentwegt.
Petronius und Baldrian schlenderten durch die Bar und gelangten in einen anderen, viel größeren Raum mit ständig wechselnder Beleuchtung und lauter Musik. Die geräumige Tanzfläche wogte geradezu von Frauenpaaren, die nach Rocke-Heidis schriller, von rhythmischem Getrommel begleiteter Sopranstimme losrockten. Viele Frauen hatten sich die allerneueste Damenfrisur zugelegt: ein dünner Borstenstreifen von Ohr zu Ohr über den sonst völlig kahlrasierten Schädel. Sie wirbelten in dem neuen sexbetonten Tanzstil herum.
Donnamutter! Diese Frauen konnten ja tanzen! Und wie! Petronius und Baldrian blieben stehen und sahen zu, wie Hüften, Schultern, Beine und Arme sich mit verkrampfter Geschwindigkeit und im Takt über den Boden bewegten. Mitunter stießen die Tanzenden buchstäblich zusammen, so daß die Brüste aufeinanderprallten, und trennten sich dann wieder. Einige tanzten engumschlungen und rieben sich an der Bauchpartie. Petronius und Baldrian starrten wie hypnotisiert auf dieses Bild.
Plötzlich blieben sie wie angewurzelt stehen: Direkt auf sie zu steuerten Rektorin Barmerud und Lis Ödeschär. Sie hatten hochgesteckte Frisuren, gingen Arm in Arm und trugen beide ihr lachsrotes Herrenköfferchen. Sie blickten durch ihre Söhne hindurch, als hätten diese sich in Luft aufgelöst, und entschwanden im Gewühl der Tanzenden. Petronius und Baldrian sahen sich an. „Aber ... aber waren das nicht ...?"
„Ja, das waren doch ..."
„Bist du sicher?"
„Ich sollte doch meine eigene Mutter kennen."
„Glaubst du nicht, daß wir ein bißchen zuviel getrunken haben?" „Die

taten doch glatt so, als hätten sie uns nicht erkannt."
„Vielleicht bilden wir uns das bloß ein ..."
„Oder vielleicht sind wir wirklich nicht ganz dicht im Kopf?"
„Was sollen wir jetzt machen? Wieder gehen?"
„Nein, warum denn? Warum sollen wir denn auf sie Rücksicht nehmen, egal, ob sie es nun sind oder nicht?!"
Sie schlängelten sich durch das Meer von Frauenleibern. Doch das Paar, das sie eben noch gesehen hatten, blieb wie vom Erdboden verschluckt. Im ganzen Tanzsaal saßen dichtgedrängt nur Frauen an den Tischen.
„Ist das nicht ein Klub für Männer und Frauen, Petronius?"
Sie lachten, obgleich ihnen gar nicht zum Lachen zumute war. Sie setzten sich an einen kleinen Tisch für zwei Personen, der gerade frei wurde. Jetzt bemerkten sie ein Männerpaar, das in einer Ecke der Tanzfläche sozusagen auf der Stelle tanzte, vor und wieder zurück. Sie hielten sich umschlungen und bekamen von den vorbeischwofenden Frauenpaaren ab und zu einen Knuff in die Seite.
An einem Tisch ganz in der Nähe sahen Petronius und Baldrian jetzt auch einige Männer sitzen. Einer faßte seine Nebenfrau um die Taille. Die Nebenfrau gab nach und schmiegte sich eng an ihn. Er küßte ihn innig und lange. Jetzt tönte einer der beliebtesten Schlager aus dem Lautsprecher: „Sag, du bist mein, sag, du bist mein". Drei Männerpaare bahnten sich einen Weg zur Tanzfläche. Sie lächelten und berührten sich. Ihre Arme und Schultern wirkten kräftig. Frei und ungezwungen bewegten sie Hüften und Hintern rhythmisch aufeinander zu und voneinander weg. Auf eine Art sah es so aus, als sei jedes Paar ein einziger Körper. Es war ein schöner und zugleich sonderbar erregender Anblick.
Ein Mann in schwarzer Jacke und Hose trat an ihren Tisch.
„Seid ihr neu hier?"
„Ja." Petronius und Baldrian nickten.
„Wollt ihr nicht mitmachen und tanzen?"
Petronius und Baldrian sahen sich etwas unsicher an.
„Nein, vorläufig sitzen wir nur hier und reden ..." Das stimmte aber eigentlich nicht. Sie waren nämlich sprachlos.
„Störe ich vielleicht?"
„Nein, nein, durchaus nicht ..."
„Etwas dagegen, wenn ich mich setze?" Sie schüttelten den Kopf. „Ganz sicher?".
„Ja, ja." Sie antworteten im Chor. Der Mann setzte sich und zündete eine Zigarette an.

„Eigentlich können wir ja nichts dafür, daß wir so sind, wie wir sind", sagte er. „Leicht pervers ist es ja wohl. Bisweilen fühle ich mich als Frauenseele, die in einem Männerkörper steckt. Doch bei der Arbeit trage ich natürlich einen PH ... Nur gut, wenigstens an einem Ort auf der Welt so sein zu können, wie dam ist."

„Glaubst du?"

„Ja, glaubt ihr denn nicht, daß ihr so geboren seid?"

Petronius und Baldrian vermieden es, sich anzusehen, und antworteten nicht.

„Seid ihr sicher, daß ich nicht störe? Sonst gehe ich."

„Nein, nein, es ist nur ... wir wissen nicht, ob wir so sind ..."

Der Mann lächelte. „Die Leute haben wirklich ganz phantastische Vorstellungen, wie wir es angeblich machen. Sie glauben, wir benutzen Gummikitzler und Riesenersatzbrüste aus Schaumgummi. Sie glauben, wir müssen Mann und Frau spielen, und wenn wir zusammen sind, trägt einer von uns diese Riesenersatzbrüste aus Schaumgummi und mimt die ganz große. Ich wünschte, die sähen ein, daß wir ganz normale Bürger sind."

Unmittelbar hinter ihnen lachte irgendwer. Sie unterhielten sich weiter, aber es wurde noch immer hinter ihnen gelacht. Was waren das für Idioten? So komisch konnten sie doch nicht sein, auch wenn sie ganz gewöhnliche Männerkleidung trugen. Petronius und Baldrian drehten sich um. Da standen doch tatsächlich Herrlein Uglemose und Fandango und strahlten über das ganze Gesicht. „Baldrian und Petronius! Ihr hier?!" Fandango umarmte sie.

„Das müssen wir unbedingt feiern", sagte Herrlein Uglemose und lachte. Er sah gut und gerne fünfzehn Jahre jünger aus.

„Ist das so 'ne Art Doppelhochzeit?" fragte der Mann, stand auf und bot Herrlein Uglemose mit einer kleinen Handbewegung seinen Stuhl an. „Gratuliere! Hoffe, wir treffen uns wieder." Dann verschwand er.

Herrlein Uglemose nahm auf dem Stuhl Platz, und Fandango setzte sich auf seinen Schoß.

„Vielleicht meint ihr, daß der Altersunterschied ein bißchen groß ist ...", sagte Herrlein Uglemose ein wenig nachdenklich.

„Dafür ist der Geschlechtsunterschied nicht so groß", sagte Fandango und küßte das Herrlein auf den Mund. Baldrian hatte ihn noch nie so froh gesehen.

„Eine Flasche Champagner!" rief das Herrlein einer der Servierdamen zu, die die Bestellung eilfertig auf ihrem Block notierte. „Und vier Gläser." Sie war im Nu zurück, lächelte dem Herrlein freundlich zu und

fragte, wie es ihm gehe.
„Ganz ausgezeichnet!" antwortete das Herrlein. Die Servierdame warf einen raschen Blick auf Fandango.
„Das ist ein alter Freund von mir. Er heißt Fandango."
„Angenehm", sagte die Servierdame und reichte Fandango die Hand. „Du mußt gut auf ihn aufpassen, Fandango. Ich heiße Aud und bin ein alter Freund von Lisello." Dann machte Aud die Flasche auf, schenkte ein und verschwand.
Sie redeten durcheinander, prosteten sich zu und lachten. Fandango und das Herrlein erzählten abwechselnd, wie sie in die unmöglichsten, lächerlichen Situationen geraten waren, nur damit sie nicht entdeckt wurden. Doch einmal mußte es ja sowieso herauskommen. Die Männerbewegung sollte sich doch nicht der Illusion hingeben, sie könnte ohne fallüstrische Männer auskommen. Im Gegenteil. Ohne Fallüstrismus hätte es nie eine Männerbewegung gegeben – weder damals noch heute.
Aus dem Lautsprecher tönte eine Männerstimme. Es war ein Sänger aus Pax, der jetzt ein Lied von der Stärke und Solidarität der Männer sang. Sie standen auf, gingen zur Tanzfläche und hielten sich, während sie tanzten und sangen, an den Schultern fest. Herrlein Uglemoses Bariton überraschte sie. Sie verstummten und hörten ihm zu. Gab es in der Schule irgendeine, die wußte, daß er so eine Stimme besaß? In der Schule hatte bisher immer Lehrerin Ei vorgesungen und auf sämtlichen Abschlußfeiern mit ihrem souverän falschen Sopran unverdrossen die Hymne „Töchter Egalias – das uralte Reich" angestimmt.
Die Musik hörte auf.
Baldrian legte die Hände auf Petronius' Schultern und blickte ihm mit tränenfeuchten, glänzenden Augen ins Gesicht.
„Müßten wir das hier nicht *so* machen?"
Er zog ihn an sich und küßte ihn. Sie lachten, schlangen die Arme umeinander und standen ganz dicht beisammen, küßten sich ein übers andere Mal und lachten. Wie war das möglich? Das war ja ein unbeschreiblich schönes Gefühl. Sie wagten kaum, sich anzusehen, hielten sich nur fest und lächelten sich mit einer Art Körpersprache an. Sie vergaßen ihre Umgebung und empfanden in der Umarmung des anderen ein Gefühl der Schwerelosigkeit. Ihnen schien es, als würden sie in höhere Sphären emporgehoben. Mit nichts, was sie in ihrem bisherigen mühevollen Leben erfahren hatten, ließ sich dieses Gefühl vergleichen.
„Nun folgt der ‚Gute-Nacht-Tanz'." Der Discjockey, der Männerkleider und eine Perücke trug, hielt das Mikrophon ganz dicht an den Mund. „Die letzte Chance heute abend. Beth singt: ‚Auf dich hab' ich gewar-

tet.'"
Petronius und Baldrian, Herrlein Uglemose und Fandango tanzten paarweise zu den Klängen der Musik.
Konnte das sein, dieses Gefühl, den Körper eines anderen Mannes am eigenen zu spüren? Warum hatten sie das nicht schon früher probiert? Baldrians Arme auf seinem Körper – flüchtige Klänge im Halbdunkel – alles auf der Welt war einfach und schön. „Baldrian, du bist bezaubernd. Baldrian, ich will bei dir sein."
Das Licht ging an. Es brannte in den Augen. Sie starrten in ihre Alltagsgesichter, sahen zu Boden. War es nicht an der Zeit zu gehen? Sicher. Sie holten ihre Sachen. Die Frauen drängelten sich vor, riefen ihre Nummer und bekamen ihre Garderobe zuerst ausgehändigt.
Dann standen sie wieder auf der Straße, wo nicht eine Spur verriet, daß es einen solchen Ort auf der Welt gab. Sie sahen den Bürgersteig entlang. Ein älteres Frauenpaar mit zwei lachsroten Köfferchen verschwand um die Ecke.
„Aber war das nicht ...?"
„... alles nur Einbildung?"
Petronius spürte Baldrians warme Hand und gewann sofort seine Sicherheit zurück. Herrlein Uglemose und Fandango kamen aus der Tür gehüpft. Sie blieben auf der Treppe stehen und gaben sich einen Kuß. Sanft lächelnd und glücklich standen die beiden da und strahlten sich an.
„Das Abendessen wartet bereits", erklärte Herrlein Uglemose. Dann gingen sie alle vier Arm in Arm zur großen, weißen Villa auf dem Plattenberg.

Der gerechte Zorn einer Mutter

„Ich verstehe nicht, warum du soviel Wind machst", sagte Rut Bram zu ihrem Sohn, während sie im Zimmer auf und ab ging. „Die ganze Geschlechtsdiskriminierung ist aufgehoben, Männer können genau die gleichen Dinge tun wie Frauen, wenn sie sich nur bemühen."
Im Prinzip stand dem nichts im Wege, daß in Egalia alle alles werden konnten. Die Gründermütter hatten auf dem Demokraberg ein streng egalitäres Grundgesetz verabschiedet, in welchem das Recht aller auf alles unabhängig von allem für immer festgelegt worden war.
Welches seien denn die Rechte, die Männern angeblich nicht zugestan-

den würden, wenn sie mal fragen dürfe? Ein Mann könne doch zur Luzia noch mal werden, was er wolle, wenn er nur Einsatzbereitschaft zeige. Und eben daran mangele es. „Die Männer wollen ja nicht!" Rut Bram machte eine Kunstpause, als werde sie einige Zeit bei dem Gedanken verweilen, daß Männer nicht wollten. „Die Männer wollen am liebsten zu Hause sein. Laß sie doch." So sollten er und seine Männerbewegung doch nicht agitieren. Die Männer bekämen nur ein schlechtes Gewissen und empfänden ihre Arbeit als wertlos. Eigentlich sei sie aber tausendmal wertvoller – „tausendmal, Petronius" – als die, die Frauen wie sie selber verrichteten, wenn sie in irgendwelchen Papieren herumwühlten, zu Besprechungen gingen und wichtige Beschlüsse im Interesse des Landes faßten. Ungleich wertvoller und grundlegend. Außerdem würden Männer viel eher zum Kinderaufpassen passen. Um ihren Mund spielte ein Lächeln. Das mußte sie sich merken: Die Männer passen zum Kinderaufpassen. Lustiges Wortspiel.

„Wenn aber die Arbeit der Männer so wertvoll ist, wie du sagst, warum bekommen sie dann dafür keinen Lohn?" Dieser Gedanke war Petronius plötzlich durch den Kopf gegangen, ohne daß er früher darüber nachgedacht hatte.

Seine Mutter verstummte für einen Augenblick. Doch während sie schwieg, feilte sie bereits an mehreren brauchbaren Gegenargumenten. Entlohnung!? Nein, jetzt schien ihr Sohn völlig durchzudrehen. Wo solle denn das Geld herkommen, wenn die Frage erlaubt sei? Und außerdem bekämen Männer doch eine Entlohnung. Aßen sie vielleicht nicht? Konnten sie sich ausruhen? Schliefen sie in einem weichen Bett? Oder etwa nicht? Und außerdem würden sie ja in doppelter Hinsicht entlohnt, nämlich in Form von Sicherheit, Liebe und Wärme. Und außerdem sei es völlig absurd und phantastisch, daß gerade er, der doch die Befreiung der Hausmänner anstrebe, für eine Entlohnung der Männer eintrete. Die würden ja einfach an ihren heimischen Herden weiterkleben, von denen er sie unter allen Umständen weghaben wolle. Entlohnung für Männer? Nein, wirklich, nun begann ihr Sohn ganz den Verstand zu verlieren.

Petronius sah ein, daß er gerade im Begriff war, den Verstand zu verlieren. Er war ja auf diesen Gedanken – eigentlich mehr eine Schnapsidee – nur verfallen, um den Redefluß seiner Mutter zu bremsen. Er zögerte leicht. „Ja, aber ... was ist mit den Arbeitstrupps?" sagte er, glücklich, daß die ihm noch rechtzeitig eingefallen waren. Sie redete ja so, als bestehe die ganze Gesellschaft nur aus Angehörigen der Oberschicht. Die Männer in den Elendsvierteln gingen doch jeden Tag zur Arbeit und versorgten außerdem die Kinder, wenn sie abends nach Hause kamen. Wie

verhalte es sich mit denen? Das sei doch die große Mehrheit. Was würde passieren, wenn die alle aus dem, was sie gesagt habe, die Konsequenz zögen und eines schönen Tages ihre Arbeit niederlegten etwa nach dem Motto: ‚Nee, ich geh' nicht mehr arbeiten, denn es ist viel wertvoller und grundlegender, zu Hause zu sein und die Kinder zu versorgen'? So würden sie freilich kein Geld zum Leben bekommen. Und warum nicht? Vor allem, fuhr Petronius mit nicht zu überhörender Ironie fort, weil es tausendfache Gegenargumente dafür gebe, daß sie keins in die Finger bekommen sollten. Sie würden eben sterben, natürlich, weil sie nichts zu essen kriegten. Aber was würde das schon ausmachen? Hauptsache, sie taten etwas, was grundlegend und wertvoll war.
Bram überhörte den spitzen Unterton. Selbstverständlich sei es bedauerlich, sehr bedauerlich sogar, daß die Unterschicht so hart arbeiten müsse. Darin seien sie sich doch völlig einig. Das sollte er doch wissen. „Und wer kommandiert sie herum?“ trumpfte Petronius auf. „Wer sind denn bei den Reinigungs- und Renovierungskolonnen die Chefs, die Aufseher, Inspekteure, Kontrolleure und ...?“
„Ja, ja, ja und nochmals ja!“ rief Rut Bram erregt. Als ob sie nicht wisse, daß die Führung ausschließlich aus Frauen bestehe. Er brauche sie nicht zu belehren. Doch solange seine Männerbewegung den grundlegenden Unterschied zwischen dem Wesen des Mannes und dem der Frau nicht aufgezeigt habe, könne sie nicht darauf hoffen, eine sozial gerechte Arbeitsverteilung zwischen den Geschlechtern zu erreichen. „Aber wer hat denn gesagt, daß eine geschlechtsspezifische Arbeitsteilung notwendig ist?“ Petronius ließ nicht locker. Hier wurde Rut fast spöttisch und erklärte geduldig, dies werde doch durch die Geschichte zur Genüge bewiesen, so daß dam es doch nicht sonderlich bezweifeln könne ... So wünschenswert das auch sei, fügte sie hinzu. Und als Petronius ihr nicht antwortete, faßte sie es als ein Zeichen auf, daß er vor ihren Argumenten endlich kapituliert hatte.
Sie wurde ein wenig milder gestimmt. Eigentlich war er ja süß. In seinem Innersten wußte er doch, daß sie recht hatte. Denn dumm war er ja nicht, ihr Sohn. Und eigentlich war es auch nicht weiter verwunderlich, daß er ein bißchen Aufstand machte. Mit irgend etwas mußte er sich ja beschäftigen. Sie ging zu ihm und legte ihre Hand auf seine Schulter.
„Ich muß schon sagen, es imponiert mir, Petronius“, meinte sie anerkennend und sah ihm zärtlich und aufrichtig in die Augen. „Es imponiert mir wirklich, daß du dir so viele Gedanken machst und dir eine eigene Meinung über die Dinge gebildet hast ...“

Volksabstimmung in Egalia und der freche Männercoup

Das politische Leben in Egalia war in diesem Frühjahr besonders hektisch. Die Situation auf dem Arbeitsmarkt machte es erforderlich, daß die Chefdirektorin eine neue große Volksabstimmung ankündigte. Nicht weniger als acht Parteien waren diesmal auf der Liste, und jede stand in heftiger Opposition zu den restlichen sieben. Von den alten Parteien kandidierten die Demokratischen Egalisten, die Völkische Gleichheitspartei, die Egalitäre Volkspartei, die Egalitär-Demokratische Vereinigung und die Egalistischen Demokraten. Hier stritten besonders die Egalistischen Demokraten und die Demokratischen Egalisten miteinander. Sie repräsentierten den linken beziehungsweise rechten Flügel der alten Parteien. Außerdem hatte sich noch eine neue Partei konstituiert: die matraxistisch orientierte und rabiate Aktionspartei Kurzer Prozeß, die nach Meinung ihrer politischen Gegner dafür eintrat, alle Gebäude der Zentralverwaltung in die Luft zu sprengen, da von dem, was dort geschah, angeblich nichts zum Wohle des Volkes geschah.

In letzter Zeit hatte die religiöse Partei, die sich Donna Klaras Botschaft nannte, Auftrieb erhalten. Sie agitierte für mehr Moral, gegen den Sittenverfall, eine demütigere Grundhaltung und trat für eine stärkere Rückbesinnung auf die elementaren Werte des Mutterlandes ein. Diese Partei konnte durchaus zum Zünglein an der Waage werden.

Kurz vor der Volksabstimmung tauchte noch eine achte Partei auf, die sich als Telefonpartei bezeichnete und sich für den zügigen Ausbau des Telefonnetzes einsetzte, damit alle politischen Entscheidungen per Telefon getroffen werden könnten. Es war nicht ganz klar, an welcher Stelle im politischen Spektrum die Telefonpartei einzuordnen war und welchen Anklang ihr Programm bei der Bevölkerung finden würde. Die Telefonpartei brachte ihre Ansichten im Parteiorgan *Rrrrrrrrr* zum Ausdruck. Die ehemaligen Parteien, die besondere wirtschaftliche Interessen unterstützt hatten, wie die Fischerinnenpartei oder die Geschäftliche Union, waren heute ein Anachronismus und deshalb von der Liste verschwunden.

Das Abstimmungsverfahren hatte dam schon vor langer Zeit rationalisiert. Es lief in der Weise ab, daß eine der staatlichen Direktorinnen-Kooperative unterstellte Expertinnengruppe ein Verzeichnis von rund tausend egalitanischen Bürgern erarbeitete, und zwar nach einem System, das einen repräsentativen Querschnitt durch die Gesamtbevölkerung garantierte. Die Wissenschaftlerinnen hatten hundertprozentig sichere

Methoden entwickelt, die eine solche repräsentative Auswahl ermöglichten.
Die Durchschnittsegalitaner waren im großen und ganzen zufrieden damit, daß ihre Meinung auf diese Weise in der Volksburg vertreten war. Jedenfalls empfanden die meisten es als eine Verbesserung gegenüber früheren Zeiten. Die ganz alten erinnerten sich noch, wie damals die Parteileute von Haushalt zu Haushalt getrabt waren und jede einzelne Familienmutter gefragt hatten, ob sie nicht eine Partei auf der Liste ankreuzen wolle. Damals hatte die Abstimmung noch mehrere Tage gedauert.
Die alten Männerrechtler im Egalistischen Männerbund hatten gegen diese Methode protestiert. Es seien ja nur die Familienoberhäupter befragt worden, sagten sie. Und das sei ungerecht. Die Männer müßten ebenfalls berechtigt sein, eine Antwort abzugeben, meinten sie. Auf Grund der neuen Umfragemethode wurde den Männern das Antwortrecht in gleicher Weise zugestanden wie den Frauen.
Eine Gruppe innerhalb der Männerliga, die die sogenannte Männerdiskriminierung bei den Umfragemethoden eingehend untersucht hatte, behauptete freilich, sie könne beweisen, daß den Männern auch jetzt nicht das Antwortrecht in gleichem Maße wie den Frauen eingeräumt werde. Ein Jahr lang hatte die Gruppe sämtliche Umfrageergebnisse der letzten zehn Jahre ausgewertet und dabei festgestellt, daß bei jeder Auswahl rund siebenhundertfünfzig Frauen, aber nur zweihundertfünfzig Männer beteiligt waren. „Aha! Das also nennen die hohen Damen in der Expertinnenkommission eine repräsentative Auswahl!“ empörten sie sich und schrieben einen langen Artikel an die Egalsunder Zeitung. Der Beitrag wurde den Absendern zurückgesandt. Im Begleitschreiben hieß es: „Die Redaktion hat Ihren Artikel mit großem Interesse gelesen. Das Zahlenmaterial, das Sie vorlegen, ist zweifellos interessant. Jedoch sind wir in der Abstimmungskampagne inzwischen schon so weit fortgeschritten, daß es zweifelhaft sein dürfte, ob Ihren Überlegungen überhaupt ein Neuigkeitswert zukommt. Unser Blatt veröffentlicht in erster Linie aktuelles Material.“ Aber die Leute aus den Parteien wußten, daß die Maskulinisten sich nicht einlullen und für dumm verkaufen ließen.
Die Belange der Männer waren in den letzten Jahren immer mehr in den Mittelpunkt aktueller Diskussionen gerückt, und alle Parteien waren sich im klaren darüber, daß sie ihr Interesse an der Männerfrage bekunden mußten, wenn sie im Rennen bleiben wollten. Sie sorgten deshalb dafür, daß auf den Listen nicht ausschließlich Frauennamen standen, obwohl es sich einige Male nicht vermeiden ließ. „Egalsund wurde nicht

an einem Tage erbaut", sagten sie, „und so ist es auch mit der Männerbefreiung." Auch griffen die Parteien begierig all die seltsamen Meinungen auf, die von verschiedenen Mitgliedern der Männerbewegung geäußert wurden, und prüften eifrig, ob sie nicht irgendwie in ihr Parteiprogramm paßten. Es kam auch vor, daß sie einiges von dem, was die Männerrechtler über die Diskussion in den Parteien gesagt hatten, übernahmen. Vor allem hörten die Parteien auf den Egalistischen Männerbund, der sich über Generationen hinweg für die Rechte der Männer eingesetzt hatte. So war er zum Beispiel über fünfzig Jahre lang unbeirrt dafür eingetreten, Männer die gleichen Berufe ergreifen zu lassen wie Frauen. „Alle Achtung", sagten die Parteivorsitzenden („Zum Glück hat es nicht das geringste genützt", meinte Ba). Außerdem wirkte der Egalistische Männerbund nicht so extrem wie die neugegründete Männerliga.
Auf dem Stimmzettel für die Volksabstimmung, den tausend Egalitaner am Tage der Abstimmung vorgelegt bekamen, waren sämtliche Namen der Parteien und der Kandidaten zur Volksburg aufgeführt. Außerdem hatte jede Partei einige Fragen zur künftigen Politik erarbeitet, die es zu beantworten galt. Zum Beispiel: „Soll der Staat mehr Geld bewilligen für: a) Gebärpaläste, b) Sportpaläste, c) Menstruationsspiele? Bitte kreuzen Sie Ihre Meinung an." Oder: „Gibt der Staat zuviel Geld aus für a) das Büro für Vaterschaftsangelegenheiten, b) Sozialunterstützung für unpatronierte Väter, c) die Renovierung von Wohnungen? Bitte kreuzen Sie Ihre Meinung an." Oder: „Was soll gegen den Bevölkerungsrückgang unternommen werden: a) Erhöhung der Gehälter während der Schwangerschaftsperiode, b) Bewilligung eines längeren Urlaubs, c) Erhöhung des Kindergeldes beim ersten Kind? Bitte kreuzen Sie Ihre Meinung an." Auf diese Weise konnte die Bevölkerung ihre Meinung zu allen aktuellen Fragen ausdrücken. Jede Partei sammelte die Antworten auf die von ihr gestellten Fragen ein. Und so konnten, wenn die Partei in einer späteren Volksburgdebatte beispielsweise höhere Ausgaben für Gebärpaläste befürwortete, die Rednerinnen hinzufügen, daß in der Umfrage „zweiundsiebzig Prozent unserer Parteifreunde" sich dafür ausgesprochen hätten. Das verlieh ihren Worten ein größeres Gewicht. Gleichzeitig bot es die Gewähr, daß der Volksmeinung stets Geltung verschafft wurde.
Die Männerliga stellte sich nicht als eigene Partei auf. Sie versuchte, ihre Ansichten in sämtlichen Parteien durchzusetzen. Darüber entstanden zahlreiche Diskussionen, weil viele Mitglieder der Männerbewegung ihre politische Basis in der Aktionspartei Kurzer Prozeß hatten und prinzipiell der Meinung waren, daß die Gesellschaft von Grund auf geändert werden müsse und sie nicht auf eine Befreiung der Männer hoffen könn-

ten, ehe die Unterschicht befreit sei. Darauf antworteten jene, die ihre ideologische Heimat nicht im Kurzen Prozeß hatten, mit einer Flut von Fragen: Wer mache denn eigentlich die Unterschicht aus? Seien das nicht auch meistens Männer? Wer schufte denn in Fallüstrien und verrichte die schwersten Arbeiten in den Arbeitstrupps? Bei einer genaueren Analyse hätten sie herausgefunden, daß Männer tatsächlich dreimal schwerer arbeiteten als Frauen und auf allen Stufen der Hierarchie viel weniger verdienten. Sie sollten sich doch nichts vormachen lassen, nur weil einige wenige Männer in Spitzenpositionen säßen. Und was passiere mit den Männern, die im Arbeitsprozeß stünden? Mußten sie vielleicht nicht aufhören, wenn ihre Frauen geboren hätten? Ob sie wohl schon von Männern gehört hätten, die mit der Stillzeit und zugleich mit der Erwerbstätigkeit fertig geworden seien?
Einige Männer von der Aktionspartei Kurzer Prozeß hatten während einer Diskussion innerhalb der Männergruppe eingeräumt, daß sie dort in der Tat die unangenehmen Arbeiten verrichten müßten. Dabei kam so vieles zur Sprache, was in den öffentlichen Debatten nicht stichhaltig war. So mußten sie zum Beispiel den Boden wischen. Aufwischen sei eine der schwersten Arbeiten, hatten die Parteigrößen gesagt. Deshalb sei es nur natürlich, daß sie von Männern verrichtet werde. Je mehr die Männer den Boden wischten, desto weniger Einblick erhielten sie in die aktuellen politischen Probleme, desto weniger verstanden sie von den Resolutionen, Anträgen und Gesetzesvorlagen und um so weniger entstand in ihnen die Auffassung, auch noch zu etwas anderem als zum Aufwischen befähigt zu sein. Der Fußboden mußte ja geputzt werden, und der Ideologie der Aktionspartei Kurzer Prozeß (AKP) zufolge kam jeder Arbeit der gleiche Wert zu. Daß die Männer das Aufwischen so geringschätzten, war ein Ergebnis der sogenannten egalitären Prestigegesellschaft. Nach mehreren Jahren des Aufwischens hatte deshalb eine große Gruppe von Männern die Trennung von der Partei vollzogen und sich der Männerbewegung angeschlossen.
Die Hauptforderungen drehten sich um die Kinderaufzucht. Die Parole ‚Trotzdem sind es die Frauen, die die Kinder gebären' wurde in der Bewegung herzlich belacht, jedenfalls von einigen, doch schließlich wurde sie als Ausdruck des Frauenhasses verworfen. Dam sollte doch nicht die Fehler der Frauen wiederholen, nur mit umgekehrtem Vorzeichen. Andere betonten, eine solche Parole sei doch lediglich ein besseres Argument dafür, daß Männer die Kinder zu versorgen hätten. Viele ließen bei diesen Worten ein „Hm, ganz recht" hören und nickten zustimmend. Die Parole ‚Nieder mit der Weiberfrauschaft' wurde statt dessen ange-

nommen, auch wenn nicht wenige sie für abgegriffen hielten. Eine originelle Seele verfiel auf die Parole ‚Wo bleibt die Mutter?', deren Befürworter sich erhofften, so etwas werde ans Gefühl appellieren. Manche bezweifelten freilich, daß das Wort ‚Mutter' mit Kinderaufzucht in Verbindung gebracht würde. Die Forderung lief darauf hinaus, daß beide Elternteile die Verantwortung für das Kind haben müßten. Ein Kind sei das Produkt eines Vaters *und* einer Mutter, erklärten sie. Da die Mutter während der Schwangerschaft und der Geburt die Arbeit habe, sei es nur recht und billig, daß der Vater das Kind, wenn es einmal da sei, in seine Obhut nehme. Doch warum müsse dieser Zustand der Kinderaufzucht ein Leben lang beibehalten werden? Sobald das Kind zwei Jahre alt sei, sollten die Eltern sich die Arbeit der Kinderaufzucht teilen. Einige traten dafür ein, daß der Vater das Kind neun Monate und drei Wochen lang versorgen solle; danach sei es die Verantwortung beider Elternteile. Die meisten sprachen sich dagegen aus. Sie sagten, es lasse sich nicht ohne weiteres ein Gleichheitszeichen zwischen Schwangerschaft und Kinderversorgung setzen. Ein Kind im Leibe tragen sei in ganz anderem und durchgreifendem Maße eine Belastung als die Versorgung des Kindes; deshalb müsse die Zeit, in der das Kind nach der Geburt durch den Vater versorgt werde, mindestens doppelt so lang sein wie die Schwangerschaft.

Darüber wurde in der Männerliga heftig diskutiert. Diejenigen, die einer neunmonatigen Versorgungszeit durch den Vater das Wort redeten, erbosten sich nicht wenig und fragten die anderen, woher sie eigentlich wüßten, daß eine Schwangerschaft so fürchterlich anstrengend sei. Seien sie vielleicht schon einmal schwanger gewesen? Wie könnten sie als Männer sich überhaupt zum Zustand einer werdenden Mutter äußern? Die Angesprochenen stutzten leicht, denn ihnen schien daran wirklich etwas Wahres zu sein. Männer wüßten ja in der Tat nichts von diesen Dingen. Da ergriff einer der Neun-Monate-Anhänger das Wort und äußerte die Vermutung, das ganze Gerede von der Schwangerschaft sei doch wahrscheinlich etwas übertrieben. Er für seine Person wolle sogar so weit gehen und behaupten, daß das Aufziehen eines Kindes viel anstrengender sei als das Austragen eines Kindes. Sie sollten nur daran denken, wie die Väter sich abrackern und vierundzwanzig Stunden am Tage verfügbar sein müßten, solange das Kind klein sei. Dabei werde nicht über geregelte Arbeitszeit geredet, nein, ganz gewiß nicht, etwa so wie bei den Müttern. Und Lohn bekämen sie auch keinen.

Als das Wort ‚Lohn' fiel, geriet die Debatte fast außer Kontrolle. „Es gibt doch wohl keinen, der ernsthaft meint, die Männer sollten für et-

was, was sie freiwillig aus Liebe zur Frau und den Kindern tun, Lohn bekommen!" „Zugegeben, aber egal, wie vernarrt Männer in Frau und Kind auch sind, mit Arbeit ist es eben trotzdem verbunden!" „Na, höre mal, dann sollten sie doch lieber versuchen, da rauszukommen und sich eine anständige Arbeit zu suchen. Dafür soll die Männerbewegung gefälligst kämpfen. Es kann doch nicht ihr Ziel sein, die Männer ans Haus zu ketten!" Hier stockte die Debatte. Alle waren sich darin einig, daß dies nicht der Sinn sein könne. Das mit dem Lohn sei ja auch nicht als konkreter, realistischer Vorschlag gemeint gewesen. Das sei einfach nur gesagt worden, um zu betonen ... um darauf hinzuweisen, daß die Männer umsonst arbeiteten.
Die Forderung nach einer Begrenzung der Kinderpflegezeit für Väter auf maximal zwei Jahre wurde anschließend einstimmig angenommen. Eine Flut von Argumenten ergoß sich über die Männerbewegung. Daß Kinder sich am wohlsten beim Vater fühlten, das wüßten doch alle. „Das ist doch schlicht und einfach Empirie", sagten die Matraxisten. „Wer hat denn schon plärrende Kinder nach der Mutter schreien hören?" In jenen Tagen wurde viel über die Natur des Mannes geredet. Weniger diffus waren gewisse Untersuchungen, die von Psychologinnen vorgenommen worden waren und die nachwiesen, daß das Kind aggressiv wurde und später unter Anpassungsschwierigkeiten litt, wenn es in den ersten fünf Lebensjahren nicht beim Vater war. Soziologische Erhebungen hatten zu den gleichen Resultaten geführt. Zoologische Untersuchungen bei den Goromiten, einer Affenart, die in den inneren Landstrichen jenseits der fallüstrischen Hochgebirge lebte, hatten gezeigt, daß die Jungen starben, wenn der Vater verschwand. Die Illustrierten, die sich sonst unpolitisch gaben und sich an der Volksabstimmungsdebatte nicht beteiligten, unterstützten diese Meinung nach Kräften, indem sie ergreifende Bilder von Kleinkindern abdruckten, die sich in des Vaters Bart kuschelten und behütet in der Armbeuge des Vaters schlummerten. Das Bild vom molligen, samthäutigen Baby, das sich friedlich schlummernd an den Vater schmiegte, war stets dazu geeignet, ein Gefühl von Wärme und Geborgenheit hervorzurufen.
Die Männerbewegung ließ sich in diesem Punkt nicht beirren und lehnte alle Diskussionen über die Natur des Mannes rundweg ab. Derartige Untersuchungen seien doch nur eine Folge davon, daß sie in einer Frauengesellschaft lebten. Als ob Frauen, auch wenn sie Forscherinnen waren, etwas über Vatergefühle aussagen konnten! („Wie können die Maskulinisten, die fallüstrisch sind, etwas über Vatergefühle aussagen?" meinte Ba.)

Die Männer behaupteten, solange sie in einer Gesellschaft lebten, die von nur einem Geschlecht befrauscht werde, sei es geradezu absurd, mit Begriffen wie ‚Natur des Mannes' und ‚Natur der Frau' zu operieren. Solange das eine Geschlecht über das andere frausche, könnten sie nie den eigentlichen – psychischen – Unterschied zwischen den Geschlechtern herausfinden. Falls es überhaupt einen gebe.
Eine weitere Forderung bestand darin, die Trennung zwischen den Arbeitstrupps und sonstigen gesellschaftlichen Tätigkeiten aufzuheben, um so das Prinzip der Chancengleichheit für beide Geschlechter durchsetzen zu können. Frauen durften an höher bezahlten Stellungen keinen größeren Anteil haben als Männer. Die Männerbewegung war sich im klaren darüber, daß sie bei der Verwirklichung dieser Forderung auf unüberwindliche Schwierigkeiten stoßen würde. Da die meisten Männer Väter waren, patroniert oder unpatroniert, hinderte sie dieser Umstand zumeist daran, eine umfassendere Ausbildung zu absolvieren, die ihnen den Aufstieg in höher dotierte Positionen geebnet hätte. Außerdem gab es in der Männerbewegung nicht wenige, die meinten, die Frauen seien trotz allem besser ausgerüstet.
So konnten sie wenigstens fordern, daß die schlimmsten Auswüchse der Männerdiskriminierung aufgehoben wurden. Die Forderung „Mehr Unterstützung für die unpatronierten Väter!" fand großen Zuspruch, auch außerhalb der Männerbewegung. Mehrere Parteien nahmen sie in ihr Programm auf. Daß unpatronierte Väter unbeschreibliche Not litten – darin waren sich alle einig.
Die Losungen „Stoppt die Zwangsregistrierung!" und „Weg mit den P-Karten!" riefen dagegen bedeutend größeren Widerstand hervor. Es sei eine Selbstverständlichkeit, daß Männer für Verhütungsmaßnahmen sorgten. Da bei Männern stets das Risiko eines Samenergusses bestehe, wenn sich eine mit ihnen sexuell vergnüge, trügen sie logischerweise die Verantwortung dafür, daß kein Kind dabei gezeugt werde. Das sexuelle Vergnügen der Frauen habe ja damit nichts zu tun. Wünschten sie zu gebären, brauchten sie dem, mit dem sie schlafen wollten, nur deutlich ihre Absicht kundzutun, sich schwängern zu lassen. Den Männern dagegen mangele es an der Fähigkeit, zwischen sexueller Wollust und Fortpflanzung zu unterscheiden. Das sei ein rein physiologisches Phänomen.
„Weil uns diese Fähigkeit fehlt, hält dam uns für etwas blöd im Kopf", sagte Petronius.
Er und Baldrian hatten nach ihrem vertraulichen Gespräch in der „Alten Spielfrauenkneipe" die Beischlafsproblematik in die Männerbewegung eingebracht, was Anlaß zu zahlreichen erkenntnisfördernden Diskus-

sionen gewesen war. Sie hatten darüber gesprochen, daß der Abscheu der Frauen vor dem Samen, ja vor dem ganzen Männerkörper die Männer daran hinderte, ihr Geschlechtsleben voll auszukosten. Wie Petronius und Baldrian hatten die meisten Männer zugegeben, daß sie den Penis am liebsten in den Gebärkanal einführten und dort ihren Samenerguß bekamen. Doch war ihnen sehr wohl bewußt, daß dieser Umstand, sollte er einmal zu einem allgemein anerkannten Faktum werden, mit Sicherheit gegen sie verwendet werden würde. „Falls das wirklich zutrifft, daß Männer sich auf so eine barbarische Weise sexuell vergnügen, dann ist es noch viel einleuchtender, daß sie ganz allein für die Empfängnisverhütung Sorge tragen müssen", würden die Leute sagen.

Immer mehr Männer erkannten, wie unsinnig es war, auf der einen Seite die Pille nehmen zu müssen und andererseits fast nie zu einem Samenerguß im Gebärkanal zu kommen. Obendrein hatten viele sogar Schwierigkeiten, überhaupt zum Orgasmus zu gelangen. Eigentlich war dies ein Sachverhalt, über den Frauen und Männer gleichermaßen Bescheid wußten. Nur wurde darüber nie gesprochen. Der Ausschuß, der von der Volksburg sieben Jahre zuvor zur Behandlung dieser Frage eingesetzt worden war, hatte nie auch nur den geringsten diesbezüglichen Vorschlag unterbreitet.

Die Männerbewegung hatte ein ziemlich sicheres Gefühl, daß die Forderung „Weg mit den P-Karten!" gerechtfertigt war, gleichgültig, welche spitzen Bemerkungen das auch zur Folge haben konnte. Alle Jungen wurden, wenn sie in die Pubertät kamen, mit einer sogenannten P-Karte versehen. Es war eine Art Stempelkarte, die als Beweis dafür galt, daß sie die Pille genommen hatten. Es gab Pillen, deren Wirkung einen ganzen Monat vorhielt, und so zogen die meisten eine Monatskarte vor. Sie mußten sich in einem öffentlichen Pillenbüro melden, wo sie die Pille unter Aufsicht zweier Beamtinnen einnahmen, die die Karte abstempelten. Die Karteikarten wurden an das Büro für Vaterschaftsangelegenheiten weitergeleitet. Wenn eine Frau behauptete, sie habe sich von einem Mann schwängern lassen, konnte das Büro für Vaterschaftsangelegenheiten leicht kontrollieren, ob der bezichtigte Mann in dem fraglichen Zeitraum P-registriert war. War er es, wurden die Angaben der Frau gegenstandslos. Die Männer, die ein Kind wollten, meldeten sich als freie Samenspender auf dem Markt. Gaben Frauen sie in einer solchen Periode, in der sie ihren Samen frei zur Verfügung stellten, als Vater an, hatten sie die größten Schwierigkeiten, der Vaterschaft zu entgehen. Dam sagte ihnen, sie sollten Zeugen beibringen, daß sie nicht der Vater seien. „Wie können wir für etwas, was nicht stattgefunden

hat, Zeugen beibringen?“ fragten sie empört in der Männerbewegung. Hier plädierten alle dafür, daß das Einnehmen der Pille absolut freiwillig sein müsse. Schließlich sei das eine Frage des Vertrauensverhältnisses zwischen Frau und Mann. Sie könne doch zum Beispiel selber dabeisein, wenn er die Pille nehme, dann sei das kein Problem. „Huh“, sagten die, die das hörten, während sie bei einem halben Liter miteinander redeten, „sollen wir etwa dazu gezwungen werden, mit einem Mann jeweils einen Monat lang ein Verhältnis zu haben, nur um eine kleine Nummer schieben zu können?“
Einige wenige Volksburgkandidaten versprachen, dieses heiße Eisen zur Debatte zu stellen, falls sie gewählt würden. Natürlich würden sie sich dann mit dieser Frage beschäftigen. Es handle sich ja eigentlich um einen riesigen Fragenkomplex – aber selbstverständlich werde dam sich damit befassen.
Im Verlauf der Umfragekampagne hatte eine Gruppe aus der Männerbewegung damit begonnen, die Partei der Botschaft Donna Klaras heimlich zu unterwandern. Diese Aktion war innerhalb der Bewegung nicht besprochen worden, und es gab nur wenige, die davon wußten. Bei den Umfrageversammlungen der Partei fanden sie sich in rührend altmodischen Männerkleidern ein und stimmten aus voller Kehle das Mutterlandslied an; sie beteiligten sich am Kirchenliedersingen und am Beten, tranken Kaffee und aßen Gebäck mit den Parteigrößen, denen sie freundlich zulächelten und erklärten, wie einzigartig es ihnen vorkomme, daß Donna Klaras Botschaft Anklang beim Volk finde, und wie beruhigend es sei, daß es noch eine moralisch gefestigte Partei gebe. Es seien so viele Auflösungserscheinungen in der Gesellschaft zu beklagen, sagten sie und nippten bedächtig an ihrer Kaffeetasse, wobei sie den kleinen Finger abspreizten. „Denken Sie nur mal an die Männerbewegung“, gaben sie den Parteigewaltigen zu bedenken. „Es ist doch klar, daß sich eine breite Front auf solider Basis mit unbeirrbarer Grundhaltung bilden muß, um diesen Tendenzen nachhaltig entgegenzuwirken.“ Und dann sangen sie voller Inbrunst das schöne Lied: „O Klara, meine einzige Braut“.
Ob Donna Klaras Botschaft nicht glaube, daß sich derartigen Tendenzen am wirksamsten begegnen lasse, wenn die Partei die besten Argumente der Männer übernehme und einige dieser Männer auf ihre Liste setzen würde, fragten sie, nachdem das letzte brausende „Meine Seele und mein Leib vereint mit dir“ verklungen war. Auf diese Weise würden sie den Männern und auch der übrigen Bevölkerung beweisen, daß Donna Klaras Botschaft Männern gegenüber keine Vorurteile habe. Die Partei-

größen, die bereits in der Erwartung, mit Donna Klara leiblich und seelisch vereint zu sein, in Hochstimmung gerieten, zeigten sich sehr wohlwollend und meinten, dies sei eine wirklich großartige Idee. Das Problem sei überhaupt nicht, daß dam den Männern gegenüber Vorurteile habe, sagten sie. Das Problem sei vielmehr, daß sie so wenige aktive Männer in der Partei hätten. „Nein, wirklich? Und diese wenigen Männer putzen sicher lieben den Fußboden oder verrichten irgendwelche anderen unwichtigen Bagatellarbeiten, stimmt's?" entgegneten die männerbewegten Männer verständnisvoll. Ja, genau so sei es. Aber das Problem könne gelöst werden, wenn dam einige willige und aktive Männer anschleppe, die im Prinzip für Donna Klaras Botschaft einträten. Sicher, das sei schon möglich, aber sie sollten doch vorher lieber ein bißchen aktiv in der Partei mitgearbeitet haben. Die Männerbewegten wußten Rat. Sie kennten einige, die regelmäßig zu den Parteiversammlungen gegangen seien und tatsächlich längere Zeit aktiv an der lokalen Gruppenarbeit teilgenommen hätten. Ob sie nicht vielleicht in Frage kämen?
Die Angaben wurden überprüft. Tatsächlich waren in letzter Zeit mehrere Männer in den Versammlungen aufgetaucht, die sich als äußerst aktiv, sehr tüchtig und grundsolide erwiesen hatten. „Jetzt müßt ihr zuschlagen! Tausende von Männern werden euch wählen, wenn ihr Männer auf die Liste setzt!" Es endete damit, daß über die Hälfte der von der Partei aufgestellten Kandidaten Männer waren.
Die Volksabstimmung fiel ungefähr so aus, wie es Meinungsumfragen vorausgesagt hatten: Die Egalistischen Demokraten und die Demokratischen Egalisten wurden die beiden stärksten Gruppen, doch keine von beiden erhielt die absolute Mehrheit. Die Egalitäre Volkspartei erklärte, daß sie die Demokratischen Egalisten unterstützen werde, während die Egalitär-Demokratische Vereinigung den Egalistischen Demokraten ihre Unterstützung zusicherte.
Das führte nicht gerade zu einer Lösung des Problems. Diese beiden Splitterparteien waren gleich stark. Die Völkische Gleichheitspartei hatte nicht genügend Anworten erhalten und war deshalb nicht mehr vertreten. Das gleiche galt auch für die Aktionspartei Kurzer Prozeß. Dagegen bekam Donna Klaras Botschaft sechs Kandidaten, davon drei männliche Repräsentanten. Erst jetzt bemerkten die Leute, daß Donna Klaras Botschaft eine männerbewußte Nominierungspolitik betrieben hatte. Die Egalistischen Demokraten, von der Egalitär-Demokratischen Vereinigung (mit einigen Vorbehalten) unterstützt, stürzten sich förmlich in Verhandlungen mit Donna Klaras Botschaft. Um die Mehrheit zu haben, fehlten ihnen lediglich fünf Repräsentanten. Auch war es zum

Wohle des Volkes, daß die Direktorinnenfrage schnell geklärt wurde. Da Donna Klaras Botschaft deutlich nach rechts tendierte, gingen die Verhandlungen reibungslos vonstatten. Die drei männlichen Volksfrauen verhielten sich am Verhandlungstisch auffallend still. Dem hatte dam keine besondere Beachtung geschenkt. Es war ja wohl nicht so einfach, ohne Vorbereitung das Wort zu ergreifen. Dafür lächelten sie charmant und schenkten Kaffee ein.

Bis zur ersten Volksburgsitzung verhielten sie sich still. Dort erst trug sich einer der Repräsentanten für Donna Klaras Botschaft in die Rednerliste ein: Syprian Barmerud. Allgemein war Syprian Barmerud als Sohn der Rektorin Barmerud bekannt. Aber nur wenige wußten, daß er aktiv in der Männerbewegung tätig war. Die Volksfrauen folgten ihm gespannt, als er zum Rednerpult ging. Doch kaum hatte er mit seinen Ausführungen begonnen, da tuschelten sie mit ihren Nachbarinnen oder raschelten in ihren Papieren. Das Geflüstere und Geraschel hörte jedoch bald auf. Irgendeine im Saal rief: „Abgekartete Sache!“, und alle spitzten plötzlich die Ohren.

„... und haben uns deshalb bei den Verhandlungen zwischen den Egalistischen Demokraten, der Egalitär-Demokratischen Vereinigung und Donna Klaras Botschaft zurückgehalten. Wir drei männlichen Repräsentanten für die DKB befinden uns in der Situation, das Zünglein an der Waage zu sein. Wir erklären hiermit, daß wir in der kommenden Legislaturperiode von der liberalen Repräsentationstheorie Gebrauch machen werden, einer Theorie, die in Egalia noch Gültigkeit besitzt. Wir sind als Vertrauensmänner des Volkes in die Volksburg eingezogen ...“

„Vertrauensmänner?!“ wurde geflüstert. „Können die nicht einmal richtig egalitanisch reden?“

„... und haben ein Recht darauf, zu denken und zu sagen, was wir wollen, und zwar unabhängig davon, über welche Parteiliste wir in die Volksburg hineingefragt wurden, und auch unabhängig von dem Programm der Partei. Mit anderen Worten: Wir haben unser eigenes Programm, ein Programm, das die Befreiung der Männer in Egalia fordert. Das Programm kann übrigens eine jede lesen, denn es wurden während der Umfragekampagne in der Stadt Flugblätter mit dem genauen Wortlaut verteilt. Das darf aber nicht dahingehend verstanden werden, daß die Männerbewegung jetzt den Status einer Partei hat. Die Männer in Donna Klaras Botschaft sind als freie Repräsentanten zu betrachten, so wie die Gründermütter es auf dem Demokraberg einst vorgeschrieben haben. Wir erklären hiermit ausdrücklich, daß wir uns auf unser Recht der freien Meinungsäußerung und unser Gewissen berufen werden, um jene Richtungen zu unterstützen, die Männerpolitik machen, jene Richtungen, die effektiv dafür arbeiten, die Geschlechtsdiskriminierung am Arbeitsplatz und zu Hause abzuschaffen. Dies ist unser unverrückbarer Standpunkt."

Syprian Barmeruds Erklärung löste große Unruhe und Verwirrung aus. In den folgenden Tagen liefen fieberhafte Untersuchungen an, um herauszufinden, ob der Coup nicht gegen das Grundgesetz verstieß oder zumindest gesetzwidrig war. Dam überprüfte auch, ob nicht bei der Anzahl der Frauen gepfuscht worden war. Donna Klaras Botschaft zeigte die drei männlichen Volksfrauen wegen Betrugs und arglistiger Täuschung an, doch die Klage wurde abgewiesen. Die Verfassungsexpertinnen schüttelten nur den Kopf und kratzten sich aufgebracht an der Brust. Verfassungsmäßig seien die männlichen Repräsentanten durchaus im Recht gewesen, als sie sich auf das Prinzip der Unabhängigkeit aller Repräsentanten berufen hätten.

So gab es nur noch die Möglichkeit, eine neue Volksabstimmung auszuschreiben. Doch das kostete viel Geld und entsprach auch nicht den Gepflogenheiten. Die Zeitungen, die wußten, daß Petronius Bram einer der Anführer dieser Narretei war, brachten Schlagzeilen wie diese: „Männerkampf wird immer rabiater – Sohn bringt Mutter um den Arbeitsplatz". Und darunter stand zu lesen: „Es ist eine bekannte Tatsache, daß Petronius Bram zu denen gehört, die in den letzten Jahren besonders aktiv für den Männerkampf in Egalsund eingetreten sind. Aus demselben Grund ließ er sich nicht zur Volksabstimmung aufstellen, hält sich vielmehr im Hintergrund und betätigt sich als Drahtzieher. Wird er jetzt seine eigene Mutter stürzen, um die Gleichstellung der Geschlechter durchzusetzen?"

Die *Rundschau Blauer Dunst* hatte bei Direktorin Bram angerufen, um sich über den Stand der Dinge zu informieren. Sie kriegte einen Wutanfall und schleuderte den Hörer zurück auf die Gabel. Und als es darauf noch einmal klingelte, hatte der Herr Direktor den Telefonhörer abgenommen und dem Anrufer freundlich mitgeteilt, die Direktorin sei nicht da. Am nächsten Tag brachte der *Blaue Dunst* eine fettgedruckte Schlagzeile auf der ersten Seite: „Racheaktion gegen tyrannische Mutter?" In dem nachfolgenden Artikel wurde behauptet, die Männerbewegung bestehe aus frustrierten, fallüstrischen Frauenhassern, die nicht imstande seien, sich ein Vaterschaftspatronat zu verschaffen.

Fürs erste entschied dam sich, abzuwarten. Vielleicht würden die Volksburgsitzungen trotzdem funktionieren, vielleicht würde es nicht so schwierig sein, die drei Repräsentanten zur Vernunft zu bringen, wenn

alles wieder seinen gewohnten Gang nahm.
Nachdem sich aber alles wieder eingependelt hatte, ließen sich die drei Repräsentanten erst recht nicht dazu bewegen, die Dinge nüchtern und vernünftig zu betrachten. Egal, welcher Vorschlag gerade debattiert wurde, die drei vereitelten die Abstimmung, indem sie grundsätzlich keinem der eingebrachten Vorschläge zustimmten, sondern statt dessen einen neuen unterbreiteten.
Die Produktion in den fallüstrischen Bergwerken sollte umgestellt werden. Die männlichen DKB-Repräsentanten legten einen Gesetzesentwurf vor, der davon ausging, daß in den Erzgruben vierzig Prozent Frauen beschäftigt und daß sechzig Prozent der leitenden Positionen durch Männer besetzt werden sollten. Damit geriet die ganze Umstellung der Grubenproduktion ins Stocken.
Es zeigte sich ferner, daß, worüber auch debattiert wurde, die männerbewegten Männer nur ein diskussionswürdiges Thema kannten: die Probleme der Männer. Sie machten deutlich, daß sie eine größere Bereitschaft zur Zusammenarbeit an den Tag legen würden, sobald die Volksburg ihrerseits bereit sei, eine aktive Männerpolitik zu betreiben. Da sahen auch jene Volksfrauen, die der Sache der Männer freundlich gesinnt waren, schließlich ein, daß sich als Ausweg aus dem Dilemma nur noch eine neue Volksabstimmung anbot.
Diesmal wurde die Nominierung in den Parteien streng überwacht. Selbstverständlich wurden Männer davon nicht ausgeschlossen, doch achtete dam gründlich darauf, was für Männer auf die Liste kamen. Das Ergebnis war, daß die Demokratischen Egalisten drei Frauensitze mehr erhielten. Deshalb konnten sie mit Unterstützung der Völkischen Gleichheitspartei die Marschroute festlegen. Donna Klaras Botschaft flog wegen erwiesener Dummheit raus. Nach dem, was geschehen war, wagten nur wenige, sie wieder in die Volksburg hineinzubringen. Innerhalb der Partei machten sich Streitigkeiten und Zersplitterung bemerkbar. Die Telefonpartei, die sich in dieser verworrenen Situation durch effektive Telefonanrufe in besonderem Maße hervorgetan hatte, konnte zwei Repräsentanten für sich verbuchen.
Egalias Bevölkerung atmete erleichtert auf. Die Richtungskämpfe waren rasch zur Zufriedenheit aller gelöst worden. Die Egalistischen Demokraten hießen sogar die Demokratischen Egalisten herzlich willkommen. Das hatte es noch nie zuvor gegeben. „Endlich wieder normale Zustände", meldete die *Egalsunder Zeitung.*

PH-Verbrennung und andere Männeraktionen greifen um sich

„Normale Zustände", sagte Petronius, „so nennen es die Frauen, wenn sie wieder die Kontrolle über die Zustände haben." Die Männerbewegung gab sich durch die Niederlage in der Volksburg nicht geschlagen. Sie hatten nämlich schon von vornherein damit gerechnet, daß alles so ablaufen werde und daß die Frauen, wenn sie sich bedroht fühlten, weil sie der Gewalt ausgesetzt waren, hart zurückschlagen würden. Durch diesen Vorfall bekam die Bewegung neuen Auftrieb, weitere Aktionen zu planen. Die Männer benutzten das Spektakel und die Publizität, die sie erlangt hatten, dazu, mehrere derartige Aktionen vorzubereiten. Sie hatten beschlossen, sich nicht länger nur auf die praktische Lösung von Problemen und tagespolitische Forderungen zu konzentrieren. Das hatte innerhalb der Bewegung zu heftigen Auseinandersetzungen geführt; auch würden praktische Lösungen, wie sie selber gesehen hatten, derart durchgreifend sein, daß die gesamte Gesellschaftsstruktur verändert werden müßte. Deshalb wollten sie lieber Aktionen durchführen, deren Schwerpunkt auf das am meisten Entwürdigende gerichtet sein sollte: daß nämlich der Mann ausschließlich als Zuchttier betrachtet wurde.

Das größte Aufsehen erregte der Sturm auf den Einführungsball. Wieder gelang es den Männern, ihre Pläne geheimzuhalten. Viele Männer meldeten sich für den Einführungsball in der üblichen Weise an und bezahlten auch den üblichen Eintritt. Auf dem Ball erschienen sie dann in niedlichen Herrenkleidern: geblümter PH und Chiffonanzug in leuchtenden Pastelltönen. Freilich kamen sie den Wirtsleuten ein bißchen alt vor für einen Einführungsball, denn es waren ja vorzugsweise ganz junge Männer, die eingeführt werden sollten. Doch die Wirtsleute wußten, daß es gewisse frustrierte Jungherren gab, die auf diesem Gebiet nie Erfolg gehabt hatten. Ja es gab sogar einige tragische Fälle von gleichsam brachliegenden Männern, die jahrein, jahraus den Einführungsball besuchten, nachdem sie sich gehörig herausgeputzt und mit riesigen Perücken ausstaffiert hatten. Sie boten in der Tat einen jämmerlichen Anblick. Aber was sollte dam machen, wenn die Hoffnung nie schwand?

Während der ersten Hälfte des Einführungsballes tanzten die Männer mit anmutigen Bewegungen den Triotanz. Die Frauen, die längs der Wand standen, gafften und machten ein paar bissige Bemerkungen, die sich vermutlich auf das Alter der Tanzenden bezogen. Hatten die Männer es bisher nicht geschafft, zu beweisen, daß sie nicht brachlagen, würden sie es nie schaffen. Als der Triotanz beendet war und die Zeremo-

nienmeisterin ihre ein Vierteljahrhundert alten Phrasen an die Frau gebracht hatte, machten sich die Männer an die Frauen heran und begannen, an deren Brüsten und zwischen deren Beinen herumzufummeln, wobei sie Sprüche losließen wie „Hallo, Süße, na, wie wär's denn mit uns beiden?" oder „Was hast du für prächtige Titten!" oder „Du bist ja ganz schön geil". Die Frauen sahen sie gelassen lächelnd an und hoben sogar leicht die Arme, damit die Männer besser herankamen. „Was wollt ihr eigentlich?" fragten sie verwundert und mißtrauisch zugleich.
Die Männer hatten sich zuvor Schlüssel zu einigen Einführungszimmern beschafft. Plötzlich ergriffen immer zwei Männer eine Frau und wollten sie aus dem Ballsaal hinauf zur Galerie tragen. Die Frauen ergingen sich in wüsten Beschimpfungen der Männer und leisteten ihnen heftigen Widerstand. Das Lächeln verschwand aus ihren Gesichtern, und sie versuchten, sich den Umarmungen der Männer zu entwinden. Da ertönte ein schriller Pfiff. Neue Scharen von Männern strömten in den Ballsaal. Sie hatten draußen gestanden und nur auf das Signal gewartet. Jetzt schnappten sich jeweils drei Männer eine Frau, schleppten sie blitzschnell nach oben in die Einführungszimmer und verschlossen die Türen von innen.
Sie setzten die Frauen auf dem Bett ab, erklärten ihnen den Grund ihrer Handlungsweise und fragten sie, ob sie Spaß an der Sache hätten. Die Frauen reagierten unterschiedlich, aber keine fand die Angelegenheit lustig. Die meisten hatten, als sie merkten, daß sie eingeschlossen waren, überlegene Gelassenheit gezeigt und sich mit der Tatsache abgefunden. Eigentlich, dachten einige bei sich, war es ja ein ganz bezauberndes Erlebnis, drei Männer auf einmal zu haben.
Die Wirtsleute riefen die Ordnungshüter, die sämtliche Männer, deren sie habhaft werden konnten, festnahmen. In dem Durcheinander nahmen sie auch unschuldige Jungherrlein in Gewahrsam, die zu ihrem ersten Einführungsball gekommen waren.
Sie wurden am nächsten Tag wieder freigelassen, da nicht nachgewiesen werden konnte, wer dabeigewesen und wer unschuldig war. Es kam nämlich gar nicht so selten vor, daß Frauen drei bis vier junge Männer mit auf das Einführungszimmer nahmen. Derartige Praktiken waren vor allem in den letzten Jahren eingerissen. Es ließ sich auch schwer nachweisen, daß die Männer etwas Ungesetzliches getan hatten. Sollte dam ihre Handlungsweise als Freiheitsberaubung auslegen, warum war dann das übliche Vorgehen der Frauen auf dem Einführungsball keine Freiheitsberaubung? Es gab ja viele Frauen, die die jungen Herren ganz einfach in das Einführungszimmer nach oben trugen und dann fast immer

die Tür von innen abschlossen. Den Ordnungshütern fiel es schwer, Gegenargumente zu finden, auch wenn sie spürten, daß im vorliegenden Fall die Dinge ganz anders lagen. Das einzige, worauf sie pochen konnten, war der Schlüsselbetrug.

Die an der Aktion beteiligten Männer führten eine lange Diskussion darüber, ob sie den unschuldigen Jungherrlein das Eintrittsgeld zurückerstatten sollten, da für sie ja der ganze Einführungsball verdorben gewesen sei. Einige meinten, das sei ziemlich inkonsequent, denn die Männerbewegung wolle doch gerade erreichen, daß dieser blödsinnige Einführungsball aufhöre. Andererseits könnten sie nicht so ohne weiteres den jungen Männern den Boden unter den Füßen wegreißen. Darüber waren sich schließlich alle einig und sammelten Geld, das sie den unschuldig Betroffenen zukommen ließen.

„Ich begreife gar nicht, was ihr gegen den Einführungsball habt", sagte Rut Bram zu ihrem Sohn, als sie von der Aktion hörte. „In meiner Jugend war er das feierlichste Ereignis des Jahres."

„Es ist weiß Göttin nicht besonders feierlich, dort herumzusitzen und zu warten, bis dam aufgefordert wird. Wir sind ja völlig passiv dabei. Das einzige, was dabei für uns herauskommt: Wir bleiben entweder Mauerblümchen oder werden umgelegt", sagte Petronius böse.

„Passiv! Wenn ich das schon höre! Glaubst du vielleicht, daß es für Frauen besonders einfach ist? Wir sind in der Jugend auch schüchtern, und viele von uns sträuben sich dagegen, die Initiative zu ergreifen. Es ist nicht so leicht, wie du dir das vorstellst. Und nicht nur Männer werden vom anderen Geschlecht verschmäht. Auch Frauen fühlen sich mitunter als mißratene Geschöpfe. Denk doch nur mal an unsere große Lyrikerin Renate Maria Reinke, die das in so beeindruckenden Versen geschildert hat:

Fordere auf, o Herr,
Eva tanzt nicht mehr."

Rut Bram war zutiefst ergriffen, als sie diesen ungewöhnlichen Vergleich zog und sich in lyrische Gefilde begab. Diese Zeilen wurden in Egalia immer wieder zitiert, und die Egalitaner waren jedesmal aufs neue ergriffen.

Am folgenden Tag brachte der *Blaue Dunst* als Balkenüberschrift „Sexorgie beim Einführungsball – Männer stürmten Ballsaal" und veröffentlichte Interviews mit einigen der beteiligten Männer. Dort stand zu lesen, die Männer seien es leid, immer unten liegen zu müssen, und wollten gern ausprobieren, wie es sei, oben zu liegen. Frauen seien egoistische Biester, die nur an ihre eigene Befriedigung dächten, und im Einführungsball sei die wesentlichste Ursache für die Männerunterdrückung zu sehen. Abgesehen davon, daß das, was sie gesagt hatten, völlig entstellt wiedergegeben war, enthielten die Interviews deftige redaktionelle Bemerkungen: „Nächstens werden die ganz Rabiaten unter den Männerbewegten wohl noch den Penis abschaffen." „Vulgäre Methoden werden bei der breiten Masse nicht auf Sympathie stoßen." „Perverser Frauenhaß lag im System". Und ähnliches mehr. *Die Botschaft*, das Zentralorgan von Donna Klaras Botschaft, sympathisierte mit der Aktion. Lange Zeit hatte das Blatt einen verbissenen Kampf gegen die freieren sexuellen Umgangsformen geführt, die seit einigen Jahren im Schwange waren. Die Einführungsbälle sollten mit Rücksicht auf die natürliche Schamhaftigkeit beider Geschlechter schicklichere Formen annehmen, stand im Leitartikel zu lesen.

Nachdem sie vom *Blauen Dunst* so behandelt worden waren, meinten viele Männer, sie sollten mit der Presse nichts mehr im Sinn haben, und erkannten, wie einfältig sie doch gewesen seien, sich gutgläubig interviewen zu lassen. Einige dagegen vertraten die Ansicht, sie seien buchstäblich gezwungen, ihre Sachen in der Presse zu veröffentlichen, denn sonst würden die anderen nicht erfahren, womit sie sich beschäftigten. Das war wichtig für die Durchführung der nächsten großen Aktion: der großen PH-Verbrennung vor der Volksburg. Sie einigten sich darauf, paarweise zu den größten Zeitungen zu gehen und von der geplanten Aktion zu erzählen. Obwohl nur wenige Zeitungen sie loyal behandelten, konnten die Leute auf diese Weise wenigstens erfahren, was ihnen bevorstand.

Viele Wibschen zogen ins Zentrum der Stadt, um der Demonstration beizuwohnen. Es waren Gerüchte im Umlauf, die Männer würden ihre Penisse entblößen, deshalb rieten viele Frauen ihren Männern, sie sollten zu Hause bleiben, und gingen mit ihren Kolleginnen in die Kneipe, ehe sie am Ort des Spektakels eintrafen. Die PH-Verbrennung erregte mehr Aufsehen als die Forderung nach Kinderversorgung und Arbeitsmöglichkeiten.

Eine Menge Leute blieben aus Abscheu und Verachtung zu Hause und erklärten, daß sie nie im Leben an solchen Unanständigkeiten öffentlich teilnehmen würden. Eine Volksfrau prüfte in der staatlichen Direktorinnen-Kooperative sogar nach, ob es nicht Vorschriften gegen derartige Obszönitäten gebe. Leider habe dam nie an die Möglichkeit solcher Aktionen gedacht, räumten sie ein, so daß dam da nichts unternehmen könne.

Mehrere hundert Zuschauer versammelten sich vor der Volksburg, um

sich die PH-Verbrennung anzusehen. Etwa zweihundert Maskulinisten waren anwesend; fünfzig von ihnen hatten sich bereit erklärt, ihren PH in aller Öffentlichkeit auf den Scheiterhaufen zu werfen.
Die Demonstration verlief nicht gerade so, wie es die Frauen erwartet hatten. Die Männer zogen nämlich den PH nicht aus und entblößten sich auch nicht bei vollem Tageslicht. Sie waren ganz einfach ohne PH gekommen und verbargen ihr Prachtstück unter dem Hemd.
Außerdem mußten die Leute stehen und sich eine lange Rede anhören, die der Sohn von Direktorin Bram hielt und in der er erklärte, warum die Männer die Protestaktion durchgeführt hätten.

Warum Männerkampf?

„Die Grundlage des Gesellschaftssystems in Egalia ist die biologische Definition des Mannes", sagte Petronius und schaute auf die Volksmenge. „Der Mann ist nur durch zwei Dinge Wibsche: einmal durch sein Zeugungsinstrument und zum anderen durch seine Muskelkraft. Das Zeugungswerkzeug wird in einem PH hochgebunden, der je nach Dekret der Modeschöpferinnen hoch oder niedrig sitzt. Dieser Fetzen hat aber keine praktische Funktion. Wegen unserer körperlichen Stärke werden wir für die härtesten und aufreibendsten Arbeiten eingesetzt: Putzdienste und Kinderversorgung. Auf geradezu mystische Weise setzt die Gesellschaft ein Gleichheitszeichen zwischen physischer Stärke auf der einen und geistiger Unterlegenheit auf der anderen Seite. Es ist sozusagen eine dumme Sache, über körperliche Kräfte zu verfügen. Einem Mann sind in der heutigen Gesellschaft alle Wahlmöglichkeiten genommen, denn er hat strenggenommen nur zwei Funktionen: als Arbeitstier und als Zuchttier. Für die Arbeit, die er verrichtet, bekommt er entweder einen ganz niedrigen Lohn oder überhaupt keinen. Das höchste soziale Privileg, das ein Mann erlangen kann, besteht darin, zu erfahren, welches sein Kind ist. Dies erreicht er durch treue Dienste in der Beziehung zu einer Frau, die bei einer zufälligen Schwangerschaft ihm das Vaterschaftspatronat anbieten kann – falls ihr das in den Kram paßt. Dies ist die einzige Chance für einen Mann, niedrig bezahlter Arbeit oder – sofern es sich um einen Angehörigen der Oberschicht handelt – der Einsamkeit als unpatroniertes Herrlein zu entgehen.
Um nun diese ungerechte Arbeitsteilung und die gleichermaßen ungerechte Verteilung des Geldes rechtfertigen zu können, hat unsere gegen-

wärtige Frauengesellschaft eine sonderbar widersprüchliche Ideologie entwickelt. Auf der einen Seite war es die Aufgabe der Zivilisation, das Unrecht der Natur auszugleichen. Das Unrecht der Natur sollte unter anderem darin bestehen, daß der Mann von Natur aus in allem größer und kräftiger als die Frau ist. Die Bestrebungen, dieses Unrecht auszugleichen, gipfelten in einer Jahrhunderte währenden Unterdrückung des Mannes. Den Frauen wurde eine vernünftigere Erziehung zuteil; sie erhielten ein härteres körperliches Training und bessere Kost. Darum sind heute sehr viele Männer schwächer und kleiner als die Frauen. Vergleichen wir die Wibschen mit den Säugetieren, sehen wir, daß der Größenunterschied zwischen weiblichen und männlichen Tieren viel beträchtlicher ist als bei Frauen und Männern. Die Zivilisation – unsere sogenannte Zivilisation – hat den Mann zum Krüppel gemacht.
Obgleich es den Frauen nun auf diese Weise gelungen ist, das Unrecht der Natur auszugleichen, halten sie trotzdem weiter daran fest, daß der Mann stärker ist als die Frau! Und daher zwingt dam uns natürlich, die schwersten Arbeiten zu verrichten. Die Männer sind nicht stärker als die Frauen! Warum werden noch immer ausschließlich Männer in die Gruben nach Fallüstrien geschickt? Warum sind es immer noch ausschließlich Männer, die in den Putzkolonnen und Kinderversorgungstrupps Dienst tun? Wir in der Männerliga nennen das die Ei-und-Küken-zugleich-Ideologie, denn das System sorgt dafür, daß die Frauen beides bekommen: sowohl das Ei wie auch das Küken. Sie haben Vorteile erlangt, indem sie eine gewisse körperliche Unterlegenheit überwanden, ohne jedoch die schweren Arbeiten auf sich zu nehmen. Das läßt sich am besten an der Oberschicht ablesen, wo die meisten Frauen ja tatsächlich stärker sind als die Männer. Und gerade der Oberschichtmann wird als Ideal hingestellt. So sollen alle Männer aussehen: schlapp, fett, ausstaffiert mit allerlei Plunder und ohne eigenen Willen. Fett sollen wir deshalb sein, um den Wert zu unterstreichen, den wir als Luxusartikel für die Wibschen haben. Und dieser Idealtyp von einem Oberschichtmann wird der gesamten Bevölkerung als erstrebenswert hingestellt, obwohl die meisten Männer gar nicht danach leben können, denn sie müssen fortwährend schuften. Folglich werden sie genau das Gegenteil von dem, was sie im Idealfall sein sollten, nämlich mager, sehnig, kraftvoll und schließlich verbraucht und damit untauglich als Sexualobjekte.
Und wenn wir in der Männerliga gegen diese Verhältnisse protestieren, erhalten wir zur Antwort: ‚Ihr könnt nicht die privilegierte Stellung, die ihr als vaterschaftspatronierte Männer innehabt, behalten wollen und gleichzeitig eine Gleichstellung im Arbeitsleben fordern. Ihr könnt euch

nicht herausnehmen, Kinder in die Welt zu setzen, und gleichzeitig vor der Verantwortung davonlaufen und euch alle jene Arbeiten erzwingen, von denen ihr meint, sie seien so interessant. Ihr könnt nicht das Ei essen und zugleich das Küken haben wollen.'
Das erhalten wir zur Antwort. Doch die Wirklichkeit sieht ganz anders aus. In Wirklichkeit hat der Mann weder das Ei noch das Küken, während die Frau beides hat, Ei und Küken. Die Forderung der Männer ist nun, wenigstens das Ei oder das Küken zu bekommen.
Wir wissen, daß das Vaterschaftspatronat eine in der Oberschicht verbreitete Erscheinung ist. Die weitaus meisten Frauen der unteren sozialen Schichten ziehen Zufallsmänner vor und überlassen die Kinder den Vätern der Kinder oder einem, den sie als Vater angeben, oder den Säuglingsbetreuungstrupps beziehungsweise später den sogenannten Onkeltrupps, in denen sich ebenfalls nur Männer um das Wohl der Kinder kümmern. Die Frauen selber leben getrennt von Mann und Kind in ihren eigenen Wohngemeinschaften. Sie brauchen sich um nichts anderes zu kümmern als um sich selber und ihre Arbeit. Und die Arbeit, die sie verrichten, ist besser bezahlt als die, die den Vätern zugewiesen wird. Sie sagen, sie könnten sich Mann und Kind nicht leisten. Und dann bekommen sie diverse Prämien und Zuschüsse, damit sie gebären, während der Mann nichts bekommt.
Die Männer werden gezwungen, die Kinder zu versorgen. Oft haben sie noch nicht mal eine Ahnung, ob sie ihre eigenen Kinder versorgen. Und wenn wir uns erlauben, darauf hinzuweisen, daß die Frauen auch Mütter sind, bekommen wir sofort zu hören: ‚Es sind immer noch die Männer, die die Kinder zeugen!' So als sei es die Schuld des Mannes, daß bei einem Beischlaf ein Kind entsteht! Doch weiß eine jede, daß nicht ein einziger Beischlaf stattfindet, wenn eine Frau ihn nicht will. Sie ist sich im klaren darüber, wann sie sich schwängern lassen will, und tut es dann auch.
Dennoch müssen wir für Verhütungsmaßnahmen sorgen. Wir werden dazu gezwungen, uns allmonatlich auf dem P-Büro registrieren zu lassen, und müssen sogar noch eine Gebühr fürs Abstempeln bezahlen. Warum ist es dem Mann nicht erlaubt, die bequeme P-Hülle zu benutzen, die einfach über den Penis gestreift werden kann? Nein, dagegen protestieren die Frauen. Sie ziehen für ihren Orgasmus den hüllenfreien Penis vor. Damit die Frau ihr kleines Vergnügen haben kann, wird er gezwungen, die größten Leiden zu erdulden – entweder Pillen zu schlucken, die zu allen möglichen Schädigungen führen, oder sich kastrieren zu lassen. Es wird zwar behauptet, daß diese Kastrationen nur eine zeitlich

begrenzte Wirkung hätten, doch wir wissen, daß die Operationen in zwanzig Prozent aller Fälle mißglücken und der Mann für den Rest seines Lebens zeugungsunfähig ist.
Warum kann die Frau nicht selber für die Empfängnisverhütung sorgen, sie, die doch die Kinder bekommt und zudem bestimmen kann, ob und wann sie ein Kind gebären will? Nein, heißt es, das sei unmöglich, denn bislang gebe es noch keine sichere Methode für Frauen. Solche Methoden seien zu kompliziert, heißt es. Könne dam es sich zum Beispiel vorstellen, daß verschiedene Gegenstände in den Gebärkanal gepreßt würden, um den Muttermund zu schließen? Das sei absolut undenkbar, da derartige Gegenstände großen Schaden anrichten würden. Pillen für Frauen würden auch auf katastrophale Weise in ihre Lebensfunktionen und ihr physiologisches Gleichgewicht eingreifen. Die Forderung, Frauen sollten Verhütungsmittel benutzen, sei also völlig gegen die Ordnung der Natur.
‚Immer noch sind es die Männer, die die Kinder zeugen!' lautet das zur Rechtfertigung am häufigsten vorgebrachte Argument, dem dann noch begeistert hinzugefügt wird: ‚Und so ist es ja auch überall in der Tierwelt! Je höher wir im Tierreich aufsteigen, desto weniger Verantwortung hat das männliche Tier und desto unnützer wird es. Aber Junge in die Welt setzen, das können sie! Was würde bloß aus der Zivilisation, wenn wir die Männer nicht zähmten? Sie würden wie wilde und vernunftlose Säugetiere ausschließlich ihre Zeugungsfunktion wahrnehmen.'
Aber warum immer nur Vergleiche mit der Natur ziehen? Wir sind keine Tiere. Wir sind Wibschen. Keine Tierart gleicht der anderen. Einige leben in Herden, andere in Familien, in Stämmen und wieder andere allein. Pferde und Katzen verhalten sich völlig unterschiedlich. Wie sollen wir da Vergleiche mit ihnen anstellen? Die Natur wird gegen uns auf eine völlig absurde Weise benutzt. Sie wird gleichsam als Mythologie benutzt, um uns in die Schranken zu weisen. ‚Überall in der Natur sehen wir, wie grundlegend sekundär das Männchen ist', heißt es. Das ist alles ein einziges Blabla. Was soll denn das? Auch wir sind Wibschen, jawohl, wir auch! Und in der Gesellschaft der Wibschen ist für die Empfängnis und deren Verhütung nicht eben nur der Mann verantwortlich zu machen.
Frauen benutzen die Natur, um alles mögliche zu beweisen. Paßt es ihnen in den Kram, behaupten sie, die Natur sei ungerecht. Paßt es ihnen nicht in den Kram, behaupten sie, die Natur sei gerecht. Es sei ungerecht, daß der Mann Muskelkraft besitze, gerecht sei es jedoch, daß die Frau die Lebenskraft habe. Es gibt überhaupt keine Folgerichtigkeit

in dieser Frauenideologie. Und trotzdem wird sie überall zitiert, wenn wir über die Stellung der Männer in der Gesellschaft reden. Und wenn wir nicht darüber reden, hält dam sie uns auch vor – eben weil wir nicht darüber reden.
Die Frauen ziehen mit dem sogenannten Gesetz der Natur unterm Arm los und verkünden lauthals:
‚Die Männer sind überflüssig! Was sollen wir eigentlich mit den Männern? Es ist unserer großen Güte zu verdanken, daß sie überhaupt existieren dürfen. Denn jeder Idiot weiß doch, daß das Wibschengeschlecht sehr wohl ohne Männer fortbestehen kann. Wir brauchen ja nur ein paar Exemplare ihrer Art am Leben zu erhalten. Oder wir können ihren Samen einfrieren und sie alle umbringen. Falls wir Knaben bekommen, können wir auch die umbringen und brauchen nur hin und wieder einige von ihnen zu behalten, um die Samenbank aufzufrischen.‘ Selbstverständlich hören wir so etwas nicht offiziell in der Volksburg. Doch wir bekommen es überall tagtäglich zu hören, wenn wir aufzumucken wagen. Und auch wenn wir nicht aufmucken, liegt das unausgesprochen in der Luft. Ich habe mir mal überlegt, wie es wäre, wenn wir in einer Art umgekehrter Welt leben würden, in einer Welt also, in der die Männer den Ton angeben. Dann wäre so ein Hinweis ebenfalls am Platz. Wenn wir nämlich all das zu hören bekämen, dann müßten wir ja glauben, daß die Frauen von den Männern unterdrückt werden!
Aber so ist es in unserer Gesellschaft Göttin sei Dank ja nicht. In unserer Gesellschaft wird der Mann unterdrückt. Deshalb sind Männer in unserer Gesellschaft unentbehrlich. Die Frauen sind es, die sich ohne uns nicht zu helfen wissen, denn sie nutzen uns aus und leben durch uns und von uns.
Jawohl, sie nutzen uns aus. Darauf läuft alles hinaus. Sie stehlen unsere Arbeitskraft, und sie stehlen unseren Körper. Wir erhalten nicht den Gegenwert für die Arbeit, die wir leisten, sei es auf der Arbeitsstelle, am Herd oder im Bett. Die ganze Gesellschaft zielt nur auf eine riesige ökonomische Ausbeutung des Mannes ab. Und weil nicht eine einzige Frau imstande ist, an das Wort ‚Mann‘ zu denken ohne gleichzeitig auch an das Wort ‚Sex‘, wird die gesamte Männerbewegung als sexueller Aufruhr abqualifiziert.
Denken wir doch einfach mal an alle diejenigen, die heute hierher gekommen sind, um eine echte Pornoschau zu erleben. Was Sie hier erleben, das ist kein sexueller Aufstand, sondern ein Aufstand gegen schreiende ökonomische Ungerechtigkeit. Weil wir arm und unselbständig sind, werden wir gezwungen, den Frauen als Geschlechtstiere zu dienen.

Unser Dasein ist auf den Zeugungsakt beschränkt und darauf, ihnen als passiver Sexgespiele zu dienen. Deshalb begann der Aufruhr als ein Aufruhr gegen unsere sexuelle Unterdrückung. Doch da hört er nicht auf. Der Mann wird als Sklave gehalten! Und daher ist das hier ein Sklavenaufstand. Das Charakteristische aller Sklavenstaaten ist, daß die Sklaverei von den Sklaven abhängig ist; umgekehrt trifft das nicht zu. Die Sklaven sind nicht von ihrem Sklavenhalter abhängig, denn die Sklaven arbeiten viel und der Sklavenhalter wenig. Die Sklavenhalter sind die Schmarotzer der Gesellschaft, die Sklaven dagegen die eigentlichen Träger der Gesellschaft.
Damit die Leute diese Zusammenhänge nicht so schnell begreifen, wird eine Ideologie geschaffen, die genau das Gegenteil beweisen soll: Dem Sklaven wird vorgespiegelt, daß der Sklavenhalter unentbehrlich und der Sklave zu nichts imstande und unnütz sei. Solange die Sklaven das glauben, können die Sklavenhalter beruhigt sein. Wer wagt schon einen Aufstand gegen etwas zu unternehmen, was für seine Existenz unentbehrlich ist?!
Im Sklavenstaat Egalia machen deshalb die Frauen den Männern vor, sie seien zu nichts imstande und daher unnütz. ‚Männer sind überflüssige Luxusgeschöpfe', sagen die Frauen. Und als Beweis holen sie stets die gleiche – unbestreitbare und unbestrittene – Tatsache aus der Mottenkiste: Frauen gebären die Kinder. Es stimmt schon, Frauen haben, weil sie die Kinder gebären, eine unendliche Macht über uns.
Doch warum muß dieser Umstand immer gegen uns verwendet werden? Warum benutzen ihn die Frauen, um sich alle Macht in der Gesellschaft zu sichern?
Was geschähe, wenn wir mit unserem uns von der Natur verliehenen höchst überlegenen Stimmorgan brüllen würden: ‚Es sind ja schließlich immer noch die Frauen, die die Kinder gebären! Da dürfen sie ja die Kinder wohl auch versorgen! Ihr könnt nicht beides: das Ei essen und zugleich das Küken haben wollen!' Utopie?! Perverse Träume frustrierter Männer?
Vielleicht. Doch wenn wir uns eine andere als die gegenwärtige Gesellschaft erträumen, dann wird dam es immer pervers und frustriert nennen. Wir sind pervers und frustriert, weil ihr uns ständig pervertiert und frustriert.
Wir wollen uns nicht länger mit dieser unwibschlichen Behandlung des Mannes abfinden. Wir wollen es nicht länger hinnehmen, als Zuchttier betrachtet zu werden. Wir müssen eine Gesellschaft erreichen, in der alle als Wibschen anerkannt werden. Deshalb verbrennen wir das stärkste

Symbol der Männerunterdrückung – den PH. Männersache ist Wibschensache!“
Petronius hatte seine Ansprache beendet. Die Rede wurde in mehreren Zeitungen abgedruckt, und der *Blaue Dunst* hatte in großer Aufmachung besonders herausgestellt, daß Direktorin Brams eigener Sohn ohne PH ans Rednerpult getreten war. Mehrere Journalisten suchten Rut Bram auf, weil sie sich von ihr eine Stellungsnahme zu den Vorfällen und vor allem eine Erklärung ihres Standpunktes zur Männerbewegung erhofft hatten. Aber Bram weigerte sich, mit ihnen darüber zu reden, weshalb der *Blaue Dunst* auf der zweiten Seite eine Riesenschlagzeile brachte: „Direktorin Bram schämt sich hinter verschlossenen Türen!“
Es verbreitete sich auch das Gerücht, daß der jüngste Sohn der Direktorin Bram, Klein-Mirabello, an der Demonstration mit einem kleinen Plakat „Wo ist die Mutter?“ teilgenommen hatte. Viele fanden es ärgerlich, daß schon kleine Kinder in derartige Machenschaften hineingezogen, beeinflußt und einer einseitigen Propaganda ausgesetzt wurden.
Im Anschluß an Petronius’ Rede hatten die fünfzig Männer ihre PHs auf den Scheiterhaufen mitten auf dem Platz geworfen und angezündet. Baldrian hatte seinen und Petronius’ PH auf einen Stock gespießt, ging nun zum Rednerpult und schleuderte ihn dort durch die Luft auf den Scheiterhaufen. Das wirkte imposant und grotesk zugleich. „Erschrekkend“, meinten viele.
Danach zogen die Männer durch die Straßen hinauf zum Plattenberg, genauer zum Frauenklub „Freiheit“. Das war aber ein Trick. Offiziell hatten sie angegeben, der Demonstrationszug werde zur Nord-Brücke gehen und sich dort auflösen. Doch statt dessen zogen sie nach Norden. Als sie vor dem Klub ankamen, klingelten sie, und ehe sich’s die Hausmeisterin versah, waren sie über die weichen roten Teppiche hineingestürmt und hinauf in die Salons und die Bar. Dort hatten sie Platz genommen, Drinks und etwas zu essen bestellt und sich im übrigen so verhalten, als seien sie alte Stammgäste. Klein-Mirabello bat um Brause. Natürlich wurde ihnen die Bedienung verweigert, doch waren sie einfach sitzen geblieben, bis die mit Schlagstöcken bewaffneten Ordnungshüter eintrafen und die ungebetenen Gäste entfernten.
Am nächsten Tag druckte die *Egalsunder Zeitung* eine Erklärung der Mitglieder des Aktionskomitees ab, warum sie in den Klub eingedrungen seien. „Es gibt keine Regeln, die die Mitgliedschaft von Männern im Klub untersagen. Dennoch ist es eine Selbstverständlichkeit, daß dort nur Frauen hingehen, während die Männer zu Hause sitzen und auf die Kinder aufpassen. Und es ist eine weitere Selbstverständlichkeit, daß

der Klub nur von Frauen in Spitzenpositionen aufgesucht wird. Hier werden alle großen Entscheidungen gefällt. Hier plant dam, wie die Geschicke Egalias gelenkt werden sollen. Hier beweihräuchern sich die Frauen gegenseitig in ihrem verblendeten Frauenchauvinismus. Der Klub auf dem Plattenberg ist die wahre wenn auch nicht gewählte Volksburg Egalias, eine Versammlung, über die die Bevölkerung keinerlei Kontrolle hat. Wir fordern eine offene Mitgliedschaft für alle Wibschen. Und daraus folgt, wie alle vernunftbegabten Wesen leicht einsehen können: Wir fordern die Abschaffung des Klubs."

Ach so, die fanatischen Frauenhasser meinten also, daß dam nach einem mörderisch anstrengenden Arbeitstag sich nicht mal mehr einen Drink genehmigen dürfe? Also nein, das gehe nun wirklich zu weit. Dieser Anschlag auf die persönliche Freiheit könne nicht hingenommen werden.

Die *Egalsunder Zeitung* hatte allerdings die Erklärung der Männer abgedruckt. Doch brachte das Blatt gleichzeitig einen Beitrag der Redaktion, in dem versucht wurde, die Bevölkerung gegen das Vorgefallene einzunehmen.

„Ungesetzliche Aktion gegen die Unantastbarkeit des Privatlebens! Normale Zustände wurden wieder unnormal!" lautete die Überschrift des Artikels.

Gro und Petronius – Frau und Mann

„Du bekommst ein Kind, Petronius."

„Woher weißt du, daß es meins ist?"

Gro schnappte nach Luft. „Petronius! Kann ein werdender Vater sich wirklich so wenig aus dem Kind machen, das er selber gezeugt hat?"

„Nicht ich kriege das Kind, bei meinem Bart! Du bekommst das Kind. Ist das Kind etwa nicht bei dir im Bauch? O meine Göttin!"

Sie saßen auf einem Felsen weit draußen in der Maibucht. Es war fast ganz still. Kleine Wellen trieben landeinwärts. Gold der untergehenden Sonne lag auf ihnen.

Es gab mal eine Zeit, da wäre Petronius der glücklichste Mann auf der Welt gewesen, wenn er diese Worte aus dem Munde seiner Geliebten vernommen hätte: „Du bekommst ein Kind, Petronius, stell dir vor, du bekommst ein Kind!" Es gab mal eine Zeit, da er die Zeugung eines Kindes als einzige Möglichkeit zur Flucht erkannt und daher keine Verhütungsmaßnahmen beachtet hatte. Ob er eine Ausbildung erhielt, war ihm egal gewesen, wenn er von ihr nur ein Kind bekam. Auf die Ansichten und Ratschläge seiner Mutter hätte er liebend gern gepfiffen, wenn er nur das Kind mit ihr zeugte. Manchmal sprach er mit ihr darüber. Er erzählte ihr, wie ihm damals vor fünf Jahren im Gebärpalast zumute gewesen sei, als er dort auf Mirabello gewartet habe. Es gab mal eine Zeit, da hätte Petronius es als Erfüllung seines Lebens betrachtet, mit Gro ein Kind zu zeugen.

Vor einiger Zeit hatte er aufgehört, die Pille zu nehmen, denn er bekam ständig Kopfschmerzen. Er wußte zwar nicht, ob es daran lag. Aber solange er die Pille nahm, bekam er Kopfweh, und wenn er mit der Pille aufhörte, hörten auch seine Kopfschmerzen auf. Als er deswegen eine Ärztin aufsuchte, versicherte sie ihm, daß er ein völlig neues Präparat benutze, das, wie die Forschung bewiesen habe, überhaupt keine Nebenwirkungen besitze. Seine Kopfschmerzen hätten also nichts damit zu tun. Er sei sicher nur überanstrengt. Habe er nicht übrigens viel mit der Männerbewegung zu tun?

Da hatte er nun die Bescherung! Was war schlimmer: Kopfschmerzen oder Kind?

„Erinnerst du dich noch an das, was du mir damals gesagt hast, Gro?"

„Nein."

„‚Du bist mein', hast du gesagt. ‚Du bist mein.'"

„Bist du es denn nicht?"

„Nein ... nein. Ich bin es nicht."

„Aber du mußt doch für das Kind sorgen."

„Ja, natürlich." Er warf einen Stein ins Wasser. Pillenregistratur und Büro für Vaterschaftsangelegenheiten schwirrten in seinem Kopf durcheinander. Er galt als freier Samenspender auf dem Markt. Er würde da nie rauskommen. „Ja. Ich muß für das Kind sorgen", rief er. Er merkte, wie bei diesen Worten der Zorn in ihm hochstieg. „Ich werde für das Kind sorgen, verstanden? Aber ich werde zum Kuckuck noch mal nicht auch noch für dich sorgen!"

Petronius spürte einen schweren schmerzenden Schlag gegen das Nasenbein. Er kam so heftig und so plötzlich, daß Petronius ihn als völlig unwirklich empfand, so als sei der Schlag gar nicht geführt worden. Er sah Gro mit offenem Gesicht an. Ein zweiter wuchtiger Schlag traf genau wieder dieselbe Stelle. In seinem Kopf dröhnte und prasselte es, als würden tausend Stromstöße durch sein Gehirn jagen. Er krümmte sich und bedeckte schützend das Gesicht. Mit eisernem Griff riß sie ihm die Hände weg.

Wieder spürte er einen heftigen Schlag auf derselben Stelle. Gro war kreidebleich im Gesicht und sah so aus, als blicke sie durch ihn hindurch. Noch einmal wollte sie mit der Faust ausholen. Doch Petronius gelang es, dem Schlag auszuweichen. Durch diese jähe Bewegung verlor er das Gleichgewicht und stürzte hinab. Als er in das kalte Wasser tauchte, verschwand der Schmerz für einen Augenblick. Er schwamm bis zu einer Spalte im Felsen. Gro stand oben auf der Spitze, stieß gegen seine Handgelenke und trat ihm auf die Finger. Er mußte loslassen und glitt in das Wasser zurück.

„Bist du denn völlig verrückt geworden?" rief er ihr zu.

Sie antwortete nicht. Sie stand nur mit angewinkelten Armen und geballten Fäusten da, bereit, sich auf ihn zu stürzen, falls er einen neuen Versuch zu seiner Rettung machen sollte. Petronius hatte Mühe, mit den Kleidern zu schwimmen. Es gelang ihm, die Schuhe auszuziehen, und schleuderte sie an Land. Gro nahm sie, füllte sie mit Steinen und schleuderte sie gezielt auf ihn zurück. Die Steine wirbelten ihm zwar um den Kopf, doch trafen sie nicht. Die Schuhe versanken in der Tiefe.

„Das waren deine geliebten Kanuschuhe!" rief sie.

„*Deine* geliebten Kanuschuhe waren es, nicht meine!" Er konnte fast nicht sprechen. Er versuchte, sich aus seiner Jacke zu winden und sich der Felsspalte zu nähern, um das Kleidungsstück dort einzuklemmen. Wieder stand Gro angriffsbereit da. „Willst du etwa, daß ich hier draufgehen soll? Es ist verdammt kalt!"

Er warf die Jacke ans Land. Sie hob sie auf und schleuderte sie mit großem Schwung weit ins Meer hinaus. Petronius wollte weinen, doch er konnte nicht. Nur ein paar Schluchzer brachen aus ihm hervor. Es fiel ihm schwer, sich über Wasser zu halten. Er versuchte, zur Anlegestelle zu schwimmen. Gro folgte ihm am Strand entlang. Dort würde es für sie schwieriger sein, ihn daran zu hindern, festen Boden unter den Füßen zu erreichen. Er hatte noch etwa dreißig Meter zu schwimmen. Gro warf kleine Steine und Muscheln nach ihm. Einige trafen und ließen die Haut wie Feuer brennen. „Hör doch damit auf!" rief er. Gro fuhr in ihrem Tun fort. Würde sie ins Wasser hineinwaten und seinen Kopf untertauchen? Wollte sie ihn einfach umbringen? Seine Zähne schlugen aufeinander. Jetzt konnte er Grund unter den Füßen spüren. Die Nasenwurzel schmerzte. Gro stand in einiger Entfernung und beobachtete ihn. Er watete an Land, wobei er eine schräge Richtung einschlug, um nicht direkt auf sie zugehen zu müssen. Gro machte Anstalten, ihm entgegenzulaufen. Er wich ihr aus. Dann verfolgte sie ihn wieder auf gleicher Höhe. So ging das Spiel eine Weile weiter. Als er das Land schon fast erreicht hatte, stürzte sie sich plötzlich auf ihn. Mehrere Male schlug sie ihm mit voller Wucht auf die gleiche Stelle wie zuvor. Petronius fühlte etwas Warmes, Feuchtes. Er griff sich ins Gesicht. Die Hand war blutverschmiert. Noch ein Schlag. Überall um sich herum spürte er nur noch Wasser.

Ein riesengroßer PH lodert wie eine Fackel über den Schären. Petronius erkennt, daß Baldrian ihn festhält. Neben ihm steht Klein-Mirabello und probiert seine Kanuschuhe an. ‚Aber bist du denn schon geboren worden, du da?' sagt Petronius. ‚Ich glaubte, du seist vorerst nur ein fehlender Kopfschmerz in meinem Kopf.' Mirabello lächelt. ‚Ja, ich wurde gestern geboren.' Er ist ungefähr fünf Jahre alt. Die PH-Fackel lodert gen Himmel, Baldrian nimmt den Kleinen an der Hand und sagt: ‚Jetzt gehen wir zum Gebärpalast, weil Mirabello gestern keine ordentliche Zeremonie bekommen hat.' Petronius läuft ihnen nach und ruft ihnen zu, daß er mitwolle. Er will mit. Sosehr er auch läuft, er kommt nicht von der Stelle. Es ist soviel Wasser um seine Füße herum. Etwas hält ihn zurück. Etwas hinter ihm hält ihn fest. Ein Griff. Er sieht, wie die Fackel näher kommt, direkt auf sein Gesicht zu. Er versucht, sie mit den Händen abzuwehren. ‚Petronius.' Es ist Baldrians Stimme. ‚Petronius, ich liebe dich.' Wie kann er ihn lieben, wenn er von ihm weggehen will? Sie sollten doch zusammen zum Gebärpalast gehen. ‚Petronius ...' Er fühlt, wie die Glut der Fackel ihm jetzt die Nase verbrennt, er spürt einen wahnsinnigen Schmerz und gleichzeitig Baldrians zärtliche Hand, die ihm über den Kopf streicht.

„Petronius!"

Petronius starrte in Gros Gesicht. Er schrie.

Ihre Hand strich ihm noch immer über den Kopf, ganz sacht. Unendlich zärtlich. Sie flüsterte noch einmal seinen Namen.

„Petronius, du warst so unruhig. Du hast im Schlaf geweint. Ich mußte dich wecken."

Er nahm ihren Arm und strich sanft mit der Hand über ihn hin. Dann zog er ihren Kopf zu sich und schluchzte.

„Es tut so weh ..."

„Ja, in mir tut es auch weh. Es tut in meiner Seele ebenso weh wie in deinem Körper ..."

Er verzog den Mund zu einem schiefen Lächeln, als sie das sagte. „... ich hatte gehofft ... ich meine, ich fand, du bist mir so entglitten."

Ich bin dir jedenfalls jetzt entglitten, und zwar im doppelten Sinn, dachte Petronius. Er hatte Angst. Er konnte nicht äußern, was er dachte. Er fühlte sich verwirrt und schwieg.

„Ich hatte einfach Angst, dich zu verlieren. Ich fürchtete, du und die anderen Jungen würden nicht mehr hierherkommen."

„Nein ..."

Nein, deshalb nicht, sondern weil du dich zur Anführerin aller aufspielen wolltest. Du hast uns alles beigebracht, was du nur konntest. Solange du uns was beibringen konntest, solange du selber besser warst als wir, ging alles gut. Doch als wir genauso tüchtig geworden waren, da wolltest du uns auch weiterhin an die Kandare nehmen. Alle sollten nach deiner Pfeife tanzen. Du wolltest alles selber bestimmen, bei dir hier. Wir wollten gar keine Führung haben. Du selber verträgst keine Führerschaft, jene Führung, die dich und deine Klasse immer mehr in den Abgrund führt. Aber deine eigene Führung, die verträgst du. Wie schön für dich, alle Jungen hier um dich zu haben. Pech für dich, daß sie nun nicht mehr kommen. Schade, daß sie Herrlein Uglemoses Villa vorziehen. Schade, daß du jetzt keinen mehr hast, den du dann und wann verführen kannst. Wer ist der Vater deines Kindes? Ist es Syprian? Ist es Fandango? Bin ich es? Wie kann ich das wissen? Pech für dich, daß du hier kein Maskulinistenzentrum hast. Matraxismus in der Theorie und Vergewaltigung in der Praxis. Ich habe Angst. Ich habe einfach Angst und könnte vor Wut losheulen.

„Ich weiß gar nicht, warum ihr nicht mehr herkommen wollt. Es waren doch alle Voraussetzungen dafür gegeben." Sie stützte die Stirn in die eine Hand. „Daß ich dir das antun konnte, Petronius."

„Ich hasse dich. Daß du mir das antun konntest! Ha! Du hast alles in mir zerbrochen, alles, was ich für dich empfunden habe."

„Du mußt nicht mehr daran denken. Es geht vorbei ... Es tut mir so leid, Petronius. Ich verstehe nicht, wie ..." Sie fing wieder an, ihn zu streicheln, so als tröste sie sich selber. „Schmerzt es sehr? Soll ich einen kalten Umschlag machen?"

Sie erhob sich, holte ein nasses Tuch und legte es auf seine Nase. Petronius drehte sich ein wenig auf die Seite und erblickte einen Haufen bluttränkter Papiertaschentücher, die auf dem Fußboden verstreut lagen.

„Wenn es mir ein bißchen besser geht, werde ich aufräumen", sagte Petronius.

„Ich verstehe nicht ... ich war so enttäuscht. Es tat in mir so weh. Ich hatte gehofft, du werdest zu mir zurückkommen ... Ich hatte gehofft, das Kind könnte dich wieder an mich binden, weil ich weiß, daß du dir immer ein Kind gewünscht hast und du es von mir haben wolltest. Wolltest du das nicht, Petronius? Und nun willst du es nicht mehr. Warum willst du es nicht? Willst du es denn wirklich nicht? Was hat sich zwi-

schen uns verändert? Wir lieben uns doch. Das wissen wir doch. Das haben wir immer gewußt. Habe ich mich verändert? Ich bin doch immer dieselbe geblieben, oder? Was stimmt denn plötzlich nicht mehr an mir?"
„Da bist nicht nur du, Gro ..." Angst würgte ihn im Hals.
„Deine Mutter, meinst du?"
Petronius schüttelte den Kopf. Bei dieser Bewegung schmerzte der ganze Kopf. Er faßte sich vorsichtig an die Nase und stellte fest, daß sie stark geschwollen war. Sie mußte wenigstens doppelt so groß sein wie sonst.
„Kann ich bitte einen Spiegel haben?"
„Scheiß drauf, wie du aussiehst."
„Kriege ich keinen Spiegel?"
„Du denkst auch bloß immer an dein Aussehen."
Sie stand auf und holte einen kleinen Taschenspiegel, der schon ein bißchen blind und gesprungen war. Petronius sah, daß sich sein ganzes Gesicht verändert hatte: unter beiden Augen waren großflächige, dunkelrot verfärbte Blutergüsse und eine unförmig geschwollene Nase, die sonderbar schief wirkte.
„Ich habe dich gewiß nicht gerade hübscher gemacht", sagte Gro und lächelte zaghaft.
Ich hasse dich. Wie kannst du nur lächeln? Wie kannst du nur behaupten, daß es dir in der Seele weh tut? Glaubst du denn, es tut mir nicht weh? Glaubst du, nur weil ich körperlichen Schmerz empfinde, tut es mir nicht auch psychisch weh? Glaubst du, nur dir tut es weh? Tut es dir weh, ja? Tut es dir wirklich weh? Tut es dir wirklich leid, wie du mich zugerichtet hast, oder betrachtest du das lediglich als einen unerheblichen komischen Zwischenfall? Werden wir womöglich bald darüber herzhaft lachen? Werden wir gar darüber reden, wie komisch es war, als du am Strand gestanden und mir auf die Finger getreten hast, während ich versuchte, mich aus dem eiskalten Wasser zu retten, in das du mich hineingestoßen hattest? Wird uns etwa bald feierlich zumute werden, wenn du dir mein verunstaltetes Gesicht ansiehst? Oh, ich habe eine solche Angst! Ich traue mich einfach nicht, dir etwas zu sagen. Ich habe nur Angst.
„Nein", erwiderte Petronius, „aber das geht ja vorüber."
„Ich habe schon daran gedacht, ob deine Nase vielleicht gebrochen ist." Gro fing an, sie abzutasten. Er schrie leicht auf. Es war der gleiche Schmerz, den er fühlte, als die Schläge ihn trafen. „Ich glaube es aber nicht."
Er hielt ihre Hand. Plötzlich kam sie ihm noch viel schöner und stärker

vor als je zuvor. Er verspürte Lust, sich in Vertrauen und Geborgenheit an sie zu schmiegen – an ihren kräftigen Körper, ihre großen Brüste – und einfach einzuschlummern.
„Warum willst du mich nicht mehr haben, Petronius? Du liebst mich doch."
„Ja."
„Und du willst mich nicht? Mich nicht, und auch dein Kind nicht?"
Ich habe Angst. Ich traue mich nicht, darauf zu antworten. Wenn ich dir antworte, würdest du mich wieder schlagen. Ich kann dir nicht antworten, denn du sitzt hier – und ich vermag nichts zu tun. Du kannst mich windelweich prügeln, wenn du willst. Du kannst noch Schlimmeres mit mir anstellen. Du kannst mich umbringen, wenn du willst. Was soll ich machen? Ich kann dir keine Antwort geben.
Er umfaßte ihren Kopf und zog ihn zu sich. Er wollte an nichts anderes denken als an die, die er geliebt hatte – nichts weiter. An eine Gro, die es einmal in seiner Vorstellung gegeben hatte, eine Gro, die es vielleicht nirgendwo anders gab als in seinem Kopf: ein Traum von der Liebe zu einer Frau ...
Unversehens war er in den Sog ihrer Anziehungskraft geraten. Er fühlte, daß er jederzeit wieder schwach und nachgiebig werden konnte. Gro war schön und stark.
„Ich liebe dich."
Das kam einfach so heraus, ohne daß er vorher daran gedacht hatte. Bei diesen Worten wurde er sich aber auch bewußt, daß er so nicht weiterleben konnte. Er konnte nicht mit dieser Nachgiebigkeit und Schwäche leben, die er in Gros Nähe empfand, nur manchmal, aber nicht im täglichen Leben. Nicht, wenn sie etwas gemeinsam unternehmen wollten, sozusagen am gleichen Strang zu ziehen beabsichtigten. Denn kaum war er in ihrer Nähe, waren all seine Reaktionen und Bewegungen blockiert. Und das Gefühl, daß er sie liebte, macht ihn völlig willenlos.
„Aber willst du denn nicht hier bei mir sein, wenn du mich liebst? Willst du denn nicht mit mir und dem Kind hier weiter leben? Wollen wir hier nicht zusammen sein und das fortsetzen, was wir begonnen haben?"
Doch, natürlich. Er wollte bei ihr sein. Nichts hatte Wert außer ihr, ihrer Nähe. Ihr Nahesein gab ihm Leben. Petronius nickte. Er fühlte sich unendlich müde.
„Sag, daß du es willst, Petronius! Sag ja!" Gros Stimmung wurde zusehends gelöster und zuversichtlicher. Sie redete sich in Eifer, löste behutsam seinen Griff um ihren Kopf und zündete sich ein Zigarillo an. „Weißt

du was? Es gibt eine gute Nachricht. Habe ich dir davon noch nicht erzählt?"
Petronius schüttelte den Kopf und sah sie erwartungsvoll an. „Es wird hier draußen keine Probleme mehr geben. Ich kann für uns alle sorgen, für uns alle zusammen. Ich bin nämlich beauftragt worden, vom Sommer an die dritte Taucherinnenabteilung zu führen. Lis Ödeschär hat es mir vor ein paar Tagen mitgeteilt. Sie hat mich befördert. Sie kam zu mir und meinte, wir sollten doch unsere früheren Unstimmigkeiten begraben. Jetzt können wir es uns so richtig schön machen, du und ich. Keine Sorgen mehr. Ist das nicht toll?"
„Doch."
„Sag es, Petronius! Sag, daß du das Kind haben willst und daß wir hier zusammen wohnen werden, alle drei, und daß wir uns liebhaben werden so wie jetzt. So wie wir uns immer liebgehabt haben. Es gibt doch nur dich und mich!"
„Du ... und ich ... und das Kind", begann Petronius. Er schloß die Augen und fuhr fort: „Du ... und ich und das Kind werden hier leben ... hier in der Maibucht. Ich werde dein Kind entgegennehmen, und wir werden uns lieben. Wir werden uns alle vier lieben."
„Vier!?"
Petronius' Atem ging regelmäßig. Sie schüttelte ihn. Er öffnete leicht die Augen.
„Was ist?"
„Du hast vier gesagt!"
„Vier?"
„Ja. Warum hast du vier gesagt?"
„Habe ich wirklich vier gesagt?"
„Ja. Du hast gesagt, daß wir uns alle vier lieben werden. Hast du gesagt. Warum?"
„Oh, habe ich das gesagt? Ich habe wohl drei gemeint ..."
„Ja, natürlich hast du drei gemeint."
„Gro?"
„Ja?"
„Ich liebe dich."
„Ich liebe dich auch, Petronius."
Und ihr Bauch wurde immer größer. Wie er auch versuchte, hochzukommen, er stieß dagegen und wurde ins Wasser zurückgedrängt. Drohend wölbte sich Gros Bauch über ihm – die ganze Zeit – direkt über seinem Kopf. Unter Wasser setzte sein Atem aus.

Kristoffer glaubte nicht an diese Erklärung. Petronius konnte es ihm deutlich anmerken. So etwas komme nicht davon, wenn dam aus einem Boot auf ein paar Steine falle. Er hätte sich eine bessere Erklärung ausdenken sollen.
Kristoffer nahm den Nähkorb und setzte sich auf die Bettkante. Petronius versuchte, seine Gedanken zu verscheuchen. Es war so still und friedlich im Haus. Kristoffer konnte nicht stopfen, wenn Rut zu Hause war, denn sie meinte, er konzentriere sich dann so sehr auf seine Arbeit, daß er nicht mehr zuhöre, wenn sie etwas zu ihm sage.
Petronius schaute seinen Vater an und wollte gern wissen, was er dachte und wie es wohl wäre, an seiner Stelle zu sein. Er hatte fast keine Haare mehr auf dem Kopf. Die Kuren gegen Haarausfall, für die er einmal Experte gewesen war und die er bei älteren Herren der Oberschicht auf dem Plattenberg angewandt hatte, erwiesen sich als völlig wirkungslos. Früher hatte Kristoffer immer geglaubt, sie würden helfen. Petronius musterte die blanke Fläche. War sie eigentlich so häßlich. Warum sollte sie häßlicher sein als die Haut an anderen Stellen? Aber glich Vaters Kopf nicht einem Ei? Da half kein Drumherumreden. Er sah in der Tat wie ein bekränztes Ei aus.
Wenn Rut zu Hause war, trug er stets eine Perücke, hatte Petronius festgestellt. Das kam aber nicht sehr oft vor, denn Rut vergrub sich in letzter Zeit immer mehr in ihre Arbeit, manchmal bis spät in die Nacht und sogar die ganze Nacht hindurch.
Petronius legte sich ins Kissen zurück. Er hatte Schmerzen. Tränen standen in seinen Augen. Er versuchte nicht, sie zu verbergen. Sie liefen ihm über die Wangen, und er schluchzte. Er dachte, wenn wir jetzt nicht darüber reden können, schaffen wir es nie, darüber zu reden. Wir sind so selten allein zusammen. Mein eigener Vater – es gab so vieles, über das ich eigentlich mit ihm sprechen sollte. Doch er wußte nicht, wo und wie er beginnen sollte. Er atmete schwer.
„Gro hat mich geschlagen."
Kristoffer nickte. „Das habe ich mir heute morgen sofort gedacht, als ich dich sah." Kristoffer stand auf. Er war erschrocken. Petronius merkte, daß er ein wenig zitterte. Er hatte es gewußt. Und jetzt, wo es ausgesprochen war, zeigte er sich trotzdem erschrocken und empört.
„Ich glaube, ich werde uns erst mal etwas zu trinken holen", sagte er und verschwand durch die Tür. Kurz darauf kam er mit einer Flasche Wein und zwei Gläsern zurück.

„Willst du nicht auch einen Schluck?"
Petronius trank gewöhnlich nichts, wenn er mit seinen Eltern zusammen war. Er mochte die Stimmung nicht, die entstand, wenn seine Mutter Alkoholisches zu sich nahm.
„Doch, gern." Dann kam die ganze Geschichte heraus.
„Versuch bloß nicht, von ihr das Vaterschaftspatronat zu bekommen, Petronius! Bloß nicht!" Kristoffer schrie fast, er zitterte noch immer. Petronius schüttelte den Kopf. Es überraschte ihn, daß sein Vater so heftig sein konnte. „Das ist vielleicht ein Krampf, sage ich dir, eine Schufterei von vorn bis hinten vierundzwanzig Stunden pro Tag, und zwar dreißig Jahre lang oder so lange, wie dam es eben aushält."
Er trank das Glas aus und schenkte nach. „Und wenn wir diesen Vierundzwanzigstundenjob nicht bis aufs I-Tüpfelchen zu ihrer Zufriedenheit ausführen, dann knallt es. Santa Klara, Petronius! Wenn ich an deiner Stelle wäre ... also wenn ich du wäre, dann täte ich, wozu ich Lust hätte. Ich würde alle Träume von Haus und Kind sausen lassen und mich nur um mich selber kümmern." Er stand auf und ging für eine Weile hinaus. Petronius sah, wie schön er das Zimmer für ihn gemacht hatte. Alles war an seinem alten Platz, genau wie früher: die Seefrau und das Muschelarmband und alles andere. Kristoffer kam mit einem dicken Packen Umschläge zurück. Vorsichtig öffnete er sie, einen nach dem anderen. Petronius traute seinen Augen nicht: Es waren Zeichnungen, eine besser als die andere. Kristoffer breitete sie vor ihm auf der Bettdecke aus. Da gab es Spannbrücken und Hängebrücken, Fußgängerbrücken und Zugbrücken, Silberbrücken, Goldbrücken, rostrote Brücken; detaillierte Zeichnungen verschiedener Brückenkonstruktionen, Brücken aus der Vogel- und Brücken aus der Froschperspektive, Brücken inmitten der Landschaft, Brücken aus großer Entfernung über dem Meer und von einer Bergspitze aus gesehen. Die Luksus-Brücke und die Nord-Brücke – wie sie früher ausgesehen hatten: zu einem Viertel fertig, halbfertig, ganz fertig. Es waren Brücken in allen möglichen Arten und Größen. Brücken in allerlei Farben. Brücken in diskretem Schwarzweiß. Brücken so nüchtern wie auf Konstruktionsplänen. Große, farbensprühende Phantasiebrücken, die nie gebaut werden konnten.
„Hast ... hast du all diese Brücken gezeichnet?" Petronius war ganz rot im Gesicht. Behutsam nahm er eine Zeichnung nach der anderen auf und sah sie sich genau an, so als würden sie kaputtgehen, wenn er mit ihnen unvorsichtig umging. Wie aus allen Wolken gefallen starrte er abwechselnd seinen Vater und dann wieder die Zeichnungen an.
„Keine weiß davon", sagte Kristoffer ruhig. „Du bist der erste, dem ich

sie zeige."
So saßen sie lange da und schauten sich die Zeichnungen an. Kristoffer erzählte, wann er jede einzelne angefertigt und was er sich beim Zeichnen gedacht habe, wie sie aufgebaut und warum einige Brücken nur Phantasiegebilde seien, wie er damals, als er ein Junge gewesen sei, mit den Ingenieurinnen gesprochen und alles über Brücken gelesen habe, was ihm in die Hände gekommen sei, und wie er gehofft habe, all das wieder aufzunehmen, als ihm von Rut mitgeteilt worden sei, er solle Mirabello haben. Und Kristoffer erzählte seinem Sohn, wie reduziert er sich fühle, weil er alt werde, und daß er einfach resigniert habe, als Rut verlangt habe, er solle sich gefälligst kastrieren lassen, daß er sich absolut wertlos vorkomme und wie weh das tue, denn er fühle, daß er für Mirabello kein guter Vater sein könne, weil er eben das Gefühl habe, nichts mehr geben zu können, was ihn mit einem schlechten Gewissen erfülle. Und all das habe er in den Brückenzeichnungen zum Ausdruck bringen wollen.
„Auch ich wurde geschlagen, Petronius. Öfters sogar. Von deiner Mutter. Und immer mußte ich mir eine neue Lüge ausdenken, um es zu verbergen. Die Gründe, warum Rut zuschlug, hatten einen fast krankhaften Charakter. Meistens war sie der Meinung, ich sei mit anderen Frauen zusammen gewesen."
Petronius atmete schwer. Er hatte es geahnt, vielleicht sogar gewußt. Doch hatte er nie zu fragen gewagt. Er strich seinem Vater über den Arm.
„Einmal glaubte sie, ich hätte mit Lis Ödeschär geschlafen!" Kristoffer lächelte schief.
„Lis Ödeschär ist homosexuell."
„Was!?"
„Lis Ödeschär ist homosexuell."
„Wie ... ich meine ... ho ... homo ... hast du homosexuell gesagt?"
„Ja. Ich habe sie neulich in der Homo-Bar getroffen ... Bin dort rein zufällig mit Baldrian gewesen."
Das sollte ganz beiläufig klingen. Plötzlich hatte er Angst, wußte aber nicht, warum. Vater und Sohn sahen sich bedeutungsvoll in die Augen. Dann nahmen sie jeder einen großen Schluck. „Sie hatte eine hochgetürmte Perücke auf", sagte Petronius, um seine Antwort glaubwürdiger zu machen. Er merkte aber sogleich, daß sich alles nur noch unglaubwürdiger anhörte.
„Nein, Petronius! Jetzt phantasierst du aber!" Kristoffer schlug einen leicht spöttischen Ton an, Petronius empfand Erleichterung.

„Es stimmt!“
„Ja ... sicher ist diese Erscheinung häufiger verbreitet, als wir annehmen ...“
„Häufig verbreitet? Manchmal sehe ich, wie mir scheint, nichts anderes. Manchmal glaube ich, die ganze Gesellschft ist ein einziger riesiger Tummelplatz für homosexuelle Frauen, wo sie sich austoben, spielen und sich miteinander prügeln, wo sie sich beweihräuchern und verehren können, wo sie die Männer ans Haus fesseln, ihnen die miesesten Arbeiten zuweisen und sie nach Fallüstrien schicken können, während sie ihre geheiligte Schwesternschaft hegen und pflegen können auf großen schmukken Segelschiffen und in Frauenklubs und in Direktorinnen-Kooperativen und auf Sportplätzen, wobei es überhaupt keine Rolle spielt, ob sie rein physisch oder nur psychisch homosexuell sind, denn ihre Homosexualität scheint mir darin zu bestehen, daß sie sich lieben und uns hassen und ihren Körper lieben und pflegen, daß sie wahre Triumphe feiern zu Ehren ihres überlegenen Geschlechts und ihrer Tugend und daß sie, sobald wir Männer uns auch nur ein wenig dem Fallüstrismus hinzugeben versuchen, sofort eingreifen und uns schlechthin pervers nennen, wo wir doch nur versuchen, einen Abglanz jener Freuden zu erhaschen, die für sie selbstverständlich sind, denn sie können sich ungezwungen in der Öffentlichkeit bewegen und sich ihre Zuneigung ungehindert eingestehen. Sobald wir jedoch versuchen, uns ein bißchen gern zu haben und miteinander zusammen zu sein, greifen sie sofort ein, als verdürben wir ihnen ihr Spiel und als sei unser hundertprozentig heterosexuelles Verhalten die unabdingbare Voraussetzung dafür, daß sie sich in ihrer gigantischen weiblichen Homosexualität tummeln können, während wir aber miteinander nichts zu tun haben dürfen und daher in all die tausend kleinen trauten Heime aufgeteilt werden, wo wir am Herd stehen, Kartoffeln kochen und bei dem Gedanken glücklich sein sollen, daß sie möglicherweise einmal nach Hause kommen, und Angst davor haben sollen, daß sie nicht nach Hause kommen. Bevor wir es schaffen, in das traute kleine Heim zu gelangen, um dort Kartoffeln zu kochen, stehen wir bereits füchterliche Ängste aus, weil wir es vielleicht nie erreichen, dort am Herd zu stehen und Kartoffeln zu kochen. Sind wir glücklich in ein solches trautes Heim hineingelangt, dann sollen wir ihre tausend schlauen Ausflüchte, mit denen sie ihre Homosexualität entrüstet von sich weisen, auch noch nach Kräften hegen und pflegen. Und zwischendurch erlauben sie uns großzügig, mit ihnen zusammen ihre Triumphe zu feiern im Gebärpalast, bei den Menstruationsspielen und in den Sportpalästen. Ich finde das widerlich. Deshalb verachtet die Gesell-

schaft homosexuelle Frauen so sehr. Weil sie uns sichtbar vor Augen führen, daß alle Frauen homosexuell sind."
Kristoffer betrachtete seinen Sohn. Er sah so sonderbar aus, wie er mit seinem zerschlagenen Gesicht aufgerichtet im Bett saß und mit brennenden Augen und gestikulierenden Armen eifrig seine Ansichten darlegte. Rut war ja eine intelligente Frau. Petronius hatte wohl etwas von ihrer Intelligenz geerbt, vielleicht auch etwas von seinen persönlichen Einsichten und Erfahrungen.
Er nahm seine Hand und drückte sie ein wenig.
„Ich wünschte, ich wäre du."
Petronius sah seinen Vater fragend an. Das würde er nie vergessen.

Selbsterfahrung in der Männergruppe „Der Streithahn"

Endlich war der dreizehnte Monat des Jahres gekommen. Die großen Menstruationsspiele im Milationspark standen vor der Tür. Alle Frauen in Egalia freuten sich schon, daß sie aus den Häusern ins Freie kommen, spielen und ein bißchen mit ihren Kameradinnen trinken konnten. Die Männer in Egalia dagegen fürchteten sich davor, sämtliche Sachen für Frau und Kind herrichten, die Kinder im Park herumschleppen und alle Festlichkeiten mit ansehen zu müssen. Den Kindern in Egalia erzählte dam, daß auch sie sich freuen müßten, denn die Menstruationsspiele seien nun mal das festlichste Ereignis des Jahres.
Baldrian, Fandango, Petronius und Lisello (sie waren dazu übergegangen, Herrlein Uglemose nur noch Lisello zu nennen) saßen im Maskulinistenzentrum auf dem Plattenberg und diskutierten. Es war ein warmer und klarer Herbsttag, und die Obstbäume trugen in diesem Jahr außergewöhnlich gut. Sie saßen draußen auf der kleinen Veranda im zweiten Stock, erfreuten sich an der Nachmittagssonne und ließen sich einen besonders guten Jahrgang vom Apfelwein der alten Direktorin Uglemose munden. Sie hatten zwar etwas darüber gelästert, ob es nicht leicht unmaskulinistisch sei, Wein zu trinken, den eine Frau bereitet hatte, doch verwarfen sie diese Idee wieder, weil sie einsahen, daß sie dann ebensogut mit dem Essen aufhören könnten – jedenfalls bis auf weiteres. Sie hatten von einigen Männergruppen in Pax gehört, die Landwirtschaft in Kommunen betrieben, zu denen Frauen keinen Zutritt hatten. Aber in Egalia waren sie, soweit sie wußten, die ersten und einzigen Männer, die

Land bebauten.
Die vier Männer hatten eine Selbsterfahrungsgruppe gebildet, der sie den Namen „Der Streithahn" gaben, mit dem Ziel, sich gegenseitig zu unterstützen und eigene Vorurteile abzulegen. In der Zoologie galt der Hahn als das einfältigste Tier und wurde deshalb als Bezeichnung für Männer benutzt, wenn dam über sie etwas Verächtliches oder Geringschätziges sagen wollte. Die instinktive Art des Hahns, auf sich aufmerksam zu machen, hielt dam ferner für das blödeste Verhalten, das sich denken ließ. Es gab überhaupt etwas Urkomisches und zugleich Obszönes an diesem Tier, so daß ständig – auf mythische Weise – Vergleiche zwischen ihm und dem Mann angestellt wurden.
Herrlein Uglemose hatte zunächst gezögert, einer Gruppe beizutreten, denn er begriff sich eher als eine notwendige Figur im Hintergrund, als einen privilegierten Angehörigen der Oberschicht, der zufälligerweise ein Grundstück und ein Haus besaß, das er den jungen Leuten zur Verfügung stellen konnte. Allen in der Stadt über ihn kursierenden Gerüchten, daß er fallüstrisch sei, begegnete er mit Gleichmut. Daß ständig allerlei Gerüchte über ihn im Umlauf waren, hatte er sich hinzunehmen angewöhnt, als seien sie nahezu ein Bestandteil der natürlichen Ordnung. Aber er wußte überhaupt nicht, ob er sich der Männerbewegung zugehörig fühlte. Er glaubte vielmehr, er falle den Jüngeren nur zur Last und sei zu alt, um sich so zu verändern, wie die Maskulinisten es forderten, und darüber nachzudenken, wie sie sich faktisch verhielten, sich aber anders zu verhalten trachteten.
Fandango hatte ihn jedoch eindringlich gebeten, mitzumachen. Sie brauchten seine Kenntnisse und Erfahrungen, sagte er und fügte hinzu, die ganze Männerbewegung sei doch ein totgeborenes Kind, wenn dam nicht dafür sorgte, daß auch ältere Männer dabeisein konnten. Sie seien es doch, die oft die meisten Erfahrungen hätten. Und da die Männerbewegung auf der Selbsterfahrung der Männer aufbaue, sei es ausgemachter Blödsinn, sie nicht mit einzubeziehen. Dennoch zögerte Herrlein Uglemose, bis die anderen vorschlugen, den „Streithahn" zu einer Gruppe des Patriarchats zu machen.
In der Gruppe war es urgemütlich. Bereits nach dem ersten Treffen hatten sie sie für geschlossen erklärt und den Eindruck gewonnen, daß sie für den Anfang schon weit gekommen waren. Falls andere über das zukünftige Patriarchat zu diskutieren wünschten, sollten sie lieber eigene Gruppen bilden.
Als erstes beschloß der Streithahn, die bevorstehenden Ereignisse im Milationspark zu erörtern. Dabei gingen sie zwangsläufig von ihren eige-

nen Erfahrungen mit der Menstruation aus.
Fandango erzählte, wie Ba, als sie noch zur Schule gingen, ein paarmal versucht habe, ihn hinter einen Busch zu zerren. Nie zuvor habe er darüber gesprochen und deshalb stets ein schlechtes Gewissen bekommen. Die ganze Zeit über habe er geglaubt, es werde ein großes Wunder geschehen. „Ich habe wohl angenommen, daß sie eines schönen Tages in eine rosarote Wolke gehüllt dasitzt und mir sagt, wie sehr sie mich liebt – dachte ich mir jedenfalls – und mir dabei sanft und zärtlich über den Rücken streicht oder so ähnlich." Doch das war nie geschehen. Statt dessen zeigte Ba ihm jedesmal ihre Brüste und Brustwarzen und erklärte ihm, wie groß und toll sie sich mit der Zeit noch entwickeln würden. Damals, fuhr Fandango fort, als sie zum ersten Mal ihre Menstruation bekam, habe sie die Klappe ihrer Hose aufgeknöpft, sich auf den Rücken gelegt und ihm erlaubt, sich das aus ihrem Gebärkanal sickernde Blut anzusehen; schließlich habe sie ihm versichert, daß sie sich jetzt allen Ernstes mit den Naturkräften eins wisse und sich ihnen verbunden fühle. Jetzt habe sie endlich die volle Reife erlangt, er dagegen werde nie eine vergleichbare Reife erreichen, sondern sei in alle Ewigkeit dazu verdammt, unreif zu bleiben, so wie er es jetzt sei. Fandango berichtete weiter, er habe sich stets geschämt, keine Menstruation zu bekommen, und je größer er geworden sei, desto mehr habe er sich seines eigenen flachen Körpers und seiner Weiterentwicklung geschämt.
Petronius konnte nie vergessen, wie Ba zum ersten Mal ihre Menstruation bekam. Sie sei früh morgens durch das Haus gestürmt, wobei sie in einem fort gebrüllt habe: „Pappaaaaa! Ich hab' meine Menstruatioooooooon! Ich hab' meine Menstruatioooooooon! Jippijee!" Alle seien aus dem Bett gesprungen und hätten ihr gratuliert. Später sei sie zum Gesundheitsamt losgezogen, wo ihr diese riesigen Pakete mit Monatsbinden ausgehändigt worden seien, die sie dann am Mittagstisch aufgemacht habe. Eine Binde habe sie herausgezogen und ihm damit vor der Nase herumgefuchtelt, eine andere habe sie sich angelegt, sich dann vor ihm in Positur gestellt und ihm ganz verrückt vor Begeisterung einen Stoß vor die Brust gegeben. Ungefähr zur gleichen Zeit habe sein Vater ihn mit in die Küche genommen und ihm gesagt, daß es nun an der Zeit sei, mit dem Tragen eines PHs zu beginnen. Auch sei ihm – Petronius – aufgefallen, daß seine Mutter ihn sich immer gerade an ihren M-Tagen vorgeknöpft habe, um ihm klarzumachen, was richtig und was falsch in der Welt sei. An solchen Tagen habe sie sich stets durch besonderen Scharfsinn hervorgetan.
Baldrian hatte den Eindruck, daß seine Mutter aus ihrer Menstruation

nie eine besondere Attraktion machte. „Sie sprach doch fast nie darüber. Stimmt's nicht, Fandango?“ Der nickte zustimmend und meinte nur, daß Lis Ödeschär die M-Tage nicht besonders erwähnt habe. Doch Vater habe wohl ein paarmal gesagt, daß ihre großen Speerbeißerfänge fast immer an einem M-Tag seien. Baldrian fuhr fort: „Als Wolfram und ich klein waren, kannten wir ein Spiel, das wir in regelmäßigen Abständen spielten. Und das ging so: Wir waren zwei erwachsene Frauen, die ihre Menstruation gleichzeitig bekamen. Jede wohnte auf ihrem Frauenhof, und jede besaß zwanzig Stuten, die sie nacheinander ritten, wenn sie ihre Kornfelder inspizierten. Aber eigentlich wollte ich ja selber nie eine Menstruation haben. Mir hatte dam gesagt, daß ich ein unwahrscheinlich hübscher Mann sei, worüber ich mich natürlich freute und woran ich schließlich auch geglaubt habe. Eva bestand ja immer darauf, daß ich mit ihr schlafen sollte, wenn sie ihre Menstruation hatte, nur in letzter Zeit graut es mir ein wenig davor. Sie ist dann immer so gewalttätig und greift dann immer doppelt so hart zu wie sonst. Ihre Gefühle sind wohl so stark, daß es ihr einfach unmöglich ist, sich im Zaum zu halten.“

Nun war die Reihe an Herrlein Uglemose, den anderen seine Erfahrungen mitzuteilen. „Als ich klein war, glaubte ich, nur Frauen hätten Blut in sich. Deshalb nahm ich an, daß ein Mann, der mit einer Frau zusammen lebt, bei ihrem Tod sterben muß. Wenn Männer bluten, dachte ich, dann liegt das daran, daß bei ihnen Blut nur direkt unter der Haut vorhanden ist, aber nicht im Innern des Körpers wie bei den Frauen. Meine Mutter, die Rektorin Uglemose, brachte mir bei, daß alle Wibschen eine Menstruation bekämen, sobald sie halb erwachsen seien. Da geriet ich in eine frohe und zuversichtliche Stimmung und wartete viele Jahre auf meine erste Menstruation. Ich glaubte nämlich, wenn meine Mutter behauptet, daß alle Wibschen eine Menstruation bekommen, dann mußte das seine Richtigkeit haben. Eines Tages hörte ich von irgendwelchen Mädchen auf der Straße, daß Männer nie eine Menstruation bekommen. Ganz bestürzt rannte ich zu meiner Mutter nach Hause und sagte zu ihr, sie habe mir doch versichert, daß alle Wibschen, sobald sie halb erwachsen seien, eine Menstruation bekämen. Darauf antwortete meine Mutter nur mit einem rohen Lachen. Kurz danach stellten sich bei mir die ersten Samenergüsse ein, vor allem nachts, was mir schrecklich peinlich war, weil ich nie etwas darüber gehört hatte und annehmen mußte, daß es sich um eine Art männliche Menstruation handelte, deren Ergebnis nur etwas merkwürdig aussah. Und so war ich überzeugt, daß mit meinem Körper irgend etwas nicht stimmen konnte, denn der Erguß durfte ja genau wie bei der Menstruation nur einmal im Monat auftreten, falls

das überhaupt stimmte. Aber ich bekam meine Samenergüsse viel häufiger, und so vermutete ich lange Zeit, daß ich todkrank sein mußte."
Herrlein Uglemose wußte ferner zu berichten, daß in seiner Jugend ausschließlich Frauen zu den Menstruationsspielen zugelassen worden seien. Er habe geglaubt, es handele sich um ein Riesenfest für Frauen, in dessen Verlauf sie untereinander gewissermaßen ein sexuelles Milieu schufen, in dem sie sich schwängern konnten, wenn sie neun Monate später ein Kind bekommen wollten. Doch da sei er noch ganz klein gewesen. Später habe er dann nur noch voller Verzweiflung an sich beobachten können, wie er immer mehr in die Höhe geschossen und breitschultriger geworden sei und trotzdem schmale Hüften behalten habe, wodurch alles noch viel schlimmer geworden sei.
Die Männer erkannten vieles von dem wieder, was sie über ihre eigenen Erfahrungen und Erlebnisse berichtet hatten. Sie schämten sich, einen Männerkörper zu haben. Sie schämten sich, einen Penis und einen Schambeutel zu haben. Ja, warum mußte das Ding denn auch Schambeutel heißen? Sollten sie nicht bald einen anderen Namen dafür finden? Sie schämten sich, daß sie keine Brüste, keine prallen Hüften, keine ordentlichen Schenkel und keinen richtigen Hintern hatten. Sie schämten sich, keine Menstruation zu bekommen. Sie schämten sich, wenn sie merkten, daß der Bart zu sprießen begann. Sie schämten sich, Haare auf der Brust zu haben, und sie schämten sich, das Haar auf dem Kopf zu verlieren. Sie schämten sich, daß sie, sobald sie halb erwachsen waren, eine tiefe, sonderbare Stimme bekamen und ihre schöne hellklingende Wibschenstimme, die sie als Kinder hatten, verloren. Sie schämten sich, daß sie Samenergüsse hatten. Sie schämten sich, weil sie nicht fähig waren, Kinder zu kriegen. Mitunter schämten sie sich so sehr, daß sie vor lauter Scham in den Erdboden hätten versinken mögen.
Warum waren die Brusthaare des Mannes etwas, dessen dam sich schämen mußte, während die Frau sich der Haare auf ihrem Geschlechtsteil keineswegs zu schämen brauchte? Warum durften Frauen auf ihre Haare, egal wo sie welche hatten, stolz sein, während Männer nicht darauf stolz sein konnten?
Mit Feuereifer gingen die Männer daran, einen Schlachtplan auszuarbeiten, über den sie immer wieder in trotzig-befreiendes Lachen ausbrachen.

Die großen Menstruationsspiele

Endlich war es soweit. Die großen Menstruationsspiele im Milationspark hatten begonnen. Mit Kind und Kegel zogen die Egalitaner los, um sich in den Festtrubel zu stürzen. Im Park wimmelte es von Wibschen jeden Alters. Egalias Frauen spielten und tranken mit ihren Geschlechtsgenossinnen, Egalias Männer kamen endlich mal ins Freie, nachdem sie die Sachen für Frau und Kind hergerichtet hatten, und Egalias Kinder wurden von Egalias Männern umhergeschleppt, die ihnen erzählten, daß sie sich jetzt freuen sollten. Dam hatte drei große Zelte errichtet, dazu eine Menge kleinerer Zelte, Pavillons, Tribünen, Buden und provisorische Toiletten. („Es gibt drei Damentoiletten und nur eine Herrentoilette", bemerkte Petronius.) In den Pavillons spielte das fünfzig Frau starke Orchester, während in den Zelten allerlei Spiele und Aktivitäten veranstaltet wurden. Um ein Uhr sollte der große Gimpelwettbewerb beginnen und danach die populären Eberläufe. Herrlein Uglemose setzte auf den kleinsten, zerzaustesten und farblosesten aller Gimpel. In den kleinen Zelten hatten sich die Kauffrauen der Stadt etabliert und verkauften ihre Waren für den – wie sie es nannten – halben Preis. Den Maskulinisten fiel vor allem das Pornozelt auf. Es war gerammelt voll, besonders von Frauen, die sich ausnahmsweise von ihrem Alten und den Gören freigenommen hatten und schon seit dem frühen Morgen mit ihren Geschlechtsgenossinnen umhertollend und trinkend unterwegs waren. Im Zelt wurden großformatige farbenfrohe Bilderhefte verkauft mit Photos von ganz jungen Knaben mit winzigen Penissen und schönen molligen Bäuchen und von starken Frauen mit riesigen Brüsten und Kitzlern. Die Frauen auf den Photos befummelten die winzigen Penisse und probierten mit ihnen kreuz und quer, kopfüber und kopfunter alles mögliche aus, so daß die Knaben mit ihren kleinen Penissen und molligen Bäuchen mitunter phantastische Schlangenwibschenstellungen einnehmen mußten, um bei den erotischen Spielen mithalten zu können. Und unabhängig von ihrer Stellung und der Art ihrer Behandlung sahen sie auf den Bildern alle in gleichem Maße geil und lüstern aus. Sie lechzten förmlich danach, den Riesenkitzler und die Riesenbrustwarzen der Riesenfrauen mit der Zunge zu bearbeiten. Im Pornozelt wurde auch eine Kollektion künstlicher Brüste angeboten, einige aus Wachs, andere aus Schaumgummi. In allen Farben und Größen lagen sie mit üppig strotzenden Brustwarzen ausgerichtet im Regal unter einer Reihe von Kerzen in Klitorisform. Weiß Luzia, wer diese Dinger eigentlich brauchte und kaufte! Aber einen Markt mußte es zweifellos dafür geben, denn dam produzier-

te ständig neue und elegantere Formen, für die unablässig Reklame gemacht wurde.
Eine Stimme dröhnte aus dem Lautsprecher: „Klein-Gerd, fünf Jahre alt, mit rotkariertem Hemd, weint. Sie fragt nach ihrem Vater. Sie kann bei der Tribüne am Südpavillon abgeholt werden.“ Überall gab es Kinder, die schrien – mit der einen Hand sich am Vater festhaltend, in der anderen einen gläsernen Miniaturkrückstock mit Liebesperlen. Die Kinder sollten am Menstruationstag ihren Spaß haben. Darin waren sich alle einig. Nach und nach hatte sich das Ganze zu einem richtigen Familienfest im Freien entwickelt.
Eine Stimme aus dem Lautsprecher der Nordtribüne verkündete, daß jetzt die letzte Möglichkeit sei, auf die Vögel im Gimpelwettbewerb zu setzen. Herrlein Uglemose, Petronius, Baldrian und Fandango eilten zur Tribüne. Sie trafen auf das große Blasorchester, das gerade mit seinem ersten Umzug begonnen hatte. Zuerst kamen zwei dunkelrote Fahnen, die das Menstruationsblut symbolisierten, dann die Bläserinnen – ein Orchester von zwanzig schwangeren Frauen, die einen Triumphmarsch spielten – und anschließend eine Truppe aus fünfzehn Frauen, die mit verschiedenfarbigen Monatsbinden winkten, sie in die Luft warfen, wieder auffingen und mit ihnen – wenigstens fünf Binden auf einmal – geschickt jonglierten, während sie im Takt mit der Musik gingen. Am Ende des Zuges folgten die Männer mit Kindern auf dem Arm oder an der Hand. Als die schwangeren Bläserinnen ihren Marsch zu Ende gespielt hatten, sangen die Männer die Hymne „Für die Lebenskraft“, die von den schwangeren Töchtern des Mutterlandes handelte.
Die vier aus der Männerliga bahnten sich durch das wogende Meer der Wibschen einen Weg zur Tribüne. Jeder der fünfzehn Gimpel stand auf einer hohen Kiste; neben den Kisten hatte eine Jury Platz genommen, die das Tirili der Vögel bewerten und je nach Höhe, Präzision und Ausführung des Tones Punkte vergeben sollte. Diejenigen, die auf den – nach der objektiven Beurteilung der Jury – richtigen Gimpel gesetzt hatten, erhielten als Preis bunte Vogelfedern, die, wie es hieß, „Sie mit nach Hause nehmen und Ihrem Mann verehren können“. Ganz oben auf der Tribüne stand in großen Buchstaben zu lesen: „Auch Ihr Mann schmückt sich bestimmt gern“ und „Wann haben Sie Ihrem Mann das letzte Mal eine Feder geschenkt?“
Die Frauenstimme aus dem Lautsprecher gab das Startsignal zum Gimpelwettbewerb, und sofort begannen die Gimpel nacheinander zu flöten und zu trillern – das eine Tirili höher als das andere – , während die Frauen der Jury mit ernsthaft-nachdenklichen Mienen dasaßen und sich

Notizen machten. Die vier aus der Männerliga hatten sich unter einigen Büschen verkrochen, die gleich hinter der Tribüne wucherten. Mehrere hundert Wibschen verfolgten gespannt das Flöten und Trillern der Gimpel sowie die Punktvergabe, wobei die Frauen ständig dazwischenriefen und lautstark – als sei ihr Leben in Gefahr – protestierten, wenn die Punkte ihrer Meinung nach ungerecht verteilt wurden.
Zunächst begriffen die Leute nicht, was eigentlich vor sich ging, aber plötzlich flatterten die Gimpel von ihren Kisten, auf die jetzt vier Gestalten in enormen Federkleidern stiegen. Alles hatte sich blitzschnell abgespielt, und ehe dam sich's versah, warfen die vier Gestalten ihre Federgewänder ab und vier Männer mit entblößtem Oberkörper kamen zum Vorschein. Aufrecht standen sie da in ihrer flachbrüstigen Unanständigkeit – und zwei hatten sogar Haare auf der Brust! Das Allerschlimmste aber war: Unter ihnen befand sich offensichtlich ein Mann in mittleren Jahren. Die Männer schleuderten ihre Federpracht in die Zuschauermenge. Einer der vier fanatischen Maskulinisten hatte sich auf geheimnisvolle Weise des Mikrophons bemächtigt und rief: „Weg mit all dem Tand und Flitter für Männer! Warum werden wir dazu gezwungen, unsere Körper zu verstecken? Frauen dürfen ihre Brüste und ihre schwangeren Bäuche und ihre nicht schwangeren Bäuche und ihre nackten Körper frei entblößen. Warum sollen wir gezwungen werden, unsere Körper zu verstecken und uns mit unpraktischen Kleidern und allem möglichen Plunder aufzutakeln, nur um den Frauen zu gefallen? Wir fordern das Recht, so zu sein, wie wir sind!" In diesem Augenblick ging ein sonderbares Stöhnen der Verblüffung durch die Menge. Der Herr mittleren Alters hatte sich die Perücke abgerissen und schleuderte sie hoch in die Luft. Sein Schädel war blankpoliert.
Es war der unanständigste und widerlichste Anblick, der den vielen hundert Zuschauern jemals zugemutet worden war. Freilich hatten die meisten blanke Schädel in der anheimelnden Umgebung des Nachttischchens und der Bettkante gesehen. Aber hier draußen in aller Öffentlichkeit! Blanke Schädel unter freiem Himmel! Die Volksmenge kochte vor Empörung, und ein Schwall von Pfuirufen scholl den vier perversen Exhibitionisten entgegen. „Wir fordern ..." Dem Redner wurde das Mikrophon entrissen.
So brauchte man glücklicherweise nicht mehr mit anzuhören, was er forderte. Und überhaupt waren Männerstimmen mit ihrem knarrenddröhnenden Tonfall, besonders wenn sie durch den Lautsprecher donnerten, sowieso nicht zum Aushalten. Dam erlebte das immer wieder nur allzuoft in diesen modernen Zeiten. Die meisten fanden, sie sollten

sich ihre Stimmbänder für den Kaffeeklatsch schonen.
Der Grund, warum dem Publikum dieser obszöne Auftritt nicht erspart blieb, lag darin, daß die Leiterin des Gimpelwettbewerbs die Situation für einen Augenblick mißverstanden hatte, weil sie zunächst angenommen hatte, es handele sich um die Herrentruppe aus dem Pornozelt, die zum falschen Zeitpunkt herübergekommen sei. Auf der Nordtribüne sollte nämlich etwas später eine kleine pikante Schau mit Männern in Federbüschen stattfinden.
Die Ordnungshüter waren längst eingetroffen und zerrten die vier exhibitionistischen Frauenhasser von den Kisten herunter, damit der Gimpelwettbewerb fortgesetzt werden konnte. Die Chance, „Ihrem Mann eine schöne Feder mit nach Hause zu bringen", war in keiner Weise verloren.
„Ja, Sie haben noch immer die Chance", rief die Frauenstimme lebhaft, nachdem sie das Mikrophon zurückerobert hatte, „lassen wir uns durch diese kleine ... äh ... hm ... makabre Episode unser Spiel nicht verderben! Gimpel Nummer dreizehn ist jetzt an der Reihe, Ihre Glückszahl! Wer hat auf Gimpel Nummer dreizehn gesetzt?"
Aber die Chance, „Ihrem Mann eine schöne Feder mit nach Hause zu bringen", war dennoch verdorben, denn die Gimpel gebärdeten sich völlig verstört, und als sie endlich aus den Büschen, in denen sie sich versteckt hatten, herausgeklaubt worden waren, zeigten sie nicht die geringste Lust zu tirilieren. Und Gimpel Nummer dreizehn war und blieb spurlos verschwunden.
Die vier Männer wurden zur Ordnungswache gebracht, wo dam ihnen wegen Exhibitionismus und Erregung öffentlichen Ärgernisses Geldbußen auferlegte. Aber dieses Mal hatte die Männerliga sich mit der Presse verbündet. Sie hatten einen Journalisten dafür gewinnen können, von der Aktion eine Reportage mit Bildern zu machen, und so berichtete er loyal, welchen Sinn sie gehabt habe, und fügte aus freien Stücken noch hinzu, daß die Bußen, die den Maskulinisten wegen Verletzung der öffentlichen Moral auferlegt worden seien, deutlicher als alles andere zeigten, daß dam in einer Frauengesellschaft lebe, in welcher Urteil und Strafe vom Denken der Frauen geprägt seien. Und die Gedanken der Frauen würden stets davon ausgehen, daß alles, was Männer auf dieser Welt unternähmen, etwas mit Sex zu tun habe. Deshalb müßten sie den Aufstand der Männer als Ausdruck einer sogenannten sexuellen Perversion – in diesem Fall als Exhibitionismus – brandmarken.
Der Streithahn hatte lange zuvor darüber diskutiert, ob diese Form der Aktion glücklich gewählt sei oder Erfolg verspreche, denn alle befürchteten, daß dam sie vielleicht gegen die Liga verwenden könnte.

„Alles, absolut alles kann dam gegen uns verwenden“, sagte Herrlein Uglemose. „Wir dürfen uns dadurch in unseren Anstrengungen nicht lähmen lassen.“
„Aber müssen denn Männer und Frauen eigentlich nicht verschiedene Kleidungsstücke tragen?“ fragte Petronius. „Meine Mutter sagt immer, Männer könnten deshalb nicht in Hosen gehen, weil sie keinen Platz für ihren Penis und ihren Schambeutel hätten.“
„Das ist doch ideologisches Gewäsch“, erwiderte Baldrian. „Es kommt doch nur darauf an, wie weit die Hosen sind. Es gibt keinen vernünftigen Grund, warum wir in den unpraktischen Hemden herumlaufen sollten.“
„Nein, natürlich nicht. Manchmal werde ich schon ganz irre im Kopf.“
Die Menstruationsspiele gingen ohne Störung weiter, wenn dam einmal von dem kleine Zwischenfall auf der Nordtribüne absah. Die Frauen der Jongliertruppe verschwanden eine nach der anderen im Pavillon und schwangen dort große Reden über große Dinge. Zum Schluß hielt die Burgfrau von der Volksburg eine Rede zum Lobe Egalias – wie in jedem Jahr. Und jedesmal wurde zuerst Egalias Bio-System gepriesen. Wie in all den Jahren zuvor eröffnete sie die Rede mit den bekannten und geliebten Worten: „Erde, Luft und Wasser sind unsere Elemente und im Grunde unsere Wohnstätte.“ Pause. Ein Blick über die festlich gekleidete Wibschenmenge. „Ohne sie würde Egalia nie existieren.“ Sie erklärte dann im einzelnen, wie im Egalsunder Bio-System der Kreislauf der Natur gewahrt werde, und selbstverständlich hänge das organisch mit dem restlichen Egalia zusammen – durch feste Abkommen mit dem Nachbarland Pax hänge es natürlich auch mit dem paxischen System zusammen –, denn dam müsse einsehen, daß Luft und Wasser ungeachtet diverser Souveränitätsbestimmungen sich unablässig über die Landesgrenzen hinwegsetzten. Dam sorge dafür, daß nie mehr Sauerstoff verbraucht oder Stickstoff freigesetzt werde, als es das Gleichgewicht erfordere. Die großen Parkanlagen seien genau darauf berechnet, das Gleichgewicht in der Kohlenstoffassimilation aufrechtzuerhalten.
Die Burgfrau leierte einige Zahlen herunter, die beklatscht wurden, und ging dann dazu über, Fischereistatistiken zu zitieren, wo die gleichen Grundsätze galten. Nach Verlesung der Zuwachsraten für die einzelnen Fischarten stellte die Sprecherin fest, daß entsprechende Mengen in voller Übereinstimmung mit dem Zuwachs gefischt worden seien. Weiterhin stellte die Burgfrau mit Zufriedenheit fest, daß die Einhaltung der Anordnungen kaum jemals habe überwacht zu werden brauchen, da es jedem Idioten klar sei, wie absurd es wäre, mehr Fische fangen zu wol-

len, als geboren würden.
Aus Sicherheits-, vielleicht aber auch aus Tradtitionsgründen erinnerte sie an die strengen Strafen, die für das Übertreten der Bestimmungen verhängt wurden. Dieser Hinweis erfolgte jedes Jahr, und so ging ein Teil der Zuhörer mitten in der Rede nach Hause. Im Zuge allgemeinpräventiver Maßnahmen sehe sie sich gezwungen, daran zu erinnern, daß eine, die die Fischereibestimmungen übertrete, zusammen mit Instruktionen über die Einrichtung eines Aquariums in ein Zimmer gesperrt werde, aus dem sie nicht eher herausgelassen werde, bis es ihr gelungen sei, das Gleichgewicht im Aquarium herzustellen. Würden einige Arten eingehen, müsse sie den Fehler finden. Wenn es ihr nicht gelinge, den Fehler zu finden, werde sie zu einem Lehrgang geschickt. Während der ganzen Zeit erhalte sie keinen Lohn.
Weiterhin erinnerte die Burgfrau die Gemeinde daran, daß die Müllverwertungsanlagen in Egalsund noch immer einen der größten Etatposten für sich beanspruchten, und erläuterte ausführlich die drakonischen Strafen, die bei Luft- oder Wasserverunreinigung drohten. Die Täterin werde in einen kaum belüfteten Raum gesperrt und bekomme reichlich zu essen. Ihr stehe aber keine Örtlichkeit für ihre Verdauungsprodukte zur Verfügung. Deshalb müsse sie ihre Notdurft auf dem Fußboden verrichten. Nach ein paar Tagen wate sie in einem ekelhaften Schlamm aus Kot und Pisse herum, bis sie fast nicht mehr atmen könne. Dann werde die Delinquentin aus der Zelle herausgenommen, gründlich gebadet und durchlüftet. Schließlich rede dam ihr eindringlich ins Gewissen, daß, wenn alle versuchen würden, Abfälle und Giftstoffe so loszuwerden wie sie, es nirgends mehr frische Luft zum Atmen gäbe und ganz Egalia, ja die ganze Welt genau wie ihre Zelle aussähe.
Wieder konnte die Burgfrau mit Befriedigung feststellen, daß auch diese Strafmaßnahme nicht angewendet zu werden brauchte, da keine der Werkseignerinnen sich gegen die einschlägigen Vorschriften vergangen hatte. „Dies beweist, daß unter unseren verantwortlichen Industrieleiterinnen und vor allem bei unseren Handelsgesellschaften ein gesunder und matriotischer Geist frauscht", sagte sie. „Was wäre denn der Sinn dieser alljährlichen Menstruationsspiele zu Ehren der Lebenskraft und des ewigen Kreislaufs in der Natur, würden wir nicht den tiefen Zusammenhang zwischen Wibschenleben und Natur feiern? Wenn wir nicht immer wieder aufs neue unsere Zivilisation feiern könnten, die im Grunde nichts anderes bedeutet, als daß die Natur für uns Wibschen und unsere Nachfahren bewahrt und erhalten wird? Das ist die höchste Form der Kultur."

Die Burgfrau erntete nur mäßigen Beifall, da die meisten während der Rede schon nach Hause gegangen waren. Die Männer, die noch gern geblieben wären, weil sie sich schämten, mußten ebenfalls nach Hause, denn die Kinder quengelten und wurden unerträglich. Und jene, die noch dastanden, hatten die Rednerin das Ganze schon weiß Luzia zum wievielten Male herunterleiern hören. Zum Schluß spielten die schwangeren Bläserinnen die bekannte und beliebte Hymne „Gesunde Kinder in starken Bäuchen". Alle stimmten mit ein, und der Gesang stieg auf in den klaren blauen Herbsthimmel, der sich über Egalia wölbte.

Wanderung durch die egalitäre Stadt

Petronius stand an der Straßenkreuzung bei dem Geschäft der großen Frauenausstatterin und wartete darauf, daß das rote Frauchen der Verkehrsampel auf grün umsprang. Auf der anderen Straßenseite leuchtete hoch oben auf dem Gebäude eine riesige Reklame für Bellindus Brusthaarentferner. Das eine Bild zeigte eine Frau, die an der Bluse eines Mannes zupfte, einen Blick auf seine Brust warf und dann peinlich berührt die Nase rümpfte. Auf dem nächsten Bild waren wieder beide zu sehen, doch diesmal strahlte die Frau zufrieden beim Anblick der Verschönerung, die inzwischen unter der Bluse des Mannes stattgefunden hatte. Petronius dachte daran, daß er seine Haare für die Aktion am großen M-Tag absichtlich hatte wachsen lassen; seitdem wollte er sie nicht mehr entfernen. Die Haut wurde wund, egal welche Mittel er benutzte. Außerdem WAR er so. Dahinter war er endlich gekommen. Er HATTE eben Haare auf der Brust. Und damit basta.
Jetzt zeigte die Ampel das grüne Frauchen. Einige Mädchen knufften ihn, als sie auf dem Bürgersteig in rasendem Tempo an ihm vorbeifuhren. Sie schrien sich etwas zu. Was sie sagten, war unmöglich zu unterscheiden. Sie schrien nur, doch für sie selber mochte es wohl verständlich klingen.
Es war ein warmer Herbsttag. Viele Frauen gingen mit freiem Oberkörper spazieren. Ihre Brüste baumelten ihm in allen möglichen Formen entgegen. Es gab runde und feste, ovale und schlappe, kleine – fast genau so klein wie bei Männern – und große, füllige, es gab Brustwarzen, die nach außen, und Brustwarzen, die nach oben zeigten, sowie Brustwarzen, die vom Saugen leicht länglich und zylindrisch verformt waren. Mannigfaltige Brüste kamen ihm so entgegengeschwabbelt. Er erinnerte

sich daran, daß es mal eine Zeit gegeben hatte, als er diese entblößten Frauenoberkörper toll fand. Er schwitzte unter der Bluse.

Es frauschte ein reger Verkehr. Viele Familien wollten aufs Land fahren. In allen Wagen, die Petronius vorüberfahren sah, saß die Frau am Steuer, der Mann auf dem Beifahrersitz und die Kinder hinten. An einem Eckhaus, in dem eine Bank untergebracht war, blieb er stehen. Im Fenster lag eine Broschüre. Auf dem weißen Glanzpapierumschlag stand mit leuchtend blauen Buchstaben: „Eine sichere Zukunft für Sie und Ihre Familie." Eine Frau blätterte nachdenklich in den Bankdokumenten, während ein Mann hinter ihr stand, ihr über die Schulter sah und glücklich und zuversichtlich in die Zukunft lächelte. „Sie können Mann und Kinder und auch sich selber durch unser staatliches Darlehen absichern", hieß es weiter in der Broschüre. Das nächste Bild zeigte dann ein sicheres Eigenheim, das dam sich mit dem sicheren Kredit leisten konnte, und auf einem anderen Bild war die ganze Familie bereits in das sichere Eigenheim gezogen. Die Frau saß, der Mann stand, und die Kinder spielten auf dem sicheren Fußboden.

Petronius schlenderte durch die Straßen von Egalsund und schrieb in Gedanken einen Brief an Gro. Er vermißte sie. Doch als er daran dachte, wie es tatsächlich sein würde, wenn sie zusammen wären, vermißte er sie nicht mehr. Dann fragte er sich wieder, warum sie eine so große Anziehung auf ihn ausübte, und schon vermißte er sie wieder. Worin bestand eigentlich diese Anziehung? War er von dem Gedanken eingenommen, daß sie über ihn bestimmte? So konnte er sich ständig im Kreis drehen. Ja, nein, ja, nein.

Aber im Kopf hatte er sich bereits entschieden. Er wollte ihr einen Brief schreiben und ihr mitteilen, daß er zum Gebärpalast kommen werde, wenn sie sich dort einfinden müsse, um das Kind zur Welt zu bringen. Er werde hingehen, um der Zeremonie beizuwohnen und das Kind entgegenzunehmen, aber er wolle kein Vaterschaftspatronat haben.

Das verstieß zwar gegen das allgemeine Taktgefühl und den guten Ton, doch gab es keine Regelung, daß Väter vaterschaftspatroniert sein mußten, wenn sie in den Gebärpalast kamen. Es war nur ein ungeschriebenes Gesetz. Aber im Grunde wünschte er sich das Kind. Und weil Gro dies wußte, hatte sie ihm öfter mit Abtreibung gedroht. Offenbar ging es ihr nur darum, daß er sie in seiner Verzweiflung anflehen sollte, das Kind auszutragen. Das hatte er ihr am Telefon gesagt.

„Aber ich will doch, daß du entscheiden sollst", hatte Gro erwidert.

„Ich will jetzt aber nicht bestimmen, damit du in Zukunft über mich bestimmen kannst", hatte Petronius ihr entgegengehalten. Er kam sich

hart vor, weil er bei seiner Meinung geblieben war. Er wollte sein eigenes Leben leben – und hatte deswegen ein schlechtes Gewissen.
„Daß sie mit uns ein Kind haben wollen, ist doch nur ein Vorwand, den sie als Waffe gegen uns richten", sagte Baldrian. „Du darfst nicht nachgeben." Baldrian, der immer davon geträumt hatte, der Mann der Rektorinnentochter zu werden, war ebenfalls entschlossen, ein Vaterschaftspatronat aufzugeben. „Ich denke nicht daran, doppelt und dreifach zu arbeiten", lautete Baldrians Argument. Das wirkte immer so befreiend einfach.
Petronius ging in eine Bibliothek. Er hatte noch viel Zeit, denn er brauchte erst am Abend zum vereinbarten Treffen zu kommen. Er konnte den Brief im Lesesaal schreiben. Dort war es immer so ruhig und friedlich. Doch als er den Lesesaal betreten hatte, gelang es ihm trotz allem nicht, sich zu konzentrieren. Etwas unentschlossen ging er an den Regalen entlang. Vielleicht sollte er sich doch zusammenehmen und sich in ein paar von diesen landwirtschaftlichen Fachbüchern vertiefen. Er und Baldrian bemühten sich, in den Landwirtschaftsgebieten Arbeit zu finden. Zwei Monate lang hatten sie auf der Warteliste gestanden und noch immer nichts gehört. „Es ist eben schwierig, Männer für solche Arbeiten zu vermitteln", war ihnen von dem Herrn im Büro gesagt worden. „Leichter ist es, wenn Sie mit Frauen von dort fest zusammen sind." Sie hatten gehört, daß es zu wenig Arbeitskräfte gab. „Es ist unmöglich, eine gute Stelle zu finden, wenn dam keine Titten hat", sagte Baldrian wütend. „Als ob Titten was mit der Arbeit zu tun hätten!"
Petronius wanderte an den Regalen entlang.
„Kann ich Ihnen behilflich sein?" Es war der Bibliothekar.
„Ja. Haben Sie ein Buch über fallüstrische Männer?"
Der Bibliothekar errötete. „Nein", sagte er. „Aber es gibt eins ‚Tiefe der Erniedrigung' von Amandus Amandastochter. Es erschien 508 unter einem Pseudonym. Soll ich das Buch für Sie von der Hauptbibliothek beschaffen?"
„Ja, seien Sie bitte so freundlich."
Petronius verließ schnell den Raum und setzte sich in dem kleinen Bibliothekspark auf eine Bank. Das war doch eben ein merkwürdiger Einfall von ihm gewesen. Und jetzt traute er sich nicht, wieder hineinzugehen und nach den Landwirtschaftsbüchern zu fragen.
Eine alte Frau in zerlumpten Kleidern stand unter einem Baum. Sie hatte ihre Mütze vor sich auf dem Boden liegen und spielte entsetzlich falsch Mundharmonika. Männer, die große, schwere Taschen voll mit Lebensmitteln trugen, hasteten geschäftig vorüber. Viele von ihnen groß und

dick, watschelten mühsam keuchend dahin auf geschwollenen Beinen und schwitzten in ihren Blusen, so daß unter den Achseln dunkle Flecke zu sehen waren. Die älteren Männer schwitzten unter ihrer Perücke. Warum müssen Männer, die immer so schwere Lasten schleppen, geschwollene Beine haben und Schmerzen, wenn sie sich fortbewegten? dachte Petronius. Oft schien es ihm, als hätten die Männer, nachdem sie alt und welk geworden waren, im Leben kein anderes Recht gehabt, als mit unzähligen großen und kleinen Paketen voller Lebensmittel und Überraschungen loszuziehen, nur um es sich ein bißchen gemütlich machen zu können.

Er zog die Zeitung heraus, die er gekauft hatte. Eigentlich war er zum Lesen gar nicht aufgelegt und schlug aufs Geratewohl die Witzseite auf. Gewöhnlich gab es eine Witzserie, in der riesige Männer kleine zerzauste Frauen anmeckerten. Donna Mutter, dachte Petronius. Die Männer in den Witzserien waren solche Riesen und Muskelprotze, daß dam schier nicht begreifen konnte, wie sie überhaupt in die abgebildeten Häuser hineinpaßten.

Auf einem Bild waren ein Riese von Mann und eine kleine spindeldürre Frau zu sehen, die auf einer einsamen Insel mit nur einer Palme darauf gestrandet waren. Am Horizont versank gerade der Bug des Schiffes. Wütend brüllte der Riesenmann seine kleine, mickrige Frau an: „Aber wir baden sonst nie mitten in der Woche, Fronie!“

„Ha, ha!“ sagte Petronius laut zu sich selber. Die Frau mit der Mundharmonika hörte zu spielen auf. Sie grinste ihn mit zahnlosem Mund und verdrehten Augen an.

Ein kleiner Junge kam zu ihm heran und machte einen artigen Knicks vor ihm.

„Kaufen Sie mir eine Männerblume ab?“ fragte er.

„Wofür ist denn das?“ fragte Petronius zurück.

„Ja, das Geld geht an ... ach, es hat irgendwas mit Frieden und Familie zu tun und so ...“ antwortete der Junge und wurde rot im Gesicht.

Petronius kaufte zwei Blumen. Der Junge bedankte sich lächelnd und lief weiter. Petronius wußte, wofür die Männerblume war. Wegen des ganzen Geredes um die Unterdrückung der Männer hatte es sich die staatliche Direktorinnen-Kooperative nicht nehmen lassen, ihrerseits auch einmal für die Belange der Männer einzutreten, und deshalb den ersten Sonntag nach Donna Klaras Abgang und die folgenden sieben Tage zur Nationalen Woche des Mannes erklärt. Aus diesem Anlaß wurde eine schöne Blume aus blauem Kunststoff angefertigt, und alle Schulkinder in Egalia bekamen einen halben Tag schulfrei, um die Männer-

blume im Interesse der Festigung des Friedens und eines besseren Verständnisses zwischen den Geschlechtern zu verkaufen. Offiziell hieß es zwar „Gleichstellung der Geschlechter“, aber die ganze Propaganda war auf die Begriffe „Festigung des Friedens“ und „Besseres Verständnis“ abgestimmt.
Allmählich begannen auch die Zeitungen, mit dem Gedanken der Geschlechtergleichstellung zu liebäugeln. So konnte dam mitunter schon Sätze wie den folgenden lesen: „Wenn eine normale Wibsche durch die Straßen geht, wird sie (er) zahlreiche Beispiele geschlechterorientierten Denkens entdecken.“
Petronius betrachtete die Wibschen, die an ihm vorbeigingen und vorbeifuhren. Die ganze Welt, dachte er, ist doch ein einziger nicht wegzuleugnender Beweis dafür, daß der Mann am wenigsten von ihr hat. Er verstand gar nicht, warum er das nicht immer so gesehen hatte. Auch begriff er nicht, warum das nicht alle erkannten. Dam brauchte nur die Augen zu öffnen. Aber die Frauen wollten das ganze Männerproblem auf einzelne Aspekte reduzieren. Die Matraxisten redeten nur vom Klassenunterschied. Die Matraxisten redeten nur von der Ausbeutung billiger Arbeitskräfte. Das war ein Kernbegriff in ihrer Analyse. Wenn die Millionen im Hause arbeitender patronierter Väter und in Niedriglohngruppen arbeitender unpatronierter Väter, die es in Egalia gab, nicht Opfer ökonomischer Unterdrückung waren – was waren sie dann? Nur weil die Maskulinisten ihren PH weggeschmissen hatten, wurde das Ganze zu einer rein persönlichen und sexuell motivierten Sache.
Petronius stand auf, klaute aus der Mütze der Frau mit der Mundharmonika eine Matrake und rannte schnell weg. Nein, er mußte zusehen, daß er nach Hause kam und den Brief an Gro schrieb. Und dann würde er zum Treffen der Männerliga gehen und Baldrian treffen und mit ihm und den anderen an einer neuen Welt basteln. Und damit basta.

Die Söhne der Demokratie

„Schließlich sind es noch immer die Frauen, die die Kinder bekommen“, sagte Direktor Berg und blickte über den Rand des Demokraten zurechtweisend auf seine Tochter. Es war ihm anzusehen, daß er gleich die Beherrschung verlor. „Außerdem lese ich Zeitung.“
„Aber ich will Seemann werden! Ich nehme die Kinder einfach mit“, sagte Petra erfinderisch.
„Und was glaubst du wohl, wird der Vater der Kinder dazu sagen?

Nein, meine Liebe. Es gibt gewisse Dinge im Leben, mit denen du dich abfinden mußt. Selbst in einer demokratischen Gesellschaft wie der unseren können es nicht alle Menschen gleich haben. Es wäre zudem tödlich langweilig. Grau und trist."

„Es ist viel grauer und trister, nicht werden zu dürfen, was man will."

„Wer hat denn gesagt, daß du nicht werden darfst, was du willst? Ich sage nur, du sollst realistischer sein. Keiner kann das Ei essen und zugleich das Küken haben wollen. Bekommst du Kinder, so bekommst du Kinder. Hör mal zu, Petra. In meiner Jugend hatte ich auch eine Menge hochfliegender Träume von dem, was ich werden wollte. Seemannsromantik. Daran leidest du. Du solltest aufhören, all die abenteuerlichen Erzählungen über die Taten von Männern zu lesen, und dich lieber in Jungmädchenromane vertiefen. Dabei bekommst du viel realistischere Vorstellungen. Außerdem ist das keine richtige Frau, die zur See fahren will."

„Aber die meisten Seemänner, die ich kenne, haben doch auch Kinder!"

„Das ist doch etwas ganz anderes! Ein Vater, Petra, kann doch nie Mutterstelle bei einem Kind vertreten."

Ihr Bruder lachte gemein. Er war anderthalb Jahre jünger als sie und ärgerte sie immer. „Haha! Eine Frau soll Seemann werden? Denkste!" Neunmalklug fügte er noch hinzu, daß der Widersinn schon in den Wörtern liege. „Ein weiblicher Seemann! Der blödeste Ausdruck seit Menschengedenken. Ho, ho. Vielleicht solltest du Schiffsmädchen werden? Oder Zimmerfrau? Oder Steuerfrau?! Ich lach' mich tot. Alle Frauen, die zur See gehen, sind entweder Huren oder lesbisch."

„Lesbisch?"

„Lesbisch, ja! Sicher! Und in jedem Hafen stehen die Huren in Reih und Glied, um die Seemänner zu empfangen!" Er zog sie an den Haaren.

„Mama! Bernt ziept mich!"

„Herrgott noch mal! Gibt es denn nie Frieden hier?" Frau Direktor Berg kam aus dem Badezimmer gestürzt, den Kopf voller Lockenwickler. „Beherrscht euch endlich, Kinder! Bernt, merk dir, Petra ist haarempfindlich!"

„Empfindlich an den Haaren und schwach überall. ‚Merk dir, Petra ist haarempfindlich! Merk dir, Petra gehört dem schwachen Geschlecht an!'" Das klang wie ein Refrain. Kess fuhr Bernt fort: „Mama, muß Petra nicht bald einen BH tragen?" Petra wurde puterrot.

„Ruhe! Ich lese!" brummte der Direktor.

„Noch etwas Kaffee, Rolf?" fragte die Direktorsgattin ablenkend und freundlich.

„Hmmmmm“, kam es geistesabwesend. „Der war übrigens viel zu stark ...“
Petronius blätterte die ersten Seiten seines Manuskripts durch: Donna Göttin! Das wird ja ein ganz wahnsinniges Buch!

Der endgültige Abschied des Lesers von allen, die dabei waren, und besonders von Direktorin Bram und ihrem Sohn Petronius

Vor allem waren es Frauen, die Petronius Brams Buch „Die Söhne der Demokratie“ besprachen. Größtenteils benutzten sie die Gelegenheit, um zu sagen, was sie von der Männerbewegung hielten. Die liberalen Blätter waren verhältnismäßig freundlich und machten nur kleinere Vorbehalte geltend: „Abschließend kann festgestellt werden, daß die Frauen in dem Roman des Direktorinnensohnes im großen und ganzen zufrieden sind. Auch wenn es sich bei den Hauptpersonen zweifellos um atypische aufrührerische Frauen handelt, so ist die fiktive Romangesellschaft doch eine Gesellschaft, die in Eintracht und Harmonie lebt, selbst wenn das nicht der Meinung des Autors entspricht.“ Die Liberalen setzten sich voll für die Gleichstellung der Geschlechter ein, stimmten auch mit einer gewissen Kritik an den bestehenden Verhältnissen überein, doch meinten sie, das Buch gehe zu weit. Eine andere Zeitung schrieb kurz und bündig: „Das ist ja alles ganz schön und gut, und es ist auch spannend, etwas über dieses Phantasiepatriarchat zu lesen (ist es eine Utopie des Autors?), aber kann Petronius Bram sich eine Gesellschaft vorstellen, in der nicht Männer die Kinder bekommen?“
Der matraxistische *Pang* veröffentlichte eine zwei Seiten lange, ausführliche Kritik, in der das Buch als privatistische Maskulinistenpropaganda abgestempelt wurde. Der Roman sei ein eklatantes, jawohl, eklatantes Beispiel dafür, daß den Mitgliedern der ML jegliche Fähigkeit fehle, mit Frauen zusammenzuarbeiten. Ihnen fehle überhaupt jegliche Fähigkeit und Bereitschaft zu fruchtbarer Analyse. Wenn die Hauptperson im Buch schließlich behaupte oder denke, die Unterdrückung der Frauen in diesem Utopia (?) habe ökonomische Gründe, so sei und bleibe dies ein aufgesetztes Postulat, das im Buch an keiner Stelle untermauert werde.
Die Kritikerin des *Pang* meinte ferner, es sei natürlich, daß die ökonomische Analyse fehle, wo doch die Maskulinisten aus ihrem bürgerlichen Sumpf nicht herausfänden. Dieser Zustand – und mit ihm die ent-

sprechende Analyse – , fuhr die matraxistische Kritikerin fort, werde sich erst in dem Augenblick ändern, wenn die Mitglieder der Männerliga sich dazu aufraffen könnten, mit Frauen zusammenzuarbeiten. Mit „Frauen" meinte der *Pang* selbstverständlich matraxistische Frauen („... die den gleichen bürgerlichen Hintergrund haben", bemerkte Baldrian bissig).

Die Rezensentin des *Pang* hatte sich förmlich darin verbissen, daß die Frauenbewegung in dem Roman „Die Söhne der Demokratie" das Egalsunder Verkehrsschild für „Ordnungswache" als Frauenzeichen benutzte: die von einem roten Kreis umgebene geballte Faust auf weißem Grund mit dem Kreuz darunter, ein Zeichen, das Ordnung symbolisierte, nicht Kampf. „Wieder ein Beispiel für die mangelnde Analyse des Autors – hier in symbolischer Form", tadelte die Kritikerin. Für Hrl. Bram müsse dies wohl den Machtmißbrauch der Frauen gegnüber den Männern symbolisieren. Tatsächlich verhalte es sich aber so, daß dieses Schild für geordnete und zivilisierte Verhältnisse in dieser Gesellschaft stehe. Außerdem, fuhr die Rezensentin fort, wirke der Gebrauch des Verkehrsschildes als Symbol für den Frauenkampf irgendwie verkrampft und sei als künstlerisch mißglückt, ja fast schon als banal zu bezeichnen.

„Sollten Frauen in einer Gesellschaft jemals unterdrückt werden, würden sie nie ein derart friedliches Symbol als Zeichen ihres Kampfes benutzen. Vielmehr würden sie sich für etwas Kraftvolleres, Respekteinflößenderes entscheiden, zum Beispiel für ein rotes Dreieck mit zwei mächtig schwellenden Brüsten auf weißem Grund", hieß es in der *Pang*-Kritik abschließend.

Ordnungswache

Ein sinnfälligeres Frauenzeichen

Die *Egalsunder Zeitung* besprach das Buch überhaupt nicht. Es gab eine gewisse Literatur, die keine Literatur war. Die meisten Mitarbeiter des Blattes lasen derartiges Geschreibsel zu Hause unter der Bettdecke. Der Roman „Die Söhne der Demokratie“ zählte zu dieser Kategorie. Allein der erste Satz „Schließlich sind es noch immer die Frauen, die die Kinder bekommen“, der sich durch das ganze Buch zog, war ja bereits stark ins Sexuelle verdreht, so als sei etwas Verdächtiges daran, Kinder zu gebären, oder als sei es denkbar, daß so ein Satz einer Beweisführung dienlich sein könnte.
Wegen der traditionellen Haltung des Blattes, das sich als objektives und unvoreingenommenes Sprachrohr für alle Fragen verstand, wurde das Buch mit keiner Zeile erwähnt.
Donna Klaras Botschaft überlegte ernsthaft, ob nicht ein Antrag auf Einziehung des Buches gestellt werden sollte, weil die Mitarbeiter dieses Blattes den Roman als reine Pornographie empfanden. Müsse dam denn das Wort „Schwanz“ schreiben? Bei derlei Schilderungen verliere dam ja fast den Appetit, schrieb die Kritikerin in der *Botschaft*, ohne jedoch das beanstandete Wort zu erwähnen. („Wer in aller Welt hat ihnen denn gesagt, daß sie beim Lesen essen sollen?“ sagte Petronius zu Baldrian.) In der Tat komme allerdings das Wort „Votze“ bedeutend häufiger vor, und das wirke ja auch nicht weiter anstößig. Aber gebe es da nicht ein bißchen zuviel Geschwätz um all die Votzen, „Schamlippen“ und „Schambeine“ in diesem imaginären Patriarchat? Das könne doch nicht das einzige sein, was Männer im Kopf hätten? Darüber hinaus seien die Beischlafszenen in ihrem sprachlichen Ausdruck eindeutig pervers konzipiert. Eine Gesellschaft, die sich an solch einem tierischen Verhalten emporziehe und delektiere, zeige bereits deutliche Auflösungserschei-

nungen. Der Autor Petronius Bram lasse die Frauen sich auf den Rücken legen – dam bedenke, auf den Rücken! Nicht einmal das Männchen in der Tierwelt zwinge das Weibchen, sich so tierisch aufzuführen. Es handele sich hier um ein reines Manöver der Unterwerfung. Während die Frau die Beine spreize, liege der Mann über ihr und tobe sich auf ihr aus, als sei sein Glied eine Art Eroberungs- und Lustorgan für ihn! Ein ausgesprochenes Frau/Sklaven-Verhältnis sei das, bei dem der Mann, wohlgemerkt, die Frau sei. Hier nun müsse *Donna Klaras Botschaft* eine eindeutige Grenze für den Anstand in der Literatur setzen.

Viele wurden durch die Lektüre des Buches in ihrer Auffassung bestärkt – selbst wenn das keine der Kritikerinnen schrieb – , daß die Maskulinisten im Grunde fallüstrisch sein mußten. Bei dieser Beurteilung zeigte sich unterschwellig, daß sie auf das, was sie sagten, keine besondere Rücksicht zu nehmen brauchten.

Einige Wibschen konnten an dem Buch keinen Gefallen finden und setzten die Lektüre nicht weiter fort. Daß Männer als Muskelprotze herumliefen, brüllten, sich wichtig machten und den Ton angaben, während die Frauen ständig lächelten und sich wie unselbständige Sofapüppchen verhielten, war alles andere als lustig. Es war geradezu grotesk. Eine Kultur, in der die naturgegebenen Eigenschaften der beiden Geschlechter derart verdreht wurden, konnte dam nicht mehr als Kultur bezeichnen.

Ba hatte Gelegenheit gefunden, das Buch noch als Manuskript zu lesen. Sie finde, sagte sie zu Ann, Petronius habe das Buch aus lauter Frustration und purem Neid auf sie geschrieben. Wenn Mädchen den Jungen mit Menstruationsbinden vor der Nase herumfuchtelten, würden sie gelb und grün vor Neid. Neurotisch würden sie dabei auch, und das könne zum Männeraufstand führen. Ihretwegen sollten sie ruhig einen Aufstand machen, aber würden sie je eine Menstruation bekommen? Da könne der Staat leider auch nichts machen, leider. Es sei ja eine ganz nette Idee, Männern den gleichen Wert wie Frauen zuzubilligen, aber den hätten sie nun einmal nicht.

Rektorin Barmerud las das Buch heimlich und fand, daß die Figur des Rektors Baskerud ihr in keiner Weise ähnlich sei. Sie sei ferner davon überzeugt, daß die Ideen zu diesem ziemlich extremen Männerbuch nicht an ihrer Schule gereift seien. Aber phantasievoll geschrieben sei das Buch bestimmt. In ihrem Innersten war Rektorin Barmerud stolz darauf, daß einer ihrer ehemaligen Schüler einen Roman veröffentlicht hatte.

In der Männerbewegung gab es geteilte Meinungen. Einige vertraten die Ansicht, wenn die Verhältnisse so wie in Petronius' Patriarchat wären, würde kein Weg an der totalen Trennung der Geschlechter vorbeiführen.

Und das könne doch nicht der Sinn des Ganzen sein. Sie kämpften doch für Integration und Gleichstellung. „Männerkampf ist Klassenkampf! Klassenkampf ist Männerkampf!" An dieser Devise müßten sie festhalten.

Andere glaubten, das Buch habe der gesamten Männerbewegung großen Schaden zugefügt. Waren nicht gerade die Männer von Natur aus friedfertiger und rücksichtsvoller als Frauen, und sollte die Männerbewegung nicht gerade darauf bauen, wenn sie eine neue Gesellschaft schaffen wollte. Es sei doch nicht sinnvoll, einfach nur die Verhaltensweisen der Frauen zu übernehmen.

Herrlein Uglemose hatte das Buch mit aufrichtiger Freude gelesen, sogar mehrere Male. „Ja – das Fräulein Uglesohn, das bin wohl ich", sagte er aufgeräumt zu Petronius. Allerdings hatte er ein paar kulturhistorische Einwände. So zweifelte er zum Beispiel, ob es realistisch sei, daß in Petronius' Roman die Mutter mit den Kindern zu Hause saß, während der Mann zur Arbeit loszog. Das Erbe müsse doch über das mütterliche Glied laufen. Das, so glaubte er, könne nicht geändert werden. Und im übrigen – wovon sollten die Männer denn leben? „Über eine solche Gesellschaft liegen uns weder schriftliche Quellen noch mündliche Überlieferungen vor", sagte Herrlein Uglemose.

Der kleine mollige Fandango war sofort Feuer und Flamme und nahm sich fest vor, die Geschichte der Männer eingehend zu studieren.

Auch Baldrian mochte das Buch und meinte, es kämen so viele Dinge darin vor, über die er noch nie nachgedacht habe und über die nachzudenken er während der Lektüre des Romans gezwungen worden sei. Beispielsweise habe er nie daran gedacht, daß dam Frauen entgegenhalten könne, sie sollten sich während der Stillzeit das Kind selber an die Brust legen. Er sei oft verzweifelt, wenn er lese, daß die Frauen keine einzige Matrake für die Schwangerschaft bekämen, dafür aber noch bestraft würden.

Kristoffer fand das Buch einfach köstlich.

„Du solltest etwas schreiben, was die Leute aufrüttelt", brummte Rut Bram verdrießlich. Aber Kristoffer hielt sich weiter den Bauch vor Lachen, bis Rut Bram ihn anbrüllte, ob er sein unbändiges Gelächter nicht einstellen könne. „So lustig kann es ja nun auch wieder nicht sein, zu lesen, wie Frauen lächerlich gemacht werden!"

Aber Kristoffer mußte bei der Lektüre des Buches immer wieder in hemmungsloses Lachen ausbrechen. Das Buch gab seinem Leben neuen Auftrieb. Schließlich marschierte er schnurstracks in Ruts Zimmer, schlug mit der Faust auf den Tisch und verkündete:

„Und jetzt gehe ich zum Ingenieurkursus, ob es dir nun paßt oder nicht! Und damit basta!“
Da beschloß Rut Bram, zumal da sie gerade ihre Menstruation bekam, mit ihrem Sohn ein letztes ernstes Wort zu reden.
„Patriarchat! Wenn ich das schon höre!“ brach es aus ihr hervor, als sie ihn sah. Sie hatte noch keine Zeit gefunden, den Roman zu lesen. „Es ist ja schön und gut, daß du schreibst, Petronius, und wie ich höre, schreibst du ja ganz lustig und einen flüssigen Stil. Aber hättest du nicht ein anderes Thema wählen können? Patriarchat! Das soll wohl eine Gesellschaft sein, in der die Männer alles lenken und bestimmen?!“
„Richtig! Herrlein Uglemose sagt, daß ...“
„Unvorstellbar! Einfach unvorstellbar!“ unterbrach ihn seine Mutter.
„‚Unvorstellbar!‘ Das ist dein Lieblingswort für alles, was nicht so ist, wie es jetzt ist!“
„Aber es ist auch unvorstellbar! Tut mir wirklich leid, Petronius. Möglicherweise hast du sogar recht, daß ich konservativ bin und die heutigen Machtverhältnisse in der Gesellschaft zu erhalten wünsche, weil ... weil ... ja, weil ich selber Macht habe – ja, gewiß doch, bei meiner Ehre! Aber so bin ich wenigstens überzeugt, daß ich kraft meiner Machtausübung die richtigen Entscheidungen treffe.“
Sie stockte leicht. Petronius erwiderte nichts, weil er über diesen Ausspruch seiner Mutter einfach sprachlos war.
„Also ich finde es schon in Ordnung, daß du dich als Rednerin für die Männerbefreiung einsetzst, Petronius. Aber eine Gesellschaft, die von Männern befrauscht wird?! In der es die Männer sind, die für die Gesellschaft planen und sie regieren?! Einfach unvorstellbar!“
„Es ist keineswegs unvorstellbar! Denn solche Gesellschaften haben existiert. Wir hören nur nie etwas von ihnen,weil wir in dieser verdammten Frauengesellschaft leben.“
„Haben existiert! Eben! Sie *haben* existiert! Und wie glaubst du, ist es ihnen ergangen, Petronius?“
Petronius verschlug es noch immer die Rede.
„Was ist deines Erachtens mit all diesen Patriarchaten geschehen, von denen du behauptest, sie hätten existiert, und von denen wir nie etwas hören?“
Sie machte eine Pause. Er schwieg noch immer.
„Warum gibt es nicht einen einzigen Beweis dafür, daß sie existiert haben? Wie erklärst du dir, daß wir nicht eine einzige Quelle besitzen, die uns über diese Patriarchate Aufschluß geben könnte, wie?“
Petronius wußte nicht, was er sagen sollte. Er war verwirrt.

„Nein, Petronius. Du verstehst ... Männer haben keinen wirklichen Kontakt zum Leben. Sie haben erst recht keinen physischen Kontakt zu ihren Nachkommen. Sie sind deshalb auch nicht imstande, sich zu überlegen, was aus der Bevölkerung der Erde wird, wenn sie selber einmal tot sind. In einer Gesellschaft, in der es Männern erlaubt ist zu bestimmen, würde alles Leben auf der Erde aussterben. Wenn Männer nicht niedergehalten werden, wenn dam ihnen keine Zügel anlegt und sie nicht zivilisiert, wenn Männer ihren Platz in der Gesellschaft nicht unmißverständlich zugewiesen bekommen, wird das Leben vergehen ...“
Und wie immer hatte Rut Bram das letzte Wort.

G. Brantenberg Mädchenwelten

Bibliographisches

Gerd Brantenberg

MÄDCHENWELTEN

Roman über Veränderungen des Gleichen

Aus dem Norwegischen von Eva Maagerö

ISBN 3 88395 432 2
Engl. Broschur

ca. 240 Seiten, ca. DM 19,--

Die Autorin

Gerd Brantenberg wurde 1941 in einer norwegischen Kleinstadt geboren, in der auch der neue Roman spielt. Später siedelte sie nach Oslo um und lebt dort als Lehrerin.
Auf Deutsch ist bei OLLE & WOLTER bereits ihr Roman DIE TÖCHTER EGALIAS in mittlerweile 8 Auflagen (110.Tsd.) erschienen.

Der neue Roman von Gerd Brantenberg hat in Skandinavien den Erfolg von DIE TÖCHTER EGALIAS noch übertroffen. Er schildert das Erwachsenwerden zweier Mädchen aus sehr unterschiedlichen äußeren Verhältnissen, schildert die verschiedenen sozialen und kulturellen Welten am Beispiel beider Familien und schildert zugleich, wie sich hinter den äußeren Unterschieden die Strukturen doch ähneln.
Die Töchter gehen auf die gleiche Schule wie die Mütter, haben die gleiche Lehrerin. Sie sieht den Wandel von Generation zu Generation. Verfolgt, wie sich die neuen Mädchen verändern und in das Leben treten.
Auch in diesem Roman kommt Brantenberg ohne Zeigefinger und dogmatische Raster aus, nutzt ihr erzählerisches Talent, um die Figuren mit großer Anteilnahme und Wärme zu skizzieren. In all ihrer Widersprüchlichkeit. Obwohl die Hauptpersonen zwei Mädchen sind, der Roman trägt übrigens autobiographische Züge, ist er insgesamt eher als sozialrealistischer Roman zu sehen, der sich um das Leben und Erwachsenwerden in der Kleinstadt dreht. So tauchen auch andere Charaktere auf, die passagenweise zur Hauptfigur werden. Das Leben in der Kleinstadt wird auf diese Weise sehr anschaulich dem Leser nahegebracht, die Entwicklung der beiden Mädchen verständlich und nachvollziehbar gemacht.

Ein Roman über die Veränderungen des Gleichen